RACHEL RHYS

Die Perlenvilla

Autorin

Rachel Rhys ist das Pseudonym einer erfolgreichen Autorin von Spannungsromanen. Nach »Das Versprechen der Freiheit« ist die »Perlenvilla« ihr zweiter Roman unter diesem Namen. Die Autorin lebt mit ihrer Familie im Norden Londons.

Von Rachel Rhys bereits erschienen

Das Versprechen der Freiheit

Rachel Rhys

DIE PERLENVILLA

Roman

Deutsch von Elfriede Peschel

blanvalet

Die Originalausgabe erschien 2018 unter dem Titel »Fatal Inheritance«
bei Doubleday, an imprint of Transworld Publishers, London.

FSC
www.fsc.org
MIX
Papier aus verantwortungsvollen Quellen
FSC® C014496

Klimaneutral*
Druckprodukt
ClimatePartner.com/14044-1912-1001

1. Auflage
Taschenbuchausgabe 2022 bei Blanvalet, einem Unternehmen
der Penguin Random House Verlagsgruppe GmbH,
Neumarkter Str. 28, 81673 München

Redaktion: Susann Rehlein
Umschlaggestaltung: www.buerosued.de nach einer Originalvorlage
von Simon & Schuster
Umschlagdesign: Ella Laytham
Umschlagmotive: Getty Images (Jon Arnold/AWL Images; Roberto Ciulla/
EyeEm); Trevillion Images (© Irene Suchocki; © Ildiko Neer)
DK · Herstellung: DM
Satz: Buch-Werkstatt GmbH, Bad Aibling
Druck und Bindung: GGP Media GmbH, Pößneck
Printed in Germany
ISBN 978-3-7341-0970-6

www.blanvalet.de

In Erinnerung an Fraser Macnaught

Ich habe zwei Leben in vollen Zügen gelebt und hundert Mal zu viel geliebt. Ich habe die Schönheit der Welt geschlürft wie eine Auster. Wollte beweisen, dass ich mehr wert bin als das Schlimmste, was ich je getan habe. Aber nachts, im unbarmherzigen Dunkel, wenn ich mit mir allein bin, ist das Schlimmste dennoch das Einzige, was zählt.

Guy Lester

1

20. Mai 1948

Falls Vera vor Harry ankommt, wird sich ihr ganzes Leben ändern. Eve sitzt da und wartet. Eigentlich sollte sie draußen sein und die Wäsche von der Leine nehmen, bevor sie vollkommen durchweicht ist, aber Eve sitzt da wie aufs Sofa geklebt. Ihre Augen verfolgen das langsame Vorankommen der zwei Regentropfen auf der Scheibe, bis sie sich unten zusammentun, Vera mit Harry eins wird, ohne jedoch den Triumph davongetragen zu haben. Ein kurzes enttäuschtes Ziehen im Bauch.

Aber hatte sie diese Lösung nicht als die beste von dreien erachtet? Ganz bestimmt.

Eve mustert den oberen Rand der Fensterscheibe, bis sie zwei weitere Tropfen entdeckt, die sie Bert und Louisa nennt. Aber bevor diese beiden unten ankommen, wird sie vom schrillen Geläute der Türglocke aufgeschreckt.

Es ist Mr. Ward, der Postbote, mit seinem roten, runden Gesicht, das immer vom Schmelz einer wie auch immer gearteten Ausscheidung überzogen ist, sei es Schweiß von der sommerlichen Hitze oder wie jetzt Nieselregen. Er ist freundlich und neugierig und scheint von seinen Interaktionen mit Eve immer etwas mehr zu erwarten, als sie bereit ist, ihm zuzugestehen.

»Da ist einer für Sie dabei«, sagt er und reicht ihr einen Stapel Briefe.

Eve wird es schwer ums Herz. Die einzige Person, die ihr schreibt, ist ihre Mutter, und sie glaubt nicht, heute die geballte Enttäuschung ihrer Mutter aushalten zu können.

Mr. Ward verweilt auf der Treppe, als erwarte er, dass sie den Brief gleich hier und jetzt öffnet und seinen Inhalt mit ihm teilt. Aber Eve hat keine Eile.

»Danke, Mr. Ward«, sagt sie und schließt in dem Moment vor ihm die Tür, als er sein weißes Taschentuch zückt.

Eve wirft sich wieder auf das schäbige Sofa, findet jedoch nicht mehr in den angenehmen Müßiggang von vorhin zurück. Obwohl die Briefe auf dem Flurtisch ihrem Blick verborgen sind, empfindet sie das Wissen darum wie ein lästiges Insekt, das an ihrem Ohr summt.

Ihr Blick fällt auf die hässliche Standuhr an der gegenüberliegenden Wand. Sämtliches Mobiliar gehört Clifford. Dunkle, schwere Möbel, die ursprünglich aus dem Haus seiner Großeltern stammten und von denen sein verbitterter Vater sich nur zögerlich getrennt hatte, nachdem sie und Clifford geheiratet hatten, und zwar mit der Bemerkung, dass Eve sehr wahrscheinlich gar nicht wisse, wie man Mobiliar solcher Qualität pflegt, sodass es mit Sicherheit verkommen werde.

Schön wär's.

Es ist Viertel nach zwölf. Abgesehen von den fünfzehn Minuten um vier Uhr nachmittags, wenn die Radiosendung *Mrs. Dale's Diary* ein wenig Zerstreuung bringt, ziehen sich die verbleibenden Stunden des Tages endlos und leer dahin, begleitet vom Ticken der hässlichen Uhr, das der Stille einen Rhythmus gibt.

Um zwanzig vor sechs wird Clifford nach Hause kommen. Und mit ihm die übliche Aufregung und Vorfreude – *Gesellschaft, Konversation*, gefolgt von der unvermeidbaren Zurückstufung derselben, wenn Clifford sich in seinen Sessel setzt, das rechte Bein über das linke schlägt, wenn sein Gesicht hinter der Zeitung verschwindet und nur noch das gelegentliche Zucken seines rechten Schuhs, der jeden Sonntagabend auf Hochglanz poliert wird, auf Leben hinweist.

In den Anfangstagen ihrer Ehe pflegte sie sich neben seinem Sessel auf den Fußboden zu setzen und ihn über seinen Tag und allerlei Neuigkeiten auszufragen. Aber dem hatte er schon bald einen Riegel vorgeschoben. »Ich leite eine Firma, meine Liebe. Den ganzen Tag lang habe ich mit Leuten zu tun, die etwas von mir wollen. Wenn ich nach Hause komme, würde ich ein wenig Ruhe begrüßen. Das wirst du sicherlich verstehen.«

Und so wartet sie stets bis zum Abendessen.

Der Regen scheint aufgehört zu haben, lässt jedoch den Tag als graue Suppe zurück. Durch das Erkerfenster kann sie das gegenüberliegende Erkerfenster von Nummer neununddreißig sehen. Die spiegelbildliche Entsprechung dieses Hauses. Eine Doppelhaushälfte mit seitlicher Garage und einem ordentlichen Zugangsweg, der zu einer bleiverglasten Eingangstür führt. Bewohnt wird es von zwei älteren Schwestern, die Eve, obwohl sie nun schon seit fast zwei Jahren hier wohnt, nur als die Misses Judd kennt. Manchmal sieht sie die eine oder die andere der Misses Judd an einem der Fenster im ersten Stockwerk stehen und auf die Straße hinausschauen. *Ich werde da bei Gelegenheit vorbeigehen*, sagt sie sich dann jedes Mal. *Wer weiß, was die für Geschichten zu erzählen haben.*

Wir könnten Freundinnen werden. Aber sie tut es dann doch nie.

Das Wissen, dass auf dem Flurtisch der Brief ihrer Mutter auf sie wartet, lastet schwer auf ihr. Schließlich hält sie es nicht länger aus. Sie steht auf, durchquert das Wohnzimmer mit seinem dicken weinfarbenen Teppich und ist wieder im Flur, wo sie sich den Briefstapel schnappt und ungeduldig all die Briefe aussortiert, die an Mr. C. Forrester adressiert sind, bis sie zu dem mit ihrem Namen kommt.

Aber ... *oh*.

Anstelle der verkrampften präzisen Handschrift in blauer Tinte, mit der ihre Mutter üblicherweise die dünnen, blassblauen Umschläge adressiert, wurde die Adresse auf dickes gelbliches Papier getippt. *Mrs. Eve Forrester*.

Eve spürt ein zartes Kribbeln ihrer Nervenenden. Sie legt die restliche Post zurück und wandert wieder ins Wohnzimmer. In den Salon, wie Clifford es genannt haben möchte. Wie immer, wenn sie die Schwelle überschreitet, hat sie ein Gefühl, als würde sie sich in eine feste Masse hineinbewegen und diese verformen. Sie nimmt wieder ihren Platz auf dem Sofa ein, sitzt diesmal allerdings in aufrechter Position auf der Polsterkante, die Füße fest auf dem Boden. *Wie albern*, tadelt sie sich, *eines Briefes wegen aufgeregt zu sein*. Sie schlitzt den Umschlag auf und findet ein dreifach gefaltetes Blatt Hanfpapier darin, das allein schon durch seine Dicke überzeugt. Genüsslich faltet sie es auseinander und liest als Erstes den dick gedruckten Briefkopf.

Pearson & Wilkes
Anwälte / Notare

Es ist ein Prägedruck, und sie streicht mit ihrer Fingerspitze über die erhabenen Buchstaben. Nachdem sie tief Luft geholt hat, liest sie weiter.

»Bist du dir sicher, dass hier kein Irrtum vorliegt?« Der Blick, mit dem Clifford sie ansieht, legt nahe, dass nur ein Irrtum vorliegen *kann* und sie diejenige sein wird, die sich geirrt hat.

»Der Brief ist eindeutig an mich adressiert. Und was den Inhalt betrifft, kann auch da keine Verwechslung vorliegen. Ich werde aufgefordert, mich am nächsten Dienstag in den Geschäftsräumen dieser Kanzlei in London einzufinden, um dort etwas zu erfahren, das zu meinem Vorteil ist. Ist das nicht wunderbar geheimnisvoll?«

»Es ist verteufelt unpassend, das ist es. Ich habe am nächsten Dienstag eine wichtige Sitzung.«

»Dann hast du also die Absicht mitzukommen?«

Clifford sieht sie blinzelnd an, als hätte sie gerade aus nur ihr erklärlichen Gründen begonnen, Suaheli zu sprechen.

»Natürlich muss ich mitkommen. Die ganze Angelegenheit klingt verdächtig. Wir haben keine Ahnung, wer diese Pearson und Wilkes sind oder wen sie vertreten. Wir wissen nur, dass sich das als Schwindel erweisen könnte, und ich fürchte, dass du, meine Liebe, dessen wehrloses Opfer bist. Vergiss nicht, Eve, dass du direkt von zu Hause hier eingezogen bist. Du hast sehr wenig Erfahrung darin, auf dich aufzupassen.«

Clifford ist noch mit Essen beschäftigt, und ein weißes Kartoffelbröckchen hat sich in seinem Schnauzbart verfangen. Eve beobachtet das Auf und Ab des Krümels beim Sprechen. Ihre Begeisterung von vorhin lässt nach.

Am Ende wird es sich wohl doch als Irrtum erweisen. Als Schwindel, wie Clifford meint. Sie werden aus London zurückkommen, und alles wird so sein wie immer.

»Aber sie bieten an, sämtliche Reisekosten zu übernehmen«, erinnert sie sich jetzt. »Würde man das denn tun, wenn eine Hinterlist vorläge?«

Clifford, der mit der Gabel auf halbem Weg zu den Lippen innegehalten hat, schiebt sich jetzt einen braunen Klumpen Leber in den Mund. Er kaut eine Ewigkeit darauf herum. Mrs. Jenkins, die zwei Vormittage in der Woche kommt, um zu kochen und sauber zu machen, hält beim Zubereiten von Fleischgerichten nicht viel von behutsamem Garen. »Wer weiß, welche Keime sich darin verbergen«, erklärte sie Eve das eine Mal, als diese es wagte, sie zu bitten, ihre kostbaren Koteletts, auch drei Jahre nach Ende des Kriegs noch rationiert, etwas weniger fest durchzubraten. Clifford schluckt, und Eve verfolgt den Fortschritt des Klumpens durch die Kehle ihres Ehemannes. Endlich spricht er wieder.

»Die erste Geschäftsregel lautet, dass man jemandem so lange nicht traut, bis derjenige sich als vertrauenswürdig erwiesen hat, und das ist eine Regel, die auch im sonstigen Leben angewendet werden sollte. Andernfalls wird man dich übervorteilen. Ich werde mein Bestmögliches tun, meine Sitzung so zu verschieben, dass ich dich begleiten kann.«

Er tupft sich mit seiner Serviette die Mundwinkel ab und entfernt dabei auch das Bröckchen. Wie üblich bleiben seine dicht zusammenstehenden blauen Augen auf einen Punkt hinter Eves Schulter fixiert, sodass sie ständig das Gefühl hat, er rede mit jemand anderem.

»Danke«, sagt sie.

2

25. Mai 1948

»Sie werden dies alles sicherlich höchst irritierend finden.« Mr. Wilkes hebt eine seiner pummeligen Hände und präsentiert mit ausholender Geste sein Büro. »Bestimmt denken Sie: *Worum zum Teufel geht es hier?*«

Seine braunen Augen, die in ein rundes Gesicht eingebettet liegen wie die Glasaugen des Teddybären, den Eve als Kind hatte, sind ausschließlich auf sie gerichtet. Die Erfahrung, angeschaut zu werden, ist ihr so fremd, dass ihre Wangen zu brennen anfangen und sie den Impuls niederringen muss, ihre Hand zu heben und zu überprüfen, wie heiß sie sind.

»Wir sind neugierig, wie Sie sich vorstellen können«, antwortet Clifford.

Während der ganzen Zugfahrt von Sutton hierher war er abweisend und einsilbig gewesen und hat Eve nicht im Zweifel darüber gelassen, was für ein Opfer er erbringt, indem er sie bei dieser vergeblichen Mission begleitet. Als sie versuchte, ihn in ein Gespräch über den schrecklichen Mord an der armen kleinen June Anne Devaney zu verwickeln, von dem alle Zeitungen voll waren, fuhr er ihr über den Mund mit der Erklärung, er weigere sich, »leichenfledderischem Klatsch« zu frönen. Seit sie jedoch in dem großen Eckgebäude in einer noblen Seitenstraße der

Chancery Road angekommen und im soliden Lift zu den Kanzleiräumen von Pearson & Wilkes hochgefahren sind, hat er sich merklich entspannt.

Jetzt wirkt er fast ungeduldig. Kaum hatten sie an dem ovalen Tisch Platz genommen, beugte er sich vor und ließ sich über den massiven Eichenschreibtisch und das moderne Telefonsystem in dem Büro aus. »In so eines werde ich auch investieren müssen«, sagte er und ergänzte: »In meiner eigenen Firma.« Dass er sich als Mann mit Vermögen ausgab, war Eve um seinetwillen peinlich, wie sie überrascht feststellte.

»Ich werde Sie gleich erlösen«, verspricht Mr. Wilkes und strahlt dabei, als stünde ihnen allen ein riesiger Spaß bevor. »Tatsache ist, dass ich einen Klienten – einen überaus geschätzten Klienten – namens Guy Lester hatte. Kommt Ihnen dieser Name irgendwie bekannt vor?«

Unter dem Blick seiner braunen Augen hat Eve das unangenehme Gefühl, *gesehen* zu werden.

»Allem Anschein nach nicht. Was schade ist. Denn bei meinem letzten Telefonat mit Mr. Lester hat sich in mir die Vorstellung festgesetzt, dass er vorhatte, Sie persönlich zu kontaktieren, Mrs. Forrester, um sich Ihnen zu erklären.«

»Wer ist er? Dieser Guy Lester?« Clifford will die Kontrolle über die Situation behalten und miteinbezogen werden.

»*War*. Leider ist Mr. Lester vor zehn Tagen ganz plötzlich verstorben. Es war uns bekannt, dass er nicht ganz gesund war, aber es gab keinen Hinweis darauf, dass er so rasch von uns genommen würde. Er lebte dauerhaft in Südfrankreich und kam nur ein-, zweimal hierher in die Kanzlei. Machte sich aber nichtsdestotrotz sehr beliebt.«

Eve wird gewahr, wie Clifford sich in dem gepolsterten Ledersessel ein wenig aufrichtet, beinahe kann sie sein Gehirn arbeiten hören.

»Tatsache ist, Mrs. Forrester, dass Mr. Lester Sie in seinem Testament bedacht hat.«

»Mich?«

»Aber warum?«, hakt Clifford nach. »In welchem Verhältnis stand dieser Mr. Lester zu *meiner Frau*?«

Die beiden letzten Worte betont er, als wolle er Besitzansprüche erheben. Eve ist ein klein wenig irritiert, was sie sich allerdings nicht erklären kann. Denn kurz nach ihrer Eheschließung vor nunmehr fast zwei Jahren hatte sie selbst in Gesprächen immer wieder nach Anlässen gesucht, die Formulierung »mein Ehemann« einfließen zu lassen, und es hatte sie erregt, wenn Clifford sie seine Ehefrau nannte. Jetzt fällt ihr auf, dass sie ihn das schon lange Zeit nicht mehr hat sagen hören.

Mr. Wilkes sitzt hinter seinem Schreibtisch auf einem Stuhl, der seinem beträchtlichen Umfang in keiner Weise gerecht wird. Die längeren Strähnen seiner ordentlich über dem Ohr gescheitelten ergrauenden Haare sind über seinen kahlen Schädel gekämmt. Seine dunkle Weste spannt über dem Bauch.

Clifford hingegen ist schlank und sieht gut aus. Jedenfalls fand Eve das einmal. Er hat dichtes helles Haar, auf das er ziemlich stolz ist, auch sein Schnauzbart ist üppig, und seine Nägel sind sehr gepflegt. Eve war überrascht gewesen, wie viel Aufmerksamkeit Clifford seiner Körperpflege widmet, wie genau er es mit seiner Kleidung nimmt und wie heikel er ist, was das Haareschneiden angeht.

Aber Mr. Wilkes macht einen sehr freundlichen Eindruck. Selbst wenn er die Stirn runzelt wie jetzt, scheint dies im Geiste der Empathie und nicht des Tadels zu geschehen.

»Es tut mir leid, aber ich tappe hinsichtlich der Verbindung, die zwischen Mr. Lester und Mrs. Forrester besteht, genauso im Dunkeln wie Sie, sofern eine solche Verbindung überhaupt existiert.«

»Unsinn«, wirft Clifford ein. »Es muss eine Verbindung geben. Leute überlassen doch nicht einfach wildfremden Leuten etwas. Du musst sofort Kontakt zu deiner Mutter aufnehmen, Eve. Wir können ein Telegramm schicken. Sie wird etwas darüber wissen.«

»Wenn ich Ihnen einen Vorschlag machen dürfte.« Für jemand seines Formats hat Mr. Wilkes eine sehr anmutige Art zu sprechen. Eve ist dankbar für seinen Einwurf. Sie möchte ihre Mutter außen vor lassen, fernhalten von dieser Kanzlei, um ihr keine Gelegenheit zu geben, diesen Funken der Begeisterung auszulöschen, den sie seit Eintreffen des Briefes in sich trägt. Mr. Wilkes fährt fort: »Unsere Erfahrung hat uns gezeigt, dass Empfänger potenziell wertvoller Hinterlassenschaften es oft vorziehen zu warten, bis sie volle Gewissheit über die Faktenlage haben, und erst dann entscheiden, ob sie andere darüber informieren möchten oder nicht.«

»Sie gehen also davon aus, diese Erbschaft könnte wertvoll sein?« Clifford sitzt inzwischen nur noch auf der Kante seines Sessels und reckt sich dem rundlichen Nachlassverwalter so weit entgegen, dass man befürchten muss, er werde gleich vornüberkippen.

»Auch diesbezüglich muss ich Sie enttäuschen, Mr. Forrester. Tatsache ist, dass ich vom Wesen der Hinterlassenschaft keine Kenntnis habe.«

»Das verstehe ich nicht.« Eve hört den verräterisch scharfen Ton der Ungeduld in Cliffords Stimme. »Wenn Sie es nicht wissen, Mr. Wilkes, wer dann?«

»Die genauen Einzelheiten bezüglich Mrs. Forresters Erbschaft sind in einem Nachtrag zu Mr. Lesters Testament enthalten, den sie sich vorlesen lassen kann, sobald sie im Büro von Mr. Lesters Notar Monsieur Bernard Gaillard in Cannes vorstellig wird.«

»Wie bitte?« Cliffords Ausruf platzt wie ein Hustenanfall aus ihm heraus. »Sie werden doch nicht allen Ernstes von uns erwarten, dass wir alles stehen und liegen lassen und zu enormen Kosten hinunter nach Südfrankreich fahren, nur um herauszufinden, was oder was nicht meiner Ehefrau von einem Mann hinterlassen wurde, von dem keiner von uns bisher auch nur gehört hat?«

Mr. Wilkes blickt gequält. »Ich verstehe durchaus, wie überraschend das für Sie sein muss, Mr. Forrester. Doch Monsieur Gaillard hat uns angewiesen, sämtliche Reisekosten zu übernehmen – erster Klasse natürlich – sowie für den Aufenthalt im prächtigen Appleton Hotel aufzukommen. Obwohl es Ihnen freisteht, ein anderes Hotel zu wählen.«

»Das steht leider ganz außer Frage. Ich bin Geschäftsmann, Mr. Wilkes. Ich leite ein sehr gefragtes Fuhrunternehmen. Ich kann nicht einfach auf Reisen gehen.«

Clifford beschreibt das Unternehmen, das er vor drei Jahren gegründet hat, immer als großen, aufstrebenden Konzern, doch das eine Mal, als Eve seine Räumlichkeiten am Stadtrand aufgesucht hat, fand sie diese beengt und ziemlich deprimierend: ein staubiger Hof, zwei oder drei ungenutzte Lastwagen. Und sie fragt sich manchmal, warum sie sich, wenn es bei ihm doch so gut läuft, nicht ein paar eigene Möbel leisten können oder warum Mrs. Jenkins nicht an fünf Vormittagen in der Woche kommen kann anstatt nur an zweien. Natürlich muss in dieser Nachkriegszeit jeder, der ein Geschäft hat, Einbußen hinnehmen, aber es ist vor allem der Widerspruch zwischen Cliffords Reden und dem Leben, das sie führen, der Eve seltsam aufstößt.

»Das verstehe ich voll und ganz, Mr. Forrester.« Der stattliche Nachlassverwalter bedenkt Clifford mit einem Blick, der zu sagen scheint: *Wir, die vermögenden Männer, stehen doch unter enormem Druck.* »Aber bei allem Respekt, zur Testamentseröffnung ist nur die Anwesenheit von Mrs. Forrester erforderlich.«

»Unmöglich. Eve ist leider keine Abenteurernatur, Mr. Wilkes. Sie hat ein behütetes Leben geführt. Sie wagt sich nur höchst selten ins Zentrum von Sutton, wie soll sie da den Ärmelkanal überqueren und durch ein Land reisen, dessen Sprache sie nicht spricht.«

»Nun, das stimmt so nicht ganz.« Eve ist selbst überrascht, dass sie Clifford in aller Öffentlichkeit widerspricht. »Ich spreche durchaus Französisch. Ich habe es in der Schule gelernt. Zugegeben, nicht gut, aber sicherlich ausreichend, um zurechtzukommen.«

Mr. Wilkes strahlt, als hätte sie ganz allein den Weltfrieden herbeigeführt. »Ausgezeichnet. Und um alle Arrangements kümmern wir uns, oder Monsieur Gaillard von seinem Büro in Cannes aus. Sie werden also nur noch eine kleine Tasche packen müssen und *voilà*!«

»Aber das ist doch lächerlich«, wendet Clifford ein. »Es muss doch eine Möglichkeit geben herauszufinden, was genau ihr überlassen wurde, ohne dass sie dafür ans

Ende der Welt reisen muss. Es könnte ja alles sein. Ein Gemälde. Oder ein *Buch.*«

Das Wort »Buch« betont Clifford, als stünde es für den geringsten Wert, den er sich vorstellen kann.

»Das ist richtig, ich habe keine Ahnung, was Mrs. Forrester zugedacht wurde. Und natürlich obliegt es Ihnen beiden zu entscheiden, ob Sie bereit sind, eine solche Reise zu unternehmen. Aber Sie sollten wissen, dass Mr. Lester ein sehr wohlhabender Mann war. Sein Großvater machte Ende des letzten Jahrhunderts ein Vermögen in Indien und in Hongkong, und Mr. Lester wurde als Erbe ein recht beträchtlicher Fonds zuteil.«

Am Abend liegt Eve im Bett und verfolgt, wie Clifford seine Hose erst exakt an der Bügelfalte ausrichtet, bevor er sie in den riesigen Mahagonischrank hängt, der ihr Schlafzimmer beherrscht.

»Mir gefällt das nicht«, sagt er zum wiederholten Male, seit sie die Kanzlei von Pearson & Wilkes am frühen Nachmittag verlassen haben. »Es gefällt mir überhaupt nicht.«

In seinem steifen blauen Pyjama sitzt Clifford auf der Bettkante und zieht seine Uhr auf, bevor er sie auf seinem Nachttisch so ausrichtet, dass das Zifferblatt zu sehen ist, wenn er liegt. Das hat er auf dieselbe Weise bisher an jedem Abend ihrer Ehe getan, aber plötzlich überkommt Eve das Gefühl, zu verkümmern und zu sterben, wenn sie diese Prozedur auch nur noch ein einziges Mal mit ansehen muss.

Als Clifford das Laken und die Daunendecke zurückschlägt, um ins Bett zu steigen, lässt der kalte Lufthauch Eve auf der Suche nach Wärme instinktiv näher an ihn heranrücken. Sie legt ihre Füße auf seine. Obwohl kalt, sind sie doch der einzige Bereich von ihm, der nicht von Baumwolle bedeckt ist. Sie spürt, wie er sich neben ihr versteift, aber er rückt nicht von ihr ab, wie er das sonst manchmal tut.

Ermutigt legt sie eine Hand auf seine Brust, um diese dann, als auch das widerstandslos hingenommen wird, auf Wanderschaft über seinen Körper zu schicken. Unvermittelt reißt er seinen Arm hoch, knipst das Licht aus und taucht sie beide in Dunkelheit. Es folgt das übliche schweigsame Hantieren mit der Pyjamahose, und dann ist er abrupt in ihr und, kaum entfährt ihr ein »Oh«, schon ebenso abrupt wieder fertig und draußen, und nur ein Rinnsal entlang ihres Schenkels beweist, dass er überhaupt dort war.

»Mache ich was falsch?«, fragt sie, als er seine Pyjamahose hochzieht und von ihr abrückt. »Gibt es etwas, das du gerne anders hättest?«

»Warum musst du immer diese fürchterlichen Fragen stellen? Ich habe dir schon mal gesagt, es gibt nichts anderes. Man macht es ganz einfach so.«

Eve, die über mehr Lebenserfahrung verfügt, als Clifford ihr zugesteht, weiß, dass man es nicht *einfach so* macht. Die zahlreichen Tändeleien mit Archie in vollgestellten Garderoben oder auf einsamen Parkbänken haben ihr gezeigt, dass Sex nicht wortlos und trocken und in Sekundenschnelle vorbei sein muss.

Seite an Seite liegen sie im Dunkeln.

Clifford räuspert sich. »Ich habe nachgedacht. Vielleicht würde es dir guttun, nach Frankreich zu reisen. Könnte dein Selbstvertrauen stärken.«

Und obwohl Eve sich fragt, ob er einfach ein paar Tage

hiervon befreit, von ihr befreit, sein möchte, schießt Hoffnung wie ein heißer Blitz durch ihre Adern.

Noch lange nachdem Clifford sich von ihr abgewandt und zu schnarchen begonnen hat, liegt sie wach, um dem zarten Rinnsal auf seinem Weg entlang ihres Schenkels nachzuspüren und sich vorzustellen, es wäre eine Fingerspitze.

3

31. Mai 1948

Le Train Bleu.

Von dem Moment an, als Mr. Wilkes beschrieb, dass sie im Nachtzug Le Train Bleu von Paris an die Côte d'Azur reisen würde, hat Eve sich die Worte immer wieder auf der Zunge zergehen lassen und sich Fantasien hingegeben. Aber auf Luxus dieser Art war sie nicht vorbereitet gewesen. Die Erregung, als der Zug den prächtigen Gare de Lyon mit seinem hohen Glaskuppeldach und den geschäftigen kleinen Cafés verlässt, reißt sie mit.

Sie spürt bereits die wachsende Distanz zu Clifford. Holt sich noch mal vor ihr geistiges Auge, wie er am Morgen steif auf dem Bahnsteig der Victoria Station stand. Nachdem er ihr eine lange Liste von Typen beschrieben hatte, vor denen sie sich in Acht nehmen und die sie meiden sollte, fügte er dieser nun, da die Abfahrt rasch näher rückte, noch wütend etwas hinzu. »Sei auf der Hut vor Zigeunern«, schärfte er ihr ein. »Die Frauen werden dich zu ködern versuchen, indem sie dir sagen, wie hübsch du bist, oder dir eine Blume anbieten, und dann, peng!« Er klatschte in die Hände, und sie zuckte zusammen. »Schon haben sie dich auf einem weißen Sklavenmarkt verkauft.«

»Ich denke wirklich nicht …«, hatte Mr. Wilkes versucht, etwas einzuwenden.

Doch Clifford war ihm ins Wort gefallen. »Wir sind Männer von Welt«, hielt er dagegen, »aber ich fürchte, meine Ehefrau könnte leichte Beute werden, wenn sie an den Falschen gerät.«

Es war egal, wie oft Mr. Wilkes erklärte, dass sie bei ihrer Ankunft in Cannes abgeholt und in ihr Hotel geleitet werde. Clifford blieb bei seiner Überzeugung, dass, sobald sie aus dem Zug stieg, Diebe und anderes Gesindel über sie herfallen würden.

Der Abschied war peinlich und unangenehm gewesen. Mr. Wilkes war – nachdem er ihr eine Schachtel Minzbonbons geschenkt hatte, was von Clifford mit äußerstem Misstrauen beäugt wurde – bereits in die Kanzlei zurückgekehrt. Eve ging davon aus, dass er ihnen auf seine übliche diskrete Art Raum für einen ungestörten Abschied geben wollte. Was jedoch nicht nötig gewesen wäre. Schon lange vor Abfahrt des Zuges war ihnen der Gesprächsstoff ausgegangen, und schließlich hatte Clifford gemeint: »Steig am besten schon mal ein, bevor er noch ohne dich abfährt«, worauf sie einen Schritt aufeinander zugemacht hatten, Eve in der Absicht, ihm einen Kuss auf die Lippen zu geben, wohingegen er im selben Moment zum Wangenkuss ansetzte, sodass sie am Ende Barthaare im Mund hatte.

»Pass auf dich auf«, hatte er in letzter Minute gemurmelt, als er ihr die Stufen hinauf in den Zug half. Da sie ihm dabei den Rücken zugewandt hatte, dauerte es etwas, bis sie seine Worte begriff, doch da war sie schon im Zug, und hinter ihr stieg jemand anderer ein. Von ihrem Sitzplatz aus hatte sie ihn beobachtet, wie er stirnrunzelnd auf seine Uhr sah und dann hoch zum Bahnhofsdach blickte. Überallhin, nur nicht in das Abteil, in dem sie saß und angespannt lächelte und sich wünschte, der Zug würde endlich losfahren.

Wie unwohl er sich in seiner Haut fühlt, hatte sie gedacht. *Ich sollte noch mal rausgehen. Und mich richtig verabschieden*, hatte sie überlegt, sich aber nicht vom Fleck bewegt. Und schließlich hatte der Zugführer gepfiffen und der Zug sich in Bewegung gesetzt und den steif verharrenden Clifford zurückgelassen, einen Arm zum Gruß erhoben.

Nun sitzt sie gemütlich im Speisewagen und lutscht den Rest von Mr. Wilkes' Minzbonbons – seltsam, dass sie in der Mitte ein Loch haben. Sie betrachtet die Holztäfelung und die weiße, gestärkte Tischwäsche und die Messinghaken an den Wänden für Taschen und Mäntel. Es gibt Kellner in weißen Jacken und auf jedem Tisch schmale Blumenvasen sowie blau-goldene Teller und Servietten, gefaltet wie Muschelschalen. Dazu das erwartungsvolle Summen von Menschen, die in Gedanken bereits bei ihrem ersten Cocktail im Freien sind, den ersten Sonnenstrahlen.

Zuvor hatte sie ihre Reisetasche in ihrem Schlafwagenabteil ausgepackt, das sie zu ihrem Erstaunen ganz für sich allein hatte. Die Polsterbank ließ sich in ein Bett verwandeln, ein schmales Regal nahm ihre Sachen auf, und unter sich spürte sie das gleichmäßige und beruhigende Rollen der Räder. Hier hatte sie sich ihrer Reisekleidung entledigt: des Kostüms aus schwerem Wollstoff mit dem dazu passenden marineblauen Hut. Nun trug sie ein braunes, leicht tailliertes Kreppkleid mit weitem Rock. Kein neues Kleid, aber »von guter Qualität«, wie ihre Mutter betonte, als sie es kurz vor dem Krieg gemeinsam gekauft hatten. *Wie klug von dir, dir ein Kleid in der exakten Farbe deiner Augen auszusuchen*, hatte Archie gemeint, als sie es das erste Mal anhatte. Jetzt ist es am Saum gestopft, weil sie in der Hast gestürzt war, als sie zum Luftschutzbunker mussten.

Sobald die Kleiderrationierung endet, wird sie das verdammte rosa Bezugsscheinheft verbrennen und sich einen Schrank voller Kleider in allen Farben des Regenbogens kaufen. *Dann hat es ein Ende mit Sparen und Flicken*, sagt sie sich und vergleicht ihr tristes Erscheinungsbild mit dem der französischen Mama und den beiden Töchtern im Teenageralter am Tisch hinter ihr, alle drei ein Bild mühelosen Schicks, in ihren pastellfarbenen Pullovern und passenden Wollröcken. Doch sofort drängt sich ihr die unvermeidliche Frage auf, wo sie diese neuen Kleider tragen soll. Und für wen? Insgesamt jedoch scheint es sich bei den anderen Dinierenden vorwiegend um Engländer zu handeln. Zu ihrer Rechten erzählt ein Mann, der in etwa ihr Alter haben dürfte, seinen Tischgenossen, einem Mann und einer Frau, eine lange, verschachtelte Geschichte, bei der es um einen verpassten Zug und eine darauf folgende wilde Nacht in Paris geht. Die Frau hat kräftige blonde Haare, die in Wellen auf ihre Schultern fallen, und ein hübsches, wenn auch mürrisches Gesicht. Sie trägt ein blaues Seidenkleid mit langen wogenden Ärmeln, die in engen Manschetten enden, und in einer Zigarettenspitze pafft sie eine Zigarette nach der anderen.

»Also ehrlich, Duncan«, sagt sie gelangweilt, als würde allein schon das Öffnen ihres blutrot angemalten Mundes sie erschöpfen, »musst du wirklich mit aller Macht ein Lotterleben inszenieren? Sollte sich das nicht ganz natürlich ergeben?«

Der Mann neben ihr ist ein wenig älter. Anfang dreißig,

vermutet Eve. Im Unterschied zu dem ersten Mann, der weiche, kaum konturierte Gesichtszüge hat und dessen recht lange Haare nicht über seine Stirnglatze hinwegtäuschen können, ist der andere breiter gebaut und kompakter, hat ein Grübchen am kantigen Kinn und Augen von erstaunlichem Grün. Er trinkt Whisky und lässt seine Blicke durch das Abteil schweifen, als interessierten ihn seine Gefährten nicht sonderlich. Für einen kurzen Moment treffen sich ihre Blicke, aber seiner gleitet gleich darauf an Eve ab, als wäre sie so wenig von Interesse wie das Mobiliar des Speisewagens.

Am Tisch direkt vor Eve sitzt ein Paar mittleren Alters und stochert in einvernehmlichem Schweigen in der Vorspeise aus pochiertem Lachs.

»Wollen Sie sich nicht zu uns setzen?«, sagt die Frau, als sie aufblickt und Eve ansieht. »Wie Sie sehen, haben wir eine Flasche Wein und können Hilfe gebrauchen, um sie zu leeren.«

Eve spürt, wie sie errötet. Die Angst, das Objekt von jemandes Mitleid zu sein, sitzt tief. Aber das Lächeln der Frau ist freundlich und aufrichtig, außerdem fiele ihr keine vernünftige Entschuldigung ein. Also erhebt sie sich linkisch und begibt sich zu ihrem Tisch. Im Vorbeigehen streift der Blick des Mannes mit den grünen Augen sie ein zweites Mal.

Das Paar, zu dem sie sich gesetzt hat, stellt sich als Rupert und Ruth Collett vor.

»Gott sei Dank haben Sie uns davor bewahrt, noch eine weitere Mahlzeit zu zweit einnehmen zu müssen«, sagt Ruth.

»Die arme Ruth hat all meine Scherze schon hundertmal und öfter gehört«, ergänzt ihr Ehemann. »Sie holt wildfremde Leute von der Straße ins Haus, nur um sie nicht ertragen zu müssen.«

Rupert ist groß und breitschultrig, hat ein freundliches Gesicht und einen Hundeblick. Seine Frau hingegen ist zierlich und hat ein ausgezehrtes, seltsam umwölktes Gesicht, in dem sich nun wie ein einzelner Sonnenstrahl ein Lächeln zeigt.

Sie befragen Eve zu ihrer Reise und bekunden, dass deren geheimnisvoller Anlass auch sie fasziniert. »Mein Mann denkt, ich werde zum Zielobjekt von Schwindlern und Betrügern«, wirft Eve ein, wobei sie sich bereits die leicht amüsierte Sprechweise der Colletts zu eigen macht, ohne zu bemerken, dass sie mit ihrer Offenheit bereits gegen Cliffords Rat verstoßen hat.

»Das wäre durchaus möglich«, sagt Rupert ernst. »Andererseits könnten Sie aber auch entdecken, dass Sie Prinzessin Galina Nikolajewna, heimliche Tochter der Großherzogin Anastasia Nikolajewna und somit die letzte überlebende Erbin des Romanow-Vermögens sind.«

»Ich gebe Ihrer Variante den Vorzug«, sagt Eve gutgelaunt.

Es ist ein fröhliches Mahl. Die Colletts erweisen sich in Hinblick auf ihr Reiseziel als weitaus informierter als Eve. Ruth täuscht Empörung darüber vor, dass Eve noch nicht vom Ereignis der Saison gehört hat – der in der kommenden Woche stattfindenden Hochzeit von Laurent Martin, Erbe des Vermögens der Martin-Reederei, und dem Filmstar Gloria Hayes. »Jeder von Rang und Namen wird runter an die Côte d'Azur kommen«, berichtet Ruth ihr. »Wir werden keinen Schritt tun können, ohne einem Matinée-Idol oder jemandem aus dem englischen Königshaus über den Weg zu laufen.«

»Da werde ich längst wieder abgereist sein.« Eve lächelt. »Sie werden ohne mich über Marlene und Greta und Wallis stolpern müssen.«

Erst als Eve von ihren neuen Freunden wissen möchte, warum sie in diesem Zug sitzen, erfährt der fröhliche Umgangston einen Dämpfer.

»Wir sind wegen unseres ältesten Sohnes hier, wegen Leo«, sagt Ruth mit eigenartigem Gesichtsausdruck.

»Also das, meine Liebe ...«

»Er kam 1944 bei der Operation Dragoon ums Leben.«

»Oh! Das tut mir sehr leid.«

Eve, die gerade ihren Nachtisch verzehrt, hält sich die Hand vor den Mund. Gespräche dieser Art sind auch ihr nur allzu vertraut. Tod und Verlust sind Bestandteile beinahe jeder Konversation. Gewöhnt hat sie sich allerdings nie daran. Die Kunst, die Tragödien anderer beim Nachmittagstee oder in der Schlange vor dem Postamt zu verhandeln, beherrscht sie nur mangelhaft.

»Sein Fallschirm ist nicht aufgegangen«, erläutert Rupert. »Er hatte einfach Pech. Der Rest dieser Operation war ein grandioser Erfolg, wie Sie wahrscheinlich wissen werden.«

Die auf die überraschende Invasion der Alliierten an den Stränden der Côte d'Azur folgende siegreiche Vertreibung der Deutschen aus Südfrankreich wurde häufig als einer der Wendepunkte des Kriegs bezeichnet.

»Dann ist er also in Frankreich begraben?«

Rupert schüttelt den Kopf.

»Er starb nicht sofort. Er lag ein paar Tage lang im Hospital von Marseille, dann transportierte man ihn nach Hause, aber er hat die Reise nicht überlebt«, sagt er. »Wir sind nur hier, weil wir ein Gefühl dafür bekommen möchten, wie er seine letzten Tage verbracht hat. Wir fahren nach Marseille, werden von dort am nächsten Tag in östlicher Richtung weiterreisen, um zu sehen, wo er runtergekommen ist, und umrunden dann Saint-Raphaël und die Strände, an denen die anderen Kameraden gelandet sind. Wir verbinden das mit einem Urlaub.«

»Leo würde uns nie verzeihen, wenn wir nach Südfrankreich kämen, um in schwarzer Kleidung Trübsal zu blasen«, wirft Ruth ein, als glaubte sie, sich rechtfertigen zu müssen. »Unser Leben ist sehr still ohne ihn. Zum Glück haben wir unseren Jack, Leos jüngeren Bruder. Er wird sich uns in ein, zwei Tagen anschließen. Wir haben ihn in Paris zurückgelassen, wo er noch Recherchen für den Abschluss seines Kunstgeschichtsstudiums anstellt.«

Nachdem Ruth sich später entschuldigt hat, um die Toilette aufzusuchen, sagt Rupert zu Eve: »Leos Tod hat sie sehr mitgenommen. Die beiden standen sich nah. Wir wollten die Reise schon früher machen, aber die Eisenbahnen in Frankreich waren stark beschädigt, und ich bin mir auch nicht sicher, ob Ruth das geschafft hätte.«

Als Ruth zurückkommt, sind ihre Augen gerötet, aber sie lächelt entschlossen. »Rupert und ich haben nun lange genug auf schmähliche Weise das Gespräch beherrscht«, wendet sie sich an Eve. »Jetzt möchte ich alles über Sie erfahren.«

Und zu ihrer eigenen Überraschung beginnt Eve, von Archie zu erzählen. »Verlobt haben wir uns an meinem achtzehnten Geburtstag. Ich wollte auch gleich heiraten. Mein Leben zu Hause war nicht das glücklichste. Als ich fünfzehn war, starb mein Vater. Meine Mutter und ich standen uns nie sehr nah, aber Archie meinte, wir sollten warten, bis er seinen Collegeabschluss hat. Dann brach gegen Ende seines zweiten Jahres der Krieg aus, und natürlich hat er sich verpflichtet. 1940 wurde er getötet. Dünkirchen.«

Jetzt ist es an den Colletts, bestürzt zu sein. Aber Eve kommt sich wie eine Schwindlerin vor, die sich zu Unrecht Mitgefühl erschleicht. Schließlich sind seitdem acht Jahre vergangen. Und sie ist nun eine andere Person als die junge Frau, die in der letzten Reihe des Kinos Archie Saunders' Hand gehalten und ihn in Banbury hinterm Haus ihrer Mutter geküsst hat. In letzter Zeit hat sie Mühe, sich an Archies Gesicht zu erinnern. Wenn sie an ihn denkt, erscheint er ihr als Puzzle, das sich nicht zusammenfügen lässt: die aufregend dunkle, kräftige Behaarung seiner Arme, seine breiten Hände, die sich so rau anfühlten, sein überraschend helles Lachen.

»Es freut mich, dass es Ihnen gelungen ist, ein neues Glück zu finden«, sagt Ruth mit Blick auf Eves Ehering.

Eve hofft, dass ihr nicht die Röte in die Wangen schießt. »Oh ja. Ich traf Clifford auf einem Vortrag kurz nach dem Krieg. Um genau zu sein, traf ich seine Mutter auf diesem Vortrag, und Clifford stieß dazu, weil er sie mit seinem Auto abholte, und wir kamen ins Gespräch und, na ja, Sie wissen schon.« Sie lässt unerwähnt, wie sehr sie sich gewünscht hatte, ein von ihrer Mutter unabhängiges Leben zu führen. Oder dass sie sich eingeredet hatte, Clifford irgendwann lieben zu können. So viele Männer – wie Leo Collett – hatten den Krieg nicht überlebt, weshalb sie sich tatsächlich glücklich schätzen konnte, jemanden gefunden zu haben, der bereit war, sie zu heiraten. »Du hast deine beste Zeit schon hinter dir«, hatte ihre Mutter ihr vorgehalten, als sie es gewagt hatte, Zweifel anzumelden. Und: »Ihr jungen Frauen müsst begreifen, dass das wahre

Leben nicht so ist wie im Film. Es besteht nicht nur aus gut aussehenden Männern und Geigenklängen.«

Clifford, der bereits die dreißig überschritten hatte, als die Kriegshandlungen begannen, war zudem noch Einzelkind, mit einer dokumentierten Atemwegserkrankung. Deshalb waren ihm Auslandseinsätze erspart geblieben, und sein Kriegsdienst hatte darin bestanden, Transporte für das Royal Army Service Corps zu verwalten. Eve hofft, dass die Colletts nicht nachfragen werden, denn sie weiß beschämend wenig darüber. *Du fändest das nur langweilig, meine Liebe*, sagt Clifford, wann immer sie ihn darauf anspricht.

Zum Glück erkundigt Ruth sich jedoch nach ihrer eigenen Arbeit während des Kriegs, und als Eve von ihrer Zeit beim Women's Voluntary Service erzählt, wo sie half, gespendete Möbel an Menschen zu verteilen, deren Häuser bombardiert worden waren, hebt ihre Stimmung sich.

»Es tat mir gut, mich zur Abwechslung nützlich zu fühlen«, berichtet sie, froh über die Gelegenheit, in Erinnerungen zu schwelgen – Clifford hatte nämlich jedes Reden über den Krieg als »morbid« bezeichnet. Eve schämt sich zuzugeben, dass diese Kriegsjahre, in denen sie an der Seite anderer Frauen arbeitete und viele Stunden und oftmals sogar Tage fern von zu Hause verbrachte, die glücklichsten ihres Lebens waren.

Während ihrer Unterhaltung war hinter ihnen am Tisch die zwischen den beiden jungen Männern und der mürrisch dreinblickenden Frau geführte Diskussion immer hitziger geworden. Jetzt wird es richtig laut. Eve dreht sich um und sieht, dass der jüngere Mann aufgesprungen ist, das Gesicht rotfleckig, passend zu dem großen Glas Wein, das er gestikulierend in seiner rechten Hand hält.

»Seit wann bist du denn der Inbegriff aller moralischen Tugenden?«, sagt er zu dem Mann mit den grünen Augen, und Eve fällt auf, wie unsicher er auf seinen Füßen steht. »Von dir lasse ich mir nicht sagen, wie ich mich zu benehmen habe. Du bist nicht *er*. Egal, wie sehr du dir das auch wünschen magst.«

»Ach, nun setz dich doch, Duncan, du weißt gar nicht, wie langweilig du bist«, sagt die blonde junge Frau, doch sie klingt aufgekratzt, wie in freudiger Erwartung einer Szene.

»So ist's recht. Schlag dich nur auf seine Seite. Das tust du ja immer. Ich weiß nicht, warum du anstatt meiner nicht ihn heiratest. Oh, ich vergaß, er hat nicht um dich angehalten. Er hat eine andere gefragt. Nur dass wir darüber nicht sprechen dürfen, nicht wahr?«

Jetzt erhebt sich auch der größere Mann und wirft seine Serviette auf den Tisch. Auch er scheint nicht mehr allzu standfest zu sein. Da er Eve den Rücken zukehrt, kann sie seinen Gesichtsausdruck nicht sehen, aber ihr fallen seine angespannten Schultern und seine zur Faust geballte Hand auf.

»Warum verpisst du dich nicht einfach?«, sagt er.

Im Abteil halten alle die Luft an.

»Hat man denn so was …«, setzt einer der Gäste am anderen Ende an und ist dabei, sich zu erheben.

Aber der Mann dreht sich um und torkelt mit dem Scotch in der Hand durch den Speisewagen. Als er an Eve vorbeikommt, begegnen sich ihre Blicke kurz, und er scheint zu zögern, und Eve hat das seltsame Gefühl, er wolle sich bei ihr entschuldigen. Aber der Augenblick geht vorüber, und schon ist er durch die Tür, hinter der die Schlafwagenabteile beginnen.

»Na, so was!« Ruths Augen glänzen vor Amüsement. »Ich muss schon sagen, genau das hatte ich mir von der Côte d'Azur erhofft. Theatralik. Schlechtes Benehmen. Jetzt brauchen wir nur noch einen echten Kampf. Oder noch besser, ein Duell.«

»Ich gebe mein Bestes«, erwidert ihr Ehemann trocken. »Obgleich ich nicht versprechen kann zu gewinnen. Meine Reflexe sind nicht mehr das, was sie mal waren.«

Eve stimmt in das Gelächter ein. Aber später, als sie allein in ihrem Abteil ist, beschleichen sie Zweifel. Clifford hatte recht gehabt, als er Mr. Wilkes erzählte, sie habe ein behütetes Leben geführt. Obwohl der Krieg ihre Perspektive erweitert hat, weiß sie noch immer nicht, wie sie auf Menschen wie diese Gruppe am Nebentisch reagieren soll. Hätte sie von deren Grobheit angewidert sein sollen, wie Clifford das mit Sicherheit gewesen wäre? Oder darüber lachen wie Ruth? Oder es einfach hinnehmen und die Worte an sich abperlen lassen?

Sie schließt die Augen, und der Rhythmus des fahrenden Zugs wird in ihrem Kopf zur Stimme ihrer Mutter. *Das tut man nicht*, sagt die Stimme. Und wieder: *Das tut man nicht. Das tut man nicht.*

4

1. Juni 1948

Sie nimmt die Veränderung wahr, noch bevor sie die Augen aufschlägt. Es ist ein andersgeartetes Licht, das durch das Rollo vor dem winzigen Fenster scheint, und die Luft fühlt sich frisch an.

Auf den Ellbogen gestützt, zieht sie das Rollo hoch und … *oh* … Wie ein Feuerwerk explodiert der Sonnenaufgang am Himmel und färbt die Welt mit orangen, violetten und rosa Pinselstrichen. Eves gute Laune kehrt zurück, die Begeisterung angesichts dieser exotischen neuen Morgenröte lässt die Zweifel der vergangenen Nacht schnell vergessen. Obwohl sie das Meer nicht sehen kann, bildet sie sich ein, es zu spüren, weit und offen, die Oberfläche geriffelt von Winden aus Afrika.

»Presque Marseille, Madame«, sagt der Steward, der ihr Tee, Toast und Marmelade bringt.

Von den Colletts hatte Eve sich bereits am Abend zuvor verabschiedet, doch als der Zug anhält, um sich seiner Passagiere zu entledigen, fühlt sie sich doch ein wenig verlassen. Das Paar war ihr so ans Herz gewachsen, dass sie nicht nur ihren eigenen Verlust spürt, sondern auch traurig ist, weil die beiden in einer derart unglücklichen Mission unterwegs sind.

Eve hat Archies Grab nie besucht. Bei Kriegsende war

er bereits fünf Jahre tot, und die Eve, die seine Hand gehalten und von einer glücklicheren Zukunft geträumt hatte, gab es nicht mehr. Sie beide hatten in einer anderen Welt gelebt als der, in der Eve sich wiederfand, als so bald nach Kriegsende das Gefühl von Aufbruch erstorben war und die Ernüchterung einsetzte und ihr nach und nach bewusst wurde, dies könnte schon alles gewesen sein und ihr Leben von nun an immer weiter schrumpfen, bis es klein genug war, um wieder in das winzige Hinterzimmer im Haus ihrer Mutter zu passen.

Als der Zug durch das verschlafene Dorf Cassis fährt, wo die ersten Sonnenstrahlen die Bougainvillea um das Bahnhofsgebäude zum Leuchten bringen, fasst sie neuen Mut. Mit einem lauten Seufzer begrüßt sie das Mittelmeer mit seiner gläsernen Oberfläche, nur gelegentlich von einer trägen Welle gebrochen.

Am späteren Vormittag, als der Zug über das atemberaubende Viaduc d'Anthéor fährt, wo die Welt an beiden Seiten steil abfällt, sodass es scheint, als hätte das Abteil, in dem sie sitzt, Flügel bekommen, um durch den blauen Himmel zu rauschen, schwingt ihr Herz sich mit auf. Wie auch nicht, bei einer derart strahlenden Sonne, so klaren Farben und einer wie mit Goldpailletten übersäten See.

Der Steward klopft an. *»Cannes, le prochain.«* Er hat olivfarbene Haut und auf der Stirn eine Narbe in Form eines lächelnden Munds. Über die Narbe wundert Eve sich nicht allzu sehr. Die meisten Menschen haben Narben davongetragen.

Jetzt, wo der Moment bevorsteht, den Zug verlassen zu müssen, merkt sie, wie nervös sie ist. Was weiß sie schon über die Situation, auf die sie sich hier einlässt?

Als sie schließlich auf dem Bahnsteig steht und auf der

Suche nach der Person, die sie abholt, erst in die eine, dann in die andere Richtung blickt, wachsen ihre Bedenken. In all dem Getümmel aussteigender Fahrgäste mit bereits zum Gruß erhobenen Händen entdeckt sie kein Schild mit der Aufschrift »Madame Forrester«, keinen mürrischen französischen Angestellten, der geschickt wurde, um sie abzuholen.

Sie bekommt es mit der Angst zu tun und klammert sich an ihre Handtasche mit ihrem Notgroschen. Zu ihrem Entsetzen brennen ihre Augen bereits, sie ist den Tränen nah. Sie presst die Lippen zusammen, versucht nicht zu weinen und richtet ihren Blick auf den Zug, um sich den Anblick des sich rasch leerenden Bahnsteigs zu ersparen. Ein außergewöhnlich grünes Augenpaar schaut sie von drinnen heraus an. Es ist der Mann aus dem Speisewagen, derjenige, der am Vorabend an ihr vorbeigestürmt war. Das Lächeln, das seine Lippen umspielt, kränkt sie erst, macht sie dann aber wütend.

Findet er ihre Bedrängnis etwa amüsant? Er findet es wohl lustig, sie verloren auf dem inzwischen geleerten Bahnsteig stehen zu sehen, den Koffer, den ihr ein strahlender Steward gebracht hat, zu ihren Füßen?

Sämtliche Türen sind geschlossen, und mit einem Ruck setzt sich nach einem kurzen Pfiff aus der Trillerpfeife des Zugbegleiters der Zug in Bewegung. Der Mann im Abteil hebt seine Hand und deutet diskret auf etwas, das sich hinter ihr befindet. Eve wendet ihren Blick ab. Als sie wieder zu ihm hinsieht, wiederholt er die Geste mit fragend hochgezogener Augenbraue. Neben ihm starrt die blonde Frau aus dem Speisewagen durch Eve hindurch, als wäre sie gar nicht vorhanden.

Der Zug verlässt nun den Bahnhof. Und das keinen

Augenblick zu früh, denn vor ihren Augen verschwimmt alles. Erst als sie die Rückseite des letzten Waggons in der Ferne kleiner werden sieht, blickt sie sich endlich dorthin um, wohin der Mann gezeigt hatte. Und von da kommt eine Frau mit dem rötesten Gesicht, das Eve je gesehen hat, auf sie zugeeilt, in der Hand ein Blatt Papier, worauf in sorgfältiger Schnörkelschrift »Mme. Forrester« steht.

»Oh, Madame. Es tut mir so leid. *Désolée, désolée.*« Die Frau schnauft so heftig, dass Eve Mühe hat, ihr Englisch mit dem starken Akzent zu verstehen. »Der Wagen ... die Straße ...« Es ist eine komplizierte Geschichte mit einem Lastwagen, der den Verkehr blockiert hat, und Eve gibt es schon bald auf, ihr folgen zu wollen.

»Ich bin Marie Gaillard«, stellt die Frau sich schließlich vor und winkt einen Träger für Eves Gepäck herbei. »Ich werde Sie zu Ihrem Hotel bringen, damit Sie sich ausruhen können, später fahren wir dann zu meinem Mann. Bitte erzählen Sie ihm nicht, dass Sie hier auf mich warten mussten. Bernard wird nicht zufrieden mit mir sein. Er wird sagen, Marie, habe ich dir nicht gesagt, dass du immer zu spät kommst und deshalb das Haus eine halbe Stunde *eher* verlassen musst, wenn du rechtzeitig ankommen willst.«

»Es ist alles gut«, sagt Eve. »Sie haben sich kaum verspätet.«

Zu Eves Überraschung setzt Marie sich, als sie zum Wagen kommen, einem kleinen orangen Vehikel, das für Eve nach kaum mehr als einer Blechdose auf Rädern aussieht, selbst hinters Steuer. Eve beäugt sie verstohlen vom Beifahrersitz aus. Nachdem die Röte verblasst ist, erkennt Eve, dass ihre Chauffeurin Ende vierzig sein dürfte, wache graue Augen ihr breites flaches Gesicht beleben und üppiges Haar von undefinierbarer Farbe aufs Geratewohl hochgesteckt wurde. Sie trägt eine schlecht sitzende Hose, was Eve überrascht, denn in ihrer Vorstellung schwebten Französinnen ständig in einer Wolke aus Parfüm und Seide.

Das kleine Auto schießt in den Verkehr und hätte um ein Haar ein Motorrad gestreift, auf dem ein Mann in Uniform sitzt, der die Faust hebt und eine Tirade loslässt, als sie ihn überholen.

»Hier in Cannes muss man vorsichtig sein. Die meisten Leute fahren wirklich schlecht.«

Eve wirft einen Blick auf Marie, um zu sehen, ob diese sich über sich selbst lustig macht, aber ihr Gesichtsausdruck spiegelt ihren Kummer über das Versagen ihrer Landsleute im Straßenverkehr.

Vor ihnen hat sich eine Autoschlange gebildet. Mit einem im Rachen gebildeten Klicklaut reißt Marie unvermittelt das Steuer nach links, macht einen Schwenk durch den entgegenkommenden Verkehr und biegt in eine Seitenstraße ab.

»Ha!« Sie lächelt triumphierend, als sie die Straße halb verlassen vorfindet. Sie steuert das Blechdosenauto im Zickzack, und Eve klammert sich Halt suchend an ihren Sitz. Vor einem Metzgerladen stehen die Leute in langer Schlange.

»Noch immer haben alle Hunger«, erklärt Marie. »Nie gibt es genug Fleisch. Nie genug Brot. Ständig verknappen sie die tägliche Ration. Sehen Sie?« Sie zeigt auf einen Mann mit eingefallenen Wangen. Er sitzt in einem Hauseingang auf einer Zeitung und starrt ins Leere.

Endlich biegen sie in die Küstenstraße ein, rechts gesäumt von spärlichen Palmen, die sich im Wind wiegen.

Dahinter fällt der Küstenstreifen zu einem Sandstrand hin ab, auf dem selbst um diese Jahreszeit noch vereinzelt Strandliegen stehen, jenseits davon die Weite des Meeres.

Vor einem stattlichen weißen Gebäude mit schwarz gedeckten Türmen an beiden Enden kommen sie quietschend zum Stehen. Es ist mindestens sieben Stockwerke hoch, und zu jedem seiner hohen Fenster gehört ein kleiner Balkon, flirrend hebt sich seine glänzende Fassade vor dem blauen Himmel ab.

Eine kleine Glücksblase platzt in Eve und verdrängt Cliffords warnende Stimme aus ihrem Kopf: *Wo ist der Haken? Was werden sie im Tausch für all das von dir erwarten?*

»Es ist so wunderschön«, sagt sie zu Marie Gaillard.

Die Französin zuckt die Achseln und lächelt diesmal nicht. Eve wundert sich, ob sie was Falsches gesagt hat.

Drinnen in der großzügigen Lobby mit dem glänzenden schwarz-weißen Fußboden tauscht Marie sich kurz mit dem Empfangschef aus. Obwohl Eve sich vor Clifford und Mr. Wilkes gebrüstet hatte, Französisch gelernt zu haben, muss sie jetzt zu ihrem Bedauern feststellen, dass sie fast alles in der Schule Gelernte vergessen hat und dem Gespräch nur mit Mühe folgen kann. Stattdessen konzentriert sie sich auf den gepflegten grauen Bart des Empfangschefs und die Abdrücke, die seine Brille auf seinem Nasenrücken hinterlassen hat.

Im Lauf der vergangenen Woche hatte Clifford sich bemüht, sie in einem Intensivkurs ins Zeitgeschehen einzuführen, insbesondere die Angelegenheiten dieser Region betreffend, und sie daran erinnert, dass der Süden im Unterschied zum von den Deutschen besetzten Norden sich weitgehend selbst verwaltet habe und man an der

Côte d'Azur erst mit den italienischen Faschisten, später mit den Nazis eine beunruhigende Koexistenz eingegangen sei. »Noch vor wenigen Jahren waren diese Leute unsere Feinde«, erklärte er ihr. »Jedes Mal, wenn du jemanden triffst, musst du dich fragen, was er während des Kriegs getan hat, wen er geschmiert hat.«

Eve betrachtet die fleischigen Finger des Mannes, die jetzt den Stift umschließen, mit dem er ihren Namen ins Hotelregister einträgt, und fragt sich, wessen Hände diese wohl in der Vergangenheit geschüttelt haben mochten.

Während ein Hotelpage sich Eves Koffers bemächtigt, wendet Marie sich ihr zu. Ihr Lächeln ist zurückgekehrt, doch sie scheint es kaum erwarten zu können, von hier wegzukommen.

»Ich werde Sie jetzt allein lassen, damit Sie sich ausruhen können, aber wenn es Ihnen recht ist, hole ich Sie am Nachmittag um vier hier ab.«

Im Lift grübelt Eve weiter darüber nach, ob womöglich eine unbedachte Äußerung ihrerseits den plötzlichen Stimmungsumschwung der Französin verursacht haben könnte. Aber ihre Bedenken sind vergessen, als sie im fünften Stock ankommen und der Page auf der Hälfte des Korridors die Tür zu einem Zimmer aufschließt, eintritt und die Fensterläden aufstößt. Eves Sinne werden geflutet vom heiß und blendend in den Raum fallenden Licht, den rauen Schreien der Möwen, die sich gegen den Verkehrslärm unten zu behaupten versuchen, dem leuchtend blauen Himmelsstreif und dem Glitzern darunter, dem Duft von Salz und Frische und jenem Unfassbaren, für das ihr die Worte fehlen, von dem sie aber weiß, dass es vom Aroma ihrer englischen Vorstadtstraße nicht weiter entfernt sein könnte.

Ich bin hier, sagt sie sich. *Ich bin wirklich hier.*

Erst nachdem der Page gegangen ist und die Münze eingesteckt hat, die Clifford am gestrigen Morgen genau für diesen Zweck beiseitegetan hat – *Wer kann schon wissen, wie sehr du auf deine eigenen Mittel zurückgreifen musst* –, lässt Eve den Raum auf sich wirken. Das Bett mit seinem blassblau-rosa gestreiften Überwurf und dem hohen geschnitzten Kopfteil, der Beistelltisch aus Walnussholz und die Kommode. Die hohe Decke. Das Licht.

Sie tritt vor die Flügeltüren und macht einen Schritt hinaus auf den Balkon, der von einem verspielten schmiedeeisernen Geländer begrenzt ist. Unmittelbar vor ihr funkelt das Mittelmeer, als wäre es von Tausenden winziger Lampen angestrahlt. Zu ihrer Linken streckt ein Pier seinen langen Holzfinger hinaus aufs Wasser.

Eigentlich sollte sie sich nach dieser langen Reise ausruhen, weiß aber, dass sie ohnehin keinen Schlaf fände. Stattdessen packt sie ihren Koffer aus. Im grellen Sonnenlicht erscheint ihr bester Rock aus flaschengrünem Leinen, den sie gestern noch so elegant gefunden hatte, ihr nun trist und wenig reizvoll, der Badeanzug, den sie in letzter Minute hineingestopft hatte, hoffnungslos gestrig.

Sie lässt sich rückwärts aufs Bett fallen und zerknautscht dabei ihre gelbe Seidenbluse. Die Sonne schickt einen schrägen Strahl durch die geöffneten Fenster zu ihr aufs Bett und wärmt ihr Gesicht. Sie schließt die Augen, sodass ihre Lider orange zu leuchten beginnen.

Plötzlich scheint es nicht mehr wichtig zu sein, zu wissen, warum sie hier ist. Es reicht, *dass* sie hier ist. Allein.

Fünf Minuten vor vier fährt sie hinunter in die Lobby. Sie hat in dem kleinen, aber luxuriösen Badezimmer ein Bad genommen und trägt jetzt ihren besten Rock mit der zerknitterten Seidenbluse. Ihre bestrumpften Beine stecken in klobigen Lederschuhen, die Clifford mal als »gute Investition« bezeichnet hatte, deren Klobigkeit ihr aber immer das Gefühl gibt, ein frisch beschlagenes Pferd zu sein.

Marie steht bereits am Ausgang der Lobby. Als sie Eve kommen sieht, wird ihr Blick gleich fröhlicher.

»Wie Sie sehen«, sagt sie zu ihr, »habe ich das Haus eine halbe Stunde früher verlassen, wie Bernard mir das immer rät. *Et voilà!*« Sie schiebt eine Hand unter Eves Ellbogen und steuert sie so überstürzt durch die Tür, dass Eve nicht mal Zeit bleibt, ihren Schlüssel am Empfang abzugeben.

Das kleine orange Auto ist draußen in so großem Abstand von der Bordsteinkante geparkt, dass die vorbeifahrenden Autos einen Bogen machen müssen.

»Jetzt werden wir Bernard besuchen«, verkündet Marie strahlend, und alle Spuren der brüsken Art von vorhin sind so gründlich ausgelöscht, dass Eve sich fragt, ob sie sich nicht getäuscht hatte.

»Kannten Sie Guy Lester, Marie?«, fragt sie ihre Fahrerin, während diese eine Reihe von schmalen Nebenstraßen bewältigt.

»Oh ja. Natürlich. Jeder kannte Mr. Lester.«

»Und war er denn ein *netter* Mann?«

Wie bieder das klingt. Ganz wie ihre Mutter. Als müssten Menschen entweder nett oder nicht nett sein. Als wäre es nicht möglich, an einem Tag nett zu sein, am nächsten aber die Straße entlangzulaufen und zufällig vorbeikommenden Fremden etwas Böses zu wünschen.

»Mr. Lester? Er war sehr charmant. Und sah so gut aus.« Marie wendet sich Eve mit großen Augen zu, und schon bereut Eve, diese Frage gestellt zu haben, denn der Wagen schert nach rechts aus.

Endlich halten sie vor einem alten Gebäude an, das einmal sehr beeindruckend gewesen sein muss. Jetzt jedoch blättert die Farbe ab, und in der Fassade, deren Farbe an Biskuit erinnert, sind Narben und Löcher zu sehen, entweder Zeugen des Alters oder von Granat- und Kugeleinschlägen. Eve möchte es lieber nicht so genau wissen.

Im Treppenhaus mit seiner hohen Decke quetschen sie sich in den Schmiedeeisenkäfig des kleinen Aufzugs. Marie drückt auf den Messingknopf für den fünften Stock. Nichts. Sie brummelt etwas auf Französisch, das Eve nicht versteht, aber leicht erraten kann, und drückt erneut. Wieder passiert nichts.

»Tut mir leid«, meint sie achselzuckend. »Das kommt immer mal wieder vor. Wir gehen zu Fuß.«

Als sie im vierten Stockwerk angelangt sind, protestieren Eves Wadenmuskeln, und ihre Bluse klebt ihr unangenehm am Rücken. Sie schnauft so heftig, dass sie das Klick-Klack von sich nähernden Absätzen auf der schmalen Steintreppe erst hört, als eine Frau um die Kurve kommt und es fast zu einem Zusammenstoß kommt.

»Oh, Verzeihung!« Obwohl sie sich erst kurz kennen, steht für Eve fest, dass die Begegnung Marie aus der Fassung gebracht hat, die Haut ihres Nackens färbt sich rot.

»Madame Lester. Bitte erlauben Sie mir, Ihnen …«

»Nicht jetzt, Marie. Ich bin in Eile.«

Die Frau drängt sich an ihnen vorbei, so schnell es ihre zehn Zentimeter hohen Absätze und der eng sitzende schwarze Rock zulassen. Ihr Haar ist honigfarben wie Eichendielen, und selbst im trüben Licht des Treppenhauses glänzt es wie poliert. Die Frau verströmt einen aufdringlichen Blütenduft. Aber ihre bernsteinfarbenen Augen, die Eve im Vorbeigehen kurz streifen, sind feucht und gerötet.

Eve dreht sich um, weil sie sich die Frau genauer ansehen möchte, erstarrt jedoch, als sie entdeckt, wie intensiv sie selbst gemustert wird. Aus Höflichkeit lächelt Eve, aber die Frau starrt sie weiterhin an, bevor sie sich abrupt auf dem Absatz umdreht.

Eve und Marie tauschen einen Blick, während das Klick-Klack schwächer wird. Dann steigen sie weiter hinauf. Eve wagt es nicht, zu sprechen, aus Angst, die Frau könnte sie durch das Treppenhaus hören.

Erst als sie im fünften Stockwerk ankommen und vor der Tür stehen bleiben, auf deren Messingschild »B. Gaillard, Notar« steht, wagt sie es, im Flüsterton zu fragen: »War das Guy Lesters Ehefrau?«

Marie nickt.

»Aber warum ...?«

Marie legt ihr die Hand auf den Arm. »Das werden Sie alles gleich erfahren«, beschwichtigt sie Eve und öffnet die Tür.

Sie betreten einen kleinen Raum mit hohen, vom Tabakrauch verfärbten Wänden und einem großen Fenster, das zur Straße zeigt. An einer Wand sind vier leere Stühle aufgereiht, dann gibt es noch einen großen Schreibtisch, hinter dem eine ältere Frau sitzt, die sich eine Stielbrille aus Schildpatt vor die Augen hält, als sie eintreten.

»Bonjour, Madame Galvin«, ruft Marie.

Madame Galvin zuckt zusammen und führt die Hand an die Brust, als hätte die plötzliche Ankunft Maries und Eves ihren Herzschlag alarmierend durcheinandergebracht. Sie und Marie tauschen sich kurz aus, wobei hauptsächlich in Richtung der geschlossenen, zur Hälfte verglasten Tür hinter Madame Galvins Schreibtisch gestikuliert wird.

Endlich wendet Marie sich an Eve. »Wir gehen jetzt rein«, sagt sie und führt sie an Madame Galvin vorbei. Eve wirft der älteren Frau einen entschuldigenden Blick zu, der jedoch mit größter Ablehnung beantwortet wird.

Der Raum, den sie jetzt betreten, ist vollgestopft und nur schwach beleuchtet, weil vor dem einzigen Fenster das Rollo heruntergezogen ist. Deshalb hat Eve anfangs auch Mühe, die Züge des Mannes auszumachen, der von seinem Schreibtisch aufspringt und ihr die Hand schüttelt. Nach und nach gewöhnen sich ihre Augen an das Dunkel, und sie erkennt einen Schopf widerspenstiger Haare und dann ein paar tiefe vertikale Kerben, die sich beidseits des Mundes ins Gesicht gegraben haben. Und schließlich ein Paar sanfte braune Augen.

»Mrs. Forrester«, spricht er sie in fast akzentfreiem Englisch an. »Es freut mich sehr, Sie zu sehen.«

Sanft nimmt er ihre Hand zwischen seine beiden, und ganz unvermittelt ist sie erneut den Tränen nah und denkt zurück an jenen Moment, als sie in Cannes auf dem Bahnsteig stand und sich so ungeheuer allein und töricht fühlte und dachte, dass Clifford nun letztendlich doch recht bekommen sollte und man mit ihr Schindluder getrieben habe und sich alles als raffinierte Finte erweisen werde.

»Ich warte draußen auf Sie«, lässt Marie sie wissen.

Eve beobachtet, wie Marie ihrem Ehemann einen dicken Kuss auf die Lippen drückt, bevor sie geht, und versucht sich vorzustellen, dasselbe in Cliffords Büro zu tun. Es ist eine so aberwitzige Vorstellung, dass es ihr die Brust abschnürt.

Als sie allein sind, nimmt Bernard wieder seinen Platz hinter dem Schreibtisch ein und bietet ihr den gepolsterten Stuhl ihm gegenüber an. Sie macht gerade Anstalten, sich zu setzen, als das Kissen sich als erschreckend lebendig erweist.

Sofort springt Bernard auf und ruft: *»Horace! Qu'est-ce que tu fais?«*

Die Katze springt träge zu Boden und schleicht zur Tür, doch Bernard hebt sie auf, um sie hinauszuwerfen, und schlägt hinter ihr die Tür zu.

»Ich bitte um Verzeihung, Mrs. Forrester. Meine Frau hat das Tier aus Mitleid von der Straße aufgelesen, als es noch ein Baby war, aber es ist wirklich außer Rand und Band.«

»Keine Ursache«, sagt Eve und streift die orangen Haare vom Sitz, bevor sie darauf Platz nimmt.

Sie hatte sich die Kanzlei als etwas Gepflegtes, Einschüchterndes vorgestellt, mit tief über Pulte gebeugten schweigsamen Angestellten und einem förmlichen Notar im schwarzen Anzug, der wegen seines vollen Terminplans rasch hinter sich bringen will, was getan werden muss, um dann nach minimaler Unterbrechung wieder an seine Arbeit zurückkehren zu können. Jemanden wie Bernard mit seinen gütigen Augen und seinem großen, rothaarigen Kater hat sie nicht erwartet.

»Sie werden sich bestimmt fragen, Mrs. Forrester, aus welchem Grund Sie hier sind. Tatsache ist, dass Mr. Lester sehr spezielle Anweisungen hinterlassen hat.«

»Und Mr. Lester war jemand, der es gewohnt war, seinen Willen durchzusetzen?« Damit möchte sie ihre Missbilligung all der Geheimniskrämerei zum Ausdruck bringen. Oder besser gesagt, Cliffords Missbilligung. Aber Bernard lächelt bloß.

»Oh ja. Jeder wollte ihn glücklich machen. Manche Leute haben diese Gabe, nicht wahr?«

»Und war er das? Glücklich, meine ich?«

Die Frage ist ihr herausgerutscht, bevor sie merkt, wie seltsam sie sich anhört. Was geht es sie an, ob dieser Mann, den sie nie kennengelernt hat, zufrieden war oder elend und einsam starb?

»Mr. Lester hatte ein gutes Leben. Er tauchte voll und ganz darin ein und plantschte herum.« Bernard illustriert dies, indem er mit seinen Armen schlenkert. »Aber ihn umgab auch eine gewisse Schwermut. Wissen Sie, während des Kriegs kamen die jüdischen Flüchtlinge, die den Nazis entkommen waren, hierher und hatten nichts mehr. Ihren Besitz, ihr Zuhause hatten sie zurücklassen müssen. Aber manchmal brachten sie kleinere Wertgegenstände mit – den Ehering ihrer Mutter, eine Goldmünze, manchmal auch nur eine Fotografie –, eingenäht ins Mantelfutter.« Dabei öffnet er sein Jackett und zeigt auf das braune Seidenfutter. »Bei Mr. Lester war es, als wäre ein kleines Stück Traurigkeit in seinen Mantel eingenäht. Verstehen Sie?«

Eve nickt. »Und er hatte Familie?« Ihr ist klar, dass ihre Fragen nur dem Zweck dienen, den Zeitpunkt hinauszuzögern, an dem Bernard ihr den enttäuschend banalen Grund für ihren Besuch offenlegen wird und dieser seltsame, wunderbare Traum sein Ende findet. Und dann wird Clifford sie am Samstagmorgen an der Victoria Station mit dem Gesicht abholen, das sie vom Bridgespiel mit seinem Cousin Vernon und dessen bleicher Frau kennt, wenn Eve einen Spielzug macht und er verkniffen fragt: »Bist du dir auch wirklich sicher, meine Liebe, dass du das tun willst?«, was sie aus reinem Trotz mit

Ja beantwortet, aber natürlich liegt sie falsch. Jenes Gesicht, das ihr sagt: *Du dachtest, du wüsstest es besser, und ich habe dich deine Fehler machen lassen, und jetzt sieh nur, wohin dich das geführt hat.*

»Oh ja. Er hatte sogar zwei Familien. Er hat sehr jung geheiratet, und das Paar hatte bereits zwei Söhne – Noel und Duncan –, als sie 1920 hierherzogen. Die erste Mrs. Lester, Madeleine, war eine sehr einfühlsame Dame. Freundlich. Leider starb sie in den späten Zwanzigerjahren. Grippe. 1930 heiratete Mr. Lester ein zweites Mal. Wieder eine Engländerin. Diana.«

»Ja, ich denke, ihr sind wir auf der Treppe begegnet. Sie schien in Eile zu sein.«

Bernard senkt seinen Blick und nickt, bevor er fortfährt: »Diana und Guy bekamen eine Tochter, Libby, sie ist inzwischen sechzehn, glaube ich. Und wegen des Tods ihres Vaters jetzt ebenfalls hier, normalerweise besucht sie in England eine Schule, und Mrs. Lester verbringt viel Zeit in London und Paris. Ich glaube, sie findet uns ziemlich langweilig.« Während er spricht, zieht Bernard die unterste Schublade seines Schreibtischs auf und kramt darin herum. Er holt einen Aktenkarton hervor. Das Schild vorne – M. Guy Lester – ist ordentlich getippt, und Eve stellt sich vor, wie die ältere Sekretärin mit verkniffenem Mund auf die Schreibmaschine einhämmert.

Er öffnet die Akte und holt ein obenauf liegendes ledergebundenes Dokument heraus.

»Das ist der Letzte Wille und das Testament von Guy Lester«, verkündet Bernard, und Eve nimmt seine geänderte Haltung wahr, feierlich und von einer Förmlichkeit getragen, die noch vor einem Augenblick nicht vorhanden war.

Bernard öffnet das Dokument. Das Papier ist dick und steif und hat die Farbe von Sahne, der Text ist in fahriger Schrift mit schwarzer Tinte geschrieben.

»Mr. Lesters Familie war vorhin zur Testamentseröffnung hier, aber Mrs. Lester blieb noch, nachdem die anderen gegangen waren. Es gab einige ... äh ... Überraschungen. Nun ja, Mrs. Forrester, die letzten Anweisungen der Menschen, die wir lieben, entsprechen nicht immer unseren Erwartungen und Wünschen.« Bernard hält inne, seine Hand ruht auf dem Papier. »Sie sollten wissen, Mrs. Forrester, dass Mr. Lester sein Testament erst vor Kurzem geändert hat. Tatsächlich sogar erst vor wenigen Wochen. Weshalb seine Familie auch so überrascht ist. Nicht lange davor war seine Krankheit entdeckt worden. Kehlkopfkrebs.« Hier legt Bernard seine Finger zur Demonstration an seine eigene Kehle. »Aber er wusste nicht, wie weit fortgeschritten die Erkrankung bereits war, und hatte mit Sicherheit keine Ahnung, dass das Ende so rasch kommen würde. Er reiste einmal nach England, um Sie aufzusuchen, und war entschlossen, es noch ein zweites Mal zu tun, an dem Tag, an dem er starb. Er wollte Sie persönlich kennenlernen, wie er mir erzählte. Um es zu erklären.«

»Was zu erklären?«

»Warum er Sie in seinem neuen Testament bedacht hat.«

In Eve steigt die Spannung. »Wissen *Sie* denn, warum, Mr. Gaillard? Wissen Sie, in welcher Verbindung er zu mir stand?«

Bernard schüttelt den Kopf. »Leider weiß ich nur das, was in diesem Testament steht. Es ist wirklich höchst unglücklich, dass der Tod ihn so rasch ereilt hat. Er war nicht darauf vorbereitet, verstehen Sie?« Das Gesicht des Notars spiegelt ernsthafte Sorge. Als Eve nickt, scheint ihn das jedoch zu beruhigen. »Sind Sie bereit, Mrs. Forrester?«

Sie schluckt heftig. Jetzt hat sie einen Kloß im Hals, mit rauen rohen Kanten, wie frisch gesägtes Holz.

Bernard sieht sie mit sanftem Blick an. *»Courage«,* sagt er. Aus einer Schachtel auf seinem Schreibtisch holt er eine Brille mit Schildpattgestell, setzt sie auf und blinzelt, dann liest er vor: »Ich, Guy Lester, im Vollbesitz meiner geistigen Kräfte, hinterlasse testamentarisch Mrs. Eve Forrester (geborene Shipley), wohnhaft in der Newbolt Avenue, Sutton, einen Viertelanteil an der Villa La Perle am Cap d'Antibes, als Wiedergutmachung vergangenen Unrechts.«

Bernard sieht sie über den Brillenrand hinweg an und zieht die Augenbrauen fragend hoch, weil von der verblüfften Eve keine Reaktion kommt.

»Die Perlenvilla, Mrs. Forrester. Sein Haus.«

Sie sitzt ganz still im Auto, selbst als Marie kurz vor einer Kurve einen Bus überholt und der neben ihr sitzende Bernard irgendwas auf Französisch ruft, das Eve glücklicherweise nicht versteht.

Einen Anteil an einem Haus. Hier. In Südfrankreich.

Die Anweisungen in Guy Lesters Testament sind eindeutig. Der Besitz des Hauses geht als gemeinsames Eigentum an Eve und Guys drei Kinder Noel, Duncan und die sechzehnjährige Libby über, deren Anteil jedoch von ihrer Mutter treuhänderisch verwaltet wird. Die vier können das Haus nach Belieben veräußern, sobald die Formalitäten erledigt sind, aber Guy bringt seine Hoffnung zum Ausdruck, Eve werde wenigstens etwas Zeit dort verbringen, bevor es verkauft wird, sofern sich alle auf einen Verkauf einigen können.

»Aber was ist mit Mrs. Lester?«, fragt Eve, nachdem sie ihre Sprache wiedergefunden hat.

»Sie ist sehr gut versorgt. Die Villa hat sie nie gemocht, fand sie immer zu klein und altmodisch. Als die Lesters nach dem Krieg an die Côte d'Azur zurückkehrten und Eigentum günstig zu erwerben war, überredete sie Mr. Lester, ein moderneres Haus in den Hügeln hinter Nizza zu kaufen, einer viel schickeren Gegend. Erst vor wenigen Monaten zog die Familie dauerhaft dorthin. Mrs. Lester wollte die Villa La Perle verkaufen und den Erlös davon für Modernisierungen verwenden, aber dem hat Mr. Lester sich immer verweigert.«

»Und seine Söhne?«

»Alle beide haben ein kleines Vermögen geerbt, als sie volljährig wurden. Sie haben jeder eine Wohnung im selben Wohnhaus im Zentrum von Nizza und ein eigenes Einkommen. Der ältere Sohn importiert Autos aus England, wie ich glaube, und der jüngere arbeitet als Übersetzer für diverse internationale Finanzgesellschaften – wenn er nicht die Spieltische frequentiert. Keine Sorge, Mrs. Forrester. Keiner wird Hunger leiden. Sie sollten auch wissen, dass es bereits einen Kaufinteressenten für das Haus gibt. Natürlich müssen, bevor irgendetwas in die Wege geleitet werden kann, erst die rechtlichen Formalitäten abgeschlossen sein, aber er möchte unbedingt so bald wie möglich einziehen und ist deshalb bereit, sechs Monate Miete im Voraus zu zahlen, bis der Verkauf über die Bühne gehen kann.«

Sie haben Cannes nun hinter sich gelassen, und die

Straße folgt der Küstenlinie mit der von Pinien bewachsenen Hangseite zu ihrer Linken und dem Meer zu ihrer Rechten, das jenseits der Bahngleise glatt im Licht des späten Nachmittags ruht.

»Spielen *Sie* gern, Mrs. Forrester?«, erkundigt sich Marie. »Im nächsten Ort, in Juan-les-Pins, haben wir ein sehr berühmtes Casino, wo man in wunderschönem Ambiente sein ganzes Geld verlieren kann.«

Nun lösen Wohnblöcke und einige größere Anwesen die Pinien ab, und bald darauf fahren sie durch eine kleine Stadt voller Autos und Geschäfte und Bars. Es ist Cocktailstunde, und in den Straßen wimmelt es von den glamourösesten Frauen, die Eve je zu Gesicht bekommen hat, manche sind bereits für den Abend zurechtgemacht und stellen in Roben ihre glatten, braunen Rücken zur Schau, andere kommen eindeutig gerade erst vom Strand, in engen Shorts mit hohem Bund, die der Fantasie nicht mehr viel Spielraum lassen, und kurzen Neckholder-Tops. Eve sieht eine junge Frau in einem zweiteiligen Badeanzug umherschlendern, als wäre es das Normalste auf der Welt. Sie kennt das aus Zeitschriften, es leibhaftig zu sehen ist jedoch etwas anderes.

»Sie haben Glück mit dem Wetter«, sagt Bernard. »Um diese Jahreszeit ist es unberechenbar, aber seit zwei Wochen hatten wir nur Sonnenschein. Ich denke, nächste Woche bekommen wir ein Unwetter, aber bis dahin werden Sie wohlbehütet zu Hause sein.«

Die Straße führt sie entlang des Boulevards zum darunterliegenden Sandstrand, wo die ganz hartgesottenen Sonnenanbeter noch die letzten Strahlen der Frühsommersonne aufsaugen, obwohl um sie herum bereits Sonnenschirme zusammengefaltet, Handtücher ausgeschüttelt, Hemden über die sandverkrustete Haut gestreift werden.

Vor ihnen liegt das Casino, ein beeindruckendes langgestrecktes Gebäude, das den Strand flankiert, dahinter ein weißes Gebäude, höher als die Bäume, mit der Aufschrift »Provençal«.

Nichts fühlt sich real an. Weder das kleine Auto, das jetzt zu stottern anfängt, weil die Straße hinter der Stadt steil ansteigt, noch der blassgolden getönte Himmel oder die Palmen am Straßenrand, deren fransige Blätter im Windhauch flattern.

Sie entfernen sich von der Küste. Die Straße ist breit und kurvig, und an beiden Seiten führen Tore zu großen Villen, die sich hinter üppigen Gärten verbergen. Eve war davon ausgegangen, sie würden landeinwärts fahren, aber dann erreichen sie eine Hügelkuppe, und da liegt es wieder vor ihnen – unverkennbar das Meer.

»Dies ist das Cap d'Antibes«, klärt Bernard sie auf, als könne er ihre Gedanken lesen. »Es ist eine kleine Landzunge, die sich ins Meer hinausschiebt, das diesen Zipfel von drei Seiten umgibt.«

»Nur schade, dass es schon so spät am Tag ist«, wirft Marie ein. »Das Licht ist hier am Morgen einfach zauberhaft.«

Aber es ist auch so bereits der schönste Ort, an dem Eve je gewesen ist. Eine Steigerung dessen kann sie sich nicht vorstellen.

Der Wagen kommt an einer von Laub überhangenen weiß getünchten Mauer vorbei, biegt unvermittelt nach links ab und fährt durch ein zweiflügeliges schmiedeeisernes Tor auf einen kleinen gekiesten Hof, dessen merkwürdige Form der unregelmäßigen Küstenlinie geschuldet ist. Sie befinden sich seitlich eines Hauses, das von einer hohen Zypressenreihe völlig abgeschirmt und den Blicken entzogen ist.

»Wir werden heute nicht ins Haus hineingehen«, sagt Bernard. »Bei Tageslicht bekommen Sie einen viel besseren Eindruck davon. Und wir sollten der Familie Zeit geben, die Neufassung des Testaments zu verdauen.«

»Sind sie aufgebracht?« Eve erinnert sich an Diana Lesters gerötete Augen.

»Überrascht«, korrigiert Bernard taktvoll. »Ihre Existenz ist ein Schock für sie gewesen. Wenn Sie wollen, kann ich es Ihnen aber von außen zeigen.«

Eve nickt, doch ihr schnürt es die Kehle zu. Über die Lester-Familie zu sprechen empfindet sie nach der schönen Fahrt als unwillkommene Erinnerung an die Realität. Na gut. Sie wird um das Haus laufen, um ihre Neugier zu befriedigen, und sich am Licht und den Farben und dem Duft des Meeres zu berauschen. Dann wird sie den netten Gaillards erklären, dass sie von einem Mann, den sie nicht kennt, unmöglich einen Anteil an einem Anwesen annehmen kann. Und sie wird nach England zurückkehren, und das hier wird nur noch ein Traum sein, eine lustige Anekdote, die sie auf Dinnerpartys zum Besten geben kann. Nur dass sie und Clifford nicht auf Dinnerpartys gehen.

Marie meint, sie wolle im Wagen warten, aber Bernard ist bereits losgeschlurft, seine Schritte knirschen auf dem Kies, und Eve bleibt nichts anderes übrig, als ihm zu folgen. *Was kann es schon schaden?*, sagt sie sich.

Aber das Wort *schaden* steckt ihr wie eine Gräte im Rachen.

Eve folgt Bernard durch eine Lücke in der Zypressenhecke und steht in einem verwilderten Garten, der selbst im rasch nachlassenden Licht noch mit lebhaften Farben prunkt. Grünbelaubte Zweige biegen sich unter der Last rosa und weißer Blüten, üppiges Geißblatt überzieht die Mauern und verströmt einen Duft, der sich mit dem des Lavendels mischt – und so gar nichts mit dem Yardley-Lavendelwasser gemein hat, das Eve zu Hause auf ihrem Frisiertisch stehen hat.

Die Villa selbst, die sich wie ein Schattenriss vor dem beinahe dunklen Himmel abhebt, ist ein kurioser Bau, niedrig, hellrosa gestrichen, wobei die Farbe an manchen Stellen abblättert, von Kletterpflanzen überzogen und ohne erkennbaren Eingang. Nur eine Reihe Fenster mit grünen Läden starren sie leer an. Enttäuschung ist ihre erste Reaktion.

Schon geht sie davon aus, dass die Außenbesichtigung zu Ende ist und sie erst morgen wiederkommen werden, um das Haus durch eine Tür zu betreten, die Eve noch nicht ausmachen kann, doch Bernard folgt dem Kiesweg, der seitlich ums Haus führt.

Und ... *oh mein Gott.*

Sie steht am oberen Absatz einer steinernen Treppenflucht. Direkt vor ihr liegt das Mittelmeer, golden angestrahlt von der ganz weit rechts untergehenden Sonne. Sie steigen hinab und gehen darauf zu, vorbei an einem nierenförmigen Swimmingpool mit grünen Fliesen, eingefügt in eine Holzterrasse, umgeben von diversen Liegestühlen und Sonnenschirmen.

Inzwischen durchziehen rosarote Streifen den tintigen Himmel, und das Wasser leuchtet erst orange, dann rosig. Und als sie ganz unten ankommen, scheint das Meer in Flammen zu stehen. Eine kleine Terrasse, beschattet von

Bäumen unterschiedlicher Art, darunter auch ein tiefhängender Eukalyptus, führt zu einem Holzsteg.

Bernard lehnt sich ans Geländer, und einen Moment lang verweilen sie schweigend und ergötzen sich am Anblick des feuerflüssigen Wassers. Irgendwo über ihnen kreischt eine Möwe, ein leises Gurren mischt sich mit dem tiefen Schnarren der Zikaden und einem kratzenden Ton, den Eve einer Kröte zuschreibt.

»Und jetzt müssen Sie sich das Haus ansehen«, fordert der Anwalt sie schließlich auf.

Eve kann sich kaum von dem Anblick losreißen, dreht sich dann aber doch um.

»Mein Gott!« Ihre Hand fliegt zum Mund, so überwältigt ist sie vom Anblick des Gebäudes. Breit ist es auch von dieser Seite nicht, aber es erhebt sich über zwei Stockwerke, jedes mit einer Reihe glänzender, hoher Fenster. Schien die Vorderfront des Hauses in fadem Rosa angestrichen zu sein, spiegelt diese Seite das orange Leuchten der untergehenden Sonne, das in den Fensterscheiben wie Feuer lodert. Neben dem Eingang strecken zwei Schirmpinien ihre Nadelfächer wie geöffnete Hände aus. Die Szenerie scheint für Eve inszeniert zu sein, das Haus eine brennende Fackel, die sie nach Hause führt.

Doch es ist nicht ihres.

Und dennoch.

Guy, 16. April 1948

»Wie lange?«

»So etwas lässt sich nur ganz schwer einschätzen, Mr. Lester.«

»Wochen? Monate?«

»Oh, sicherlich Monate. Was das anbelangt, brauchen Sie keine Angst zu haben. Neun Monate oder ein Jahr. Vielleicht auch zwei – solange Sie berücksichtigen, dass Sie einen hohen Blutdruck haben und deshalb übermäßige Anstrengungen meiden sollten. Doch jede Menge Zeit, um Ihre Angelegenheiten tipp-topp zu regeln.«

Dieses »Tipp-topp« ist es, was hängen bleibt.

Ein paar Wochen nach der Diagnose gehe ich meinen Geschäften weiterhin nach, als sei nichts. Trinke ich mehr als gewöhnlich? Gut möglich, aber ich trinke sowieso viel. Bin ich jähzorniger als sonst? Zweifellos. Aber andererseits neige ich auch zu hemmungsloser Sentimentalität.

Eines Morgens komme ich an Diana vorbei, die, in eine Decke gekuschelt, ohne auch nur das geringste Make-up am Pool sitzt und dabei ganz wie das junge Mädchen aussieht, in das ich mich vor so vielen Jahren verliebt habe. Ich schließe sie in meine Arme und vergrabe mein Gesicht an ihrem Hals, als könnte ich mich zurückwühlen zu der Person, die ich damals war, und alles anders machen. Ich spüre, wie sie sich in meinen Armen versteift, und wer könnte ihr das verdenken? Wie oft bin ich direkt aus dem Bett einer anderen Frau nach Hause gekommen und habe meine Schuldgefühle mit verrückten Geschenken und übertriebenen Gesten der Zuneigung kompensiert? Unzählige Male. Und mir dabei jedes Mal geschworen, dass dies das letzte Mal sein wird, da ich meiner Lust schließlich oft genug gefrönt habe.

Natürlich war meine Lust nie für lange befriedigt. Immer war ich auf der Suche nach Bestätigung. Nach dem Beweis, dass ich ungeachtet dessen, was ich getan habe, etwas wert bin.

Wie vorherzusehen, folgt nun die Abrechnung. Der Gedanke, dass ich sterben werde, weckt mich mitten in der Nacht, ich bin schweißgebadet und voller Angst. Mein ganzes Leben lang habe ich mich mit Menschen umgeben – meinen Ehefrauen, meinen Kindern, den Frauen –, und so ist es ein Schock für mich, feststellen zu müssen, dass ich am Ende ziemlich allein bin.

Ich fange an, es den Leuten mitzuteilen, ihnen die Nachricht in lockerem Ton zu unterbreiten: »Du kennst doch diesen hässlichen alten Knoten in meiner Kehle?« Noel ist wütend, sowohl auf die Krankheit als auch auf mich, weil ich sie mir eingefangen habe. Er sieht mich an, als wollte er mich schlagen, zieht mich dann aber in einer stürmischen Umarmung an sich, und ich sage nichts, obwohl er mir den Hals abdrückt. Dann betrinken wir uns beide richtig. Duncan weint. Libby auch, obwohl ich nicht glaube, dass sie es wirklich versteht.

Ich hoffe, dass die Diagnose Diana dazu bringt, ihre Pläne für den Umzug nach Nizza fallen zu lassen, aber es mobilisiert sie nur umso mehr. »Ich möchte nicht hier in diesem bröckelnden Haus zurückbleiben«, sagt sie. Sie ist um Mitgefühl bemüht, aber ich habe Dianas Herz so oft gebrochen, dass sie es jetzt in einer Art Blechdose verwahrt. Es ist unmöglich, allzu tief in Dianas Gefühlen zu forschen, ohne auf den Klang von Metall zu stoßen.

Während dieser langen hellwachen Stunden überkommen mich unweigerlich bleierne Schuldgefühle. Wenn ich die Augen schließe, ist alles wieder da, als wäre seitdem kein Tag vergangen. Die Stille jenes frühen Morgens, die langen Schatten der Bäume im betauten Gras. Die eben erst erwachenden Vögel. Wie wir über den Zaun des Parks springen, jung, betrunken und unbesiegbar. Jener letzte glückselige Moment des Vorher.

Wenn ich, von Hustenanfällen geschüttelt, im Bett liege, gehe ich mit mir ins Gericht. Als Erstes kommen die Ausflüchte. Das Geld, das ich weggegeben habe, die Menschen, denen ich geholfen habe. Die Gäste, die ich ganz selbstverständlich und ohne mir einen Lohn zu erhoffen willkommen geheißen und bewirtet habe. Ich habe versucht, Wiedergutmachung zu leisten. Habe getan, was ich konnte.

Dann die Anklage. *Du bist weggerannt. Du bist ungeschoren davongekommen. Du hast nie gründliche Nachforschungen angestellt, weil es dir so besser in den Kram gepasst hat.*

Du bist ein elender Feigling.

Ich schließe die Augen wieder und sehe jetzt ihr Gesicht. Jung und hübsch, mit Blut besudelt und voller Klümpchen von etwas anderem, roh und eklig und knorpelig, das an ihren Wangen und in den langen Strähnen ihrer Haare klebt.

Und jetzt weiß ich, was ich tun muss.

Ich muss meine Angelegenheiten tipp-topp regeln.

5

2. Juni 1948

»Was meinst du damit, ein Haus?« Cliffords Stimme klingt seltsam blechern über die Fernleitung.

»Es ist ein rosa Haus, direkt am Meer, mit grünen Fensterläden, ein wenig heruntergekommen, das ist wahr, aber …«

»Rosa?«

Eve unterdrückt die aufwallende Verärgerung. »Es ist ein sehr hübsches Rosa.« Schon ist sie ernüchtert. Dieser so bedeutsame Augenblick, und ihr Ehemann hat es geschafft, ihn in Windeseile auf die Frage nach der Wandfarbe zu reduzieren. Schon befindet sie sich in der Defensive.

»Und wie viel ist es wert?«

Eve schweigt. Sie hat die Frage gehört, möchte das aber nicht zugeben. Wünscht sich, es wäre eine gänzlich andere Frage. Etwa die nach dem Anblick des Sonnenuntergangs oder dem Duft von Lavendel.

»Das Haus. Wie viel werden wir dafür bekommen?«

»Das weiß ich nicht. Ich habe nicht gefragt. Es gehört mir nicht, vergiss das nicht. Und ich habe auch noch keinen Fuß hineingesetzt.«

»Aber ein Viertel davon gehört uns. Es wird schon einiges wert sein. Direkt am Meer, sagst du? Dürfte schwer sein, das zu unterhalten, denke ich. Wir werden es bei der ersten sich bietenden Gelegenheit verkaufen.«

»Aber findest du das nicht seltsam?«, hakt sie nach. »Dass dieser Mann, von dem ich noch nie gehört habe, mir ein solches Geschenk hinterlässt? Wäre er doch bloß nicht gestorben, bevor er mich treffen und es mir erklären konnte, wie er das vorgehabt hatte. Ich sollte es nicht annehmen, oder was denkst du? Nicht, solange wir keine Ahnung haben, welche Verfehlungen das sind, auf die er in seinem Testament anspielt.«

Clifford scheint ihre Bedenken jedoch nicht zu teilen.

»Zweifellos gibt es eine irgendwie geartete enge Verbindung, die wir begreifen werden, wenn wir die Neuigkeiten deiner Mutter mitteilen. Vielleicht war er ein in Ungnade gefallener Onkel. In jeder Familie gibt es ein schwarzes Schaf. Wir können das alles bereden, wenn du am Samstag zurückkommst, aber du wirst dich sicher ausruhen müssen nach der langen nächtlichen Reise. Ich werde dann, sobald es mir möglich ist, selbst nach Frankreich reisen, um den Verkauf zu verhandeln. Sei ganz beruhigt, meine Liebe, wenn du erst wieder hier bist, wirst du dich damit nicht mehr belasten müssen.«

Als sie an der Hotelrezeption den Hörer auflegt, hat sich die Beschwingtheit der letzten fünfzehn Stunden vollkommen verflüchtigt. Was auch immer von nun an mit der Villa La Perle geschieht, wird nichts an ihrem Leben mit Clifford ändern. An dem Haus in Sutton. Ihrem Alltag. Gut, vielleicht hätten sie etwas Geld für Urlaube, würden sich ein luxuriöseres Hotel für den jährlichen Sommerurlaub in Bournemouth leisten können. Oder vielleicht sogar weiter weg fahren. Clifford hatte häufig Jersey erwähnt.

Sie steht in ihrem Zimmer am offenen Fenster und blickt hinaus aufs Meer. Der Himmel ist heute etwas verhangen. Die Sonne versteckt sich hinter einer hohen weißen Wolkenwand, ihr Licht sickert nur schwach durch eine gelegentliche Lücke.

Als Eve in der vergangenen Nacht im Bett lag, hat sie sich das im Widerschein des Sonnenuntergangs prachtvoll leuchtende Haus ausgemalt, jetzt jedoch ermahnt sie sich, dass dies nichts weiter als ein amüsantes Intermezzo im ernsthafteren Geschäft des wahren Lebens ist.

Während der Autofahrt ist sie schweigsam. Marie fährt, und Bernard erläutert, dass sie etwas Zeit für sich haben werden, um sich das Haus anzusehen, bevor Mrs. Lester zu ihnen stößt, um das Testament durchzugehen. Eve kämpft gegen die wachsende Furcht an, die der Gedanke an ein Wiedersehen mit Guy Lesters kühler, makelloser Witwe in ihr auslöst. Was muss die Frau von ihr denken? Was müssen sie alle von ihr denken?

Diesmal nähern sie sich dem Haus aus einer anderen Richtung, nehmen hinter Juan-les-Pins die Küstenstraße, vorbei an felsigen Buchten und einem kleinen Strand, und durchqueren dann den Zipfel der winzigen Halbinsel. »Das hier ist natürlich das Hôtel du Cap-Eden-Roc«, informiert Bernard sie, als müsste sie das eigentlich bereits wissen. Eve korrigiert ihn nicht. Ein Stück weiter fahren sie an einer Reihe von Toren vorbei, die alle auf die sich dahinter verbergenden Häuser hinweisen. Als das Meer wieder zu sehen ist, tauchen weitere Tore auf der rechten Seite auf, höher und größer als die vorherigen.

»Der Herzog und die Herzogin«, murmelt Bernard, und Eve hat gerade noch Zeit, die Anwesenheit zweier blonder, schwarz uniformierter Wachmänner zu bemerken, bevor sie nach links abbiegen und weiter entlang der Küste fahren.

»Ich werde hier auf euch warten«, sagt Marie, nachdem sie auf dem kleinen Kiesplatz der Villa La Perle geparkt haben. Sie lehnt sich ans Auto und zündet sich eine Zigarette an.

Bernard nickt. Lächelt. Sein Gesicht fältelt sich vor Liebe. Eve wendet sich ab.

Eine merkwürdige Schwere liegt auf diesem Tag, als würden die tiefhängenden Wolken den Himmel selbst niederdrücken. Dennoch spürt es Eve: Ihr Herz schlägt schneller, als sie die rosa Mauern der Villa zwischen den dichten grünen Zweigen der Zypressen hindurchschimmern sieht.

Als sie durch die Lücke zwischen den Bäumen den vorderen Garten betreten, kommen sie an einem Jasminstrauch vorbei, dessen satter Duft Eve kurz schwindlig werden lässt. Unter einem gewaltigen Blauregen mit schweren Knospentrauben verbirgt sich eine Tür. Der Holzrahmen ist im selben Grün wie die Klappläden gestrichen, und die Scheiben in der schweren Tür sind matt, sodass man nicht hineinsehen kann.

Bernard hebt die Hand, um anzuklopfen. Als Eve geräuschvoll einatmet, wirft er ihr einen mitfühlenden Blick zu.

»Courage«, murmelt er auch diesmal.

Eve wappnet sich für eine Begegnung mit Diana Lester, aber stattdessen wird die Tür von einer Frau mittleren Alters in einem geblümten Kleid mit übergroßen gelben Blüten geöffnet, deren Lächeln ihr ganzes Gesicht zum Strahlen bringt. Sie stellt sich als Mrs. Finch, die Haushälterin, vor.

Oh. Die Möglichkeit, dass es Personal geben könnte, hatte Eve nicht in Betracht gezogen. Zu Hause gibt es Mrs. Jenkins, aber die hatte Eve zusammen mit den schweren dunklen Holzmöbeln geerbt und sie immer als etwas erachtet, das auf dieselbe Weise ertragen werden musste wie der Kleiderschrank oder die hässliche Standuhr.

Wo Mrs. Jenkins dünn und drahtig ist, ist Mrs. Finch rund und füllig, doch dank zarter Wangenknochen wirkt ihr Gesicht nicht plump. Wenn sie wie jetzt lächelt, fällt eine recht große Lücke zwischen ihren Frontzähnen auf, aber in Verbindung mit ihrem warmherzigen Lächeln und ihren aufgeweckten haselnussbraunen Augen scheinen die kleinen Schönheitsfehler ihrem Gesicht nur zusätzlichen Charakter zu verleihen. Sie gehört zu jenen alterslosen Frauen, die genauso gut fünfundfünfzig wie fünfunddreißig sein können.

Bernard beginnt zu erklären, wer Eve ist, aber Mrs. Finch unterbricht ihn.

»Leider wurden die Buschtrommeln schon gerührt, Monsieur Gaillard.« Als Bernard sie verdutzt ansieht, bricht sie in schallendes Gelächter aus. »Damit will ich sagen, dass mir bereits alles über Mrs. Forrester berichtet wurde.«

Als Mrs. Finch beiseitetritt, um sie einzulassen, überlegt Eve krampfhaft, was sie sagen könnte, um ihre Verwirrung darüber, bereits Gegenstand des örtlichen Klatsches zu sein, zu verbergen.

»Sind Sie schon lange hier, Mrs. Finch? In Frankreich, meine ich.«

»Ich wurde von Mrs. Lester eingestellt. Der ersten Mrs. Lester. Leider starb sie wenige Jahre später.

Seitdem bin ich mehr oder weniger immer hier gewesen. Abgesehen vom Krieg natürlich. Der brachte alles zum Stillstand.«

Sie betreten eine große, helle Diele mit schwarz-weißem Fliesenboden. Ein blau-weißer Topf mit einer Miniaturpalme und eine elfenbeinfarbene Chaiselongue sind die einzigen Einrichtungsgegenstände, aber Eve springt vor allem ins Auge, dass einige der Bodenfliesen angeschlagen oder rissig sind und die Polsterung der Chaiselongue abgewetzt und verklumpt. Durch ein hohes Fenster direkt vor ihnen fällt Licht auf ein geschwungenes weißes Treppenhaus, das ins Stockwerk darunter führt. Jenseits der Scheibe vereinigt sich der graue Himmel mit einem diffusen Meer.

»Wie Sie wissen, wurde das Haus in den kleinen Hügel hineingebaut, der für diesen sonst eher flachen Abschnitt der Küste untypisch ist, weshalb es Ihnen so erscheinen mag, als würde hier alles auf dem Kopf stehen, verglichen mit dem, was Sie sonst gewohnt sind«, erläutert Bernard. »Wir haben das Haus auf Straßenebene betreten, befinden uns hier aber bereits im Obergeschoss.«

»Das stimmt. Hier ist alles auf den Kopf gestellt«, bestätigt Mrs. Finch mit einem Lächeln. »Meistens weiß ich gar nicht, ob wir kommen oder gehen. Die beiden Türen, die Sie rechts sehen, führen zu den Gästezimmern. Wir nennen sie das Blumenzimmer und das grüne Zimmer, weil es uns leider an Fantasie fehlt.« Sie führt Eve und Bernard in das vordere Zimmer, blassgrün gestrichen, mit Vorhängen in einem dunkleren Grün und einem großen Bett mit einem mintgrünen Überwurf. Der Boden ist gewachstes Parkett, und ohne die große Fenstertür, die auf einen Balkon mit Meerblick hinausführt, könnte man fast meinen, in England zu sein. Es gibt auch ein kleines Badezimmer, das Mrs. Finch verschämt als »Waschgelegenheit« bezeichnet.

»Die Möbel in diesem Haus müssen Sie entschuldigen«, fährt sie fort. »Mrs. Lester hat die besten Stücke in ihr Haus nach Nizza bringen lassen und nur einen Mischmasch der Dinge zurückgelassen, die ihr nicht gefielen, sowie andere, vorher im Keller aufbewahrte Möbel – die deshalb ein wenig muffig riechen könnten –, dazu jede Menge altes Mobiliar, das Mr. Lester unbesehen einem Mann abgekauft hat, der gleich hier in der Nähe gewohnt hat und ins Ausland zog. Mrs. Lester war wütend deswegen. Sie hatte versucht, das Haus auszuräumen, um es für den Verkauf vorzubereiten.«

Eve glaubt, einen befriedigten Unterton in der Stimme der Haushälterin zu vernehmen, als sie von Diana Lesters vereitelten Plänen erzählt.

Auch das hintere Zimmer verfügt über einen kleinen Balkon, mit Blick auf eine dicht bepflanzte Terrasse an der Hausseite und die Zypressenhecke, die den Hof abschirmt, wo Marie im Auto wartet. Zu Eves Überraschung herrscht in diesen Raum, anders als im makellosen Rest des Hauses, Chaos. Auf dem vors Fenster geschobenen Schreibtisch stehen neben einer Schreibmaschine mehrere gefüllte Weingläser. Ein senffarbener Männerpullover baumelt von der Lehne des unter den Schreibtisch geschobenen Stuhls, ein Segeltuchschuh liegt mitten auf dem von Sand gesprenkelten Teppich. Neben dem Bett mit dem zerknautschten Chintzüberwurf – der erklärt, warum dieser Raum Blumenzimmer heißt – stehen drei beachtliche Bücherstapel, auf dessen höchstem thront ein großer Aschenbecher, randvoll mit Zigarettenkippen.

»Nach Meinung von Mr. Sullivan ist Ordnung der Kreativität abträglich«, kommentiert Mrs. Finch liebevoll von der Türe aus.

»Mr. Sullivan?«, hakt Eve nach. Ihr fällt Bernards ausweichender Blick auf.

»Das habe ich womöglich vergessen zu erwähnen«, sagt er, ohne ihr in die Augen zu sehen. »Mr. Lester war ein großer Förderer der Künste. Er ließ häufig Maler und Schriftsteller für längere Zeit in diesem Haus wohnen. Sogar Mr. Picasso hat vor ein paar Jahren einige Tage hier verbracht, während er am Château Grimaldi in Antibes arbeitete. Während der letzten Monate nun Mr. Sullivan – vielleicht haben Sie von ihm gehört, Stanley Sullivan, der amerikanische Schriftsteller?« Er sieht Eve erwartungsvoll an, aber sie schüttelt den Kopf. »Ja, nun. Mr. Sullivan kam hierher, um an seinem neuen Buch zu arbeiten. Er wird sich natürlich etwas anderes suchen müssen, wenn dieses Haus verkauft werden sollte.«

Absurderweise bekommt Eve Schuldgefühle.

Sie durchqueren die Diele und betreten den gegenüberliegenden Raum, in dem es dank der durchgehenden Fenstertür mit Blick auf die Swimmingpoolterrasse heller ist. Dieser Raum ist in gedämpften Rosatönen gehalten, die Vorhänge und der Bettüberwurf sind mit kleinen rosa Blütenzweigen gemustert, und ein Sessel ist mit demselben Stoff bezogen. Das in eine Zimmerecke geschobene große Puppenhaus aus Holz macht einen etwas vernachlässigten Eindruck. Auf dem Kaminsims über der Feuerstelle steht eine Reihe Plüschtiere, die auch schon bessere Tage gesehen haben.

»Libbys Zimmer«, erklärt Mrs. Finch unnötigerweise. »Jedenfalls *war* es Libbys Zimmer.« Sie greift nach einem mottenzerfressenen Teddybär und schaut abwesend in dessen Glasaugen, verliert sich in der ein oder anderen fernen Erinnerung. Für einen Moment schwindet das Lächeln aus ihrem Gesicht und lässt sie sofort zehn Jahre älter aussehen. Dann stellt sie das Spielzeug mit einem leisen, traurigen Seufzer zurück. »Sollen wir?«, fragt sie und führt Eve und Bernard zurück und vor die eine noch verbliebene Tür auf dieser Ebene. »Das Elternschlafzimmer«, verkündet sie.

Eve hält den Atem an. Der Raum ist spektakulär. Selbst an diesem verhangenen Tag flutet Licht durch Doppeltüren zur Vorderseite und zur Gartenseite hin, wo auf einer Terrasse in rustikalen Töpfen jede Menge exotisch aussehender Pflanzen stehen, wenn auch einige davon nicht allzu gesund aussehen. Abgesehen von dem karamellfarbenen Parkettboden ist in diesem Raum alles weiß oder cremefarben, von den dicken Teppichen bis zu den sich bauschenden Vorhängen und dem mit Samt bezogenen Sofa, auf dem man sitzen und die Fischerboote beobachten könnte, die sich an den glänzenden Eichenrümpfen der Jachten vorbeischlängeln.

Dahinter liegen ein Ankleidezimmer voller Schränke und ein riesiges Badezimmer mit einem großen Fenster zur Seite des Hauses. Eine freistehende Badewanne ist so aufgestellt, dass man in die Kronen der sich im Wind wiegenden Bäume und in die über den Himmel ziehenden Wolken blicken kann.

Das Bett, mit einem Kopfteil aus poliertem Walnussholz und weißem Überwurf und Kissen, ist riesig. Eve wendet sich rasch ab und versucht, nicht an Diana Lester und den mysteriösen Guy Lester und die Dinge zu denken, die dieser Raum womöglich gesehen hat.

Stattdessen denkt sie an das Schlafzimmer, das sie sich zu Hause mit Clifford teilt, das vollgestellt ist mit den plumpen Mahagonimöbeln von Cliffords Eltern. Und ihr fällt ein, dass sie, wenn sie sich morgens in ihren Kissen aufrichtet, nachdem er zur Arbeit aufgebrochen ist, als Erstes den Schrank mit den Messinggriffen sieht, der sie an einen Sarg erinnert. Ihr Bett ist nur halb so breit wie dieses, und manchmal tun ihr morgens die Muskeln weh, weil sie ständig bemüht ist, nicht in die Kuhle der Matratze zu rollen, wo ein argloser Kontakt von Knie oder Ellbogen mit nackter Haut ihren Ehemann zusammenzucken ließe.

Eve malt sich aus, hier in diesem luftigen, hellen Raum zu liegen, die Türflügel zur Terrasse hin weit geöffnet, um eine frische Brise hereinzulassen, und nichts als die Weite des Himmels und des Meeres zu sehen.

»Können wir nach unten gehen?« Mrs. Finch mustert sie mit diesen wachen intelligenten Augen, und Eve wird heiß dabei, weil sie sich fragt, ob man ihr ihre Gedanken ansieht.

Sie schreiten die Wendeltreppe hinab. Am weißen Geländer fehlen einige Pfosten, aber die Holzstufen sind auf Hochglanz poliert. Beim Blick über das Geländer sieht Eve, wie erschreckend tief hinunter sich der Handlauf schraubt. Der Rahmen des auf halber Höhe angebrachten Fensters hat große Längsrisse, aber die Aussicht ist fantastisch. Eve sieht, dass die Sonne nun durch die Wolken bricht.

Dieses Haus gehört zu einem Teil mir, sagt sie sich, probiert aus, wie es klingt. Doch dann verwirft sie den Gedanken wieder, aber nicht schnell genug, um dem tückischen Aufflackern der Begeisterung Einhalt zu gebieten.

Die untere Diele ist geräumiger als die obere und dehnt sich weiter Richtung Meer hin aus. Sie zeichnet sich durch hohe Decken und hoch aufragende Türen aus, die zur unteren Terrasse führen, wo das zaghafte Sonnenlicht durch die beiden Schirmpinien schimmert. Dahinter wogt das Mittelmeer. Zwei große quadratische Räume öffnen sich zu jeder Seite der Diele – einer möbliert mit Sofas, Teppichen und Topfpflanzen, der andere zweigeteilt durch einen streng ausgerichteten Esstisch, umgeben von Stühlen mit hohen Lehnen.

Die Küche ist erstaunlich bescheiden und befindet sich auf der Rückseite, wo das Haus sich an den Hang lehnt, es riecht ein wenig feucht. Für Eves laienhaftes Auge scheint sie allerdings gut ausgestattet und mit der nötigen Anzahl von Herden und Spülen und Schränken und Arbeitsflächen bestückt zu sein.

Die Tür an der anderen Seite der Diele ist geschlossen.

»Das ist mein Zimmer«, erklärt Mrs. Finch. »Ich kann es Ihnen zeigen, wenn Sie mögen …«

»Oh, das ist nicht nötig«, wirft Eve rasch ein. Die Haushälterin ist freundlich und vergnügt, aber die Art und Weise, wie sie spricht und handelt, lässt eine gewisse Distanz vermissen und irritiert Eve.

Auf dem Weg zurück durchs Haus fällt ihr eine schlichte Tür im Dunkel hinter dem Treppenhaus ins Auge. »Keller«, ruft Mrs. Finch, als sie ihrem Blick folgt, und Eve wird verlegen, als hätte man sie bei der Bestandsaufnahme des Hauses erwischt.

Sie betreten das Wohnzimmer, das sich zur vorderen Terrasse, aber auch zur Seite hin öffnet, wo sich in der gekräuselten Wasserfläche des kühlen grünen Swimmingpools das Licht bricht. Jetzt im Tageslicht erkennt Eve, dass das hintere Ende des Pools direkt in die Felsen hineingebaut zu sein scheint.

»Der Pool wurde während des Kriegs stark beschädigt«, berichtet Mrs. Finch. »Breite Risse, so groß wie Ihr Arm. Mrs. Lester hätte ihn gern in hellem Blau neu fliesen lassen, aber davon wollte Mr. Lester nichts hören.«

»Ich finde ihn sehr schön, wie er ist«, sagt Eve.

»Sehr richtig«, freut Mrs. Finch sich. »Und jetzt vielleicht Tee?«

Bevor Eve protestieren kann, meldet Bernard sich zu Wort.

»Das wäre wunderbar«, sagt er.

Sobald Mrs. Finch den Raum verlassen hat, spricht er Eve an. »Das muss Ihnen alles sehr seltsam vorkommen, Mrs. Forrester. Vielleicht wie ein Traum?«

Eve wandert ans hintere Ende des Raums, wo auf einem niedrigen Tisch eine Fotografie im Silberrahmen steht. Bei genauerem Hinsehen entpuppt sie sich als förmlich in Szene gesetztes Hochzeitsbild in Schwarz-Weiß von einer erschreckend jungen Diana, die in ihrem langen weißen Spitzenkleid und mit der um ihren Hals geschlungenen Perlenkette wie ein Filmstar aussieht und sich bei einem gut aussehenden breitschultrigen Mann untergehakt hat, dessen Haar an den Schläfen bereits ergraut. Er hat eine kräftige Nase und das einladende Lächeln von jemandem, der es gewohnt ist, zu bekommen, was er will. Seine von Lachfältchen gerahmten Augen wirken freundlich.

Guy Lester. Eve mustert sein Gesicht sehr genau, sucht nach irgendwas Vertrautem, doch vergeblich.

Jetzt hört man Lärm vom oberen Stockwerk des Hauses. Eine Tür wird geschlossen. Schritte auf den Treppenstufen. Stimmen. Die einer Frau, dann die eines Mannes.

Noch eines weiteren Mannes. »Absolut unhaltbar«, sagt diese letzte Stimme.

Nervosität treibt Eve aus dem Sessel, in dem sie Platz genommen hatte. Mit trockenem Mund stellt sie sich mit dem Rücken zum Raum, blickt durch die Seitentüre hinaus auf den Pool und versucht, ein wenig von dessen Kühle zu absorbieren.

»Monsieur Gaillard. Wie gut, dass Sie so ein freundliches Gesicht haben, sonst würde ich es langsam leid, Sie so oft zu sehen.«

Eve, die die Konfrontation nun nicht mehr länger hinausschieben kann, dreht sich um, als sie diese geschliffene Stimme hört. Im Türrahmen steht Diana Lester in dunkelblauer Hose mit weiten Beinen und einem blau-weiß gestreiften Oberteil, dazu blaue Schuhe mit Keilabsatz. Ihr seidiges Haar wird von einer Sonnenbrille mit großen dunklen Gläsern zurückgehalten, die auf ihrem Kopf ruht.

»Ich habe Gesellschaft mitgebracht, wie Sie sehen. Als Duncan und Noel vom Inhalt des Testaments ihres Vaters erfuhren, wollten sie unbedingt mit hierherkommen und Mrs. Forrester selbst kennenlernen, wie Sie sich vorstellen können.«

Und jetzt sieht Eve die in der Tür auftauchenden großen Gestalten zweier Männer. Zweier ihr bekannter Männer.

»Darf ich Ihnen vorstellen, Mrs. Forrester.« Bernard ist höflich wie immer, tritt jedoch viel förmlicher auf.

»Mrs. Lester ist Ihnen, wie ich glaube, bereits gestern begegnet. Und diese beiden Herren hier sind Noel und Duncan Lester, Guy Lesters Söhne aus erster Ehe.«

Duncan Lester nickt ihr zu, ohne ein Lächeln oder den Anflug eines Wiedererkennens.

Noel Lester fixiert sie mit seinen Augen, die noch grüner zu sein scheinen als draußen der Swimmingpool. Aber von dem amüsierten Gesichtsausdruck, der sie bei ihrer letzten Begegnung durchs Zugfenster so irritiert hat, ist nichts zu sehen.

»Wenn ich überlege, dass ich mir Sorgen machte, als ich Sie so ganz allein auf dem Bahnsteig von Cannes gestrandet sah ...«, spricht er über die schmalen Schultern seiner Stiefmutter hinweg. »Ich bin erleichtert zu sehen, dass Sie durchaus in der Lage sind, auf sich aufzupassen.«

6

Konnte sich das Schlucken von Tee jemals so laut angehört haben? Eve ist sich sicher, dass ihre Wangen brennen. Doch das Schweigen breitet sich aus, nur unterbrochen vom Klirren einer Porzellantasse auf einem Teller. Endlich ergreift Diana Lester das Wort.

»Vielleicht können Sie uns aufklären, Mrs. Forrester, in welcher *Beziehung* Sie zu meinem Ehemann stehen.«

Entsetzen schnürt Eve die Kehle zu. »Es gab keine Beziehung«, stottert sie.

Bernard mischt sich ein. »Mrs. Forrester ist Mr. Lester nie begegnet«, sagt er. »Vor ihrem Besuch bei meinem englischen Kollegen Mr. Wilkes vergangene Woche hatte sie noch nicht mal seinen Namen gehört.«

»Halten Sie uns für Idioten?« Duncan beugt sich in seinem Stuhl vor, die Hände auf den Knien. Neben den klaren Zügen seines Bruders wirkt sein weiches, bleiches Gesicht seltsam ungeformt, wütend sieht er einem Kind ähnlich, das noch nicht in der Lage ist, seine Gefühle zu kontrollieren. »Sollen wir etwa glauben, Guy habe Ihnen aus lauter Nächstenliebe einen Anteil an diesem Haus hinterlassen? Lassen Sie sich eins gesagt sein, Mrs. Forrester. Männer hinterlassen jüngeren Frauen, die sie nicht kennen, nicht einfach so Häuser, so viel steht fest. Sie können es sich also sparen, die Unschuldige zu spielen.«

Bernard erhebt sich. »Mr. Lester, ich kann Ihre Trauer verstehen, aber ich darf Sie doch bitten, nicht so …«

»Nun tun Sie doch nicht so, als würden Sie auch nur eine Minute auf diese List hereinfallen, *Monsieur Le Notaire.* Na gut, wenn so etwas in Frankreich vorkommt, lässt keiner sich was anmerken, aber Engländer sehen das anders.«

Eves Gesicht steht in Flammen. Sie alle gehen davon aus, dass es eine Art Liaison zwischen ihr und Guy Lester gab. Und er sie mit seiner Hinterlassenschaft dafür bezahlt. Verdruss ob dieser Ungerechtigkeit macht sich mit einem Kribbeln in ihrer Brust als erstes Warnzeichen einer ihr aus der Kindheit gut bekannten Wut bemerkbar, die sie längst überwunden glaubte. Sie darf hier in diesem wunderschönen Haus, vor all den Fremden, keinesfalls die Fassung verlieren. Unmöglich.

»Es gab keine Beziehung«, wiederholt sie. »Ich bin eine glücklich verheiratete Frau. Ich bin Mr. Lester nie begegnet. Ich habe keine Ahnung, warum er mich in seinem Testament berücksichtigt hat. Ich kann nur vermuten, dass es irgendeine familiäre Verbindung gibt, und Sie können sich darauf verlassen, dass ich bei meiner Rückkehr nach England entsprechende Nachforschungen anstellen werde.«

Nervös hält sie inne. Die Seidenbluse, die sie schon gestern getragen hat, klebt an ihrer Haut. Alles an ihr ist falsch. Neben Diana Lesters lässiger Eleganz wirkt ihre Kleidung hausbacken. Die Lester-Söhne werden vermutlich entsetzt sein über den schlechten Geschmack ihres Vaters, überlegt sie und ist sich der Kluft zwischen ihrer schmalen, flachbrüstigen Gestalt und der imposanten Figur ihrer Stiefmutter schmerzhaft bewusst.

»Auf jeden Fall keine schlechte Abfindung, wie ich meine«, sagt Duncan. »Für diese Art von *Verbindung,* als was auch immer sie sich herausstellen mag. Ein paar Schriftstücke unterzeichnen, ein hübsches Bündel Bargeld mitnehmen und dann husch, husch zurück in Ihr nettes englisches Vorstadtleben. Lassen Sie mich raten? Pinner? St Albans?«

»Tatsächlich Sutton.«

Das quittiert er mit brüllendem Gelächter und lehnt sich dann zurück, als würde er sich bestätigt fühlen.

»Was passiert, wenn wir das Testament nicht akzeptieren?«, will Diana von Bernard wissen. »Ich nehme an, wir könnten es anfechten?«

Der Notar fühlt sich eindeutig nicht wohl in seiner Haut. »Natürlich steht Ihnen diese Option frei, Mrs. Lester. Um das Erbe aushändigen zu können, müssen alle davon Begünstigten einen Notarvertrag unterzeichnen, sollten Sie das verweigern, geht die Sache vors Gericht. Aber ich muss Sie darauf aufmerksam machen, dass ein solches Verfahren Jahre dauern kann, und während dieser Zeit werden Sie weder das Haus verkaufen noch Geld davon einnehmen können. Außerdem möchte ich respektvoll darauf hinweisen, dass Mr. Lester im Vollbesitz seiner geistigen Gesundheit war, als er dieses Testament verfasst hat, sodass eine Anfechtung kaum Aussicht auf Erfolg haben dürfte.«

Duncan, der in angespannter Aufmerksamkeit zugehört hatte, seit der Vorschlag einer juristischen Anfechtung aufgeworfen wurde, lässt sich nun angewidert zurück in seinen Sitz fallen.

»Bravo, Mrs. Forrester. Sieht ganz danach aus, als hätten Sie uns in der Hand.«

Bernard räuspert sich. »Sie haben die Außenanlagen ja noch gar nicht bei Tageslicht gesehen«, sagt er, an Eve gewandt. »Vielleicht möchten Sie einen Blick auf die Terrasse werfen, während ich mit der Familie Geschäftliches bespreche?«

Dankbar für sein Fingerspitzengefühl steht sie auf.

»Seien Sie vorsichtig«, warnt Diana Eve, als diese die Glastür zu öffnen versucht. »Draußen kann es sehr windig sein, und Sie sind so ein Leichtgewicht. Wir wollen doch nicht, dass eine Bö Sie mitnimmt.«

Draußen lehnt Eve sich an das Geländer und saugt die Meeresluft ein. Man hasst sie hier. Natürlich. Sie wird ihren Aufenthalt abkürzen und abreisen. Das ist das Vernünftigste. Dann fällt ihr ein, dass Mr. Wilkes ihnen erklärt hat, Freitag sei der frühestmögliche Tag, für den er eine Fahrkarte reservieren könne. Also wird sie doch nicht gleich abreisen, sondern in ihr Hotel zurückkehren und sich für den Rest der Zeit dort aufhalten. Sie wird den Lesters sagen, dass sie ihr verdammtes Haus behalten können. Dieser Entschluss beruhigt sie so weit, dass sie sich umschauen kann. Sie steht auf der schmalen Terrasse, die zwischen Haus und Meer verläuft. Direkt unter ihr liegt der Steg, von dem eine Leiter ins Wasser führt. Ein kleines rot und blau gestrichenes Ruderboot, mit einem Seil an einem Pfosten befestigt, schaukelt daneben auf den Wellen.

Ob Diana und Guy wohl hier draußen auf dieser so wunderbar verwitterten Terrasse mit all den exotischen Pflanzen saßen? Ob sie an Sommerabenden hier verweilten, am Tisch unter dem ausladenden Eukalyptusbaum, von den Ästen hängende Laternen eine Miniaturgalaxie über ihnen?

Draußen über dem Meer kreischt eine Möwe, und Eve dreht sich um und verfolgt ihr Gleiten. Der Himmel bricht auf, und Sonnenstrahlen bündeln sich auf der Wasseroberfläche.

»Nicht schlecht die Aussicht, nicht wahr?«

Noel lehnt ein paar Schritte von ihr entfernt am Geländer und zündet sich eine Zigarette an. Trotz des Abstands ist sie sich seiner körperlichen Präsenz bewusst, seines Rückens mit den breiten Schultern. Ihr Kopf ist leer. Sie ist um eine Antwort auf seine Frage verlegen. Stimmt sie ihm zu, unterstellt man ihr womöglich, dass sie bereits den Wert ihres Erbes zusammenrechnet. Aber sie kann doch nicht einfach achselzuckend vorgeben, dies alles berühre sie nicht.

»Dieses Stück Land da draußen ist die Spitze des Kaps.« Er zeigt nach vorn und nach rechts, wo in der Ferne Felsen und Pinien mit dem Meer zusammentreffen. »Und in dieser Richtung« – er zeigt vage hinter seine linke Schulter – »liegen die Altstadt von Antibes und ein Stück weiter dann Nizza, und ganz da drüben jenseits der Bucht sieht man Cap Ferrat.«

Eve nickt, ist aber auf der Hut.

»Hören Sie, ich entschuldige mich für meinen Bruder. Er ist normalerweise nicht so unverschämt. Der Tod unseres Vaters hat ihn sehr mitgenommen.« Noels Stimme ist barsch, und er spricht stockend, als würde die Entschuldigung gegen seinen Willen aus ihm herausgezogen.

Eve versteht nicht, was er von ihr will. »Ich bedauere Ihren Verlust wirklich sehr«, sagt sie. »Sie müssen mir jedoch glauben, dass ich Ihren Vater nicht gekannt habe. Diese ganze Sache mit dem Haus ist für mich nicht weniger ein Schock gewesen als für Sie.«

Sie riskiert einen Blick auf Noel, und als ihre Blicke sich begegnen, zieht es ihr fast den Boden unter den Füßen weg. Schnell wendet sie sich wieder ab.

»In diesem Fall entschuldige ich mich nochmals. Obwohl es natürlich eine naheliegende Vermutung ist. Guy, mein Vater, hatte eine Schwäche für Frauen.«

Wieder schießt ihr die Röte ins Gesicht, und Eve dreht sich um, sodass sie mit dem Rücken zum Meer steht. Das Haus ragt vor ihr auf, und jetzt bemerkt sie die verblasste und teilweise abblätternde Farbe an den Fensterläden und auch, dass eins der Geländer an der Terrasse kaputt ist.

»Um ein Haus direkt am Meer muss man sich intensiv kümmern«, sagt Noel, als er ihrem Blick folgt. »Der Wind und das Salz fordern ihren Tribut. Diana ließ nicht zu, dass Guy hier noch etwas investierte. Alles wurde abgezweigt für das neue Haus, das insgesamt viel mehr hermacht.«

Eve lässt das Haus auf sich wirken, versucht es kritisch zu sehen, wie das die zweite Mrs. Lester getan haben muss, aber wo sie hätte objektiv sein sollen, fühlt sie nur. Die Villa La Perle hat etwas an sich, das ihr Blut schneller fließen lässt und sich wie ein warmer Druck an ihrem Herzen anfühlt.

»Ich könnte mir vorstellen, dass Sie nach England zurückkehren und Ihren Ehemann herschicken werden, damit er die Vereinbarungen für den Verkauf trifft.«

Dies wäre der Zeitpunkt, ihm zu sagen, dass sie nicht die Absicht hat, dieses absurde Geschenk anzunehmen. Doch Eve schweigt, das Wort »Ehemann« bohrt sich unangenehm in ihre Eingeweide. Sie denkt an das Elternschlafzimmer oben. Das riesige leere Bett und die geöffneten Fenster, sodass nur der Himmel und das sich Richtung Afrika erstreckende Meer zu sehen sind. Dann kommt ihr das Zimmer zu Hause in den Sinn, Clifford. Wenn dies nun ihre einzige Chance ist, an einem so schönen Ort wie diesem zu sein, ihre einzige Chance, herauszufinden, warum sie hier ist?

Sie kehren ins Haus zurück. Duncan und Diana sitzen dicht beisammen und unterhalten sich leise, unterbrechen ihr Gespräch aber abrupt, als sie Eve in der Tür entdecken. Da Eve nun Gelegenheit hatte, Duncan zusammen mit seinem Bruder zu sehen, ist die Ähnlichkeit eindeutig, nur dass Duncan die vorläufige Skizze zu sein scheint und Noel das vollständige Gemälde. Es folgt ein Moment verlegenen Schweigens, das erst gebrochen wird, als Bernard zurück in den Raum kommt.

»Ah, da sind Sie ja. Ich bin mir sicher, dass Sie jetzt in Ihr Hotel zurückkehren möchten, Mrs. Forrester. Es gibt viele Eindrücke zu verarbeiten.«

Eve nickt. »Aber dann würde ich gern zurückkommen«, sagt sie und überrascht damit alle, sich selbst am meisten. »Mir bleiben noch zwei Tage, bis mein Zug am Freitagabend geht. Mr. Lester hat in seinem Testament seine Hoffnung zum Ausdruck gebracht, dass ich das Haus kennenlerne. Wenn Sie also nichts dagegen haben, würde ich den Rest meines Aufenthalts gerne hier verbringen.«

7

Nach Meinung ihrer Mutter war Eve immer eigensinnig gewesen. Bis zu einem gewissen Punkt nachgiebig und willig, solange es ihr nicht lästig wurde, aber dann wieder starrköpfig und davon überzeugt, dass ihr Weg der einzig richtige war. Mit einem Hang zu Ungestüm und unüberlegtem Handeln.

»Eve gefällt sich selbst«, würde ihre Mutter sagen. Als wäre es eine Schande, sich selbst zu gefallen.

Jetzt, da sie allein auf der Bettkante des grünen Gästezimmers im oberen Stock der Villa sitzt und durch das Fenster auf die aufgewühlte See hinausblickt, bedauert Eve ihr Ungestüm, das sie hierhergebracht hat.

Angespornt von Noel Lesters Arroganz, in Verbindung mit dem rauschhaften Sog des Hauses selbst, war es ihr heute Morgen leichtgefallen, mutig zu sein. Und ein paar außergewöhnlicher Momente wegen war es die Sache auch wert gewesen. Zu sehen, wie Noel Lester die Zähne so fest zusammenbiss, dass ein Wangenmuskel zu pulsieren begann, und dass Diana sie musterte, als sähe sie Eve zum ersten Mal.

Aber jetzt ist sie sich nicht mehr so sicher.

Als sie vor weniger als einer Stunde wieder hierherkam, widersetzte sie sich dem Vorschlag, das Elternschlafzimmer zu beziehen, das Guy und Diana Lester noch vor so kurzer Zeit benutzt hatten.

»Dann nehmen Sie das grüne Zimmer«, befand Mrs. Finch. »Wie schön, wieder einmal weibliche Gesellschaft in diesem Haus zu haben.«

Die kindliche Freude der Haushälterin rührte Eve, obwohl sie sich nicht ganz wohl dabei fühlt, wie sehr Mrs. Finch sich bemüht, ihr alles recht zu machen. Ihr wäre es lieber, die Frau würde sich ein wenig entspannen. Aber vermutlich versucht sie nur, das fehlende Entgegenkommen der Familie Lester wettzumachen.

Eve kann kaum fassen, in welcher Geschwindigkeit sich alles entwickelt hat. Erst heute Morgen hat sie die Perlenvilla zum ersten Mal durch die Eingangstür betreten. Und jetzt sitzt sie hier und hat bereits ihre paar Habseligkeiten ausgepackt. Sie traut sich nicht, das Haus zu erforschen, aus Angst, sie könnte Mrs. Finch oder dem geheimnisvollen Stanley Sullivan über den Weg laufen, und fragt sich besorgt, ob sie nicht eine Grenze überschritten hat, indem sie in so unschicklicher Eile hergekommen ist und nun aussehen muss wie die gierige Goldgräberin, für die sie von den anderen ohnehin schon gehalten wird.

Sie öffnet ihre Tür, schleicht vor bis zur Treppe und lauscht auf Geräusche. Wenn sie einen Blick über die Mitte wagt, kann sie den glatten Handlauf sehen, der sich zur unteren Diele hinunterschraubt.

Es ist still im Haus, also huscht sie die Treppe hinunter, nachdem sie einen bangen Blick auf die geschlossene Tür von Sullivans Zimmer geworfen hat. Erst jetzt kommt ihr in den Sinn, dass es unangebracht sein könnte, mit diesem fremden Mann unter einem Dach zu wohnen.

Am Fußende der Treppe angekommen, zögert sie an der Schwelle zum Wohnzimmer und malt sich aus, es zu betreten und es sich auf einem der vornehmen Sofas bequem zu machen. Vorhin hatte sie oben im Elternschlafzimmer ein Bücherregal entdeckt. Sie könnte von dort ein Buch mit nach unten nehmen, ihre Schuhe abstreifen und sich zum Lesen gemütlich zusammenrollen. Doch etwas hält sie davon ab. Die Furcht, sich zu sehr wie zu Hause zu fühlen. Stattdessen wandert sie hinaus auf die Terrasse. Im Laufe des Tages ist es freundlicher geworden, aber eine frische Brise kräuselt das Meer und weht ihr das dunkle Haar ins Gesicht. Sobald sie um die Ecke zur Terrasse mit dem Pool biegt, hört der Wind auf, und als sie aus dem Schatten des Hauses heraustritt, wird ihr warm. Sie hält ihr Gesicht in die Sonne und spürt die belebende Wärme auf ihrer Haut. Von einem Strauch am anderen Ende der Terrasse wird der durchdringende Duft von Jasmin herangetragen. Eve geht auf den Strauch zu, streift dabei ihre Strickjacke ab und wirft sie auf einen der hölzernen Liegestühle vor dem Pool.

»Was habe ich denn da auf dem Kopf?« Es ist möglicherweise die tiefste Stimme, die Eve je vernommen hat, und ihr ungewöhnliches Timbre und die Tatsache, dass sie aus dem Nichts zu kommen scheint, lässt Eve laut aufschreien. Sie dreht sich um, doch nur um sich sofort wieder abzuwenden, als sie den Mann im Liegestuhl sieht. Nackt, bis auf ihre dunkelrosa Strickjacke auf seinem Kopf.

»Alles gut, Sie können sich jetzt umdrehen. Ich habe mich bedeckt.«

Vorsichtig kommt sie der Aufforderung nach. Er hat sich die Strickjacke vom Kopf gezogen und über seinen Schoß gebreitet und mustert Eve nun mit unverfrorener Neugier.

Das Blut in ihr pulsiert so heftig, dass sie ihn nur in

Versatzstücken wahrnimmt, wie eine Reihe von Schnappschüssen. Ein fassartiger Brustkorb und ein mit dunklen Haarlocken bedeckter Bauch. Ein glatter, glänzender, sonnengebräunter Schädel, entweder kahl oder mit so kurz geschorenen Haaren, dass man sie kaum erkennt. Durchdringende blaue Augen in einem Gesicht von der Farbe und Textur alter brauner Lederschuhe. Ein kurz geschnittener schwarz-silbriger Bart.

»Stan Sullivan«, stellt er sich mit schleppendem amerikanischen Akzent vor. »Aber alle nennen mich Sully. Ich würde ja aufstehen, um Ihnen die Hand zu schütteln, aber …« Er blickt auf die Strickjacke, die seinen Schoß bedeckt.

»Oh, nein, bitte stehen Sie nicht auf«, wehrt sie rasch ab.

Es folgt eine Pause, in der sie ihre Gedanken zu sammeln versucht. Vom Dach des Hauses kommt der wütende Schrei einer Möwe. Der Duft des Jasmins sitzt wie ein Pfropfen in ihrer Nase.

»Haben Sie einen Namen?«, fragt er schließlich. »Oder hat ein Schiffbruch Sie hier angespült, bei dem alle Ihre Gefährten untergegangen sind, sodass Sie nun keine Ahnung haben, wo Sie sind oder woher Sie kommen, und …«

»Eve Forrester«, sagt sie.

Zu ihrer Überraschung lächelt er und entblößt dabei sein Gebiss. Lange Eckzähne verleihen ihm einen entschieden wölfischen Ausdruck.

»Ausgezeichnet. Ich hatte schon befürchtet, Sie seien eine dieser stämmigen Frauen mit Damenbart, die hier während des Kriegs auf ihren Motorrädern umhergedüst sind und nun die zurückgekehrten Männer hassen, weil die ihnen ihren Spaß verderben.«

Eve weiß nicht, was sie damit anfangen soll. Stämmig und bärtig. Wie dreist. Obwohl er selbst beides ist. Und was soll das heißen, er hat *befürchtet*?

»Dann haben Sie mich also erwartet?«, hakt sie nach.

»Oh ja. Guy hat mir schon vor Wochen gesagt, dass er Ihnen einen Anteil an diesem Haus vermacht hat. Alles war sehr geheimnisvoll, aber er meinte, er werde eine Erklärung abgeben, sobald er drüben gewesen ist und Sie persönlich gesprochen hat. Nur dass er das nicht mehr geschafft hat.«

»Ihnen hat er es erzählt, aber nicht seiner Frau?«

»Ich gehe davon aus, dass Sie nicht verheiratet sind, Süße. Sonst wüssten Sie, dass Ihr Gatte sicher der Letzte wäre, dem Sie etwas anvertrauten.«

»Ich bin allerdings verheiratet.«

»Macht nichts.« Bevor sie sich fragen kann, was das nun wieder heißen soll, fährt er fort: »Er meinte, es würde sehr wahrscheinlich verkauft werden. Das Haus, meine ich. Was eine Schande wäre, denn es ist ein Schmuckstück. Und Guy hat es so sehr geliebt.«

»Hat er Ihnen erzählt, warum er mich in seinem Testament bedacht hat?«

Stan Sullivan ist die Überraschung anzusehen. »Ich habe nicht gefragt. Ich bin einfach davon ausgegangen, dass Sie und er ...«

»Nein! Auf gar keinen Fall.«

Ihre Vehemenz lässt ihn lächeln. »Das ist ja sehr mysteriös. Und wie hat die reizende Diana die Nachricht aufgenommen?«

»Mrs. Lester war den Umständen entsprechend freundlich.«

»Lassen Sie sich von ihrer oberflächlichen Höflichkeit

nicht einwickeln. Hinter dieser hübschen Fassade lauert ein Nest giftiger Vipern. Wenn Sie genau hinsehen, erkennen Sie, wie sie sich unter ihrer Haut winden. Seien Sie auf der Hut, kleine Eve. Unentwegt hat sie sich über dieses Haus beklagt, aber dass Sie nun Anspruch darauf haben, wird ihr nicht gefallen. Diana teilt nicht gern. Werden Sie für den Verkauf stimmen?«

Eve zuckt die Achseln und zögert, mit einem Fremden über ihre vielen Vorbehalte zu sprechen, diese überraschende Erbschaft anzunehmen. »Ich denke schon. Aber wissen werde ich es erst, wenn ich mit meinem Mann darüber gesprochen habe.«

Sully lächelt wieder, als hätte sie was Lustiges gesagt.

»Wohin werden *Sie* gehen, wenn das Haus verkauft wird? Werden Sie eine andere Bleibe finden können? Ich möchte nicht, dass Sie auf der Straße stehen.«

Der Amerikaner sieht sie lange eindringlich an. »Sagen Sie, Mrs. Forrester, haben Sie noch nie von mir gehört?«

Eve schüttelt verblüfft den Kopf.

»Stanley Sullivan?«, souffliert er ihr, als würde die Wiederholung seines Namens eventuell eine Gedächtnisblockade auflösen.

Wieder schüttelt sie den Kopf. »Aber ich muss zugeben, dass die leitende Bibliothekarin unserer Bibliothek amerikanischen Schriftstellern gegenüber ziemlich voreingenommen ist«, entschuldigt sie sich, als sie sieht, wie geknickt er ist. »Agatha Christie hingegen, auch P. G. Wodehouse ...«

»Würden Sie mir diesen Morgenmantel da drüben anreichen?«

Eve entdeckt auf einem der anderen Liegestühle den seidenen Morgenrock, wirft ihm das Kleidungsstück hin und kehrt ihm diskret den Rücken zu. Sie geht zum Jasminstrauch und atmet tief ein. *Ich bin hier,* sagt sie sich, *an einem Swimmingpool in Südfrankreich, und plaudere mit einem nackten amerikanischen Schriftsteller.*

»Sie können sich wieder umdrehen.«

Sullivan bindet den Gürtel seines Morgenmantels über seinem runden Bauch. Er ist kleiner, als sie geschätzt hatte, aber kräftig gebaut wie ein Boxer. Sein kahler Schädel glänzt in der Sonne. Mit den Muskelpaketen an seinen Schultern, der flachen Nase und dem kaum zu erkennenden Hals sollte er eigentlich hässlich sein. Und doch strahlt er etwas aus, das einen hinsehen und den Blick gern auf ihm verweilen lässt.

»Mrs. Finch hat mich informiert, dass Sie die nächsten beiden Nächte hier verbringen werden. Hätten Sie denn Lust, mich heute Abend auf eine Party zu begleiten?«

»Heute Abend? Aber wir haben Mittwoch.«

»Ist das so?« Belustigung in diesen bestechend blauen Augen. »Sie werden noch dahinterkommen, dass Wochentage hier an der Côte d'Azur keine große Bedeutung haben. Wir nutzen andere Möglichkeiten, die uns verbleibende Zeit zu zählen. Werden Sie mitkommen? Es ist nicht mal eine Party, eher ein Empfang, und mit *Empfang* meine ich ein wirklich knauseriges, kleines, elendes Treffen, außerdem haben wir es nicht weit dorthin. Es ist gleich das nächste Haus. Sie können es nicht übersehen haben.«

Eve erinnert sich an die schwarzen Torflügel. Die schwarz uniformierten Wachleute davor mit den weißblonden Haaren.

»Sie meinen doch nicht etwa … den Herzog und die Herzogin?«

»Genau die.«

Eve starrt ihn an, überzeugt, dass er einen Scherz auf ihre Kosten gemacht hat. Aber er begegnet ihrem Blick ganz offen und ruhig.

»Der Herzog und Madame Herzog oder Fräulein Herzog, wie ich sie gern nenne, richten einen Empfang aus, um Gloria Hayes an der Côte d'Azur willkommen zu heißen. Ich gehe davon aus, dass Sie *die* wenigstens kennen. Oder hat die Oberfilmvorführerin in Ihrem lokalen Kino etwas gegen amerikanische Filmschauspielerinnen?«

Eve lächelt.

»Ach, kommen Sie doch bitte mit. Und was immer Sie über die Feste hier in der Gegend gehört haben mögen, seien Sie unbesorgt. Es wird keine Ausschweifungen geben. Der Herzog und seine Frau sind für ihre Knausrigkeit bekannt, und außerdem entsetzt die Vorstellung sie, dass ein vulgärer Ami-Filmstar wie Gloria Hayes den Umgangston hier negativ beeinflusst. Die Nazis sind eine Sache. Aber die Amerikaner …« Sullivan greift in gespieltem Entsetzen nach einer imaginären Perlenkette an seinem Hals.

»Aber Sie sind doch auch Amerikaner«, hält Eve dagegen.

»Ja, gewiss, aber da ich ihrer Einschätzung nach schon lange genug in Europa bin, sind sie bereit, darüber hinwegzusehen. Außerdem bilden sie sich ein, dass ihnen der Umgang mit Menschen, die Bücher schreiben, das Lesen derselben erspart.«

»Aber Filmstars …?«

»Die sind wirklich völlig inakzeptabel, fürchte ich. Wären der Herzog und die Herzogin nicht so oft am empfangenden Ende der Großzügigkeit der Familie Martin gewesen, würden sie Gloria Hayes mit Sicherheit links liegen lassen. Aber ihre Gastlichkeit wird sich auf ein Minimum beschränken, das versichere ich Ihnen. Wahrscheinlich werden wir schon um zehn Uhr wieder hier sein und in unseren Betten liegen. Was sagen Sie?«

Gloria Hayes. Der Herzog und die Herzogin. Worte wie aus einem Traum. Doch Eve zögert, will sich nicht aufdrängen. Dann malt sie sich den langen Abend aus, der vor ihr liegt, wenn sie allein auf dem Bett in diesem grünen Zimmer sitzt und sich nicht traut, nach unten zu gehen, aus Sorge, Mrs. Finch zu stören.

»Warum nicht«, willigt Eve ein. Ist das Ganze hier nicht ohnehin ein Traum? Die Reise, das Haus, die ganz allein verbrachte Nacht ohne Cliffords leise schnüffelndes Schnarchen. Nun also wird sie die Unwirklichkeit des Ganzen noch durch ein wenig blaues Blut und Hollywoodstars bereichern.

Warum auch nicht?

8

Auf ihrem Weg zurück in ihr Zimmer fällt ihr ein, dass sie überhaupt nichts Passendes zum Anziehen hat. Die Überlegung, ihr wagemutig schulterfreies austernfarbenes Abendkleid mit dem bestickten Mieder einzupacken, war da, aber als Clifford es auf dem Bett hatte liegen sehen, lachte er nur. *Das wirst du nicht brauchen, meine Liebe. Wenn du ernst genommen werden möchtest, darfst du dich nur in gepflegter, vernünftiger Kleidung zeigen.*

Also bleibt nur der flaschengrüne Leinenrock. Und die Seidenbluse, die sie nun schon den ganzen Tag über trägt und die aussieht, als könnte Mrs. Finch damit den Fußboden wischen. Oder das braune Kreppkleid oder das blaue Reisekostüm. Sie hat nichts Festliches mitgebracht. Nichts, was für ein Treffen mit Gloria Hayes geeignet wäre.

Beim Betreten ihres Zimmers hält sie verstört inne, überzeugt, dass eine Veränderung stattgefunden hat. Sie mustert den Raum. Als Eve sich dem Schreibtisch nähert, auf dem sie ihren Koffer abgelegt hat, stellen sich die Härchen an ihren Armen auf, und es fröstelt sie trotz der Wärme.

Sie hatte nicht alles ausgepackt, weil sie nicht den Anschein erwecken wollte, das Zimmer in Beschlag zu nehmen. Ihre Röcke hängen zwar über der Stuhllehne, doch der Rest ihrer Kleidung befindet sich im Koffer. Hatte sie nicht den Deckel offen gelassen, damit alles auslüften kann?

Ist jemand in ihrem Zimmer gewesen?

Aber gleich darauf zweifelt sie an sich selbst. Schließlich war sie, bevor sie nach draußen ging, derart angespannt gewesen, dass sie sich wirklich nicht sicher sein kann, ob sie den Koffer nicht doch selbst geschlossen hat. Vielleicht hat sie es unbewusst getan. Ist das nicht genau die Art kleiner Handgriff, den man automatisch macht, ohne überhaupt zu bemerken, was man tut?

Besänftigt wendet sie sich wieder ihrer Kleidung zu. Oder besser deren Ermangelung. Am Ende entscheidet sie sich für ihr Kostüm und eine weiße Bluse. Sie bringt einen schmalen Gürtel über dem Rockbund an. Aber als sie sich im Spiegel betrachtet, fühlt sie sich an die nämliche Bibliothekarin erinnert, über die sie vorhin gesprochen hatten. Ihr von Natur aus welliges Haar – das ihr gestattet, ohne einen Kopf voll unbequemer Wickler zu schlafen – liegt nun, da es der Sonne und der Seeluft ausgesetzt war, dicht gelockt um Gesicht und Hals.

Genau in dem Moment, als Diana Lesters makellose Eleganz vor ihrem geistigen Auge auftaucht und sie zu dem Schluss kommt, unmöglich zu dieser Party gehen zu können, klopft es an ihrer Tür.

»Die Kleidung wird kein Problem sein«, beruhigt Sully sie, als sie ihm zu erklären versucht, dass sie es sich anders überlegt hat. »Sowieso werden sich aller Augen auf Gloria Hayes richten, sodass Sie niemandem auffallen werden.«

»Aber …«

»Sie haben hier noch zwei Abende. Stimmt doch, oder? Bevor Sie wieder in die langweilige Stadt zurückkehren, in der Sie leben. Möchten Sie nicht gern ein Abenteuer erleben? Etwas, wovon Sie Ihren Freundinnen beim Tee oder diesem lächerlichen Kartenspiel, das ihr alle immer spielt, berichten können?«

»Ich spiele Bridge nur mittwochs. Und meine Stadt ist nicht langweilig.« Dass sie keine Freundinnen hat, behält sie für sich. Dennoch, er hat recht. In zwei Nächten wird sie auf der Heimreise sein, und das alles ist dann vorbei. Und diese zukünftige Version von ihr wird voller Wut sein, dass sie die sich bietenden Gelegenheiten nicht genutzt hat. *Adelige. Filmstars. Und du bist zu Hause geblieben, weil du nichts zum Anziehen hattest?*

Sie schlendern zu der Party. Die Luft ist frisch und schmeckt salzig auf ihren Lippen, und Eve bedauert ihre in letzter Minute getroffene Entscheidung, die rosa Strickjacke wegen des kleinen Mottenlochs nicht mitzunehmen, das sie gerade erst in deren Ärmel bemerkt hat. Bei jedem ihrer Schritte ist sie sich des Mannes an ihrer Seite bewusst, der Energie, die unter seiner gebräunten Haut pulsiert. Er ist genau der Typ Amerikaner, vor dem ihre Mutter sie während des Kriegs immer gewarnt hat. Laut, distanzlos, und immer muss sich alles um ihn drehen.

Als sie sich dem Anwesen nähern, das Eve tags zuvor aufgefallen war, stehen die Tore offen, und eine Autoschlange wartet darauf, eingelassen zu werden. Zwei schwarz gekleidete Männer stehen am Tor und kontrollieren die Wagen.

»Setzt man hier blonde Haare fürs Personal voraus?«, versucht sie zu scherzen. Aber Sullivan antwortet ganz ernst.

»Oh ja. Nur Arier kommen infrage.«

Das Gebäude ist riesig. Die helle Beleuchtung, die vielen Menschen und Eves laut schlagendes Herz erlauben es ihr nicht, alles entspannt zu betrachten. Es offenbart sich ihr nur fragmentarisch: ein gewaltiger Kronleuchter, der über einer Eingangshalle, größer als ihr ganzes Haus in Sutton, schwebt, Flure mit schimmernden Marmorböden, die hinter Doppelglastüren in endlose Tiefen führen, ein siebenköpfiges Orchester, dessen Geiger seinen Oberkörper zuckend vor- und zurückbewegt, Kellner, die mit Silbertabletts vorbeigleiten, Champagnerflöten aus Kristall, die das Licht in winzige Splitter aufbrechen. Und die Kleider! Ein Rascheln und Flüstern von Seide und Taft, Ausschnitte, die jede Menge Haut zur Schau stellen, Träger in Magenta und Rosa und hellem Eisblau, die sich über Schultern und Brüsten spannen, Taillen, nicht umfangreicher als ein Dessertteller, und Hüften, die schimmern und schwingen und schweben.

Die Farben, die Musik und Düfte sind eine einzige Herausforderung für Eves während der grauen Kriegsjahre abgestumpfte Sinne. Sie kommt aus einem England, das sich neu finden und wieder aufbauen muss. Fleisch ist noch immer rationiert, Kleidung ebenso – dieses verhasste rosa Bezugsscheinheft –, und außerdem fühlt Verschwendung sich falsch an, wo so viele noch trauern, so viel verloren ging.

Aber hier gibt es kein Maß. Häppchen von Räucherfisch und Birkhuhn werden angeboten und appetitliche Hors-d'œuvres, die Eve nicht kennt.

»Man käme nie auf den Gedanken, dass Brot hier in Frankreich noch immer rationiert ist«, sagt Sullivan angesichts eines Stapels flaumigen Buttergebäcks. »Gut zu wissen, dass wir im Krieg gekämpft haben, damit der Schwarzmarkt florieren kann.«

Eine Kellnerin in Schwarz mit weißer Rüschenschürze kommt vorbei. Sie ist um die zwanzig und hübsch, mit rosigen Wangen, und Eve spürt, wie Sullys Energiefeld sich in Richtung der jungen Frau verlagert.

Eve weiß um ihre wintergraue Haut, ihr ungepflegtes Haar, die matronenhafte Kleidung. »Kann man hier wirklich *alles* bekommen?«, will sie plötzlich wissen.

»Aber ja, solange man das nötige Geld hat. Einer Menge Leute hat dieser Krieg zu einem guten Leben verholfen. Und tut es noch. Profit. Schwarzmarkt. Ganz zu schweigen von dem gestohlenen Schmuck und den Kunstwerken, die von den Nazis zurückgelassen wurden und die dann auf wundersame Weise in Privatbesitz gelangt sind.«

Auf dem Weg zum Orchester nippt Eve an ihrem Champagner. Alle paar Schritte kommt jemand auf sie zu, um Sullivan zu begrüßen oder eine behandschuhte Hand auf seinen Arm zu legen. Andere halten inne, als er und Eve vorbeikommen, stecken die Köpfe zusammen und tuscheln mit verstohlenen Blicken.

Er ist wirklich berühmt. Bei dieser Erkenntnis wird ihr vor Verlegenheit ganz heiß. Sie versucht sich zu erinnern, was sie da draußen auf der Terrasse am Swimmingpool gesagt hat. Hat sie tatsächlich die Formulierung »nicht auf der Straße stehen« verwendet? Sie wendet sich ihm zu, aber bevor sie ihre Entschuldigung loswerden kann, zeigt er auf einen großen Mann mit Silberhaar und einem Spitzbart, der in einer Ecke des großen Raums Hof zu halten scheint.

»Erkennen Sie ihn?«

Eve schüttelt den Kopf.

Sullivan legt erstaunt seine nussbraune Stirn in Falten. »Alberto Alvarez. Der bedeutendste lebende Maler der Welt oder ein talentloser Schwindler, der die ganze Kunstwelt an der Nase herumgeführt hat. Abhängig davon, welche Zeitung man liest.«

»Das ist Alvarez?« Eve starrt den Mann gebannt an und erinnert sich an einen der seltenen Ausflüge nach London, die ihre Eltern in der Kindheit mit ihr unternommen haben, ein Geburtstagsgeschenk. In einem Museum wurde sie von einem Gemälde zum nächsten gezerrt, sah mit ihren jungen Augen nichts weiter als alte Leute in albernen Kleidern und steifen Posen, Obstschalen oder trostlose Landschaften, wie man sie jeden Tag aus einem Zugfenster sehen konnte – bis sie auf einmal vor diesem außergewöhnlichen Bild stand. Farben, Formen, verzerrte Gesichter, die an Stellen auftauchten, wo gar keine Gesichter sein sollten. Eine Katze mit einem Schwanz, der zur Schlange wurde, hinter Pulten zwei Kinder mit Äpfeln anstatt der Köpfe. Es war ein kurzer Blick auf eine andere Welt, bevor sie von ihrer Mutter entschlossen wegbugsiert wurde. »Kannst du dir vorstellen, dass jemand sich diesen Unsinn an die Wand hängt?«, hatte sie Eves Vater gefragt und den Kopf geschüttelt.

Sullivan nimmt einem vorbeikommenden Kellner zwei weitere Gläser Champagner ab.

»Trinken Sie aus. Der Herzog und die Herzogin sind notorisch knapp, und wer weiß, wie lange der Vorrat reicht. Die Rationierung dient ihnen immer als Ausrede, aber jeder weiß, dass sie nur wenige Kilometer von hier ein Flugzeug geparkt haben, dessen Pilot jederzeit startklar ist, um von jetzt auf gleich alles zu holen, was sie haben wollen. An der Côte d'Azur bekommt man wirklich alles,

Schätzchen. Aber es hat natürlich seinen Preis. Das sollten Sie schnell lernen, falls Sie hier länger bleiben möchten.«

»Oh, aber ich bin nicht …«

Doch Sullivan ist schon bei einem anderen Thema. »Ich habe eine Frage an Sie. Wie lautet der Sammelname für die Lester-Mischpoke? Ein Haufen Lesters? Die Lester-Bande?«

Eve folgt seinem Blick, und der Mut verlässt sie, als sie Diana Lester entdeckt, mit nackten Schultern, das Haar aus dem Gesicht gekämmt. Sie trägt ein trägerloses mitternachtsblaues Samtkleid, das in gerader Linie zu Boden fällt. Um ihren Hals trägt sie etwas Funkelndes. Dicht neben ihr stehen Duncan und Noel Lester mit dem Rücken zu Eve, beide in schwarzen Jacketts, welche die Unterschiede ihrer Figuren betonen. Duncan ist fast einen Kopf kleiner als sein älterer Bruder und unterscheidet sich mit seinen abfallenden Schultern deutlich von dessen kräftiger Statur.

»Wer ist diese Frau?«, fragt Eve, als sie die Blondine aus dem Zugabteil an ihrer mürrischen Miene und dem Schmollmund wiedererkennt, dessen Lippenstiftrot Eves Mutter als »billig« abgetan hätte.

»Oh, das ist Clemmie Atwood. Eigentlich sogar Lady Clementine Atwood.« Sullivans Ton ist hart und lässt Eve genauer hinsehen.

»Sind Sie verheiratet, Mr. Sullivan?«, fragt sie unvermittelt und wundert sich, warum ihr diese Frage nicht schon eher eingefallen ist.

»Für gewöhnlich.«

»Was wollen Sie damit sagen?«

Er zuckt mit den Achseln. »Ich meine, der Zustand,

verheiratet zu sein, ist ziemlich konstant. Doch die Spezifika fluktuieren.«

Offenbar sieht Eve ihn so ausdruckslos an, dass er sich genötigt fühlt, weiter auszuholen.

»Allem Anschein nach bin ich ein Serientäter, wenn es ums Heiraten geht. Die vierte Mrs. Sullivan ist derzeit zu Hause in New York, kauft mehr Mobiliar, als wir benötigen, und erzählt jedem, der es hören möchte, was für ein Monster ich bin. Egal, zurück zu der reizenden Clemmie. Sie ist die jüngste Tochter eines dieser verarmten Aristokraten, mit denen ihr euch in England hervortut. Vor dem Krieg wurde die Côte d'Azur geradezu überschwemmt von britischem Adel. Man konnte nicht über den Strand laufen, ohne über einen Herzog oder einen Grafen zu stolpern, der ermattet im Sand lag und aus der Rolle fiel. Aber als Mussolinis Haufen eintraf, sind alle abgewandert und hinterher nur wenige davon zurückgekommen. Clemmies Cousine Margaret ist eine der letzten Getreuen, und Clemmie kam vor ein paar Jahren zurück, vorgeblich, um sich um Margarets Kinder zu kümmern, aber in Wirklichkeit, um sich einen italienischen Prinzen oder französischen Playboy zu angeln. Stattdessen verliebte sie sich in Noel Lester, nur dass sie sich dann letztendlich mit seinem Bruder verlobte. Kein Wunder, dass sie immer aussieht, als würde sie an einer Zitrone saugen.«

Diana Lesters Blick fällt auf Eve. Sie sagt etwas, und nun drehen sich beide Lester-Söhne um. Eve spürt ihre Blicke, die über sie und ihre hausbackene Kleidung und das widerspenstige Haar wandern. Noel Lester nickt in ihre Richtung. Dann beugt Clementine Atwood, die Eve ganz unverhohlen angestarrt hat, sich vor und sagt etwas, das die ganze Gruppe zum Lachen bringt.

»Sie sind ja richtig rot geworden«, stellt Sullivan fest und mustert sie interessiert.

Eve wendet sich abrupt ab und sieht sich einem Paar blauer Augen gegenüber, die sie amüsiert ansehen. Sie liegen in einem schmalen Gesicht mit einer langen Adlernase, unter der ein heller Schnauzbart die Kontur eines vollen Mundes streift. Der Mann ist groß und grazil und sehr elegant gekleidet. Er hebt eine Braue, als wollte er eine stille Frage stellen. Eve hat keine Ahnung, warum er sie so ansieht, als hätte er gerade einen Witz zum Besten gegeben, den nur sie beide verstehen. Aber er hat ein freundliches Gesicht, und das weiß sie zu schätzen in dieser Umgebung mit so vielen Fremden und in einer Situation, der sie sich kaum gewachsen fühlt.

Aber jetzt wird es still im Raum, und alle sehen sich um, denn das Orchester stimmt plötzlich eine Melodie an, die Eve als die Titelmelodie eines Films wiedererkennt, den sie und Clifford sich bei einer ihrer ersten Verabredungen angesehen haben. Ein Raunen nimmt an der Tür seinen Anfang und verteilt sich dann im ganzen Raum wie Farbe im Wasser.

Und jetzt sieht Eve sie. Feuerrotes Haar, das in kühnen Wellen über ihre Schultern fällt, ein korallenrotes Kleid, das sich schimmernd an den kurvigen Körper schmiegt. Cremeweiße Haut – üppig zur Schau gestellt – und ein voller, rot geschminkter Mund. Von ihr geht ein Strahlen aus, wobei Eve nicht sagen könnte, ob ihre Person oder ihre Berühmtheit dessen Quelle sind.

An ihrer Seite, eine Hand auf ihrem Kreuz, als würde er sie von hinten steuern wie ein Bauchredner seine Puppe, ein kleiner Mann Ende vierzig oder Anfang fünfzig, mit vollem schwarzen Haar und dem Grinsen eines

Fischers, der gerade den Fang des Tages an Land gezogen hat.

»Laurent sieht heute ganz besonders selbstzufrieden aus«, bemerkt auch Sullivan.

»Sie ist wunderschön«, sagt Eve.

»Schön und total high. Sehen Sie sich nur diese Augen an.«

Eve sieht genauer hin. Es stimmt, Gloria Hayes' berühmte grüne Augen, von denen angeblich jedes für fünfzigtausend versichert wurde, wirken seltsam glasig und starr.

»Ich habe gehört, dass sie morgens ohne eine Aufputschpille gar nicht aus dem Bett kommt. Und ich wette, um mit ihm ins Bett zu gehen, braucht sie auch noch eine Elefantendosis Barbiturate.«

Eve spürt, dass sie rot wird, und wendet sich ab in der Hoffnung, den Mann mit den hellen Haaren und dem Schnauzbart wiederzusehen, aber er ist verschwunden.

»Ich finde, er sieht distinguiert aus«, teilt sie Sullivan mit. »Warum sollte sie außerdem mit ihm zusammen sein, wenn sie ihn nicht liebt? Das Geld hat sie doch gar nicht nötig.«

»Nein, aber ihre beiden letzten Filme waren Flops, und sie muss das Studio bei Laune halten. Und was freut das Studio mehr als eine Traumhochzeit mit einem europäischen Playboy vor der gesamten Weltpresse. Publicity für Hollywood, Publicity für sie. Außerdem weiß jeder, dass sie sich von ihrer Ehe mit Greg Dalladay erholt. Vermutlich hätte sie auch dieses Glas Champagner geheiratet, wenn es um ihre Hand angehalten hätte.«

»Sie scheinen keine sehr hohe Meinung von Frauen zu haben, Mr. Sullivan?«

»Ganz im Gegenteil, Mrs. Forrester. Ich liebe Frauen. Wenn es mir nur gelänge, mir anzugewöhnen, sie eine nach der anderen zu lieben, wäre mein Leben sehr viel einfacher.«

Eine ältere Frau löst sich aus der Menge. Sie hat die Gestalt eines Briefkastens, die Schultern exakt so breit wie ihre Leibesmitte und ihre Hüften, durch das gefärbte Haar schimmert rosa die Kopfhaut.

»Sully, du Schlingel. Wir haben am Samstag den ganzen Abend im Casino auf dich gewartet, ich habe mein gesamtes Geld und meinen Schmuck und meinen Erstgeborenen verspielt, und wir mussten uns schmählich durch den Hinterausgang hinausschleichen, und das ist alles deine Schuld. Aber jetzt entführe ich dich, damit du uns zur Strafe ein wenig unterhältst.« Die Frau legt eine schwer beringte Hand auf Sullivans Arm und steuert ihn auf eine Gruppe zu, in der sofort eifrig Platz für ihn gemacht wird. Sullivan wirft Eve einen entschuldigenden Blick zu, bevor die Gruppe sich um ihn schließt. Eve hat den unerfreulichen Eindruck, dass die Gruppe Sully bei lebendigem Leib verzehrt hat. Plötzlich allein, hat sie zudem in ihrer schlichten Kleidung das Gefühl, aufzufallen, und bahnt sich deshalb ihren Weg in den hinteren Teil des Raums, wo die Türen sich zu einer großen Terrasse hin öffnen. Auf beiden Seiten führen Stufen hinab zu einer darunterliegenden weiteren Terrasse, wo ein in Flutlicht getauchter Swimmingpool direkt über dem Meer zu sein scheint.

Sobald sie ins Freie kommt, bedauert sie erneut, ihre Strickjacke auf dem Bett zurückgelassen zu haben. Eine frische Brise vom Meer her überzieht alles mit einem kalten, feuchten Sprühnebel. Zu spät denkt sie an ihre Haare, die sich bei dieser hohen Luftfeuchtigkeit zu ringeln beginnen. Sie schaudert, zögert aber, zurück ins Haus zu gehen. Wenigstens ist es hier draußen dunkel, und die paar anderen Gäste, die tapfer dem Wind trotzen, sitzen zusammengedrängt auf den Bänken nah am Haus, sodass sie sich am Geländer, mit Blick aufs Meer unbeobachtet fühlen kann. Erhobene Stimmen werden zu ihr herangetragen, und als sie sich umdreht, stehen zu ihrer Überraschung Duncan Lester und Laurent Martin in der Tür. Bevor man sie beim Starren ertappt, wendet sie sich wieder der intensiven Betrachtung des Meeres zu, und als sie das nächste Mal einen Blick riskiert, sind die beiden verschwunden.

»Hier sind Sie. Ich hatte befürchtet, Sie wären vorzeitig gegangen. Wie Aschenputtel.«

Die Stimme ist weich, mit einem schwachen französischen Akzent, und noch bevor Eve sich umdreht, weiß sie, dass hinter ihr der große Mann steht, der ihr über den Raum hinweg zugelächelt hatte, als würden sie sich von irgendwoher kennen.

Aus der Nähe betrachtet, ist er älter, als er ihr anfangs erschienen war. Ende dreißig, vermutet sie. Er stützt sich auf einen schwarzen Stock mit Silbergriff.

»Nein. Noch immer hier«, sagt sie.

Er stellt sich ihr als Victor Meunier vor und schneidet ihr das Wort ab, bevor sie ihm ihren Namen nennen kann.

»Ich weiß bereits, wer Sie sind, Mrs. Forrester. Bedenken Sie, dass wir eine kleine Gemeinde sind, die nach frischem Wind lechzt. Gerüchte und Skandale sind unser Sauerstoff.«

Eve ist hin- und hergerissen zwischen dem Wunsch, sein Lächeln zu erwidern und sich länger dem Gefühl hinzugeben, sie beide verbände eine amüsante Konspiration, und dem Groll darüber, dass diese außergewöhnliche Privatsache, die ihr widerfahren ist, inzwischen bereits der hiesigen Unterhaltung dient.

»Nun, dann haben Sie mir ja etwas voraus«, erwidert sie steif.

Victors Lächeln beginnt zu schwanken. »Bitte verzeihen Sie mir, wenn ich etwas Dummes gesagt habe. Mein Englisch könnte besser sein.«

Sein Englisch ist tadellos. Im Halbdunkel wirken seine Augen wie dunkle Sorgenteiche. Eve schluckt, weil sie sich plötzlich ihrer Umgebung bewusst wird – der schweren Wolken über ihr, des Windes, der ihr kalt unter die Bluse fährt, des Geigenvibratos, das durch die offene Tür strömt. Dass sie hier ist, mit diesem Fremden, der sie ansieht, als teilten sie ein Geheimnis.

»Stammen Sie hier aus der Gegend, Monsieur Meunier?«

Sein aus scharfen Linien zusammengesetztes Gesicht wirkt weicher, wenn er lächelt. »Nein, aus Paris. Aber ich habe eine kleine Kunstgalerie hier in Nizza. Die Künstler, die ich liebe, kommen hierher zum Malen. Matisse, Chagall, Picabia. Und natürlich Picasso. Also lebe ich hier.«

»Schon lange?«

Er zuckt mit den Achseln. »Wegen des Kriegs ist es schwer, diese Frage zu beantworten. Ich lebte in Paris, aber im Krieg verbrachte ich zwei Jahre in deutscher Gefangenschaft.« Hierbei deutet er auf seinen Stock, als würde dieser alles erklären. »Nach meiner Entlassung kehrte ich nach Paris zurück, fand es aber unerträglich, die Nazis über die Champs-Élysées marschieren zu sehen, und kam deshalb hierher in den Süden. Und *voilà*. Hier bin ich.« Er lächelt.

»Oh«, sagt Eve. »Es tut mir leid, das zu hören. Ich meine, das mit dem Krieg, nicht, dass Sie hier sind.« Wie albern sie sich anhört mit ihrem Geplapper. Sie spürt, dass jemand hinter ihr ist, jemand, der momentan den Wind abhält, sodass ihr Rücken sich wieder angenehm warm anfühlt. Sie dreht sich um und ist überrascht, dort Noel Lester zu sehen, der mit finsterer Miene in die Nacht blickt.

»Sie frieren, Mrs. Forrester.«

Es ist eher eine Feststellung als eine Frage. Sie ärgert sich sowohl über seine Dreistigkeit, eine solche Behauptung zu äußern, als auch über die Art und Weise, wie er in das Gespräch geplatzt ist. Der sich verhärtende Gesichtsausdruck Victor Meuniers zeigt ihr, dass auch dieser die ungebetene Ankunft des anderen Mannes nicht gutheißt. Sie verharrt an ihrem Platz und kehrt Guy Lesters älterem Sohn weiterhin unhöflich den Rücken zu.

»Ganz im Gegenteil. Es ist hier mindestens zehn Grad wärmer als in England. Geradezu mild.«

Victors Mund zuckt. »Sie entschuldigen mich bitte«, sagt er. »Es war mir ein großes Vergnügen.«

Für einen Moment ruhen seine Augen auf ihr, und sie hat das seltsame Gefühl, geradewegs in sie hineinzufallen. Dann richtet sein Blick sich kurz auf den hinter ihr stehenden Noel Lester, er nickt höflich und entfernt sich dann, auf seinen Stock gestützt.

»Wie ich sehe, sind Sie schon eifrig dabei, Freundschaften zu schließen«, sagt Noel steif. Dann richtet er sich auf und schlägt einen leichteren Ton an. »Ich kann mir vorstellen, dass Sie so etwas an einem Mittwochabend in Sutton nicht tun würden.«

Also wirklich. Was für ein Affront. Ein Blick hatte ihm

offenbar gereicht, um sie als langweilig und provinziell abzustempeln. Dass er in ihr eine gelangweilte Hausfrau sieht, die in ihrem spießigen Wohnzimmer Radio hört, findet sie unerträglich.

»Mittwochs pflege ich Bridge zu spielen«, sagt sie. Sie sieht ihn dabei nicht an, spürt aber seine Belustigung.

»Was auch sonst.«

Jetzt ist Eve wirklich wütend. »Hören Sie«, sagt sie und wendet ihm ihr Gesicht zu zum Beweis, dass sie sich nicht einschüchtern lässt. »Ich weiß, dass Sie mir nachgekommen sind im Glauben, doch noch von mir zu erfahren, warum Ihr Vater mich in seinem Testament bedacht hat, aber es ist wahr, ich weiß darüber nicht mehr als Sie, Sie können sich also Ihre Worte sparen und wieder hineingehen und die Party genießen.«

Ihr Herz pocht bis zum Hals, und Noel sieht sie überrascht an.

»Sie haben recht, ich bin gekommen, um über das Haus zu reden. Die Sache ist nämlich«, sagt er und hat sich rasch wieder gefangen, »es gibt diverse Steuern, die bald fällig werden. Erbschaftssteuern. Ich nehme an, dass Bernard Sie vorgewarnt hat, dass Sie mit einer gewaltigen Erbschaftssteuer rechnen müssen?«

Eve nickt, weil sie nicht den Eindruck erwecken möchte, im Hintertreffen zu sein, aber ein wenig blamiert fühlt sie sich dennoch. Natürlich würden Zahlungen anfallen.

»Außerdem gibt es gewisse andere finanzielle Verpflichtungen familiärer Art, die einen raschen Verkauf zwingend nötig machen«, ergänzt Noel. »Allem Anschein nach scheint es für dieses Groschengrab einen Kaufinteressenten zu geben, und dieser verrückte Kerl ist bereit, sechs Monate lang Miete zu bezahlen und sich auf eine Kaufvereinbarung einzulassen, bis das Haus verkauft werden kann. Wir können uns offen gesagt keine Komplikationen leisten. Und Sie, Mrs. Forrester, sind eine Komplikation.«

Jetzt ist der richtige Zeitpunkt, es zu sagen. *Sie können ganz beruhigt sein. Ich werde Mr. Lesters Vermächtnis nicht annehmen.* Die Worte verdorren ihr auf der Zunge. Stattdessen antwortet sie: »Aber Bernard ... Monsieur Gaillard ... hat mir versichert, dass Mr. Lester in seinem Testament für Sie und die übrigen Mitglieder Ihrer Familie sehr gut vorgesorgt hat.«

»Wie freundlich von Monsieur Gaillard, unsere Finanzangelegenheiten derart öffentlich zu machen.«

»Das hat er nicht getan. Er hat ...« Aber sie kann ihren Satz nicht zu Ende sprechen, denn Noel zieht in einer lässigen Bewegung sein Jackett aus und legt es über ihre Schultern.

»Sie haben gezittert«, erklärt er nüchtern.

Das unerbetene Jackett brennt auf ihren Schultern, und doch ist sie für die Wärme dankbar und bringt es nicht über sich, es abzustreifen.

»Danke.«

»Sie wären nicht die erste Britin, die das Klima an der Côte d'Azur falsch einschätzt.«

Seine Herablassung macht sie sprachlos. Aber bevor sie sich eine Antwort zurechtlegen kann, wechselt er das Thema.

»Was halten Sie von Gloria Hayes? Sie werden doch hoffentlich bis zur Hochzeitsparty hierbleiben. Es wäre eine Schande, wenn Sie, nachdem Sie schon einen so weiten Weg auf sich genommen haben, das Gesellschaftsereignis dieses Jahrzehnts verpassten.«

»Machen Sie sich nicht lächerlich. Warum sollte ich zu

dieser Hochzeit eingeladen werden? Ich kenne doch keinen von beiden.«

Noel kommentiert dies, indem er geräuschvoll ausatmet.

»Genau das gereicht Ihnen doch hier zum Vorteil. Frischfleisch ist an der Côte d'Azur eine gefragte Ware. Wir sind einander so überdrüssig. Jeder überbietet den anderen mit Klatsch und Veranstaltungen und Kleidern und Cocktails, und alles nur, um die Tatsache zu verschleiern, dass unter all diesen eleganten Roben und Hüten und Spielereien immer nur die gleichen alten Gesichter stecken. Außerdem wird Sully schon dafür sorgen, dass Sie mitkommen. Einer hübschen Frau kann er nicht widerstehen.«

»Ich wusste nicht, dass Mr. Sullivan eingeladen wurde.«

»Mr. Sullivan braucht keine Einladung.«

Schweigend starren sie und Noel aufs Meer hinaus. Im Hintergrund spielt das Orchester *Night and Day,* und vom Wind getragen, schwebt die Musik hinauf in den Nachthimmel.

Sie versucht, nicht an seine Worte von eben zu denken, aber »hübsch« bleibt ihr hartnäckig im Sinn. Archie hatte ihr gesagt, sie sei hübsch. Da er nicht besonders groß war, gefiel es ihm, dass sie so klein war. Und er sah sie unheimlich gern an. »Bei dir passt wirklich alles perfekt zusammen«, pflegte er ihr zu sagen. Clifford hingegen sprach sie so gut wie nie auf ihr Äußeres an, hatte ihr nur dazu gratuliert, dass sie nicht *auffällig* war. Auffälligkeit gehörte in seiner Vorstellungswelt zu den unverzeihlichen Sünden einer Frau. Einmal, in einem schwachen Moment, hatte sie versucht, mehr aus ihm herauszubekommen. Natürlich weiß sie, dass es auf Aussehen allein nicht ankommt, aber es war doch nur natürlich, Gewissheit darüber haben zu wollen, ob demjenigen, mit dem man morgens wach wird, auch gefällt, was er sieht. »Du gehörst nicht zu den Frauen, die allein auf ihr Aussehen bauen können«, antwortete er schließlich. »Man wirft nicht sein Gesicht oder seine Figur in die Waagschale, um bemerkt zu werden. Männer haben lieber das Gefühl, einen verborgenen Schatz entdeckt zu haben.«

Anfangs war sie stolz darauf gewesen, ein verborgener Schatz zu sein. Erst später bereitete es ihr Kummer, dass es nichts an ihr gab, das er hervorheben und von dem er sagen konnte: *Da. Das. Deshalb habe ich mich in dich verliebt.*

»Was ist das da draußen?« Eves Arm zeigt weit hinaus aufs Meer, wo eine Ansammlung kleiner Lichter in der Dunkelheit schaukelt.

»Fischerboote. Die armen Kerle. Früher waren das nicht so viele, aber seit der Rationierung ist jeder, der an ein Boot kommt, Nacht für Nacht da draußen und versucht, das Abendessen für den nächsten Tag zu fangen.«

Eve erinnert sich an die Schlange vor dem Metzgerladen, die sie im Vorbeifahren aus Maries Auto gesehen hat, und denkt dann an die mit Essen überladenen Tische, an denen sie gerade vorbeigekommen ist.

»Ach, da bist du.«

Clemmie Atwood trägt ein trägerloses weißes Kleid, das scheinbar durch bloße Willenskraft oben gehalten wird, und sie hat ihre langen Arme gegen die Kälte vor der Brust verschränkt. Als Eve sich umdreht, wirkt sie überrascht, erholt sich aber rasch und kräuselt den Mund, wie um ein Lächeln anzudeuten.

»Die berüchtigte Mrs. Forrester, wie ich annehme.«

Wenig begeistert stellt Noel sie einander vor.

»Ein Kind der Liebe ...«, sagt sie unvermittelt. »Eine andere Erklärung für das Erbe gibt es nicht. Dann wärt ihr beide Bruder und Schwester. Obwohl ich keine Ähnlichkeit erkennen kann.«

Eve spürt, wie ihr das Blut in die Wangen schießt, und ist froh, dass es dunkel ist.

»Halt den Mund, Clemmie.«

Eve spürt die Anspannung in Noels Stimme. Aber Clemmie lächelt nur breit und schwankt, und Eve merkt, dass sie ziemlich betrunken ist.

»Och, wie süß. Du glaubst also nicht, dass dein Vater hinter dem Rücken deiner geheiligten Mutter herumgehurt hat?«

»Ich sagte, du sollst den Mund halten.«

Jetzt ist der bedrohliche Unterton in Noels Stimme so offensichtlich, dass Clemmie ihre Lippen zusammenpresst.

»Hoppla«, sagt sie. »Bin ich mal wieder zu weit gegangen?«

Zu Eves Erstaunen hört es sich an, als sei sie stolz darauf.

»Ich muss gehen«, verkündet Eve, von der Situation überfordert. »Es ist schon sehr spät.«

»Spät?« Clemmie wirft den Kopf in den Nacken und lacht, ihr schlanker Hals leuchtet knochenbleich im Zwielicht. »Ist das nicht niedlich? Wir sind hier an der Côte d'Azur, meine Liebe. Die Nacht hat noch nicht mal begonnen.«

»Nein, wirklich. Es war ein langer Tag für mich. Hier. Ihr Jackett.«

Sie hält es Noel hin, aber bevor dieser es ihr abnehmen

kann, schnappt Clemmie es sich und schlüpft hinein. Sie verschwindet förmlich darin, und es betont ihre zerbrechliche Schönheit.

»Mir ist egal, ob ich wie eine Vogelscheuche aussehe. Ich muss einfach warm werden. Sehe ich aus wie eine Vogelscheuche, Liebling?«

Sie wendet sich Noel zu und streckt dabei steif die Arme zur Seite, sodass die Jackenärmel über ihre Hände baumeln.

»Gut. Na dann. Adieu«, sagt Eve. »Ich gehe nicht davon aus, dass ich Sie beide wiedersehe, da ich am Freitag abreise.«

»Dann bleibt Ihnen nur noch ein Tag, um das Inventar im Haus aufzulisten und sich auszurechnen, was das alles wert ist.«

Einen Moment lang glaubt Eve, Clemmie nicht richtig verstanden zu haben. Aber bevor sie protestieren kann, fängt diese zu kichern an.

»Na, so was, da denke ich schon wieder laut. Achten Sie nicht darauf. So bin ich eben, leider. Ich sag, was ich denke.«

Eve schielt auf Noel und fragt sich, ob er etwas zu ihrer Verteidigung sagen wird, aber er holt eine Zigarette aus einem Etui in seiner Tasche und steckt sie sich in den Mund.

»Adieu«, sagt er, und die Zigarette bewegt sich auf seiner Unterlippe auf und ab. Die Finger seiner rechten Hand flattern, ob als Zeichen seiner Ablehnung oder als Abschiedsgeste, hätte Eve nicht sagen können.

Als Eve sich entfernt, folgt ihr das laute Gelächter Clementine Atwoods.

Guy, 18. April 1948

»Und Sie sind sich da ganz sicher?« Bernard hat eine Art, einen anzusehen, die den ganzen Zweifel übermittelt, den laut auszusprechen er zu höflich war. Sehr oft hat dieser Blick mich innehalten und alles noch mal überdenken lassen. Heute jedoch, als ich ihm in seiner kleinen chaotischen Kanzlei gegenübersitze, bleibe ich standhaft.

»Absolut.«

»Sie haben also keine Sorge, dass Sie die junge Dame in eine delikate Lage bringen? *Vis-à-vis* mit Ihrer Frau und Ihren Kindern, meine ich.«

»Ich sagte Ihnen bereits, dass ich nach England fahre, um Eve zu treffen und ihr alles zu erklären. Und nach meiner Rückkehr werde ich mit meiner Familie sprechen. Es gibt gewisse Dinge, die schon zu lange im Verborgenen sind. Und es ist an der Zeit, sie ans Licht zu holen.«

Nun, da ich meinen Entschluss gefasst habe, bin ich ungeduldig, ihn umzusetzen. Obwohl ich so viele Jahre habe verstreichen lassen, habe ich plötzlich das Gefühl, keinen Tag länger warten zu können.

Bernards Gesicht verrät mir, dass es ihn drängt, mich zu fragen, worum es sich bei diesen *gewissen Dingen* handelt, wer diese Eve Forrester für mich ist. Aber er würde mich nie bedrängen, und noch bin ich nicht so weit, es ihm zu sagen. Sobald ich Eve gefunden und mit ihr gesprochen habe, ist der Zeitpunkt gekommen, darüber zu reden.

»Ich mache mir Sorgen um Sie, Guy. Sie sehen müde aus, und Ihrer Stimme höre ich an, dass es Ihrem Kehlkopf nicht so gut geht. Diese ganze Aufregung wird Ihrem Herzen schaden. Und dabei hat der Arzt Ihnen gerade erst geraten, kürzerzutreten. Wollen Sie wirklich das Risiko eingehen, diese spezielle Kiste zu öffnen?« Bernard redet mit ausgreifenden Gesten und entfernt dabei die riesige rot getigerte Katze, die während der ganzen Zeit auf seinem Schoß gelegen hatte. Entrüstet stolziert sie mit erhobenem Schwanz davon.

Und schlagartig fühle ich mich erschöpft, ohne jede Energie. Allein der Gedanke, die Treppe hinunterzugehen, ist beängstigend, geschweige denn, zurück nach England zu fahren. Eine Welle der Hoffnungslosigkeit umfängt mich.

Ich habe zu lange gewartet.

Dennoch nehme ich all meine Kraft zusammen und antworte ihm: »Ich fürchte, wenn der Deckel geschlossen bleibt, kann die ganze Kiste explodieren und meine Familie mitreißen.«

9

3. Juni 1948

»Nehmen Sie's mir nicht übel.«

»Natürlich nicht.«

»Sie können doch einem Kerl nicht vorwerfen, dass er es versucht hat.«

»Es ist vergessen.«

»Ich hab nur …«

»Ich sagte, es ist vergessen.«

Eve, die in einem Liegestuhl liegt und die Sonne genießt, wünscht sich, Mr. Sullivan würde aufhören zu reden. Sie weiß sehr wohl, dass der halbherzige Annäherungsversuch, den er gestern Abend auf dem Rückweg vom Empfang im betrunkenen Zustand unternommen hat, eher einem Impuls fehlgeleiteten Pflichtgefühls entsprang, als dass er Ausdruck seiner Leidenschaft gewesen wäre.

Sie schließt die Augen, atmet die berauschend nach Jasmin duftende Luft, lauscht einem Insekt, das irgendwo in der Vegetation summt, und versucht, nicht daran zu denken, dass dies ihr letzter ganzer Tag in Frankreich ist. Das Gesicht von Victor Meunier taucht vor ihrem geistigen Auge auf, die blauen Augen, die kantigen Züge.

»Was wissen Sie über Victor Meunier?«, fragt sie ihn.

»Von unserem Lokalhelden? Wurde im Krieg verwundet.

Brachte einige Zeit in einem Gefangenenlager in Deutschland zu und kehrte dann nach Paris zurück, wo er jedoch das Leben unter der Besatzungsmacht nicht aushielt und es irgendwie schaffte, hier runterzukommen.«

»Und was hat das mit dem Helden auf sich?«

»Angeblich soll er mehreren jüdischen Familien zur Flucht verholfen haben, bevor man sie zusammentreiben und ins Lager schicken konnte. Wissen Sie, der Krieg macht aus vielen ganz gewöhnlichen Menschen Helden. Nehmen Sie beispielsweise Bernard und Marie Gaillard, sie waren hier unten herausragende Persönlichkeiten in der Résistance.«

Eve stellt sich den Notar mit den traurigen Augen und seine impulsive Ehefrau vor, und plötzlich finden die Puzzleteile zueinander.

»Dann unser Noel hier, mit seinen zahllosen Einsätzen, die er für die Royal Air Force flog.«

»Oh?« Eve lässt die Augen geschlossen.

»Hat, glaube ich, einen Rekord aufgestellt. Wussten Sie, dass sie ihm am Ende mehr oder weniger den Zutritt zum Flugfeld verweigern mussten, weil er unentwegt ankam und fliegen wollte? An der Wand des Sicherheitspostens hing sein Foto, wie die Schwarzen Listen im Casino.«

»Jetzt übertreiben Sie aber doch, Mr. Sullivan?« Sie schielt zu ihm hinüber, die Augen mit der Hand gegen die Sonne abgeschirmt.

»Na ja, ein bisschen vielleicht. Aber er ist wirklich wahnsinnig viel geflogen. Vermutlich wollte er auf diese Weise wiedergutmachen …«

»Was?«

»Sagen Sie, was halten Sie von unserer Gloria?« Sullivan wechselt das Thema und richtet sich in seinem Liegestuhl auf, beugt sich vor, sodass Eve von ihm nur noch die mächtigen Schultern über seinen angewinkelten Knien sieht. »Fanden Sie nicht auch, dass sie aussah, als wäre sie gekidnappt und unter Zwang dorthin geschleppt worden? Ich habe ständig ihre Lippen beobachtet und darauf gewartet, dass sie ›Helft mir!‹ ruft.«

Eve lässt die Hoffnung auf geruhsame Sonnenanbetung fahren und setzt sich ebenfalls auf.

»Ich finde sie unglaublich schön. Aber ich stimme Ihnen zu, dass sie nicht gerade wie eine strahlende Braut wirkte. Ihre Scheidung von Greg Dalladay ist noch nicht lange her, oder? Und die beiden machten immer den Eindruck, als wären sie sehr verliebt ineinander.«

»Das waren sie auch, da bin ich mir ganz sicher – bis er Carla Jasmine am Set von *What the Heart Wants* kennenlernte. Arme Gloria. Es ist für ein Mädchen, das noch keine zwanzig ist, schon schwer genug, von dem Mann verlassen zu werden, den es liebt, aber dann auch noch in aller Öffentlichkeit.«

»Dann glauben Sie also, sie versucht ihr gebrochenes Herz zu heilen, indem sie einen anderen heiratet?«

»Ja, aber nicht einfach irgendeinen. Sondern jemanden mit einem Privatflugzeug und mehreren Millionen auf der Bank und einer riesigen Jacht mit einer Dauerbesatzung von zwölf Leuten.«

»Sie sind sehr zynisch, Mr. Sullivan.«

»Sully. Und ich bin überhaupt nicht zynisch. Ich bin ein hoffnungsloser Romantiker, und genau aus diesem Grund war ich auch schon so oft verheiratet. Immer auf der Suche nach diesem flüchtigen ›Und sie lebten glücklich bis ans Ende ihrer Tage‹. Und Sie?«

»Ich?«

»Haben Sie Ihr Glück gefunden?«

»Natürlich. Ich bin absolut zufrieden mit meinem Ehemann.« Eve schließt die Augen, damit sie Sullys Gesichtsausdruck nicht sehen muss, aber selbst so spürt sie, dass er sie anstarrt. *Zufrieden.* So ein halbherziges, schönfärberisches Wort. Und was macht sie hier überhaupt? Morgen muss sie zurück nach England. Ihr bleibt nur noch ein weiterer Tag an diesem idyllischen Ort, weshalb also vergeudet sie den Morgen mit diesem aufdringlichen amerikanischen Schriftsteller in müßigem Geplauder?

Sie springt auf. »Ich werde mich mal ein bisschen umsehen.« Dabei blitzt Clemmie Atwoods Kommentar vom vergangenen Abend kurz auf, sie würde das Inventar zusammenrechnen. Wird auch Sully denken, dass sie das jetzt vorhat? Du liebe Güte!

Sie betritt das Haus durch die offenen Glastüren des Wohnzimmers, wo ihre Schuhe auf dem blankgewienerten Parkett schabende Geräusche machen. Sie hofft, nicht Mrs. Finch in die Arme zu laufen. Zwar hat sie die freundliche Haushälterin seit dem gestrigen Tag nicht mehr gesehen und fand es deshalb umso verwunderlicher, dass am Morgen ein Frühstück für sie bereitstand, als würde Mrs. Finch ihre Bewegungen im Haus nachverfolgen.

Sie überlegt, auf der Chaiselongue Platz zu nehmen und vielleicht eine der Zeitschriften durchzublättern, die in einem ordentlichen Stapel auf dem niedrigen Tisch mit der Glasplatte liegen. Aber irgendwas hält sie davon ab. Das Gefühl, eine Schwelle zu überschreiten.

Im Flur zögert sie. Über ihr schraubt sich das polierte Treppengeländer nach oben. Sollte sie zurück auf ihr Zimmer gehen? Sich aufs Bett legen und hinaus in den Himmel schauen? Was für eine Vergeudung an ihrem kostbaren letzten Tag. Wie absurd ist doch der Gedanke, dass sie, vor gerade mal zwei Tagen hier angekommen, schon gleich wieder abreisen muss. Bernard wird am Nachmittag mit Papierkram vorbeikommen. Sie weiß, dass sie nichts unterschreiben muss. Das hat Clifford ihr eingeschärft. Aber sie freut sich dennoch auf ein Wiedersehen mit dem französischen Anwalt.

Sie umrundet das Treppenhaus, bis der Flur vor ihr liegt, der zur Küche und Mrs. Finchs Reich führt. Links von Eve gibt es eine Tür, die ihr bereits tags zuvor aufgefallen ist. Sie vergewissert sich, dass sie allein ist, und drückt dann die Klinke nieder. Die Tür geht auf, und Eve steht am oberen Ende einer Steintreppe, die in die Dunkelheit hinabführt. Links von ihr ertastet sie einen Schalter, doch das schwache gelbe Licht, das die einsam von der Decke baumelnde Glühbirne spendet, leuchtet nur ein paar Schritt weit.

Vorsichtig steigt sie nach unten. Gänsehaut überzieht ihre Arme, als die feuchte Luft ihr in die Knochen kriecht. Am Fuß der Treppe angekommen, befindet sie sich in einem kleinen vollgestellten Vorraum mit einem Fußboden aus grauen, in den Winkeln fast schwarz wirkenden Steinplatten, von dem zwei geschlossene Holztüren abgehen.

Sie sollte nicht hier unten sein. Zu dieser Überzeugung kommt sie, als sie in ihrer dünnen Baumwollbluse zu zittern anfängt. Auch wenn es in Guy Lesters Testament so stehen mag, dies ist nicht ihr Haus.

Dennoch, warum sollte sie sich, da sie nun schon mal hier ist, nicht umsehen? *Neugieriger, als gut ist für dich*, meldet sich die Stimme ihrer Mutter. Neugier wurde in ihrem Zuhause mit Argwohn betrachtet. Verzicht. Das war der Schlüssel. Nicht mal Akzeptanz. Nur Verzicht.

Clemmie Atwoods Andeutung, sie und Noel Lester könnten Bruder und Schwester sein, kommt ihr wieder in den Sinn, dass ihre Mutter und Guy Lester eine … Sie schüttelt sich angewidert. *Unmöglich.* Entrüstung stärkt ihren Entschluss, und sie stößt die erste Tür auf. Wie Mrs. Finch gesagt hatte, entpuppt der Raum sich im Lichtschein als kleiner Weinkeller mit Stellagen an den Wänden, deren Reihen bis auf wenige noch übrig gebliebene Flaschen fast alle leer sind.

Eve malt sich aus, wie sie zu ihren zum Abendessen geladenen Gästen sagt: *Ich gehe nur rasch runter und hole eine Flasche Wein aus meinem Keller.* Und diese Vorstellung entlockt ihr ein Lächeln.

Die Klinke der zweiten Tür sitzt so fest, dass sie glaubt, diese müsse verschlossen sein. Sie versucht es mit einem entschlossenen Ruck und hält gleich darauf bestürzt die Klinke in der Hand. Es gelingt ihr, die Klinke wieder zu befestigen, und sie unternimmt einen letzten Anlauf, indem sie die Tür an sich heranzieht und zugleich auf die Klinke drückt, worauf die Tür sich widerwillig öffnet. Die Kälte trifft sie wie ein Schlag, und sie bleibt an der Schwelle stehen, tastet nach dem Schalter, stößt aber nur auf feuchtes, kaltes Mauerwerk.

Hinter ihr knarzt die Tür, und sie wirbelt herum.

»Mrs. Forrester? Sind Sie das?« Die rundliche Gestalt von Mrs. Finch zeichnet sich als Schattenriss vor dem dürftigen Licht aus dem Vorraum ab.

»Ja. Verzeihung. Ich habe die falsche Tür geöffnet und wollte nachsehen, wohin sie führt.« Wie läppisch sie sich anhört. Hier, an diesem Ort, wo sie nichts zu suchen hat.

»Oh, Gott sei Dank. Ich dachte schon, wir hätten Besuch. Manchmal verirren Tiere sich hierher. Ratten und

Eichhörnchen. Hin und wieder sogar eine Katze. Wir lassen die Türen gern zu, damit der feuchte Geruch nicht hochsteigt.«

»Dann lagern Sie hier unten also nichts?«, fragt Eve und späht in die Düsternis.

»Nicht wirklich. Nur ein paar Sachen, von denen Mr. Lester sich nicht hat trennen können.« Mrs. Finch tritt beiseite und lässt zu, dass der schwache Lichtschein ein wenig tiefer in den Raum sickern kann. Eve erkennt ein Regal an der hinteren Wand mit Sachen darauf. Farbdosen. Werkzeug. Kerzen. Geschirr. Und davor ein Sammelsurium an Gegenständen in unterschiedlichen Graden der Verwahrlosung: ein rostiges Fahrrad, ein paar alte Rohre, eine fleckige Keramikspüle.

»Sie müssen bedenken, Mrs. Forrester, dass dieses Haus während des Krieges von feindlichen Soldaten beschlagnahmt worden war. Von Offizieren. Erst von den italienischen Faschisten, dann von den Nazis. Und es wurde leider in ziemlich üblem Zustand hinterlassen. Wie die meisten Häuser. Dinge waren zerstört oder gestohlen worden. Diese Leute kannten keinen Respekt vor Eigentum, hatten keine Manieren. Stellen Sie sich vor, unser Nachbar fand sogar eine nicht explodierte Granate im Kinderzimmer!«

Eve merkt, dass sie im Dunkeln nickt. Die Mahnung, dass jeder seinen eigenen Krieg hatte. Jeder auf seine Weise litt.

Als sie wieder oben sind, entschuldigt Mrs. Finch sich und eilt in die Küche.

Eve, froh, dass ihr wieder warm wird, nimmt in einem der Sessel im Wohnzimmer Platz und greift nach einer Zeitschrift, deren Titelblatt von Gloria Hayes' Schmollmund beherrscht wird. Aber sie findet keine Ruhe. Der Ausflug in den Keller hat sie aufgewühlt. Noch immer hängt der muffige Geruch in ihren Kleidern. Ihre Haut kribbelt bei der Erinnerung an den kalten Stein unter ihren Fingerspitzen, an die bleich im Dunkeln schimmernde Spüle.

Sie ist froh, als die Türglocke ertönt. Gleich darauf steht Bernard in der Tür, und sie freut sich so sehr, in seine warmen Augen zu blicken, dass sie sich nur mit Mühe zurückhalten kann, ihm um den Hals zu fallen.

Bernard erkundigt sich, wie sie den vergangenen Abend verbracht hat, und scheint sich zu amüsieren, als sie ihm über den Empfang für Gloria Hayes Bericht erstattet. »Ich lebe mein ganzes Leben hier, wurde aber nie eingeladen. Sie sind gerade mal einen Tag da, und schon …« Die Geste seiner Hände vermittelt Belustigung, Ironie und Freude, alles in einem. »Wie schade, dass Sie morgen schon wieder abreisen müssen«, ergänzt er. »Noch ein paar Tage, und Sie hätten die Côte d'Azur erobert.«

Die Mahnung trifft sie wie ein Schlag und macht ihr bewusst, wie weit nach hinten sie den unerfreulichen Gedanken an ihre Rückkehr nach England verbannt hatte.

»Noel Lester hat mir gegenüber die Erbschaftssteuer erwähnt, Mr. Gaillard. Seitdem muss ich immer daran denken. Ich habe nicht … Das heißt, mein Ehemann und ich sind keine wohlhabenden Leute.«

Bernard sieht sie schuldbewusst an. »Bitte seien Sie unbesorgt, Mrs. Forrester. Ich hätte das gestern mit Ihnen besprechen sollen. Ich fürchte, ich habe Sie im Stich gelassen.«

»Oh nein. Ganz und gar nicht.«

»Um die Wahrheit zu sagen, die anfallende Erbschaftssteuer wird recht hoch sein. Und sofern sich erweisen sollte, dass Sie nicht mit Mr. Lester verwandt sind, wird der von Ihnen zu leistende Betrag bedauerlicherweise höher ausfallen als der für die anderen drei Nutznießer – und womöglich sogar sechzig Prozent Ihres Anteils ausmachen. Sie haben jedoch viel Zeit, diesen zu begleichen. Mehrere Jahre. Während dieser Zeit wird das Haus verkauft sein, und Sie werden genug Geld haben, um die Steuerschuld zu begleichen und noch eine ansehnliche Summe übrig zu behalten.«

Eve nickt.

»Ich habe hier etwas für Sie. Mr. Lester hat es mir zur Aufbewahrung gegeben – wohl aus Sorge vor Mrs. Lesters Reaktion, wenn sie es zufällig gefunden hätte. Ich wollte es Ihnen bereits gestern geben, dachte aber, dass Sie fürs Erste genug damit zu tun hatten, die Nachricht von Ihrem Erbe zu verdauen.«

»Ein Geschenk? Oh, aber ich glaube wirklich nicht ...« Eve spricht nicht weiter und blickt gebannt auf das kleine braune Päckchen in Bernards Hand.

»Kein Geschenk, nein«, erklärt Bernard. »Eine Rückerstattung von Eigentum. So hat Mr. Lester es genannt.«

Eve zögert und malt sich aus, was die Lesters wohl sagen würden, wenn sie wüssten, dass Guy ihr noch etwas anderes vermacht hat. Aber am Ende siegt doch die Neugier. Bedächtig wickelt sie das Päckchen aus und versucht, ihre Erregung im Zaum zu halten.

Drinnen befindet sich eine hübsche grüne Lederschatulle, die Kanten scharf und neu, mittig mit einem französischen Namen in goldener Prägeschrift versehen.

»Die Schachtel stammt von einem bekannten Juweliergeschäft in Nizza«, erläutert Bernard. »Aber ich glaube, es besteht keinerlei Zusammenhang zum Inhalt.«

Eve presst die Lippen zusammen und hebt den Deckel mit unsicheren Fingern an. Ein rotes Samtkissen kommt zum Vorschein, darin ruht ein Goldring mit einem markanten grünen Stein in Sternform, den Eve sofort wiedererkennt.

Diese Fotografie ganz unten in der Schublade ihrer Mutter. Die einzige, die sie jemals von sich selbst als Baby gesehen hat. *Wie kannst du es wagen, meine persönlichen Sachen zu durchwühlen?* Erst später wurde ihr bewusst, dass dies auch ihre Geschichte war, aber als sie es wagte, ihre Mutter noch einmal auf diese Fotografie anzusprechen, wurde ihr gesagt, sie sei verloren gegangen. Und obwohl sie im Lauf der Jahre immer wieder danach gesucht hatte, blieb sie unauffindbar. Aber die Erinnerung daran war ihr geblieben. Eine im Fotostudio gemachte Aufnahme, eindeutig als offizielles Familienporträt zu erkennen. Das Gesicht ihrer Mutter, so wie Eve es nie gesehen hatte, jugendlich weich und lachend, ein wenig unscharf, als wäre sie gerade dabei, sich ihrem Kind zuzuwenden. Ihr eigenes Babygesicht lächelte nicht, der pummelige Körper drehte sich ihrer Mutter zu, die das strampelnde Kind mit starkem Arm umfasst hielt, die Finger gespreizt über dem von weißer Spitze bedeckten Bäuchlein. Der Ring gut sichtbar. Seine auffällige Form hatte sich ihrem Gedächtnis eingebrannt.

»Sagt er Ihnen etwas?« Bernards Stimme kam leise, zögernd. Als wollte er sie nicht stören.

»Ich kenne diesen Ring«, sagt Eve. »Meine Mutter trug ihn auf einer Fotografie mit mir als Baby.«

»Ah.«

Eve weiß, was dieses »ah« bedeutet. Also gibt es doch eine Verbindung zwischen ihrer Mutter und Guy Lester.

Noch immer kann Eve es nicht glauben. Ihre Mutter, deren beste Kleidung beinahe ungetragen in einem dunklen, nach Mottenkugeln stinkenden Schrank eingeschlossen ist. Deren Stirnfalten mit Talkumpuder verstopft sind. Ihr ewiges »Erwarte nichts, dann wirst du auch nicht enttäuscht«. Eine Verbindung zwischen ihrer Mutter und diesem von Sonne verwöhnten Haus mit seinem charismatischen Besitzer kann sie sich genauso wenig vorstellen wie einen Flug zum Mond.

»Ich vermute, dass Sie einige Fragen an Ihre Mutter haben werden, wenn Sie nach Hause kommen«, meint Bernard.

Eve nickt, aber wie soll sie noch einmal das Haus in Banbury betreten, sich auf das harte senffarbene Sofa setzen, dessen Überzüge ihre Mutter aus alten Laken genäht hat, damit die Polster geschont werden für Besucher, die allerdings nie kommen? Soll sie ihre Mutter etwa fragen: *Erzähl mir, wie du Guy Lester kennengelernt hast*? Als hätten sie diese Art von Beziehung zueinander, eine Beziehung, die persönliche Fragen zulässt und in der man erwarten kann, dass diese beantwortet werden. Nein. Je länger Eve darüber nachdenkt, umso fester wird ihr Entschluss, die Antworten hier zu suchen, in der Perlenvilla.

Sie hält den Ring in der Hand, staunt, wie schwer er sich anfühlt, wie solide. Als sie ihn in einem bestimmten Winkel ins Licht hält, fällt ihr die Inschrift auf der Innenseite auf. *Von F in ewiger Liebe.*

F? Ihr Vater hieß Harry.

Vielleicht hat es einen zweiten Vornamen gegeben oder einen Kosenamen, aber es ist ihr schlichtweg unvorstellbar, dass der stille, reservierte Mann, der in schweigender Sympathie hinter dem Rücken ihrer Mutter mit den

Achseln zuckte, aber sich nur ganz selten vor seine Tochter stellte, sich dazu bewogen gefühlt haben sollte, eine solche Inschrift gravieren zu lassen.

Der Ring lässt sich leicht anstecken, und sobald sie sein beruhigendes Gewicht an ihrem Mittelfinger spürt, steht für Eve schlagartig fest: Sie wird nicht nach Hause fahren.

10

»Was meinst du mit: ›Ich möchte länger bleiben‹?« Clifford klingt eher ungeduldig als wütend. Als wäre er sich sicher, dass ein Missverständnis vorliegt.

»Ich muss herausfinden, in welchem Verhältnis Guy Lester zu mir stand. Warum er mir einen Anteil an diesem Haus hinterlassen hat. Wenn ich jetzt abreise, werde ich die Wahrheit nie erfahren.«

»Nun sei nicht albern, Eve. Es ist doch alles arrangiert. Drei Tage in Frankreich – meiner Ansicht nach ohnehin drei Tage zu viel – und dann morgen mit dem Zug zurück. Wir werden der Sache auf den Grund gehen, wenn du wieder sicher zu Hause bist. Die Verbindung scheint eindeutig zu deiner Mutter zu führen, also wäre es naheliegend, gemeinsam nach Banbury zu fahren und sie zu fragen.«

»Und wenn sie es mir nicht sagen will?«

»Dann wirst du akzeptieren müssen, dass es Dinge gibt, die du nie verstehen wirst. Das sind doch alles Geschichten der Vergangenheit. Und ehrlich gesagt bin ich der Meinung, dass man manche Geheimnisse gar nicht ausgraben sollte. Du kommst aus einer ehrbaren Familie, und ich bin mir sicher, dass du froh bist, wenn nichts auftaucht, das diese Ehrbarkeit infrage stellt. Habe ich recht?«

Als Eve die Antwort darauf schuldig bleibt, nimmt er ihr Schweigen als Zustimmung, und sein Ton wird freundlicher.

»Ich weiß, dass dies alles dich sehr aufgewühlt hat, meine Liebe. Ich habe keine Ahnung, was dieser Guy Lester sich dabei gedacht hat, so viel Staub aufzuwirbeln. So viel Dramatik in deinem Leben, all diese Fragen. Weißt du, ich habe selbst ein wenig nachgeforscht, und nach allem, was ich höre, war er ein ziemlich unberechenbarer Mensch und ein Nonkonformist.«

»Nachgeforscht? Du meinst, du hast Erkundigungen über ihn eingeholt?«

»Natürlich. Es wäre äußerst unverantwortlich gewesen, das nicht zu tun. Ich habe ein paar Anrufe getätigt. Mit ein paar Männern gesprochen, die ich kenne. Er stammte aus einer sehr reichen Familie. Sein Großvater machte ein Vermögen in Fernost. Ausbildung in Eton, Cambridge. Ein Treuhandfonds zu seinem einundzwanzigsten Geburtstag. Gut verheiratet. Hat sich im Ersten Weltkrieg bewährt. Wurde zum Hauptmann befördert. Bekam das Military Cross verliehen und drei Streifen für Tapferkeit auf dem Schlachtfeld. Übernahm seinen Posten im Familienbetrieb, als er wieder zu Hause war. So weit, so gut. Sogar ausgezeichnet, wie man meinen könnte. Aber jetzt hör dir das an: Etwa ein Jahr nach Kriegsende passiert etwas, obwohl keiner zu wissen scheint, was es war, und er bricht Hals über Kopf seine Zelte ab und zieht mit seiner Familie nach Südfrankreich. Kommt nie wieder zurück. Spielt im Familienbetrieb keine Rolle mehr. Sitzt den Krieg in Amerika aus. Ausgerechnet in Florida.« Clifford sagt »Florida«, als wäre dieses Detail das unbegreiflichste von allen. »Das Bild, das sich hier darbietet, lässt darauf schließen, dass Guy Lester ein ziemlich zwielichtiger Charakter ist. Es würde mich demnach nicht überraschen, wenn es in seiner Vergangenheit einen dunklen Fleck gäbe. Man taucht nicht ohne Grund sein ganzes Leben lang unter. Ich verstehe ja, dass deine Neugier geweckt wurde, Eve. Aber es wäre für dich das Beste, nach Hause zu kommen und dieses kleine Intermezzo rasch wieder aus dem Kopf zu bekommen. Denn sobald die Verkaufsdokumente vorbereitet sind, werde ich selbst nach Südfrankreich reisen und alle notwendigen Vereinbarungen treffen. Und welches kleine Spiel Mr. Lester auch immer gespielt haben mag, wird uns nicht mehr weiter tangieren.«

Eve schweigt und lauscht ihrem Atem, der in der Leitung widerhallt. Da der Telefonanschluss in der Villa La Perle abgemeldet worden war, als die Lesters nach Nizza zogen, hatte Bernard sie für das Ferngespräch mit Clifford hierher in dieses Hotel, das Belles Rives, gebracht, das kurz vor Juan-les-Pins unmittelbar über dem Meeresstrand liegt. Nun ist sie in Sorge, der Anruf könnte ein Vermögen kosten, obwohl Bernard ihr nach einem langwierigen Gespräch mit dem Hotelconcierge versichert hat, dass die Kosten von Guys Nachlass gedeckt wären. Allerdings hatte er gleich danach zu einer Besprechung gemusst, ihr aber versprochen, am Abend noch einmal vorbeizukommen, um in Erfahrung zu bringen, wie sie sich hinsichtlich ihrer Heimreise entschieden hat.

Eves Unbehagen darüber, dass die Lesters für ihre Unkosten aufkommen, wird wettgemacht durch die Freude, sich in diesem Hotel zu befinden. Auf seinen weitläufigen, von Pinien überschatteten Terrassen, die auf verschiedenen Ebenen über dem schmalen Streifen Privatstrand mit dem ins Meer gebauten Holzsteg liegen, sitzen einige Gäste auf niedrigen Stühlen und genießen die junge Junisonne. Jenseits der Bucht hockt eine grüne Insel wie eine Kröte im Wasser.

Eve steht in einem Winkel der Lobby, den Hörer zwischen Kinn und Schulter geklemmt, und streckt ihre rechte Hand von sich. Der Smaragd changiert im Licht und wechselt in der Sonne seine Farbe von Flaschengrün zu Bernstein. Jedes Mal, wenn Eve ihn sieht, steht ihr jene Fotografie wieder vor Augen. Ihre lachende Mutter. Ihre kräftige Hand, mit der sie die kleine Tochter festhält und beschützt.

»Eve? Bist du noch da?« Cliffords ungeduldige Stimme unterbricht ihren Gedankengang. »Verflucht noch mal, diese elenden Telefonleitungen. Also, es wird mir nicht möglich sein, dich an der Victoria Station abzuholen, wenn du ankommst, du wirst also ein Taxi nehmen müssen, um nach Paddington zu kommen. Achte darauf, dass der Fahrer dich direkt hinfährt, hörst du? Nicht, dass er Umwege fährt, um den Fahrpreis in die Höhe zu treiben. Bestimmt wirst du dich gleich besser fühlen, wenn du zu Hause bist und das ganze *Theater* hinter dir hast.«

Eve schielt wieder auf ihren Finger. Wenn Clifford diesen dozierenden Ton zu Hause anschlägt, gibt sie rasch nach und stimmt jeder möglichen Version der von ihm vorgebrachten Wahrheit zu, nur um die ganze Sache rasch hinter sich zu bringen. Aber jetzt, Hunderte Kilometer von ihm entfernt, erlebt sie sich merkwürdigerweise als resistent.

»Gleichwohl«, erklärt sie ihm recht leutselig, »ich komme ohnehin nicht.«

Die Terrassentür öffnet sich, und ein Paar betritt die Lobby, er mit einem hellen Hut, sie mit straff aus dem schmalen Gesicht gekämmten Haaren.

Eves Herz macht einen Freudensprung, als ihr dämmert, wer das ist.

»Oh!«, ruft sie. »Hallo. Wie wunderbar …«

»Wovon zum Teufel sprichst du?«, verlangt Clifford zu erfahren. »Ist da noch jemand bei dir? Was ist da los?«

Die Colletts, denn sie sind es, eilen ihr strahlend entgegen.

»Meine Liebe. Wir hatten so gehofft, Ihnen hier über den Weg zu laufen.« Ruths blaue Augen funkeln vor Begeisterung.

»Eve!« Der Telefonhörer ist ihr vom Ohr gerutscht, sodass Cliffords Stimme sich blechern und leise anhört wie das ferne Surren einer Mücke.

»Ich muss auflegen«, erklärt sie ihm und bedeutet den Colletts, auf sie zu warten. »Meine Freunde sind da.«

»Freunde? Du hast keine Freunde. Pass auf, Eve, ich muss darauf bestehen …«

»Ich ruf dich wieder an«, teilt sie ihm mit, »wenn ich herausgefunden habe, was ich wissen muss. Nur noch ein paar Tage. Mach dir um mich bitte keine Sorgen, Liebling.«

Liebling hat sie ihn seit den Anfangstagen ihrer Ehe nicht mehr genannt, aber sie ist sich der sie beobachtenden Colletts und deren möglicher Erwartungen bewusst, wie ein verheiratetes Paar miteinander umgehen sollte.

»Tut mir leid, Eve, aber das kann ich nicht zulassen. Wenn es dir um Antworten geht, werde ich sie für dich herausfinden, aber ich muss darauf bestehen, dass du …«

»Dann mach's gut, Liebling.« Ihr Ton bleibt locker, ihr Lächeln konstant.

Als sie auflegt, hört sie ihn noch »Warte!« rufen, aber ein befreiendes Klicken würgt das leise Krächzen ab, als sie den Hörer zurück auf die Gabel legt.

Einen kurzen Moment wallt Panik in ihr auf, gefolgt

von einer viel größeren Woge von … ja, was ist es? Sicherlich nicht Macht, das wäre ein zu starkes Wort. Erregung vielleicht. Zum ersten Mal in ihrem Leben bestimmt sie die Ereignisse, anstatt lediglich darauf zu reagieren.

Als sie zu den Colletts stößt, bereut sie ihre Impulsivität bereits. Sie hätte sich mehr Mühe geben sollen, Clifford ihre Gefühlslage zu erklären. Hätte versöhnlicher sein sollen. Er hat für sie doch nur das Beste im Sinn, wollte sich vergewissern, dass sie wohlbehalten ist und man sie nicht ausnutzt. Sie wird ihm schreiben, beschließt sie. Ihm von dem Ring erzählen, der sich mit seinem Gewicht so richtig an ihrem Finger anfühlt, von dem Bezug, den sie sofort spürte, als sie ihn sah. Sie wird dafür sorgen, dass er sie versteht.

Die Colletts bestehen darauf, auf die Terrasse zurückzukehren, um diese glückliche Wiederbegegnung mit einem Cocktail zu feiern. Bei Pfirsich-Bellinis, die Eve hier zum ersten Mal kostet und sofort zu ihrem Lieblingsgetränk erklärt, erzählen sie ihr von ihrem Tag in Marseille und der Weiterreise nach Fayence, wo sie sich die Stelle ansahen, an der ihr Sohn Leo zu Tode gekommen war.

»Es war sehr idyllisch, sehr friedlich«, berichtet Ruth. »Ein Feld in einer Hügellandschaft, umgeben von Pinien, mit einem in goldenes Licht getauchten Dorf in der Ferne und über allem der Duft von Lavendel. Sie werden lachen, aber ich konnte seine Stimme ganz klar hören, wie er sagt: ›Wenn es schon irgendwo sein musste, dann ist es hier doch gar nicht so übel, nicht wahr, Ma?‹«

Nun wollen sie alles über Eves mysteriöse Erbschaft erfahren. Eve bringt sie auf den neuesten Stand und nimmt befriedigt ihre zwischen Betroffenheit und Verwunderung wechselnden Reaktionen entgegen.

»Das ist ja wie in einem Roman«, bekundet Rupert, als sie fertig ist. »Wenn Sie nicht bereits verheiratet wären, wäre das jetzt der richtige Zeitpunkt für den Auftritt eines gut aussehenden ausländischen Prinzen, der Ihr Herz im Sturm erobert.«

Dabei taucht vor Eves innerem Auge das Gesicht von Victor Meunier auf, und sie muss sich ein Lächeln verkneifen.

Die Colletts erwarten ihren jüngeren Sohn Jack, der in Paris für seine Dissertation recherchierte und hier zu ihnen stoßen wird.

»Wegen Jack haben wir dieses spezielle Hotel gebucht«, erklärt Ruth. »Weil hier die Fitzgeralds in den Zwanzigern abgestiegen waren und Jack ein glühender Bewunderer von Fitzgerald ist. Sie haben ihn vermutlich gelesen? *Der große Gatsby. Die Schönen und Verdammten.*«

Eve schüttelt den Kopf. Natürlich hat sie von F. Scott Fitzgerald gehört, aber ihr Interesse galt mehr seiner Person und seinem Leben als seiner Kunst. Die Ehe mit einer Frau, die dem Wahnsinn verfiel, die Alkoholsucht. Der frühe Tod.

»Sie müssen ihn lesen, meine Liebe. Niemand beschreibt besser als er die Sinnlosigkeit von allem.«

»So wie du davon redest, klingt es nicht gerade erhebend«, wendet Rupert lächelnd ein.

»Nun, vielleicht nicht von *allem*«, räumt Ruth ein. »Nur was die Dinge betrifft, von denen die Menschen glauben, sie unbedingt haben zu müssen. Geld. Ruhm. Sogar Liebe.«

»Na ja, *Liebe*«, meint Rupert, als wäre damit alles gesagt.

Eve überlegt, wie es wohl gewesen wäre, wenn sie von

den Colletts und nicht von ihren eigenen Eltern aufgezogen worden wäre. Wer wäre sie jetzt? Was hätte sie aus ihrem Leben gemacht? Sie malt sich lebhafte Diskussionen beim Abendessen aus. Kunst. Literatur. Politik. Im Haus ihrer Eltern gab es keine Bücher außer einem Kochbuch für Dinnerpartys, das ihre Mutter geschenkt bekommen, aber nie benutzt hatte, was der Tatsache geschuldet war, dass die entsprechenden Anlässe schlichtweg fehlten, und ein paar Enzyklopädien, die ihr Vater in einem unbedachten Moment einem Hausierer abgekauft hatte. Es gab auch ein paar ledergebundene Folianten mit Shakespeares Theaterstücken und Sonetten, in die ihre Mutter mit der sorgfältigen Handschrift einer Schülerin ihren Namen geschrieben hatte. Aber man las nicht aus Freude am Lesen. Und wenn jemals bei Tisch die Rede auf Politik kam, wurde das Gespräch sofort von ihrer Mutter beendet. *Dies ist ein Zuhause, keine Kneipe, besten Dank auch.* Als wäre eine Debatte gleichbedeutend mit Dissens. Also wurden die Mahlzeiten weitgehend schweigend eingenommen. Hin und wieder eine Frage, die mit einem einfachen Ja oder Nein beantwortet wurde. Ein paar Bemerkungen über das Wetter oder die Probleme, bei immer strengerer Rationierung an verschiedene Zutaten zu kommen. Nur ja nicht irgendwelche *Unannehmlichkeiten* zur Sprache bringen, womit ihre Mutter all das bezeichnete, was nicht mit ihrer eigenen Meinung konform ging.

Die Colletts wollen wissen, wie Eve bei ihrer Suche nach Antworten vorzugehen gedenkt. Da Eves vorheriger Wagemut inzwischen von einem leichten Unbehagen abgelöst wurde, wird sie etwas panisch, als sie zugeben muss, nicht zu wissen, was als Nächstes ansteht. Denn plötzlich erkennt sie, wie unüberlegt sie gehandelt und wie wenig sie alles durchdacht hat.

»Vielleicht sollte ich doch zurück nach Hause fahren«, sagt sie kleinlaut. Aber davon wollen die beiden nichts hören.

»Seit dem Krieg frage ich mich manchmal«, meint Ruth, »ob wir als Überlebende nicht moralisch dazu verpflichtet sind, das Leben in vollen Zügen auszukosten, weil so viele es nicht mehr können. Leo wird nie die Abenteuer erleben, die er sich erträumt hat, also muss ich das für ihn tun.«

Sie werden von einem Kellner unterbrochen, der ihnen einen Gast ankündigt, und schon kommt jemand aus der Hotellobby herangerauscht, mit flappendem Mantel und begleitet von einer Wolke aus Zigarettenrauch. Ruth ist bereits aufgesprungen und umarmt einen schmalen Mann mit Brille, dessen blasse Haut sich unter der Mittelmeersonne bereits zu röten beginnt.

»Du hättest Bescheid geben sollen!«, sagt sie. »Wir wären doch …«

»Nicht nötig«, erwidert er lachend. »Ich bin von Paris per Anhalter hergekommen. Es lief alles glatt. Ich sagte ›*S'il vous plaît*‹ und ›*Merci*‹ und nickte viel und hatte Erfolg damit. Aber in diesem Mantel wäre ich beinah gestorben. Hier unten ist es heißer als in der Hölle.«

Als sie einander vorgestellt werden, beäugt Jack Collett Eve mit unverhohlener Neugier durch seine runde Nickelbrille und besteht dann darauf, dass man eine zweite Runde durchs Hotel macht, damit er die Legenden erzählen kann, die sich um die diversen Bereiche ranken. »Hier hat Josephine Baker ihren Geparden ausgeführt, den sie als Haustier hielt. Wusstet ihr übrigens, dass Zelda in jedem Zimmer gepackte Koffer stehen hatte für den Fall, rasch türmen zu müssen?« Und dann: »Was meint ihr, könnte dies der Raum sein, in dem Scott diese Musiker eingesperrt hatte, die er erst wieder rauslassen wollte, wenn sie den ganzen Abend lang für ihn und Zelda gespielt hatten?«

Wieder zurück auf der Terrasse, bekundet Jack, wie begeistert er von allem ist: dem älteren Herrn im altmodischen gestreiften Badeanzug, der unter ihnen bis zu den Knien im Meer steht und langsam Kniebeugen macht, der Biene, die sich immer wieder summend einer Orangenblüte nähert, dem schlanken Schoner, der am Horizont vorbeigleitet. Geprägt von der Philosophie ihrer Mutter, dass Glück verdient sein muss, und der von Clifford, dass man weniger leicht ausgenutzt wird, wenn man der Welt mit Misstrauen begegnet, ist Eve von der unerschrockenen Freude, mit der Jack die Welt zu betrachten scheint, wie verzaubert.

Jack wird in komprimierter Form von Eves merkwürdigem Erbe in Kenntnis gesetzt.

»Oh, das ist ja ganz wunderbar«, sagt er. »Ich muss schon sagen, meine Eltern hatten zwar schon immer ein Herz für Waisen und Streuner, aber diesmal haben sie sich selbst übertroffen.«

Eve nimmt es als Kompliment, ist sich aber nicht ganz sicher, ob es so gemeint ist.

11

Jack besteht darauf, die Villa La Perle sofort besuchen zu wollen, und lässt Eves Bedenken, wie Mrs. Finch und die Lesters womöglich reagieren könnten, wenn sie Gäste mit ins Haus bringt, nicht gelten. »In gewisser Weise gehört es Ihnen doch auch, oder?«, sagt er leichthin.

Die Sache ist entschieden, als klar wird, dass Eve sonst zu Fuß gehen müsste. Was also könnte natürlicher sein, als ihr eine Mitfahrgelegenheit im Leihwagen anzubieten, den ihnen ein Freund von Leo vermittelt hat?

An der Villa angekommen, führt Eve ihre Gäste seitlich am Haus vorbei, um Mrs. Finch nicht zu stören. Dabei hatte sie Sully völlig vergessen und ist anfangs verwirrt, als Ruth »Oh mein Gott!« ausruft und sie ihrem Blick auf Sullys nackte breite Schultern folgt, der auf der unteren Terrasse über eine auf dem Bistrotisch stehende Schreibmaschine gebeugt sitzt.

Eve stellt zu ihrer Erleichterung fest, dass Sully Shorts anhat, und die Vorstellerei beginnt von Neuem.

»Moment. Sie sind Stanley Sullivan? *Der* Stanley Sullivan?« Jack Collett reißt die Augen auf.

»Ah, wie schön zu sehen, dass wenigstens *ein paar* Engländer gute Literatur zu schätzen wissen«, meint Sully mit einem Seitenblick auf Eve. Sein spöttischer Unterton täuscht sie nicht darüber hinweg, dass er sich geschmeichelt fühlt.

»Ich habe alles gelesen, was Sie geschrieben haben«, sagt Jack.

»Wenn das so ist, werden Sie und ich gut miteinander auskommen.«

Es folgt ein angeregtes Gespräch über verschiedene Werke von Sully, wobei er selbst fast ein wenig verlegen wirkt, als er einige seiner weniger bekannten Short Storys erwähnt, die Jack allerdings tatsächlich gelesen hat, was Sully mit einem breiten Lächeln quittiert. Als Jack dann jedoch einen Vergleich mit Fitzgerald anstellt und erwähnt, dass sie in dem Gebäude nächtigen, in dem auch die Fitzgeralds Quartier bezogen hatten, verschlechtert sich Sullys Laune.

»Ich kannte sie natürlich, Zelda und Scott«, sagt er. »Wir sind uns hier zum ersten Mal begegnet, später dann in Kalifornien.«

»Oh!« Jack hält sich die Hand vor den Mund. »Wie waren sie denn?«

»Ganz und gar unmöglich. Sie lechzten nach Aufmerksamkeit, beide, als müssten sie ohne diese verkümmern. Sie waren zu schwach, verstehen Sie? Wollten alles kaputtschlagen, sind am Ende aber selbst kaputtgegangen.«

Jack starrt Sully hingerissen an, und Eve nimmt zum ersten Mal wahr, wie jung Jack ist. Kaum älter als zweiundzwanzig.

Auf deren Bitte hin führt Eve die Colletts auf Besichtigungstour durch die Villa. Im Esszimmer bleibt Ruth vor einem Foto auf dem Kaminsims stehen, das Lester mit Diana und seinen drei Kindern zeigt.

»Das sind doch sicher die beiden Männer aus dem Zug?«

Eve nickt und erklärt den Zufall. Sie sieht das Foto

nicht an, verspürt nicht den Wunsch, Noel Lesters bohrende grüne Augen zu sehen.

»Nun. Diese ganze mysteriöse Angelegenheit wird plötzlich noch mysteriöser«, befindet Rupert.

Im oberen Stockwerk zeigt Eve auf die Türen zu den anderen Zimmern, ohne diese zu öffnen, eingedenk der merkwürdigen Position, die sie innehat, weder Gast noch Eigentümer.

Als sie jedoch vor ihrem Zimmer stehen, reißt sie schwungvoll die Tür auf.

»Oh!« Eve hält sich die Hand vor den Mund und bleibt in der offenen Tür stehen.

»Was ist denn?«, fragt Ruth sie.

»Nun, ich habe nur immer wieder dieses verrückte Gefühl, dass während meiner Abwesenheit jemand hier war. Ein Fremder, meine ich.« Eve versucht einen amüsierten Ton anzuschlagen. Was sie irritiert, kann sie nicht benennen, sie hat nur das ganz allgemeine Gefühl, dass Dinge durcheinandergebracht wurden. Ihr Blick fällt auf die grüne Lederschatulle, die sie zu ihrem Ring bekommen hatte. War die nicht vorhin in der Mitte der Frisierkommode platziert gewesen und nicht wie jetzt ganz rechts außen?

»Ich würde mir darüber nicht den Kopf zerbrechen«, sagt Rupert. »Ruth informiert mich unentwegt, dass Leute im Haus gewesen seien und alles umgeräumt hätten, dabei ist eindeutig sie diejenige, die einfach vergisst, wo sie etwas hingebracht hat.«

»Vermutlich haben Sie recht.« Eve versucht zu lachen.

Am unteren Ende des Treppenhauses führt Eve ihre Gäste bis zur Küche. Als sie an der Tür vorbeikommen, die in den Keller führt, drückt Jack auf die Klinke.

»Da hinunterzugehen lohnt sich nicht«, erklärt Eve rasch. »Da ist nur ein Weinkeller. Leider so gut wie leer.«

Mrs. Finch taucht aus ihrem Zimmer hinter der Küche auf und klatscht entzückt in die Hände.

»Mehr Gesellschaft. Wie reizend! In letzter Zeit war es so still in diesem Haus, wie in einem Mausoleum, und jetzt bekommen wir an einem Vormittag gleich jede Menge Besucher. Hier drin ging es zu wie am Piccadilly Circus!«

»Besucher?«, hakt Eve nach. »Wer war denn ...«

Aber Mrs. Finch schneidet ihr das Wort ab, indem sie vorschlägt, eine Kanne Tee zu kochen. Eve geht zwar davon aus, dass den Colletts Cocktails lieber gewesen wären, aber sie nicken alle.

Nach dem Tee schlägt Sully einen Ausflug zur Plage de la Garoupe vor. Auf dem Weg dorthin erklärt er ihnen, dass dieser schmale Sandstreifen an der östlichen Seite des Cap d'Antibes Schauplatz vieler großartiger Zusammenkünfte war, organisiert von Sara und Gerald Murphy, einem amerikanischen Paar, das den jungen Sully, damals ein mittelloser Student, auf seiner ersten Reise an die Côte d'Azur bei sich aufgenommen hatte.

»Als Erstes war ich nach Paris gegangen, in der Erwartung, dort meine Tage Absinth trinkend mit philosophischen Debatten zu füllen, stattdessen hauste ich in einer schmutzigen kleinen Wohnung, wo es immer kalt war und der Vermieter seine Frau schlug. Ich fand keine Freunde und fühlte mich bald so elend, dass ich beschloss, nach Italien zu reisen. Aber auf dem Weg dorthin machte ich einen Zwischenstopp in Antibes, und aus ein paar Nächten sind dann am Ende fünf Jahre geworden. Sara und Gerald waren für mich so etwas wie Ersatzeltern. Ihr Leben war eine ständige Party mit vielen berühmten Gästen.

Nicht nur Scott und Zelda, sondern auch Hemingway, Dos Passos und auch Picasso. Sie wissen ja, dass Scott die beiden in *Zärtlich ist die Nacht* verewigt hat?«

Dabei wendet er sich nun an Jack, der heftig nickt.

»Sind sie nach dem Krieg hierher zurückgekehrt – die Murphys?«, erkundigt sich Ruth, aber Sully schüttelt seinen bulligen Schädel.

»Zwei ihrer Kinder sind verstorben. Danach dürften die langen Tage voller Sonnenschein und Strandpartys vorbei gewesen sein.«

Eve bemerkt, wie Rupert sanft den Arm seiner Frau berührt. Eltern, die Kinder verloren haben. Der traurigste Klub von allen.

»Ich kehrte nicht lange nach ihnen in die Staaten zurück. Inzwischen hatte ich meinen ersten Roman geschrieben und war auf der Suche nach einem Verleger. Aber ich wusste immer, dass ich noch mal hierher zurückkommen würde. Diesem Licht kann man einfach nicht widerstehen. Und die Frauen in ihren Bikinis sind natürlich auch nicht abträglich.«

Das sowohl von Antibes als auch von Juan-les-Pins abgelegene Garoupe ist ruhiger als die anderen Strände, die Eve bisher gesehen hat, Seetang liegt über dem Sand verteilt. Anfangs ist sie enttäuscht von der Dürftigkeit dieses mythischen Strandes, denn sie hat sich weißen Sand, so weit das Auge reicht, und womöglich sogar ein paar Palmen vorgestellt, aber dann folgt sie dem Pfad, der am hinteren Ende auf eine niedrige Klippe führt, und blickt hinab ins kristallklare Wasser, wo sich Fische zwischen den Felsen tummeln. Eves Nase füllt sich mit dem berauschenden Duft eines ihr unbekannten weiß blühenden Strauchs. Ihr Blick wandert nach links zur nächsten Felsspitze, wo die

Perlenvilla hinter Bäumen verborgen liegt, und sie sieht jenseits der Bucht Nizza im strahlenden Licht der Nachmittagssonne, dahinter die Alpes Maritimes, fast violett im Dunst, während zu ihrer Rechten in Fortsetzung des gewundenen Pfads über die roten Felsen die Aleppokiefern scheinbar ins Meer zu stürzen drohen, und sie spürt, wie sich auch in ihr etwas verschiebt und seinen Platz findet. Plötzlich packt sie das unbändige Verlangen, ins Meer einzutauchen, das kühle, klare Wasser auf ihrer Haut zu spüren und die Sorgen, Clifford und ihr Zuhause betreffend, abzuwaschen und einfach diesen Augenblick an diesem wunderbaren Ort zu genießen. Sie kehrt zurück an den Sandstrand, schleudert ihre Schuhe und Strümpfe von sich und watet ins Wasser, dessen Kälte sie die Luft anhalten lässt. Die Sonne ist trügerisch heiß, aber es ist erst Anfang Juni und das Meer noch nicht richtig aufgewärmt. Sie spürt, wie sich der Saum ihres alten Baumwollkleids, das sie in letzter Minute in ihre Tasche gestopft hat – und das zu Hause schon zum Nachthemd degradiert worden war –, vollsaugt, obwohl sie es gebauscht in ihrer linken Hand zusammenrafft, aber das kümmert sie nicht. Es ist so wunderbar, hier in diesem erfrischend kalten Wasser zu sein.

Sie wendet sich dem Ufer zu und winkt den anderen, die als kleines Häuflein im Sand sitzen. Ruth erhebt sich und deutet auf etwas, das sich hinter ihr befindet, aber Eve kann nicht verstehen, was sie sagt, bis sich – schwapp – wie aus dem Nichts kommend eine hohe Welle an ihren Schultern bricht und sie vollständig unter Wasser zieht. Prustend, aber lachend taucht sie wieder auf und ist jetzt so nass, dass sie genauso gut drinbleiben kann. Sie schwimmt ein Stück weit hinaus, aber das Wasser ist zu kalt, und sie beginnt zu zittern.

»Ich gebe mich geschlagen!«, ruft sie den anderen zu und macht kehrt, um zurück ans Ufer zu waten. Aber, *oje*, die kleine Gruppe ist größer geworden, um vier weitere Gestalten, die über den Sitzenden aufragen, wie zu einem Tableau aufgestellt.

Als Eve wenig graziös aus dem Wasser steigt, ist sie sich ihres durchnässten Baumwollkleids bewusst, das an Brüsten und Schenkeln klebt, und sie zupft am dünnen Stoff, um es von ihrer Haut zu ziehen.

»Meine Güte, ich wusste zwar, dass die englische Mode seit dem Krieg etwas hinterherhinkt, aber versteht man das heutzutage tatsächlich unter Badebekleidung?« Clemmie Atwood trägt ein weißes Kleid mit einem Muster aus gelben Stiefmütterchen. Das knapp sitzende Oberteil betont ihre gebräunten Schultern und die schmale Taille.

Ihr Verlobter neigt sich seinem links von ihm stehenden Bruder zu und flüstert diesem etwas ins Ohr. Noel nickt, und sie wenden sich beide Eve zu und verfolgen mit unbeteiligten Mienen, wie sie sich der Gruppe nähert. Nur das vierte Mitglied der Gruppe, ein Mädchen im Teenageralter, mit Sommersprossen und rotblonden Haaren, die in feuchten Kringeln ihr Gesicht rahmen, lächelt.

»Was für eine prima Idee«, sagt sie und bückt sich bereits, um ihre Tennisschuhe aufzuschnüren. »Ich habe mich gerade geärgert, dass ich mein Badekleid nicht mitgenommen habe, und jetzt sehe ich, dass ich das gar nicht brauche!«

»Mrs. Forrester. Das ist meine Schwester Libby«, sagt Noel Lester. »Sie lässt sich leicht beeindrucken, wie Sie sehen.«

»Wenn leicht zu beeindrucken bedeutet, dass ich gerne mit Kleidern im Meer schwimme, dann stimmt das wohl.«

Libby, die jünger als ihre sechzehn Jahre wirkt, lächelt ihren älteren Bruder an, und Eve verfolgt, wie sein Gesichtsausdruck weich wird.

»Gute Idee, Lib, ich jage dich hinein«, sagt Clemmie und verändert plötzlich ihre Haltung. Sie kickt ihre Sandalen von den Füßen und rennt hinter Libby her, indem sie eine große Show dabei abzieht, den Rock ihres Kleids rafft, um ihre Beine zur Geltung zu bringen, und sich mit einem Blick zurück vergewissert, dass ihre fröhliche Spontaneität auch bemerkt wird.

Sie hat kein Gespür für sich, erkennt Eve plötzlich, und diese Wahrnehmung lässt sie der jungen Frau gegenüber ein wenig nachsichtiger werden. Sie selbst weiß am besten, wie es ist, ständig auf Anerkennung zu hoffen, die nie kommt.

»Wartet, ich komme mit.« Jack Collett hat sich bereits seiner Schuhe und Socken entledigt und ist dabei, sich die Hosenbeine bis zum Knie hochzukrempeln.

Clemmie scheint nicht allzu begeistert, noch jemand dabeizuhaben, aber dennoch warten sie und Libby und gehen erst ins Wasser, als auch Jack fertig ist.

»Was für ein hübscher Zufall, dass wir alle am selben Strand landen«, sagt Eve und bedauert bereits ihr spontanes Tauchbad, denn ihr nasses Kleid klebt nun klamm und kalt an ihrer Haut.

»Oh, das ist kein Zufall«, sagt Duncan Lester und beobachtet nachdenklich den sich entfernenden Rücken seiner Verlobten. Er trägt ein weißes Trikothemd und einen breitkrempigen Strohhut, der sein Gesicht beschattet. Er hat sich neben Sully niedergelassen, der fest zu schlafen scheint.

»Wir hatten mit diesem faulen Kerl bereits vereinbart,

uns hier zu treffen.« Dabei stupst er den schlafenden Amerikaner mit einem seiner blassen Zehen an. »Aber ich muss gestehen, mir war nicht klar, dass er auch noch die halbe Heimat mitbringen will.«

Eve lässt sich in den Sand fallen, schlingt die Arme um ihre Knie und ärgert sich, nicht nur wegen Duncans versteckter Beleidigung, sondern auch aufgrund der beunruhigenden Erkenntnis, dass man Pläne geschmiedet und sich verabredet hatte, ohne sie einzubeziehen. Aber natürlich gibt es keinen Grund, weshalb sie das hätten tun sollen.

»Nun, Mrs. Forrester. Eve. Ich hoffe, Sie haben Ihren Aufenthalt hier im Paradies genossen«, ergänzt Duncan. Er wirkt heute entspannter, weniger feindselig. »Wie Sie alle sicherlich wissen, nannte Somerset Maugham, dieser knorrige alte Penner, die Côte d'Azur einen sonnigen Ort für düstere Gestalten, aber genau deshalb gefällt es uns hier. Wann wird Ihr Mann herkommen, um die Vereinbarungen für den Verkauf zu treffen?«

Eve mag es nicht, wenn man sie in Verlegenheit bringt. Jedes Mal, wenn sie an ihr Gespräch mit Clifford zurückdenkt, wird ihr fast ein wenig übel.

»Wir haben Eve überredet, noch ein paar Tage hierzubleiben und uns Gesellschaft zu leisten«, wirft Ruth ein.

»Manche sagen, überredet«, ergänzt Rupert, »andere würden das Wort ›gezwungen‹ vorziehen.«

Eve geht das Herz auf vor Dankbarkeit für die Colletts, die es ihr auf diese Weise abgenommen haben, ihre Planänderung selbst verkünden zu müssen.

Duncan scheint wenig begeistert. »Die Sache ist die«, erläutert er, »je eher wir den Verkauf der Villa La Perle in Angriff nehmen, desto besser. Es gibt einiges zu regeln. Erbschaftssteuern. Steuern. Solche Dinge eben.«

»Aber für all das ist doch noch Zeit«, widerspricht Eve. »Das weiß ich von Bernard. Und er sagte mir auch, dass Ihr Vater Ihnen ein Konto zur Begleichung unmittelbarer Ausgaben hinterlassen hat.«

»Das wird nicht reichen.« Duncan verzieht finster das Gesicht, und Eve ist überrascht, wie schnell seine Miene sich je nach Stimmungslage von angenehm bis regelrecht hässlich wandelt. »Weißt du, ich finde das einfach nicht richtig«, ergänzt er, an seinen Bruder gewandt, der, den Kopf in die Hände gestützt, neben Rupert im Sand hockt. Er hat die Ärmel seines weiten weißen Hemds bis zu den Ellbogen aufgekrempelt und zeigt seine gebräunten Arme mit dem hellen Flaum. »Warum weiß *sie*« – dabei nickt er in Eves Richtung – »alles über unsere familiären Privatangelegenheiten?«

»Weil, aus welchen Gründen auch immer, unser Vater das so gewollt hat.«

Das Gespräch findet direkt vor Eve statt, und dennoch könnte sie genauso gut nicht anwesend sein. Diese Ungezogenheit lässt sie unbesonnen reagieren.

»Und da gibt es noch einen anderen Grund, weshalb ich nicht gleich wieder zurück nach England gehe.« Sie erhöht den Druck der Arme um ihre Knie, damit man ihr Zittern nicht bemerkt, und sie vermeidet es, Noel anzusehen, weil sie an das Gewicht seines Jacketts auf ihren Schultern denken muss. »Ihr Vater hatte einen Grund, das alles so zu bestimmen. Mich hierher einzuladen. Mir einen Anteil an diesem Haus zu vermachen. Heute Morgen habe ich einen Ring bekommen, der für mich bestimmt war. Diesen Ring.« Sie streckt eine Hand aus.

Duncan sieht sie aus schmalen Augen an.

»Wenn das etwas ist, das meiner Mutter gehört hat, hatte Guy kein Recht …«

»Nicht Ihrer Mutter, sondern meiner«, wirft Eve rasch ein. »Ich erinnere mich, dass sie ihn auf einer Fotografie von mir als Baby trug, seitdem habe ich ihn nicht mehr gesehen. Ich muss wissen, was das alles zu bedeuten hat.«

»Dann fahren Sie doch nach Hause und fragen Sie Ihre Mama«, sagt Duncan, der den Ring weiterhin misstrauisch beäugt. »Das wäre das Naheliegende. Ob sie Ihnen allerdings die Wahrheit sagen wird, hängt wohl davon ab, wie kompromittierend diese ist, oder?«

Ruth reicht Eve die Decke, die sie zum Draufsetzen mitgebracht hatten, und Eve legt sie sich dankbar um die Schultern. Wie kann sie all diesen Leuten, die sie kaum kennt, die Beziehung zu ihrer Mutter erklären? Würden sie nachvollziehen können, dass man mit jemandem länger als ein Vierteljahrhundert zusammenleben kann, ohne denjenigen zu kennen? Dass persönliche Informationen – Erinnerungen, Lieblingslieder, Vorlieben, Abneigungen, Hoffnungen, Träume – zu etwas Beschämendem werden können, das man verstecken muss. Nein, das kann man niemandem verständlich machen, der nicht in einem Elternhaus wie dem ihren aufgewachsen ist.

»Ich denke ganz im Gegenteil, dass die Antworten hier zu suchen sind. Wo Guy Lester gelebt hat. Dessen bin ich mir sicher.«

Einen kalten Sprühnebel verteilend, kommt Clemmie aus dem Wasser und schüttelt ihre wohlgeformten Beine. »Es ist wunderbar erfrischend. Was ist mit dir, Noel? Oder bist du ein Schisser?«

Noel wischt sich verärgert das Wasser aus dem Gesicht, erhebt sich und streckt die Beine durch. »Komm her, Libs, wir sollten dich nach Hause bringen. Du bist völlig durchweicht.«

»Nasser als ich kann man gar nicht sein«, stimmt Libby ihm zu, und Eve fällt auf, dass sie so gar nicht wie andere Teenager ist. Sie hat etwas Kindliches, Unvollkommenes.

Sie machen sich fertig zum Aufbruch, und einen kurzen Moment geht Eve davon aus, dass Noel sich verabschiedet, ohne ihr Vorhandensein überhaupt richtig gewürdigt zu haben. Doch dann wendet er sich in letzter Minute an sie.

»Mein Vater hatte einen Freund, der auf Cap Ferrat lebt. Robin Whelan. Nun, nicht wirklich ein Freund. Ein früherer Studienkollege. Sie kannten sich ewig, sowohl in England als auch hier. Besonders nah standen sie sich nicht, aber wenn Sie mit jemandem sprechen wollen, der etwas über seine Vergangenheit wissen könnte, wäre Whelan ein guter Ansprechpartner.«

Eve ist überrascht, obwohl sie nicht hätte sagen können, ob von der Information selbst oder der plötzlichen Offenheit.

»Und wie kann ich ihn finden?«

Noel lässt seinen Blick wandern, sieht sie dann aber schließlich doch direkt an. »Ich bringe Sie hin. Morgen.«

Das ist keine Frage. Da bleibt kein Raum für sie, ihm zu sagen, dass es unpassend ist oder sie andere Pläne hat.

»Nun«, sagt Ruth, als sie den Lesters hinterherblickt, zwischen ihnen Clemmie in ihrem geblümten Kleid wie eine exotische Blüte zwischen zwei dunklen Stängeln, Libby tänzelnd vor ihnen. »Sie mögen zwar Geld haben, aber ihre Manieren lassen doch sehr zu wünschen übrig.«

12

4. Juni 1948

Noel holt sie in einem schwarzglänzenden Sportcabriolet ab, dessen Chromkühler es aussehen lässt, als würde es die Zähne fletschen.

»Triumph Roadster«, stellt er es stolz vor und streicht mit der Hand über die Kühlerhaube. »Sieht man hier nur selten. Ich habe ihn mit runtergebracht, um ihn hier zu verkaufen, aber jetzt fällt es mir schwer, mich davon zu trennen.«

»Sehr schön«, erwidert Eve höflich, kann aber nicht umhin hinzuzufügen, »aber ist es nicht eine Ironie des Schicksals, dass die Briten all diese wunderschönen Autos herstellen, um sie im Ausland zu verkaufen, während wir zu Hause Jahre warten müssen, um an so etwas ranzukommen?«

Genau so hätte es ihre Mutter sagen können, und Eve schämt sich sofort für ihre Worte. Warum gelingt es ihr nicht, ein wenig so zu sein wie Jack Collett, der sich an schönen Dingen bedingungslos erfreut?

Noels Gesicht verschließt sich. »Schade, dass Sie es nicht gut finden.«

Als Eve im Wagen sitzt, fühlt sie sich elend. Sie hat kaum geschlafen. Erst hat sie wach gelegen und sich Gedanken gemacht, weil sie nun bereits zum zweiten Mal den Eindruck gehabt hatte, dass jemand in ihrem Zimmer gewesen ist und ihre Sachen durcheinandergebracht hat. Sie war fast schon entschlossen, Sully zu fragen, ob Mrs. Finch schon mal in seinem Zimmer gewesen ist, während er weg war, doch dann fiel ihr ein, dass es genauso gut Sully selbst hätte sein können. Was wusste sie schließlich von ihm? Danach grämte sie sich wegen Clifford und fragte sich, ob er womöglich auch wach lag und sich Sorgen um sie machte oder ganz im Gegenteil vor Wut schäumte. Bald gab sie jede Hoffnung auf Schlaf auf und spielte mit ihrem Fingerring, spürte dessen ungewohnter Form nach, jenen drei Worten, *in ewiger Liebe*.

Könnte ihre Mutter eine leidenschaftliche Affäre mit Guy Lester gehabt haben, die erklärte, wie er in den Besitz des Rings gekommen war? Könnte die Initiale »F« eine Art Code zwischen ihnen gewesen sein, die Abkürzung eines Namens, mit der kein anderer etwas anzufangen wüsste? Eins der Mädchen, mit denen sie beim Freiwilligendienst zusammengearbeitet hatte, war mit einem amerikanischen Soldaten liiert, der immer Rose zu ihr sagte, weil man hübsche englische Mädchen so nannte, während sie ihn Jimmy nannte, weil er sie an Jimmy Stewart erinnerte – als würden diese erfundenen Identitäten ein Wolkenkuckucksheim errichten, abgetrennt von der realen Welt, in der ihr Ehemann in einem Kriegsgefangenenlager in Burma schmachtete, während Jimmys Frau und vier Kinder zu Hause in Missouri auf ihn warteten.

Doch wie sehr Eve sich einzureden versuchte, dass dies die auf der Hand liegende Erklärung war, stieß sie doch immer wieder gegen die Mauer ihrer eigenen Gewissheit, dass es nicht stimmen konnte.

Infolge ihrer durchwachten Nacht fühlt sie sich jetzt

unwohl und nicht in der Lage, klar zu denken, und blickt mit trüben Augen auf die Straße vor ihnen.

»Fühlen Sie sich meinetwegen nicht verpflichtet, Konversation zu machen«, sagt Noel, nachdem sie fünf Minuten lang in völligem Schweigen gefahren sind.

»Ich bedaure, wenn Sie meine bloße Anwesenheit nicht unterhaltsam finden«, erwidert sie.

Er wirft einen Blick auf sie, richtet seine Aufmerksamkeit dann aber wieder auf die Straße. Sie fahren entlang der Küstenstraße von Nizza, das Meer zu ihrer Rechten und zu ihrer Linken eine Reihe großer weißer Gebäude mit verschnörkelten Balkonen.

»Die Promenade des Anglais. Sicherlich haben Sie schon davon gehört?«, sagt Noel.

Eve zuckt mit den Schultern. Sie hat nicht davon gehört. »Was ist das?« Sie deutet hinaus aufs Meer, wo mehrere Reihen dunkler Metallpylone aus dem Wasser ragen.

»Das war einmal das Palais de la Jetée. Ein auf einem Pier errichtetes Casino. Wunderschön. Etwas Derartiges haben Sie noch nie gesehen. Die Deutschen haben es wegen des Metalls demontiert. Kupfer. Messing. Bronze. Stahl. Und so zurückgelassen.«

Die nackten entweihten Stümpfe, die aus den Wellen ragen, sind ein schändlicher Anblick, und Eve wendet sich ab. Die Art und Weise, wie Noel »die Deutschen« betont, verrät eine tiefe persönliche Verbitterung. Sie erinnert sich an das, was Sully ihr von Noels vielen Einsätzen, die er während des Kriegs geflogen ist, erzählt hat. Wer weiß schon, wie viele Freunde er verloren hat? Es gibt kein festes Muster für Trauer.

Sie lassen Nizza hinter sich und folgen der Küsten-Corniche, die, wie Noel knapp erklärt, die unterste der drei sich entlang dieses Küstenabschnitts schlängelnden Straßen ist. Bei einem Blick nach links, wo ein steiler Hang in den wolkenlosen Himmel aufragt, sieht sie den Einschnitt, wo die mittlere Straße verlaufen muss, und noch mal weit darüber, fast schon den Himmel berührend, die dünne Narbe der höchsten Corniche. Ein Dorf erhebt sich auf der obersten Bergspitze, als würde es aus der Felswand selbst herauswachsen.

Wäre da nicht die schlechte Laune ihres Gefährten und ihre eigene Nervosität, sie könnte die dramatische Szenerie genießen – auf der einen Seite der schwindelerregende Berghang, teils bewaldet, teils blanker Fels, und auf der anderen das Mittelmeer, mit weißen Tupfen auf dem türkisfarbenen Wasser, wo es sich an den Buchten und winzigen Höhlen und Stränden und Häfen der sich schlängelnden Küstenlinie bricht.

»Wie gut kennen Sie Victor Meunier?«, fragt sie, ehe sie sich auch nur bewusst ist, dass sie an den Kunsthändler denkt. Sofort bereut sie, das Thema angeschnitten zu haben. Sie hatte nur Konversation machen wollen, aber jetzt wird er sich über ihr Interesse wundern.

Noel wendet sich ihr zu, aber um ihre flammenden Wangen vor ihm zu verbergen, weicht sie seinem Blick aus, als wäre sie in die vorbeiziehende Landschaft vertieft.

»Ich kenne den Mann kaum und muss Sie leider enttäuschen.« Sein Ton ist spitz, und es überrascht Eve nicht, dass ihn und den Franzosen mit der samtigen Stimme kaum etwas verbindet.

Während der folgenden zehn Minuten ergreift keiner mehr das Wort. Die Spannung zwischen ihnen baut sich immer weiter auf, bis Eve es nicht mehr erträgt.

»Erzählen Sie mir mehr über den Mann, den wir treffen werden.« Das ist das Erstbeste, was ihr einfällt, um das erdrückende Schweigen zu brechen.

»Robin Whelan? Ich kann nicht viel über ihn sagen, da ich ihm nur ein oder zwei Mal begegnet bin, und auch das ist schon lange her. Er und mein Vater teilten sich für kurze Zeit die Bude in Cambridge, aber ich denke, es war eher eine Frage der Zweckmäßigkeit und nicht gegenseitiger Nähe. Nachdem sie die Universität verlassen hatten, schrieb Whelan einen skandalösen und enorm erfolgreichen Roman über die Abenteuer eines vom Glück begünstigten, aber letztendlich ziemlich unreifen Studenten, dessen Vorlage, wie von vielen angenommen, mein Vater sein sollte. Ich weiß nicht, ob sie je wieder miteinander sprachen, auch nachdem Whelan Mitte der Dreißigerjahre hierherzog.«

»Aber ihre Wege müssen sich doch gekreuzt haben? Die Côte d'Azur ist schließlich kein allzu riesiges Gebiet.«

»Sie bewegten sich in sehr unterschiedlichen Kreisen. Whelan hat den Ruf, ungesellig und scharfzüngig zu sein, weshalb ich nicht glaube, dass er sich bei den Gesellschaftsdamen entlang der Küste beliebt gemacht hat. Bei den wenigen Gelegenheiten, wo sie einander begegnet sind, dürfte es ihnen gelungen sein, sich zivilisiert zu verhalten, aber dass sie sich intensiv austauschten, glaube ich eher nicht. Mein Vater war ein sehr charmanter Mann – leider sehr viel charmanter als seine beiden Söhne –, aber Dummköpfen gegenüber kannte er keine Gnade.«

Es überrascht Eve, den arroganten Noel derart freimütig eine Charakterschwäche zugeben zu hören. Jedes Mal, wenn sie glaubt, ihn endlich richtig eingeordnet zu haben, sagt oder tut er etwas, das sie zwingt, ihre Einschätzung zu revidieren.

»Und warum hat Robin Whelan dann zugestimmt, uns zu treffen, als Sie ihn gestern Abend anriefen?«

»Aus Neugier vermutlich«, sagt Noel achselzuckend. »Schließlich ist er Schriftsteller. Er wird fasziniert sein von Geheimnissen und Intrigen.«

Whelan lebt auf dem Cap Ferrat, einer von Pinien bewachsenen Halbinsel, die sich zwischen Nizza und Monaco ins Meer hinausschiebt. Sie fällt zum Meer hin steiler ab und ist spektakulärer als das Cap d'Antibes, auch die Atmosphäre ist anders. Gedämpfter. Stille liegt über allem, kaum jemand ist auf den kurvenreichen Straßen unterwegs, von den prächtigen Villen sieht man gerade noch die Ziegeldächer über die Tore und Mauern ragen.

»Sehr beeindruckend, nicht wahr?«, sagt Eve.

Noel antwortet mit einem Schnauben. »Tödlich. Alle verschanzen sich hinter hohen Toren. Wenn man hier lebt, hat man bestimmt das Gefühl, langsam von einem Nerzkissen erstickt zu werden.«

Als er anhält, um einen Blick auf die Karte zu werfen, die er im Handschuhfach hat, nutzt Eve die Gelegenheit, um durch die Lücke zwischen zwei Anwesen einen Blick auf das blaue Mittelmeer zu werfen, das tief unter ihnen liegt, und auf die in der Ferne dunkelgrün aus dem Wasser ragende Kontur. Sie würde Noel gern fragen, ob dies das Cap d'Antibes ist, aber das Risiko, sich möglicherweise mit ihrer Unwissenheit zu blamieren, falls es sich als etwas völlig anderes herausstellen sollte, hält sie davon ab.

Schließlich halten sie vor einem schwarzen zweiflügeligen Tor an, das in eine grellweiße Mauer eingelassen ist. Eve will gerade nach einer Klingel Ausschau halten, doch noch ehe sie die Hand auf den Chromgriff der Wagentür legen kann, schwingen die Tore auf.

Noel wendet sich ihr mit hochgezogener Braue zu. Wenn er wie jetzt lächelt, wird er zu einer völlig anderen Person, und schon wieder fühlt Eve sich von ihm auf dem falschen Fuß erwischt.

Eine lange, von Palmen gesäumte Einfahrt leitet sie durch einen Garten voller exotischer Pflanzen, von denen Eve die wenigsten kennt. Mächtige Kakteen erreichen fast die Höhe der Palmen, andere erinnern an einen riesigen Dreizack.

Vom Haus sieht man erst nur eine glatte, weiße, hoch aufragende Wand, darüber ein Flachdach. Die Brutalität dieser geschlossenen Wand ohne jede Öffnung schockiert Eve. Aber als sie den Wagen abgestellt haben und um das Gebäude herumlaufen, stellt sie fest, dass dies nur die Seitenansicht ist und die Fassade sich in einer Welle aus weißem Stuck und Glas fast wie der Bug eines Schiffes rundet. Folgt man der Rundung, gelangt man zu einer Terrasse mit einem Swimmingpool. Keine Stühle, keine Schirme. Nichts, was die markanten Linien des Hauses stören könnte.

Ein solches Gebäude hat Eve noch nie gesehen. So viel ungebrochenes Weiß und Glas. Aber obwohl sie objektiv seine Schönheit anerkennen muss, wirkt es auf sie merkwürdig kalt. Das ist kein Zuhause wie die Perlenvilla. Hier zu wohnen wäre, wie sich in einem kostbaren Kunstwerk aufzuhalten. Man kann dieses Haus bewundern, aber nicht lieben.

»Ihr seid von der falschen Seite gekommen.« Die Stimme ist schrill und durchdringend.

Eve dreht sich um und sieht einen kleinen, einem Kind

gleichenden Mann, von Kopf bis Fuß in knochenweißes Leinen gekleidet, mit verschränkten Armen an der Wand stehen, die sie gerade umrundet haben.

»Das ist eindeutig die Rückseite. Die Vorderseite liegt gegenüber.«

»Das tut mir leid«, sagt Eve und will schon auf ihn zueilen, aber er hält abwehrend die Hand hoch.

»Da Sie nun schon mal hier sind, können wir genauso gut hier reingehen.«

Robin Whelan führt sie über die Terrasse durch eine Glastür mit Metallrahmen ins Haus. Drinnen ist alles offen und weitläufig, Lichtbündel fallen schräg aus hohen Fenstern auf den Fußboden aus gewachstem schwarzen Stein.

Sie folgen ihm auf eine tiefere Ebene, die von einem weißen Marmorkamin beherrscht wird und wo sich zwei lange schwarze Ledersofas, getrennt von einem niedrigen Glastisch, gegenüberstehen.

»Nehmen Sie Platz.« Whelan deutet auf eines der Sofas, bevor er auf dem gegenüberliegenden Platz nimmt. Dabei hat er sie weder mit Handschlag begrüßt noch sich vorgestellt.

Da sie nun Gelegenheit hat, sich ihn genauer anzusehen, stellt Eve fest, dass er schon an die sechzig sein dürfte, allerdings mit jenem babyhaften Aussehen, das manche Männer im Alter entwickeln. Das Gelb seines Haars kann nicht natürlichen Ursprungs sein, das runde sonnengebräunte Gesicht ist konturlos. Die seltsam farblosen Augen fixieren Noel mit fast gieriger Intensität.

»Ich erkenne die Ähnlichkeit«, sagt er, ohne eine Miene zu verziehen.

Noel, der neben Eve Platz genommen hat, räuspert sich

unbehaglich. Zwischen ihm und ihr liegt mindestens ein halber Meter schwarzes Sofa, dennoch spürt sie, wie sich sein Körper verspannt, wie steif er sich aufrecht hält, anstatt ins Leder einzusinken.

»Wie ich Ihnen gestern Abend am Telefon sagte, ist mein Vater, Guy Lester, kürzlich verstorben, und wir – das heißt Mrs. Forrester hier und ich – hofften, Sie könnten uns vielleicht ein paar Fragen zu seinem früheren Leben beantworten.«

Whelan lehnt sich zurück und schlägt die kurzen Beine übereinander. Er trägt eine cremefarbene Seidenkrawatte, und seine Füße stecken in sicherlich maßgefertigten Schuhen aus weichem weißen Leder.

»Wie bereits gesagt, Mr. Lester, hat Ihr Vater an einigen Dingen, die ich in meinem ersten Buch geschrieben habe, Anstoß genommen. Er war ein Mann, der es gewohnt war, im Zentrum der Aufmerksamkeit zu stehen, und davon überzeugt, dass es in dem Buch um ihn ging. Was ich auch dagegenhielt, nichts konnte ihn vom Gegenteil überzeugen. Und so waren wir während der letzten Jahrzehnte nicht gerade *vertraut* miteinander.«

Whelan verweilt bei dem Wort »vertraut«, hebt eine seiner kleinen pummeligen Hände, um sein Haar glattzustreichen. Aus dem Augenwinkel sieht Eve, wie Noel sich die Finger ins Bein gräbt, bis sich die Haut über seinen Knöcheln weiß und straff spannt.

»Tatsächlich interessieren wir uns für die Zeit davor«, sagt er, »als Guy Lester noch mit seiner jungen Familie in England lebte. Es gibt Berichte, dass in dieser Zeit etwas vorgefallen ist, das ihn veranlasst hat, recht überstürzt das Land zu verlassen. Wir hatten gehofft, Sie könnten uns etwas dazu mitteilen.«

Jetzt endlich richtet Robin Whelan seine fast farblosen Augen auf sie. Eve spürt, wie er sie mit seinem Blick abtastet. Sie trägt ihren braunen Rock mit der gelben Bluse und sieht sich durch seine Augen. Die Kleidung einer Frau, der schon lange Zeit keine Komplimente mehr gemacht worden sind.

»Dann ist das also die Katze, die man zwischen die Lester-Tauben gesetzt hat.« Er zieht seine Augenbrauen hoch, deren perfekter Schwung Eve schließen lässt, dass sie gezupft sind. Sein Lächeln erreicht seine Augen nicht, die Eve weiterhin kalt fixieren. »Eins muss ich Guy ja lassen, so viel Sinn fürs Melodramatische hätte ich ihm nicht zugetraut. Ein geheimnisumwittertes Rätsel. Vielleicht ist er derjenige, der Romane hätte schreiben sollen.«

Eve schluckt. Bei ihrer Ankunft ist ihnen nicht einmal ein Glas Wasser angeboten worden, und plötzlich merkt sie, wie durstig sie ist.

»Sie fragen sich also, ob der Schlüssel zu diesem Rätsel in Guys Vergangenheit liegt. Eine skandalöse Affäre womöglich, die diese junge Dame hervorgebracht und ihn aus dem Land verbannt haben könnte? Ist Ihre Mutter zufällig ein Mitglied der königlichen Familie, meine Liebe? Eine Frau, deren Bloßstellung von so großer Tragweite gewesen wäre, dass ein wohlhabender, sehr gut vernetzter junger Mann aus seinem bisherigen Leben verbannt werden musste?«

Eve stellt sich ihre Mutter vor, wie sie schweigend in ihrem Wohnzimmer auf dem Sofa mit dem Schonbezug sitzt, das dunkelbraune Haar dank der harten Wickler, auf denen sie nachts schläft, perfekt gelockt. Sie trägt blaue oder braune, gelegentlich auch beige Kleidung, immer hochgeschlossen mit Krägen, die ihr die Kehle abschnüren. Höchst selten liest sie oder hört Radio, hat keine Zeitschrift abonniert, strickt nicht und geht auch sonst keinen Beschäftigungen nach, mit denen andere Frauen in ihrer Situation sich die Zeit vertreiben. Stattdessen blickt sie durchs Fenster auf die Straße und wartet darauf, dass ihre Tochter von der Schule oder der Arbeit nach Hause kommt, wobei die Missstände des Tages in ihr gären – eine nicht abgewaschene Frühstücksschale oder eine Laufmasche in einem über der Badewanne trocknenden Strumpf. Oder auch etwas, das mit Eve überhaupt nichts zu tun hat – eine Kränkung auf dem Postamt, die Schreie des Babys von nebenan, die sie die ganze Nacht wach gehalten haben, sodass sie jetzt mit den Nerven am Ende ist. All das gärt in Eves Mutter, während sie reglos dasitzt, ohne jede Ablenkung von außen, die es hätte abmildern können, und wenn Eve dann durch die Tür kommt, ergießt sich die geballte Unzufriedenheit ihrer Mutter wie ein Schwall über sie.

»Sie war nicht immer so schwer zufriedenzustellen«, flüsterte ihr der Vater einmal zu, als er sie in ihrem Zimmer aufsuchte, wohin sie nach einem Fehlverhalten verbannt worden war. »Sie hat in ihrer Jugend eine schwere Enttäuschung erlitten. Das hat sie aus dem Gleichgewicht gebracht. Du verstehst schon.«

Eve verstand es nicht. Konnte sich an keine Zeit erinnern, in der das Gleichgewicht ihrer Mutter gestimmt hatte.

»Nein, meine Mutter gehört nicht zum Adel«, teilt sie Robin Whelan mit und genießt den eisigen Klang ihrer Stimme hier in diesem kalten Haus. Aber dann verdirbt sie den Effekt, indem sie hinzufügt: »Und außerdem würde sie niemals … Das heißt, eine solche Person ist sie nicht …«

Whelan betrachtet sie mit neuer Aufmerksamkeit, und sie hat das Gefühl, von ihm aufgesogen zu werden, vielleicht, um sich später auf den Seiten seines nächsten Romans wiederzufinden.

»Nun, können Sie uns helfen oder nicht?« Noels Reservoir an Höflichkeiten ist offenbar geleert.

Whelan greift in seine Jackentasche und zieht eine schlanke silberne Zigarettendose hervor, der er eine lange Zigarette entnimmt. Auch davon bietet er seinen Gästen nichts an. »Wie gut kannten Sie Ihren Vater, Mr. Lester?« Er lehnt sich in das Lederpolster zurück und zieht genüsslich an seiner Zigarette.

»Wie meinen Sie das?«

»Ich meine, welche Art von Beziehung hatten Sie zu ihm? Standen Sie sich nah? Waren Sie *Buddies*, wie unsere amerikanischen Freunde sagen würden? Haben Sie zusammen Golf gespielt und Geheimnisse ausgetauscht? Oder gehörte er zu den Furcht einflößenden Vätern, die unmögliche Standards setzen und jeden Versuch kritisieren, diese zu erreichen? Ich vermute Ersteres. Guy hatte genug Intellekt und einen gewissen Erfolgshunger, wurde aber ausgebremst von seinem unersättlichen Verlangen danach, gemocht und von allen für einen guten Kerl gehalten zu werden. Dass jemand ein schlechtes Wort über ihn hätte sagen können, wäre ihm unerträglich gewesen. Und das ist, wie ich finde, ein gewaltiges Handicap im Leben.« Er klopft Asche in den silbernen Aschenbecher auf dem Glastisch, und zwar ohne seinen Blick von Noel abzuwenden.

»Wir hatten im Lauf der Jahre immer mal wieder

Streit, es war ein Auf und Ab«, erwidert Noel schließlich. »Aber insgesamt kamen wir gut miteinander aus. Wir respektierten einander.«

»Wie herzerwärmend. Aber vermutlich sind Sie dann genauso beschaffen wie er. Heroische Kriegsvergangenheit mit den entsprechenden Heldentaten. Guy konnte sich glücklich schätzen. Er hatte ein gutes Leben. Na ja, abgesehen von ...« Whelan hält inne, um wieder an seiner Zigarette zu ziehen, und Eve wartet ungeduldig darauf, dass er fortfährt, aber er schweigt und beobachtet sie beide mit seinen wässrigen Augen.

Sie begreift, dass er etwas wie Betteln und Flehen von ihnen erwartet. Er wünscht das Gespräch zu orchestrieren, ihre Reaktionen zu manipulieren. Sie ist entschlossen, ihm diese Befriedigung zu verweigern. Aber natürlich kann sie nicht ruhig bleiben.

»Abgesehen von?«, hakt sie nach und bereut ihren Einwurf, noch während sie ihn ausspricht. *Wo ist deine Selbstkontrolle, Eve?*, fragt die Stimme ihrer Mutter in ihrem Ohr.

»Abgesehen von welchem katastrophalen Ereignis auch immer, das ihn dazu brachte, aus dem Land zu flüchten und nie wieder zurückzukehren.«

Er weiß es nicht. Plötzlich scheint klar zu sein, dass er sie nur zu seiner eigenen Freude hinhält. Offensichtlich ist Noel zum selben Schluss gekommen.

»Nun, wenn Sie nichts mehr hinzuzufügen haben, möchten wir Ihre Zeit nicht weiter in Anspruch nehmen, Mr. Whelan.« Er verfügt über die Gabe, Worten, die oberflächlich absolut angemessen und höflich sind, einen unverschämten Unterton beizumischen. Noel steht auf, und Whelan beobachtet ihn schmaläugig, als wäge er seine

Lust, weiterhin mit ihnen zu spielen, gegen das Zugeständnis ab, das er wird machen müssen, wenn er sie hierbehalten möchte. Eve vermutet, dass er ihr Unbehagen und seine Macht zu sehr genießt, um sie einfach gehen zu lassen.

»Ich weiß nicht, was Ihrem Vater widerfahren ist, das stimmt«, sagt er schließlich. »Der Kontakt ist nach Erscheinen meines Buches so ziemlich abgebrochen, wie ich schon sagte. Es machten damals jedoch diverse Gerüchte die Runde. Unbewiesen natürlich.«

Noel setzt sich wieder. Gemeinsam starren sie Robin Whelan an, durch die Schwaden des Zigarettenrauchs hindurch, die um seinen Kopf wirbeln.

»Das verstehen wir«, sagt Eve, bemüht, die Erregung aus ihrer Stimme herauszuhalten. »Nichtsdestotrotz würden wir sie gerne erfahren.«

»Nun«, sagt Whelan schließlich und fixiert Noel. »So wie ich es verstehe, musste Ihr Vater das Land verlassen, weil er gegen das Gesetz verstoßen hat. Er wurde vors Kriegsgericht gestellt. Alles streng geheim. Gut möglich, dass er sogar einige Zeit im Gefängnis verbracht hat. Gütiger Himmel, man mag sich gar nicht ausmalen, was ihm da drin widerfahren sein könnte, einem so gut aussehenden Mann wie ihm. Aber wenn dem so wäre, dann nicht länger als ein paar Monate. Ihr Großvater hat die Leute um den Premierminister Lloyd George sehr großzügig mit Spenden unterstützt, vergessen Sie das nicht. Als Ihr Vater freikam, musste er sich rarmachen. Sie und Ihr Bruder waren damals noch sehr jung. Und nach allem, was ich hörte, hat Ihre arme Mutter sich nie ganz davon erholt, alles, was sie kannte, zurücklassen zu müssen.«

»Gegen das Gesetz verstoßen?«, wiederholt Noel

schneidend, und Eve muss nicht nachfragen, um zu wissen, wie erleichtert er ist, dass sich das Ganze nicht als kitschige Liebesaffäre entpuppt. »Was war das für ein Verbrechen? Hatte es mit Glücksspiel zu tun? Das würde mich nicht überraschen. Mein jüngerer Bruder hat dieses spezielle Familiengen geerbt. Veruntreuung war es sicherlich nicht, obwohl er recht schnell seine Position im Familienunternehmen abtrat.«

»Kalt, kalt, ganz kalt«, erwidert Whelan im Singsang. Seine Mundwinkel zucken.

»Nun, was dann?« Noel ist mit seiner Geduld am Ende. In seiner Stimme schwingt das dumpfe Grollen des Zorns mit.

Whelan legt seine Zigarette am Rand des Aschenbechers ab und rückt geziert den Knoten seiner Krawatte zurecht. Erst als er dies zu seiner Zufriedenheit erledigt hat, lehnt er sich zurück, lässt seinen Blick von Eve zu Noel und wieder zurück wandern, wobei Eve das unangenehme Gefühl hat, wie ein aufgespießter Schmetterling studiert zu werden.

»Er hat jemanden ermordet.«

13

Die Fahrt zurück nach Antibes legen sie in fast ungebrochenem Schweigen zurück, da jeder für sich das Gehörte zu verdauen versucht, weshalb es Eve umso mehr überrascht, dass Noel den Wagen vor der Villa La Perle parkt, anstatt sie, wie erwartet, einfach nur abzusetzen.

Sie treffen Sully auf der unteren Terrasse an. Er hat seine Schreibmaschine mit nach draußen genommen und sitzt am Tisch unter dem Eukalyptusbaum. Als sie sich ihm nähern, reißt er das eingespannte Blatt Papier aus der Maschine und zerknüllt es mit den Worten: »Du bist einfach nur scheiße.«

»Vermutlich hat das Blatt Papier von Ihnen auch keine viel bessere Meinung«, sagt Noel und erschreckt damit den Amerikaner, der sich allein geglaubt hatte.

»Ich will alles wissen«, fordert er, nachdem er sich von seinem Schrecken erholt hat. Er dreht seinen Stuhl herum und zieht noch zwei weitere heran, so nah, dass sie alle Knie an Knie sitzen, dann zündet er sich eine Zigarette an und lehnt sich zurück. »Also, wie war Whelan, diese Schlange? Musstet ihr auf Zehenspitzen euren Weg über seinen schwarzen Fußboden finden, um nicht auf die vertrockneten Hülsen seiner abgeworfenen Haut zu treten? Sicherlich hat er sich mit seiner gespaltenen Zunge auch über mich ausgelassen. Hoffentlich habt ihr erwähnt, dass Hitchcock gerade mein letztes Buch gekauft hat. Dass Robin Whelan etwas Veröffentlichenswertes abgeliefert hat, liegt schon so lange zurück, dass er es seinem Verleger vermutlich noch als Schriftrolle überreicht hat.«

Sie informieren Sully über das seltsame Gespräch, das sie in Whelans Mausoleum geführt haben. Und zum ersten Mal scheint der Amerikaner sprachlos zu sein.

»Mord? Guy?« Dann: »Glauben Sie das denn? Ich würde es Whelan durchaus zutrauen, dass er etwas erfindet, nur um eine Reaktion von Ihnen zu bekommen.«

Noel zuckt mit den Achseln. Er war ins Haus gegangen, um die Bar zu plündern, und schenkt nun Gin in drei große Gläser, die er mit einem Spritzer Tonic auffüllt. Eine Fliege summt während des Einschenkens hartnäckig um seine Hand, und er schnippt mit den Fingern nach ihr.

»Ich hatte ganz entschieden den Eindruck, dass Whelan großes Vergnügen daran hatte, es mir zu erzählen«, sagt er und drückt Eve einen Drink in die Hand, ohne auf ihre Abwehrversuche einzugehen. »Weshalb ich bereit bin, zu glauben, dass was Wahres dran sein muss. Allerdings kann ich nicht glauben, dass Guy jemanden vorsätzlich getötet hätte. Jedenfalls nicht in Friedenszeiten. Und auch mit einem reichen Papa wird man nicht so einfach von einer Mordanklage freigesprochen, egal wie viel Geld geflossen ist. Andererseits muss es tatsächlich was richtig Schlimmes gewesen sein, sonst hätte Guy doch nicht mit uns allen das Land verlassen.«

»Und glauben Sie denn, dass diese Sache etwas mit dem Erbe zu tun hat, das er Ihnen vermacht hat?«, fragt Sully Eve.

»Ich weiß es nicht«, sagt Eve und verzieht das Gesicht,

weil der Gin ihr in der Kehle brennt. »Der Besuch hat mehr Fragen aufgeworfen als beantwortet.«

Das Schrillen der Türklingel schallt aus dem Haus, und ein Zittern geht durch die langen, schlaffen Eukalyptusblätter über ihnen.

Eve sieht Sully an, der ahnungslos den Kopf schüttelt.

Sie hören Stimmen aus dem Inneren des Hauses. Das Klacken von Absätzen auf der Treppe.

Mrs. Finch steht in einem fröhlich gemusterten Wickelkleid in der Tür, auf den Wangen hektische Flecken. »Sie haben Besuch, Mr. Sullivan«, sagt sie verlegen. Sie tritt beiseite und gibt den Blick frei auf Gloria Hayes, die zu ihren stramm sitzenden marineblauen Shorts mit hoher Taille eine schulterfreie Bluse und hochhackige weiße Sandalen trägt. Um ihre rote Haarpracht hat sie ein getupftes Tuch gebunden.

»Ich muss schon sagen, Mr. Sullivan, Sie ausfindig zu machen ist beinahe unmöglich. Dazu war regelrechte Detektivarbeit à la Hercule Poirot nötig.« In ihrem lispelnden Südstaatenakzent wird daraus *Hurcle Poro*.

Anders als bei ihrer ersten Begegnung macht sie auf Eve nicht den Eindruck, unter Drogen zu stehen, die Augen des Filmstars sind klar, und die zarte Haut schimmert rosig. Jasmin und Wacholder beherrschen den Garten bereits mit ihrem Duft, aber Gloria bringt ihre eigene Note mit – reif und kraftvoll wie Früchte, die darauf warten, gepflückt zu werden. Noel und Sully sehen sie gebannt an. Auch Mrs. Finch scheint ihren Posten in der Tür nicht verlassen zu wollen und betrachtet die Besucherin begeistert.

»Soll ich Ihnen einen Tee bringen, Miss Hayes?«

»Ach du meine Güte, Schätzchen, ich glaube, ich werde etwas weitaus Stärkeres als Tee brauchen.«

Noel springt auf und deutet auf die Ginflasche.

»Ja, das kommt dem schon näher.«

Gloria ist gekommen, um Sully zu ihrer Hochzeit einzuladen. Und da sie nun Noel und Eve kennengelernt hat, müssen auch sie kommen. Es scheint sie zu freuen, dass Noel mit seiner Familie bereits eingeladen ist.

»Ich werde Unterstützung nötig haben«, teilt sie ihnen mit. »Auf meiner Seite stehen nämlich herzlich wenig Leute.«

Ihr schwermütiger Ton klingt aufrichtig, und fast hat Eve Mitleid mit ihr. Doch dann besinnt sie sich darauf, dass Gloria schließlich ein Filmstar ist und einen Mann mit eigenem Flugzeug heiraten wird.

»Seid ihr alle mit ihm befreundet?«, will Gloria nun wissen. »Mit Laurent, meine ich.«

Noel und Sully geben zu, ihn kaum zu kennen, woraufhin Gloria die Stirn runzelt.

»Das ist aber schade. Denn ich hatte gehofft, ihr könntet ein paar Lücken für mich füllen. Ich kenne ihn doch selbst kaum.«

Glorias Sprechweise hat etwas Hypnotisches und verleiht jedem ihrer Worte die Qualität einer Darbietung, die einzig und allein auf den Zuhörer ausgerichtet ist. Kein Wunder, dass Noel und Sully so fasziniert sind. Eve fragt sich, wie es wohl wäre, über so viel Macht zu verfügen. Als Teenager hatte sie für kurze Zeit eine Freundin, Nina, die genauso war, mühelos Hof hielt und, sobald sie den Mund aufmachte, die ganze Klasse zum Verstummen brachte, weil alle Angst hatten, etwas zu verpassen. Als Nina sie dann bat, mit zu ihr nach Hause kommen zu dürfen, hatte Eve sie anfangs hingehalten, aber man konnte Nina nicht lange etwas abschlagen. Eves Mutter hatte gar nicht erst versucht, ihre Antipathie zu verbergen. Doch komischerweise bemühte Nina sich, umso freundlicher zu sein, je frostiger Eves Mutter wurde, als wäre es eine Herausforderung, der sie sich stellen musste. Und je reizender sie sich gab, umso verbissener presste Eves Mutter die Lippen zusammen und umso tiefer wurde die Kerbe über ihrem Nasensattel. »Leute wie sie«, sagte sie zu Eve, nachdem Nina gegangen war. »Frauen wie sie. Die sind wie Siphons, die anderen Leuten das Licht wegsaugen. Und sich darin baden.« Danach war zwischen Nina und Eve nichts mehr, wie es gewesen war, und ihre Freundschaft geriet ins Stocken.

Ein Stuhl wird für Gloria herangeschleppt, aus Korbgeflecht, mit einem gepolsterten Sitz aus Segeltuch und einem Kissen mit Rosenmuster. Die Schauspielerin bewohnt den Stuhl mehr, als dass sie darauf sitzt, als wäre er Teil ihres Körpers, dessen lange Beine sie über die Armlehne drapiert, untergehakt von einem hübschen braunen Arm. Den Gin, den Noel ihr eingeschenkt hat, kippt sie wie ein Glas Wasser, und er springt sofort auf, um nachzuschenken.

»Meine Güte, sind Sie hübsch«, sagt Gloria unvermittelt. Eve ist entsetzt, als sie bemerkt, dass die Amerikanerin sie selbst dabei ansieht. »Ihr habt alle diesen zarten Körperbau und so zerbrechliche Knochen, seid wie die Vögelchen, wohingegen ich so ein großes, ungelenkes Wesen bin.« Sie streckt eins ihrer endlosen Beine aus, um ihre Plumpheit zu demonstrieren.

»Wohl kaum«, sagt Eve. Sie weiß selbst, dass sie errötet, und wendet ihr Gesicht wütend dem Meer zu.

»Ihr kommt doch alle zur Hochzeit?« Wieder klingt Gloria besorgt. Wie ein Kind, das sich der Anwesenheit der

Eltern am ersten Schultag versichert. »Ich habe nicht viel Familie. Natürlich wird der Studioboss da sein und ein paar andere Stars, die darauf hoffen, vom Presserummel zu profitieren – so talentlos sie auch sein mögen –, aber ich fände es schön, auch ein paar Freunde dort zu haben. Ich kann euch doch Freunde nennen, oder, obwohl wir uns gerade erst kennengelernt haben? Kann ich mit Ihnen rechnen, Eve?«

»Oh. Also. Wissen Sie, ich habe keine Ahnung, wie lange ich noch bleiben werde. Und natürlich habe ich auch überhaupt nichts anzuziehen.«

»Also das zweite Problem lässt sich leicht lösen. Ich habe kofferweise Kleider. Da finden Sie mit Sicherheit etwas. Für Ihre zierliche Figur kann ich was abändern lassen, sonst *versinken* Sie ja darin. In ein Kleid von mir passen Sie fünfmal rein.«

Inzwischen spürt Eve die Wirkung des Gins. Ihre Muskeln haben sich in der Sonne entspannt, sie ist gut gelaunt. *Hier bin ich*, überlegt sie, *und trinke in Frankreich Cocktails mit einem Hollywoodstar*.

Eve hängt ihren Gedanken nach, als irgendwann nach ihrem dritten oder vierten Gin Gloria den Namen Victor Meunier erwähnt.

»Kennt ihr ihn denn? Er ist der liebenswürdigste Mensch, der mir je begegnet ist. Laurent und er sind ganz dicke miteinander. Ständig verschwinden sie in irgendwelchen Räumen, um zu reden und zu trinken.«

Eve hält ihr Gesicht abgewandt, als wäre sie gar nicht bei der Sache, aber sie spürt Noels Blick auf sich ruhen, als wollte er testen, wie sie auf den Namen des Franzosen reagiert.

»Wenn die beiden weg sind, vertreibe ich mir allein die

Zeit«, fährt Gloria fort. »Kann ganz schön einsam sein, wisst ihr? Ich habe schon Zeit bei der Köchin in der Küche verbracht, die mich immer zum Lachen bringt, aber Laurent sagt, das macht man hier nicht, und außerdem will er mich ganz für sich haben. Also gehe ich jetzt nicht mehr runter, was schade ist, denn diese Köchin hat mich an meine Mama erinnert. Sie war nämlich auch eine. Eine Köchin.«

Wieder befindet Eve sich in der merkwürdigen Position, Mitleid für Gloria Hayes zu empfinden.

Sully, der seit dem unerwarteten Eintreffen der Besucherin ungewöhnlich still geworden ist, beugt sich nun vor, als wäre ihm gerade etwas eingefallen.

»Lieben Sie ihn denn?«, fragt er.

Gloria, die gerade das Glas an ihre Lippen hebt, erstarrt. »Nun, ich heirate ihn, oder?«

»Was hat das eine denn mit dem anderen zu tun?«

Sie überlegt. »Ein guter Einwand, Mr. Sullivan. Aber natürlich liebe ich Laurent. Er hat mein Herz im Sturm erobert.«

»Und zudem geht Ihr Studioboss davon aus, dass Ihnen das Schlagzeilen auf der ganzen Welt bringt, was nicht schaden kann.«

Nun macht Gloria Anstalten aufzubrechen. »Ich bin einfach nur gekommen, um Sie zu einer Hochzeit einzuladen, Mr. Sullivan. Und nicht, um mir anzuhören ...«

»Er hat das nicht so gemeint.« Noel ist aufgesprungen. Er möchte nicht, dass sie geht, das steht für Eve fest.

»Ist schon in Ordnung, Mr. Lester. Das weiß ich doch. Aber nachdem ich meine Einladung losgeworden bin, ist es Zeit zurückzukehren. Wenn ich zu lange wegbleibe, macht Laurent sich Sorgen.« Sie schwankt auf ihren hohen Absätzen, und Eve kann nur hoffen, dass oben ein Fahrer auf sie wartet, die Beine auf dem Armaturenbrett, bei geöffneten Fenstern, um ein Lüftchen reinzulassen.

Nachdem Gloria gegangen ist, verharren sie in Schweigen. Ohne Gloria scheint der Tag plötzlich nicht mehr so strahlend zu sein, der ausgeprägte Duft der Mimosen nach Honig und Mandeln nicht mehr ganz so süß.

»Warum zum Teufel müssen Sie immer stänkern, Sullivan?«, schimpft Noel schließlich. »Ich habe weiß Gott nicht viel übrig für Laurent Martin, aber warum um alles in der Welt sollte Gloria Hayes nicht aus Liebe heiraten?«

»Weil Frauen wie sie, trotz all ihrem Gehabe und ihrem Geld und ihrem überbordenden Selbstvertrauen, letztendlich doch tun, was man ihnen sagt.«

Noch nie hat Eve Sully so verbittert erlebt. Sie mustert ihn, aber er hockt schon wieder über seiner Schreibmaschine und zieht ein Blatt Papier ein.

Die vom Gin beförderte Leichtigkeit und Fröhlichkeit ist dahin, und zurück bleibt das Gefühl, Watte im Kopf zu haben. Die ganze Zeit muss Eve an Robin Whelan und seine Andeutung denken, dass Guy ein Mörder war. Konnte das stimmen? Und wenn ja, könnte sich am Ende tatsächlich herausstellen, dass das etwas mit ihr zu tun hatte?

Sie zieht den Ring vom Finger, hält ihn hoch ans Licht, um die Inschrift zu lesen. *Von F in ewiger Liebe.* Dann wandern ihre Gedanken zu Gloria, die einen Mann heiratet, den sie kaum kennt, sich bereits vor der Hochzeit einsam fühlt, vermutlich ohne sich darüber im Klaren zu sein, dass die Ehe ein ganzes Leben voller Einsamkeit bedeuten kann.

Sie muss sich ausruhen und erhebt sich schwerfällig.

Noel lässt sie wortlos gehen. Als sie die Stufen hinaufsteigt, sind ihre Beine so schwer, als hätte sie Bleigewichte daran, und das ausgedehnte Schweigen hinter ihr vermittelt ihr die unangenehme Ahnung, dass die beiden Männer nur darauf warten, dass sie außer Hörweite ist, um ihr Gespräch wiederaufzunehmen.

Guy, 26. April 1948

Ich finde es unerträglich, wie sie mich ansieht. Als wäre ich Dreck, den jemand an seiner Schuhsohle ins Haus geschleppt hat.

»Wenn Sie gekommen sind, um Ihr Gewissen zu erleichtern, sind Sie hier leider am falschen Ort. Mir steht es nicht zu, Ihnen Absolution zu erteilen.«

»Nein, ganz und gar nicht. Ich würde einfach gern Eve sehen, sie ist jetzt schließlich erwachsen, und sie fragen, ob ich noch etwas mehr Hilfe anbieten kann.«

Natürlich hat sie recht. Ich wünsche mir tatsächlich Absolution. Ich möchte dieser Frau die Augen dafür öffnen, dass ich mehr wert bin als das Schlimmste, was ich je getan habe. Ich wende das Gesicht ab, weil sich ein Hustenanfall ankündigt, und stecke dann rasch das Taschentuch weg, bevor sie das Blut sehen kann.

Wir sind in dem kleinen zur Straße hin gelegenen Zimmer und sitzen auf Möbeln, die mit Tüchern abgedeckt sind. Meinem Eindruck nach liegen diese Tücher bereits so lange hier und warten auf Gäste, dass die Frau bei meinem Eintreffen ihr Vorhandensein schon völlig vergessen hatte. Vergessen, dass sich darunter die guten Möbel befinden.

Wieder in England zu sein ist sehr merkwürdig. Diese trostlose Armut. Alles grau und braun. Das Fleisch noch immer rationiert. Die Portionen im Restaurant so dürftig, dass man schon eine Stunde nach dem Essen wieder hungrig ist. Jeder trägt schäbige Kleidung, immer wieder gestopft und geflickt. Ich sehe, wie sie mich ansieht, wie sie meinen maßgeschneiderten Anzug aus marineblauem Kammgarn, die Hose mit der scharfen Bügelfalte und den tiefen Aufschlägen mustert. Bis heute Morgen hatte ich keine Ahnung, dass während des Kriegs, als Stoff Mangelware war, auch Hosenaufschläge verboten waren, und bin jetzt in Sorge, als Angeber abgestempelt zu werden.

Sie sitzt mir gegenüber in einem Sessel, aber ganz vorn auf der Kante und in so verdrehter Körperhaltung, als hätte sie Angst, sich etwas einzufangen. Dieser Anblick macht mich wütend, obwohl sie natürlich weiß Gott allen Grund hat, mich zu verurteilen.

»Ich sterbe bald.« Zum ersten Mal habe ich diese Worte laut ausgesprochen, und einen Moment lang befürchte ich, mir könnte übel werden. »Ich würde die Dinge gern richtigstellen.«

»Verstehe. Sie möchten gern Ihren Frieden ... auf unsere Kosten.« Ihre Augen sind hart wie Glasmurmeln. »Das Beste, was Sie für Eve tun können, ist, sie in Ruhe zu lassen. Sie ist versorgt. Glücklich verheiratet.«

»Aber ich habe mich doch ihretwegen extra auf den Weg gemacht.«

»Dann haben Sie die Reise leider umsonst unternommen. Oder möchten Sie Eves Leben zerstören?«

»Natürlich nicht.«

»Na dann. Die Wahrheit würde sie zerrütten.«

Ich muss es akzeptieren. Das ist Eves Mutter. Sicherlich weiß sie, was für ihre Tochter am besten ist? Aber dennoch bedränge ich sie verzweifelt.

»Aber *etwas* muss es doch geben, was ich tun kann. Lassen Sie mich wenigstens Holke Hall einen Besuch abstatten.«

»Ganz unmöglich. Diese Kreatur ist inzwischen viel zu zerrüttet, um noch Besuch empfangen zu können.«

»Nur damit ich beruhigt bin.«

»*Jetzt* wollen Sie Ihren Seelenfrieden? Nach all den Jahren. Ohne zu überlegen, welche Auswirkungen das auf andere Menschen hat. Ohne an die Qual zu denken. Das Letzte, was wir alle brauchen können, ist eine weitere Störung. Ich möchte Sie an Ihr Versprechen erinnern. Dass Sie sich fernhalten werden. Von uns allen. Haben Sie nicht genug Schaden angerichtet?«

14

5. Juni 1948

Es soll ein Treffen stattfinden. Die Lesters kommen zusammen, um über das für das Haus vorliegende Kaufangebot zu sprechen. Obwohl der Kauf erst realisiert werden kann, wenn alle juristischen Fragen geklärt sind, möchte der mutmaßliche Käufer einen verbindlichen Grundsatzvertrag unterzeichnen und sechs Monatsmieten im Voraus bezahlen, um in diesem Haus zu wohnen, während der französische Gesetzesapparat seine umständliche Arbeit erledigt. Allein durch die Miete bekäme jeder von ihnen eine respektable Summe, die ihnen über die Runden helfen würde, und der Käufer scheint sich auch von den erforderlichen Reparaturen nicht abschrecken zu lassen.

Die Nachricht sorgt dafür, dass sich in Eve eine große Leere auftut. Dann also soll dies alles ein schnelles Ende finden? Das durch die Pinien funkelnde blaue Meer, der rote Fels, der Duft nach Kräutern und Sommer, die Menschen, die nichts zu tun und keine Eile haben. Die Vorbereitungen für Glorias Hochzeit, für die Laurent angekündigt hat, er werde seinen Swimmingpool mit Champagner füllen. Alles vorbei. Und stattdessen Clifford. Das Haus in Sutton. Der schwere dunkle Kleiderschrank, der wie ein Sarg aussieht.

Das Treffen soll in Diana Lesters Villa in den Hügeln hinter Nizza stattfinden, und als Anteilshalterin eines Viertels muss Eve anwesend sein. Dass auch Bernard kommen wird, nimmt sie erleichtert auf.

Die Colletts schauen auf ihrem Weg nach Antibes vorbei und würden Eve gern zum Mitkommen überreden.

»Wir werden uns die Picassos ansehen«, freut sich Jack. »Ist das nicht unvorstellbar, dass wir dem Ort, an dem er lebt und arbeitet, so nah sind? Er ist noch immer hier in der Gegend, irgendwo oben in den Bergen, aber Ma und Pa sind solche Spießer und wollen mich nicht dorthin bringen.«

»Du weißt doch nicht einmal, wo er ist«, lacht Rupert. »Sollen wir den Tag damit zubringen, aufs Geratewohl durch die Dörfer Südfrankreichs zu gondeln und auf Verdacht, dass er es sein könnte, für jeden kahlen alten Kauz anhalten? Außerdem verstehe ich ohnehin nicht, was das ganze Theater soll. Der Mann kennt sich doch noch nicht mal in Anatomie aus – zwei Augen auf derselben Seite des Gesichts, ein Arm, der aus dem Kopf herauskommt.«

Sie einigen sich darauf, das Château Grimaldi zu besichtigen, einen Steinbau, der im ältesten Teil der Stadt über dem Meer aufragt und wo man Picasso erst vor zwei Jahren ein ganzes Stockwerk als Studio zur Verfügung gestellt hat. Im Château ist eine Ausstellung der Gemälde und Zeichnungen zu sehen, die der Künstler der Stadt aus Dankbarkeit für die Bleibe überlassen hat.

»Wenn Leo hier wäre, er hätte euch keine Ruhe gelassen, bis ihr Picasso aufgespürt hättet, und dann hätte er euch beide gezwungen, vor seinem Haus ein Lager aufzuschlagen und ihm überallhin zu folgen.«

Wenn Leo hier wäre. Bei der Erwähnung des toten Sohnes der Colletts verkrampft Eve sich, aber Ruth lächelt entspannt, als freute sie sich, an ihren Sohn erinnert zu werden. Ganz anders als Eve das nach dem Tod ihres Vaters erlebt hat, da war sie erst fünfzehn. Sie weiß noch, dass sie aus der Schule nach Hause kam, nachdem er »mit schlimmem Bauchweh« ein paar Tage im Bett verbracht hatte, und vor dem Haus ein überlanger schwarzer Wagen mit zugezogenen Vorhängen stand und ein fremder Mann auf dem besten Stuhl im Wohnzimmer saß und Tee aus dem Porzellanservice mit dem blauen Schwanenmuster trank, das unbenutzt in der Anrichte gestanden hatte, solange Eve denken konnte.

Ihre Mutter sah blass aus, war aber absolut gefasst.

»Geh hoch in dein Zimmer, Eve, bis ich dich hole.«

Keine Vorstellung. Keine Erklärung.

Eve war nicht dumm. Sie wusste, was der Wagen zu bedeuten hatte. Wer der Mann war. Doch irgendwie gelang es ihr nicht, eine Verbindung zu ihrem Vater herzustellen.

Nach einer halben Stunde hatte sie die Haustür ins Schloss fallen hören. Dann die langsamen Schritte ihrer Mutter auf der Treppe. Innehalten vor ihrer Zimmertür, als zögerte sie einzutreten. Dann stand sie in der Tür, mit rotgeränderten Augen, aber aufrecht.

»Dein Vater ist von uns gegangen, Eve. Es tut mir leid.«

»Wohin gegangen?« Das war nicht frech gemeint, sie sagte nur das Erste, was ihr durch den Kopf ging, wie man das von ihr gewohnt war.

Das Gesicht ihrer Mutter verschloss sich. »Er ist tot. Dein Vater ist tot, wenn dir dieses Wort lieber ist. Der Arzt meint, seine Nieren hätten versagt. Wie gesagt, es tut mir sehr leid.« So steif, als wäre sie ausgestopft. Dann hatte sie einen Schritt ins Zimmer gesetzt, als wollte sie auf ihre Tochter zugehen und sie trösten, aber Eve, die zusammengerollt auf dem Bett lag, zuckte so heftig zusammen, dass ihre Mutter, ausgebremst in ihrer Bewegung, auf dem braunen Teppich festgehalten wurde. »Na ja.« Sie fing sich wieder und ging zurück zur Tür. »Das ist sicherlich ein Schock für dich. Ich lasse dich jetzt allein, damit du das verarbeiten kannst.«

Aber an der Tür zögerte sie, und ihre Hand klammerte sich an den Türrahmen. Als sie wieder sprach, klang ihre Stimme rau. »Nicht viele Männer würden tun, was er getan hat, weißt du? Trotz allem hat er dir Liebe gegeben.«

»Was meinst du damit?«

Aber ihre Mutter war bereits gegangen.

Und sie hatten nie wieder darüber gesprochen. Was sich Eve davon ins Gedächtnis eingebrannt hatte, war die merkwürdige Formulierung *hat dir Liebe gegeben*. Als wäre Liebe so etwas wie ein Brot oder Eier oder Bezugsscheine. Und sie wunderte sich über die Unfähigkeit ihrer Mutter, zu sagen: *er hat dich geliebt*.

Die Colletts bringen ihr Erstaunen zum Ausdruck, Eve ganz allein im Haus anzutreffen. Sie erklärt ihnen, dass Mrs. Finch Besorgungen macht und Sully vorhin von Duncan, Clemmie und Noel zu einer Bootsfahrt abgeholt worden ist, die ein populärer Sänger und Bekannter von ihnen organisiert hat.

»Und man hat Sie nicht gefragt?«, wundert sich Ruth.

»Warum sollten sie das tun?«, erwidert Eve. »Ich werde sie noch früh genug sehen, oben bei Diana Lester. Außerdem fühle ich mich hier sehr viel wohler. Ich hatte einen reizenden Vormittag ganz für mich.«

Das entspricht nicht der Wahrheit. Sie redet sich zwar ein, dass sie die Einladung nicht angenommen hätte, doch als sie alle aufbrechen sah, während sie auf dem Sofa saß und vorgab, eine Zeitschrift zu lesen, versetzte es ihr natürlich einen Stich, derart ausgeschlossen zu werden. Und Clemmies Ausruf, »nun, sie ist schließlich keine Freundin«, der von oben zu ihr drang, machte es noch schlimmer. Eve konnte verstehen, dass die Enthüllungen des gestrigen Tages über ein mögliches Verbrechen Guys die Familie bewog, zusammenzuhalten, aber nachdem sie gegangen waren, war es bedrückend still im Haus geworden. Zum ersten Mal war sie nun ganz allein in der Villa und schreckte bei jeder knarzenden Bodendiele oder ächzenden Leitung zusammen. Als sie in die Küche ging, um sich ein Glas Wasser zu holen, ertappte sie sich dabei, dass sie schneller an der Tür vorbeiging, die zum Keller führte.

Als sich die Colletts vor der Haustür von ihr verabschieden, hört man den Lärm eines Motors, der im falschen Gang den Berg hochgejagt wird, gefolgt von Bremsenquietschen.

In Schlabbershorts, wie ein Mann sie tragen würde, in der Taille von einem Strick zusammengehalten, dazu ein hochgekrempeltes Herrenhemd, nähert sich Marie. Ihre wilde Mähne hat sich im Nacken gelöst, und die Haarnadel zwischen ihren Zähnen fällt zu Boden, als sie Eve sieht und ihr Mund sich zu einem Lächeln weitet.

»*Chère* Eve«, sagt sie. Eve gefällt es, wie Marie ihren Namen ausspricht, kurz, frisch und fröhlich.

Man stellt sich gegenseitig vor. Eve erkennt sofort, dass Ruth und Marie sich sympathisch finden, und freut sich. Aber als sie erklärt, dass die Colletts gekommen sind, um Leo nahe zu sein, wird Marie auffällig still, und ihre lebhaften Augen erlöschen.

»Unser Junge ist auch nicht nach Hause gekommen. Antoine. Er war achtzehn.«

Oh. Eve bekommt sofort ein schlechtes Gewissen. Während all der mit Bernard und seiner Frau verbrachten Zeit hat sich alles nur um sie und ihre Sorgen und Fragen gedreht, nicht ein Mal hat sie sich nach dem Leben der beiden erkundigt oder versucht, der Traurigkeit auf den Grund zu gehen, die jedem ihrer Worte anhaftete. Noch ein toter Junge. Kein Wunder, dass sie sich der Résistance anschlossen, um den Kampf ihres Sohnes mit ihren Möglichkeiten fortzusetzen.

Ruth macht einen Schritt auf Marie zu und ergreift ihre Hand. Einen Moment lang sehen die Frauen einander in die Augen. Dann fragt Ruth: »Spricht man hier auch von Ihrem ›Opfer‹ und würden Sie die Leute dafür am liebsten schlagen?« Sie ballt anschaulich die Faust.

Marie nickt und presst die Lippen aufeinander. »Wie kann das mein Opfer sein, wo ich doch gar keine Wahl hatte?«

Auf der Fahrt zu Diana Lesters Haus ist Eve ganz elend zumute.

Schließlich ergreift Marie das Wort. »Seien Sie bitte nicht meinetwegen traurig.«

Eve öffnet den Mund, um etwas zu sagen, aber Marie spricht weiter.

»Es ist etwas ganz Wunderbares, derart offen Gefühle zu zeigen wie Sie, Eve, aber es ist auch gefährlich für Sie, weil Sie sich nicht schützen können wie wir.« Sie holt tief Luft. »Mein Sohn kam 1940 in den Ardennen ums Leben. In Sedan. Er hätte nicht mal in den Krieg gemusst. Er war so jung. Aber er wollte kämpfen. Er dachte – wir alle dachten –, dass es den Deutschen niemals gelingen würde, bis hierher zu kommen. Nach Frankreich. Wir würden kämpfen, und sie würden sich zurückziehen. Die Möglichkeit, zu verlieren, hatten wir nicht in Betracht gezogen. Und selbst als uns klar wurde, dass wir verloren, dachten wir nicht – nicht eine Minute – an die Möglichkeit der Kapitulation.« Ihr hasserfüllter Blick schreckt Eve so sehr ab, dass sie keine weiteren Fragen mehr stellt.

Das Auto fährt stotternd aus Antibes hinaus und folgt der Straße ins Landesinnere, umfährt die Ränder von Nizza, wo die Häuser alle in die andere Richtung schauen, als würden sie aufs Meer sehen. Der Tag hat sich recht merkwürdig entwickelt. Er ist warm und schwül. Die Wolken sind weder weiß noch grau, sondern irgendwas Schmutziges dazwischen. Doch Eve ist froh um den trüben Tag. Wenn die Sonne scheint und mediterrane Düfte wie Lavendel, Eukalyptus und all die anderen Kräuter, deren Namen sie nicht kennt, die Luft schwängern, fällt es ihr schwer, sich auf die Angelegenheit zu konzentrieren, derentwegen sie hier ist. Und so ist es gut, dass die Luft eine feuchte Suppe ist und der Himmel aussieht, als müsste er mal gründlich gereinigt werden.

Sie kommen an einem Pinienwald vorbei, in dessen Mitte sie ein Zeltlager ausmacht, wie Soldaten es im Krieg benutzten.

»Congés payés«, erklärt Marie. »Bezahlte Urlauber. Es gibt nun ein Gesetz, das für Arbeiter bezahlte Freizeit vorsieht. Und sie kommen aus ganz Frankreich hierher. Sie wohnen in Zeltstädten wie dieser. Den reichen Briten und Amerikanern ist das ein Dorn im Auge. Dass sie hier leben, ohne ein Wort Französisch zu sprechen, ihren Vier-Uhr-Tee mit anderen Engländern trinken, nur englisches

Personal einstellen und ihr Essen auf dem Schwarzmarkt einkaufen, finden sie in Ordnung. Aber die armen Franzosen, die hierherkommen, um sich an ihrem eigenen Land zu erfreuen – nein, das ist unerträglich.«

Sie haben Nizza hinter sich gelassen und erklimmen die Hügel, die hinter der Stadt liegen. Die Straße ist holprig, und das Auto vermag wenig, um die Schlaglöcher abzufedern, sodass Eve heftig durchgerüttelt wird und ihr Kopf in alarmierender Regelmäßigkeit gegen das Wagendach schlägt.

»Es ist doch unfassbar, dass die Villa La Perle ihr nicht gut genug war, finden Sie nicht?«, fragt Marie. »Mrs. Lester wollte immer etwas Größeres. Etwas Neueres und Besseres. Sie gehört zu den Frauen, die alles für einen Wettbewerb halten.«

Zum ersten Mal fragt Eve sich, was Marie tatsächlich von den Briten hält, die den Süden Frankreichs in den Dreißigerjahren zu ihrem Tummelplatz erklärt haben, um ihn dann vorübergehend an die Faschisten und die Nazis abzutreten, und die jetzt zurückkommen, als wäre alles noch wie zuvor.

»Es gibt Engländer«, sagt Marie, als hätte sie Eves Gedanken gelesen, »die uns behandeln, als hätten wir den Krieg verloren. Nicht als Verbündete, sondern als hätten wir auf entgegengesetzten Seiten gekämpft und sollten uns nun schämen.«

Eve erinnert sich an Cliffords Warnung, sich vor den Franzosen in Acht zu nehmen und sich zu fragen, auf welcher Seite sie gestanden haben, was sie unternommen hatten, als die Nazis durch ihre Straßen paradierten und in ihren Bars tranken und ihre Hotels in Gefängnisse und Folterkammern verwandelten. Der Krieg hatte dafür gesorgt, dass jeder jeden verdächtigte, nun, da man wusste, zu welch schrecklichen Dingen der Mensch fähig und wie dünn die Fassade war, die den Zivilisierten vom Untier trennt. Aber sie kann nicht lange darüber nachdenken, denn Marie bittet sie, das Telegramm aus ihrer Handtasche zu nehmen. Es sei an diesem Morgen in Bernards Kanzlei eingetroffen, adressiert an Eve. Eve weiß sofort, was das Telegramm enthält. Marie schaut konzentriert auf die Straße, wie um ihr Privatsphäre zum Lesen zu geben, und Eve öffnet es. Es ist von Clifford.

BESTEHE AUF RÜCKKEHR STOP
TELEFONIEREN WEGEN VORBEREITUNGEN
STOP CLIFFORD

Als Eve sich vorstellt, mit wie wenig Begeisterung Clifford Geld für dieses Telegramm ausgegeben haben dürfte, zieht sich in ihr alles zusammen. Wie er, da nach den ersten sechs Worten jedes weitere extra kostet, seine Nachricht auf das absolute Minimum beschnitten hatte. Sofort bekommt sie Schuldgefühle wegen ihres selbstsüchtigen Handelns, das diesen ganzen Ärger verursacht hat, gefolgt von einem gleichermaßen scheußlichen Gefühl der Verbitterung. Sind ihr nicht einmal diese wenigen Tage vergönnt?

In langsamem Tempo erklimmt der Wagen die Steigung. Eves Seitenfenster klemmt, und die Luft ist stickig und abgestanden vom Zigarettenrauch und ihrer bitteren Laune.

Das ist doch alles sinnlos, überlegt sie und lehnt ihren Kopf gegen die Scheibe. *So viel Zeit und Mühe zu investieren, um diesen Ort, diese Menschen kennenzulernen. Und wofür?* Um dann doch nach Sutton und in das halbherzige Leben zurückzukehren, wo der eigene Herzschlag dazu bestimmt ist, sich dem unerbittlichen Ticken der Standuhr anzupassen? Sie sollte einfach akzeptieren, dass sie die Wahrheit über Guy Lester und das Verhältnis, in dem er zu ihr gestanden hat, nie herausfinden wird und auch nicht, was er Schreckliches getan hat. Kommt es darauf noch an? Er ist tot. Kennenlernen wird sie ihn nicht mehr. Und ihr Leben ist auch nicht hier. Es ist bei ihrem Ehemann. Die Villa wird verkauft werden. Und sie wird schließlich ihren Anteil bekommen, und man wird davon ein paar Stücke für das Haus kaufen können. Vielleicht auch ein neues Auto. Gute Kleidung, die sie aufhebt, um sie zum Bridgespiel zu tragen oder wenn sie Cliffords Eltern besuchen.

Seufzend blickt sie durch die verdreckte Scheibe hinaus in die Landschaft. So hoch oben über der Stadt ist die Gegend nur dünn besiedelt, und die wenigen Häuser, an denen sie vorbeikommen, sind hinter hohen Bäumen verborgen. Sie fahren durch ein offenes Tor, über eine kurze, von Palmen in regimentsmäßiger Gleichförmigkeit gesäumte Auffahrt und parken dann vor einer großen Villa in Pfirsich- und Cremetönen. Es gibt natürlich einen Pool (hätte sie jemals gedacht, dass der Anblick eines solchen sie ungerührt lässt?).

Von der Terrasse blickt man auf Nizza, das sich entlang der geschwungenen Bucht ausbreitet, und auf das blasse Meer, in der Ferne erkennt man noch den grauen Fleck des ins Wasser ragenden Cap d'Antibes.

Diana Lester, eine kühle Erscheinung ganz in Weiß, die Hose mit weiten Beinen, dazu ein ärmelloses Top und ein breitkrempiger Hut, taucht in einer offenen Tür auf. Sie scheint überrascht, Marie zu sehen.

»Ihr beiden habt euch offenbar angefreundet. Wie reizend. Sie beginnen wohl, sich hier zu Hause zu fühlen, nicht wahr, Eve?«

Trotz Dianas Lächeln erfasst Eve die Bedeutung hinter den Worten. Mach es dir hier, wo du gar nicht hingehörst, nicht allzu gemütlich. Ihre bereits gedrückte Stimmung fällt noch weiter ab, und unterhalb ihres Brustkorbs zieht sich etwas zusammen, ein warnendes Zeichen, dass sich etwas in ihr aufzustauen beginnt, das sie womöglich bald nicht mehr stoppen kann.

»Ich muss jetzt gehen«, sagt Marie mit einer Verdrossenheit, die der Eves in nichts nachsteht. »Ich muss Bernard holen.«

»Warum fährt er eigentlich nicht selbst?«, fragt Eve.

»Oh, Bernard kann nicht fahren«, wirft Diana ein und klopft eine Zigarette aus dem silbernen Etui. »Das ist doch unvorstellbar. Guy hätte sich eher sein Bein abgesägt, als sich von mir herumkutschieren zu lassen. Liegt vermutlich in den kulturellen Unterschieden begründet. Engländer sind gern Männer.« Auch die indirekte Herabsetzung wird von einem einstudierten Lächeln begleitet. Marie macht auf dem Absatz kehrt und stolziert zurück zum Wagen.

»Hoffentlich habe ich sie nicht beleidigt«, sagt Diana. Die Krempe ihres Huts ist verrutscht, sodass ihre Augen verborgen sind. »Die Franzosen fühlen sich immer schnell auf den Schlips getreten.«

Eve reibt sich die Schläfen, wo Kopfschmerzen sich anbahnen. Dieses verdammte Wetter.

Diana geht ihr voran ins Haus, die Hüften schwingen in der weißen Hose, Asche fällt achtlos von der brennenden Zigarette zwischen ihren Fingerspitzen. Eve vermutet, dass sie Eindruck schinden möchte. Nicht weil ihr an Eves Meinung gelegen wäre, sondern damit sie das Ungleichgewicht zwischen ihnen genießen kann.

Eve gibt sich den Anschein höflichen Desinteresses, als Diana sie durch die turmartige Diele mit der marmornen Wendeltreppe in das Wohnzimmer mit der hohen Decke, bemalt im Stil eines Palazzo, führt. Sämtliche Doppeltüren des Erdgeschosses liegen in perfekter Fluchtlinie mit denen des nächsten und des übernächsten Raums, sodass man, wenn sie alle geöffnet sind, der Illusion erliegen könnte, in einen Spiegel zu schauen.

»Oh, Sie sind das! Ich freue mich sehr, Sie wiederzusehen.«

Im Durchgang zum Wohnzimmer, wo sie vor einem raumhohen Fenster stehen geblieben sind, um den Blick auf die Küste zu bewundern, hüpft Libby Lester von einem Bein aufs andere. In ihren Shorts und barfuß wirkt sie nicht älter als zehn.

»Ich habe dir doch gesagt, Libby, du sollst dich umziehen.«

Dianas Stimme ist schneidend, doch Eve fällt auf, wie ihr Gesicht sich verändert und ihre Züge weich werden.

Was ist nur los mit Libby? Dass mit dem Mädchen irgendwas nicht stimmt, scheint auf der Hand zu liegen. Doch sie merkt sofort, dass sie sich damit zum Sprachrohr ihrer Mutter macht, und tadelt sich dafür. Eigentlich meint sie, dass Libby anders ist als ihre Altersgenossinnen.

Libby stürmt auf Eve zu, die unbeholfen am Fenster steht, und wirft sich ihr um den Hals. Ihr Körper ist stabil und sehr warm, und sie riecht nach Apfelshampoo und Meerwasser und der feuchten Hitze der Kindheit. Eve, von der Wucht der Zuneigung des Mädchens und dem ungewohnten körperlichen Kontakt mit einer anderen Person überwältigt, schließt die Augen. Heiße Tränen brennen hinter ihren Lidern, und sie ist dankbar, als das Mädchen sich von ihr löst und aus dem Zimmer rennt, um der Aufforderung ihrer Mutter nachzukommen.

»Diana. Elegant wie immer. Neben Ihnen habe ich stets das Gefühl, eine richtige Vogelscheuche zu sein. Ich meine, sehen Sie mich doch an. Nach der steifen Brise auf dem Boot heute Morgen bin ich ein seltsamer Anblick.«

Clemmie Atwood steht in der Tür, durch die Libby gerade geflitzt ist, und zupft an ihrem kanariengelben Nackenträgerkleid, als wäre es ein alter Fetzen. Ein gelbes Haarband hält ihr glänzendes blondes Haar aus dem Gesicht, und es scheint fast, als wäre die Sonne, von der heute so wenig zu sehen ist, in menschlicher Gestalt aufgetaucht.

Im Gefolge von Clemmie trudeln auch Duncan und Noel ein, in eine hitzige Diskussion vertieft.

»Ich kann noch immer nicht begreifen, warum du auf das, was diese verbitterte alte Schwuchtel Whelan zu sagen hat, etwas gibst«, ereifert sich Duncan und bleibt stehen, um sich gegen den Türrahmen zu lehnen, als könnte der ihn aufrecht halten. Unter seinen Augen sind violette Schatten. Eve erinnert sich, dass Clemmie an jenem ersten Abend im Zug, als keiner ahnte, dass sie zuhörte, ihn gefragt hatte, ob er denn wirklich mit aller Macht ein Lotterleben führen müsse. Leicht hat sie es bestimmt nicht, überlegt Eve, wenn sie sich tatsächlich in den älteren Bruder verliebt und sich dann auf den jüngeren eingelassen hat, nur um entdecken zu müssen, dass sie hier die zweite Geige nach Glücksspiel oder Trinken oder Schlimmerem spielt.

»Ich meine, wir sprechen hier immerhin über unseren Vater. Über Guy. Den Mann, der nicht mal eine Maus getötet hätte, als wir von diesen elenden Viechern heimgesucht wurden. Weißt du noch, dass wir diese blöde Katze bekamen, die sie vertreiben sollte? Und er soll ein Mörder sein? Das kannst du anderen weismachen.«

»Diana?« Duncan wendet sich an seine Stiefmutter. »Du würdest es doch wissen, oder, wenn du mit einem Mörder verheiratet gewesen wärst? Ich meine, ich nehme nicht an, dass du nachts aufrecht im Bett gesessen und Angst gehabt hast, er würde dich im Schlaf abschlachten. Bist du dir sicher, dass er dir gegenüber wirklich nie erwähnt hat, warum wir die Heimat verlassen mussten?«

Diana, die ihren Hut abgenommen hat und jetzt ihr seidiges Haar glattstreicht, schüttelt den Kopf. »Dein Vater sagte, er habe England einfach nicht gemocht. Meinte, es sei mit unerfreulichen Erinnerungen verbunden. Ich wusste immer, dass mehr dahintersteckte, aber du weißt ja, wie Guy war. Er brauchte seine kleinen Geheimnisse.« Der funkelnde Blick, den sie Eve zuwirft, unterstreicht die Bedeutung ihrer Worte, und Eve verschlägt es den Atem. Das *kleine Geheimnis* eines verheirateten Mannes.

»Aber du stimmst mir doch zu, dass er so was nicht hätte tun können.«

Duncan ist wie ein kleines Kind, das die Antwort, die es hören möchte, zu erzwingen versucht, aber Diana tut ihm diesen Gefallen nicht. »Je mehr ich über euren Vater erfahre, umso fremder wird er mir.«

Sie treten hinaus auf die Terrasse, wo auf einem langen Tisch unter einer Baumwollmarkise ein Krug mit Limonade bereitsteht. Duncan verzieht das Gesicht, als ihm ein Glas angeboten wird.

»Hast du auch was Stärkeres?«

Clemmie schnalzt mit der Zunge. »Du liebe Güte, Duncan! Wir haben doch mehr oder weniger noch Vormittag.«

Duncan zieht eine große Show ab, um auf seine Uhr zu sehen. »Tatsächlich ist die Mittagsstunde schon eine ganze Weile vorbei. Ich denke nicht, Diana, dass irgendwelche sozialen oder moralischen Gesetze gebrochen werden, wenn du uns einen Martini anbietest.«

Während Diana die Limonade ausschenkt, wandert Duncan ins Haus und taucht wenige Minuten später mit einem Cocktailshaker aus Chrom und ein paar Martinigläsern wieder auf. »Wer schließt sich mir an?«, fragt er und zuckt die Achseln, als alle den Kopf schütteln. Eve bemerkt, wie Clemmie sich von ihrem Verlobten wegdreht, als dieser seinen ersten Schluck nimmt, und bekommt Mitleid mit ihr. Sie weiß, was es bedeutet, mit jemandem zusammen zu sein, der alles, was man zu sagen hat, als irrelevant abtut.

Eve entschuldigt sich, um die Toilette aufzusuchen. Diana besteht darauf, die Haushälterin zu holen, damit diese ihr den Weg zeigt, und das, obwohl Eve protestierend einwirft, sie kenne den Weg ganz genau, nach ihrer vorherigen Besichtigungstour durchs Haus. *Sie traut mir nicht über den Weg.* Zu dieser Erkenntnis gelangt sie, als sie der ernsten Haushälterin durch die Diele folgt, und kocht vor Entrüstung.

Als sie danach wieder durch die Doppeltüren hinaus auf die Terrasse tritt, vernimmt sie aufgeregtes Stimmengemurmel von der Gruppe am Tisch, das jedoch sofort aufhört, als sie ins Blickfeld tritt.

»Wir haben uns gerade über das ekelhafte Wetter unterhalten«, sagt Clemmie, als Eve wieder Platz nimmt.

Lügnerin, denkt sich Eve und gibt vor, das Grinsen der anderen zu übersehen.

Als Bernard endlich zu ihnen stößt, springt Eve als Erstes ins Auge, dass der Umgang zwischen ihm und Diana Lester alles andere als herzlich ist. Er ist äußerst höflich, aber distanziert. Und klammheimlich freut sie sich darüber, auch wenn es kindisch ist.

Obwohl sie Noel Lesters Blick auf sich ruhen spürt, ignoriert sie ihn geflissentlich. Was gibt ihm das Recht, sie so anzustarren? Als wäre sie ein Kuriosum. Was sie natürlich ist. Er wird glücklich sein, wenn er sie von hinten sieht. Nach all der schlechten Stimmung, für die sie gesorgt hat. Dass er genauso schlecht gelaunt ist wie sie selbst, erzeugt eine kindische Freude in ihr. *Gut*, sagt sie sich säuerlich. *Dann fühlen wir uns eben alle elend.*

Und diese schlechte Laune trübt ihren Blick auf alles. Auch als Diana Lester stirnrunzelnd einen Blick auf ihre schmale Armbanduhr wirft, empfindet sie das als Affront.

»Sollen wir weitermachen?«

In ihrer momentanen Gemütsverfassung übersetzt Eve diese Ungeduld mit dem Wunsch, sie loswerden zu wollen. Schließlich ist sie ein Problem, eine Komplikation, ja sogar eine Peinlichkeit. Ständig vom Ruch der Verfehlung umgeben. Die lauernden Vergleiche zwischen ihren Zügen und denen der Lester-Kinder. *Könnten sie …? Könnte er?*

Menschen erschaffen sich ihr eigenes Narrativ, das weiß Eve. Und wenn dieses erst einmal festgeschrieben ist, können sie nicht ertragen, es infrage gestellt zu sehen.

Die Besprechung beginnt. Bernard, der Eve gegenüber Platz genommen hat, ergreift das Wort und erinnert sie auf seine ruhige Art daran, wie Guy Lester sein Eigentum aufgeteilt zu sehen wünschte. Er erwähnt, was die Villa wert ist, und Eve unterdrückt ein Stöhnen, als sie die Summe hört und kurz berechnet, wie hoch ihr Anteil ausfallen wird, selbst nach Begleichung der Erbschaftssteuer. *Nun, das sollte Clifford glücklich machen.*

»Wie Sie wissen, gibt es einen Kaufinteressenten.«

»Da haben wir aber verdammtes Glück«, meint Duncan. »Seit dem Krieg ist man die Anwesen hier nicht mehr losgeworden. Keiner hat Geld. All die leeren Häuser.«

»In diesem Krieg sind sehr viele Menschen *gestorben*«, wendet Bernard ein, und seine Stimme, zwar noch immer beherrscht, hat einen für ihn untypisch scharfen Unterton. »Oder wurden aus ihren Häusern vertrieben.«

»Sag ich doch«, erwidert Duncan in völligem Missverstehen. »Und die Villa La Perle befindet sich in einem ziemlich schlechten Zustand. Dafür hat Diana gesorgt.«

Duncan nimmt Diana ins Visier, aber sie gibt vor, es nicht gehört zu haben. Eve wird gewahr, wie Noel versucht, Blickkontakt zu seinem Bruder aufzunehmen und dabei fast unmerklich den Kopf schüttelt. Sie ist es so gewohnt, dass die Brüder sich streiten, dass diese intime Geste sie schockiert. Zum ersten Mal versucht sie, sich in die Lage der Brüder hineinzuversetzen. Ihre Mutter zu verlieren. Ihr Vater widmet sich seiner neuen Frau mit Kind. Keiner kommt mit heiler Haut durchs Leben.

»Dann sind wir offenbar alle begeistert, einen Käufer zu haben«, sagt Noel seltsam förmlich.

Auf der anderen Tischseite biegt Clemmie ihr Kreuz durch und schüttelt ihre Haare, bevor sie das Band wieder umbindet. Alle sehen ihr dabei zu. Was sind sie nur für eine fremdartige Spezies, denkt Eve, diese umwerfend attraktiven Menschen, die es gewohnt sind, eine

Reaktion hervorzulocken, indem sie einfach nur da sind, nicht mehr.

»Also ich jedenfalls werde sehr froh sein, das Anwesen los zu sein«, erklärt Diana. »Es frisst Geld, wisst ihr? Ich kann mir schlichtweg nicht leisten, es zu unterhalten.«

Eve sieht sich um. Betrachtet den Pool mit seinen schwarzen Mosaikfliesen. Den Blick auf Nizza mit den prachtvollen weißen Gebäuden entlang der Bucht. Diana selbst, gepflegt und herausgeputzt und wie von einem goldenen Schimmer umgeben.

Diana erhebt sich, um die Haushälterin um Getränke zu bitten. »Ich bin so froh, dass wir uns alle einig sind«, erklärt sie, als der gekühlte Wein ausgeschenkt ist. »Auf einen Neuanfang.«

Eve hebt gehorsam ihr Glas. Der Wein schmeckt köstlich und erfrischt.

Die Lesters plaudern untereinander. In ihren Stimmen spürt man eine neue Leichtigkeit, als wäre alles beschlossen und von ihnen allen ein Schatten genommen.

Eve blickt in die Runde, von Gesicht zu Gesicht, und dabei klumpt sich in ihrem Magen etwas Hartes und Zähes zusammen. Muss sie jetzt wirklich nach Hause fahren und all das hier hinter sich lassen? Darf sie nie herausfinden, warum sie hier ist? Sie betrachtet die Lester-Söhne und Clemmie Atwood, deren frischer Haut man den morgendlichen Segeltörn noch ansieht, dann die lässig an ihrer Zigarette ziehende Diana Lester. Sobald Eve gegangen sein wird, wird der Kreis sich um den Platz, an dem sie jetzt sitzt, schließen und keiner sich mehr daran erinnern, dass sie überhaupt hier war.

Die Stimme ihrer Mutter meldet sich wieder. *Du musst lernen, Eve, dass du nicht die wichtigste Person auf dieser*

Welt bist. Das gab ihr jedes Mal das Gefühl, egoistisch zu sein, aber nun kommt ihr zum ersten Mal in den Sinn, dass sie, wenn auch nicht die wichtigste Person der Welt, so doch zumindest die wichtigste Person *ihrer* eigenen Welt sein sollte. Wenn sie sich selbst gleichgültig war, wie sollte sie dann für andere Geltung haben?

Jahrelang hatte sie davon geträumt, jemand möge kommen und sie aus ihrem Leben erretten, aber es kam keiner, und sie begnügte sich mit Clifford, weil nichts Besseres zur Verfügung stand. Als sie jetzt ihren Blick über die Lesters schweifen lässt und ihr klar wird, wie wenig sie für deren Leben zählt, begreift sie endlich, dass sie sich das, was sie braucht, egal was es ist, selbst nehmen muss, anstatt vergeblich darauf zu warten, dass es ihr angeboten wird.

Sie stellt ihr Glas ab, richtet sich auf, hebt ihren Kopf und räuspert sich. »Ich möchte nicht verkaufen.«

15

»Es kam einfach so aus mir heraus«, gesteht Eve und schlägt die Hände vors Gesicht. »Ich habe mir gesagt, trink aus und bleib ruhig, aber mein Mund wollte nicht kooperieren. Und jetzt hassen mich alle.«

»Das tun sie sicherlich nicht«, wendet Sully ein. »Nein. Moment. Doch, wenn ich's mir recht überlege, stimmt das. Die hassen Sie.«

Sie sitzen auf dem Steg vor der Villa La Perle und lassen ihre nackten Füße ins Wasser baumeln. Neben ihnen geht die Sonne unter und wirft ein Farbenpotpourri aus Rot, Rosa und Orange übers Meer. Die Wolkenbänke mit ihrer gewittrigen Ladung ziehen schwarz vor dem dunkler werdenden Himmel ab.

»Als ich ging, haben sie kaum mehr mit mir gesprochen. Keiner von ihnen.«

Als Eve sich an die Szene auf Dianas Bilderbuchterrasse nach ihrer überraschenden Ankündigung erinnert, wird ihr ganz mulmig. Die erste Reaktion war amüsierte Fassungslosigkeit gewesen. Gefolgt von künstlicher Heiterkeit, als sie versuchten, sie umzustimmen. Am Ende dann Wut.

»Mir scheint«, hatte Diana gesagt, »dass das ein Spiel um Aufmerksamkeit ist. Ihnen ist klar geworden, dass Sie über Macht verfügen, und das vermutlich zum ersten Mal in Ihrem eintönigen kleinen Leben.«

»Nein, so ist es nicht«, hatte sie zu widersprechen versucht, aber die Formulierung »eintöniges kleines Leben« hallte in ihrem Kopf nach, und sie fand keine Worte für ihr quälendes Verlangen, herausfinden zu wollen, warum sie hier war, geschweige denn für die wachsende Gewissheit, dass sich damit womöglich auch das Gefühl erklären ließe, in ihrem eigenen Leben eine Fremde zu sein.

Bernard war während der Rückfahrt sehr zurückhaltend gewesen. »Ich würde meiner Aufgabe nicht gerecht werden, wenn ich Sie nicht fragen würde, ob Sie den Verkauf tatsächlich hinauszögern möchten«, hatte er gesagt. »Es dürfte nicht so einfach sein, einen anderen Käufer zu finden. Und Sie wollen sich die Lesters sicherlich nicht zu Feinden machen. Außerdem …« Aber dann sprach er nicht weiter.

»Außerdem?«, wiederholte Eve.

»Das ist unwichtig.«

Sie hatten die Fahrt schweigend fortgesetzt, abgesehen von Maries gelegentlichen Temperamentsausbrüchen – wegen eines anderen Fahrers, von dem sie sich bedrängt fühlte, und weil ein älterer Herr mit Pfeife sich in dem Moment zum Überqueren der Straße anschickte, als Marie plötzlich nach links schwenkte.

Schließlich ergriff Bernard wieder das Wort. »Was wird Ihr Ehemann dazu sagen?«

»Oh, er wird das sicherlich verstehen.«

Aber Eve weiß, dass das eine Lüge ist. Und jetzt, als sie auf dem Steg sitzt und mit Sully spricht, die nackten Füße im Wasser, was mit Sicherheit nicht Cliffords Billigung gefunden hätte, spürt sie, wie der Wagemut von vorhin zu bröckeln anfängt.

Wie soll sie das alles Clifford erklären? Sie hat Angst

davor, es ihm zu sagen, fürchtet sich vor den Fragen, die er stellen wird und die sie nicht beantworten kann. Sie weiß nicht viel über Cliffords Geschäfte, vermutet aber, dass sie nicht so gut laufen, wie er behauptet. Mit Sicherheit wäre er entsetzt, wenn er erführe, wie viel sie sich gerade hat entgehen lassen. Das Telegramm mit der in jeder Hinsicht sparsamen Wortwahl kommt ihr wieder in den Sinn, und sie hat auf einmal das Gefühl, sich vorbeugen und ins Meer übergeben zu müssen.

»Aber mal ganz im Ernst« – Sully ist noch nicht fertig –, »Sie werden es sich doch wohl nicht mit Diana Lester verderben wollen.«

»Dafür ist es ein bisschen spät«, erwidert Eve und schlägt nach einer Mücke auf ihrem Arm. Sie hat schon eine ganze Sammlung unansehnlicher rosa Knötchen auf ihrer viel zu blassen Haut sitzen. »Aber ich verstehe nicht, warum sie die ganze Zeit derart abscheulich sein muss. Ich meine, ich weiß ja, dass sie trauert und so …«

»Seien Sie versichert, dass die Witwenschaft sie kein bisschen verändert hat.«

»Woran liegt es dann? Von einem Lebensstil wie dem ihren können die meisten Menschen nur träumen. Und doch wirkt sie unglücklich und verbittert.«

Sully legt sich auf den Steg zurück. Er ist eine merkwürdige Gestalt mit seiner Einheit aus Brust und Bauch, die ihn in ihrer Rundung an einen Wal erinnern lassen.

»Unsicherheit?«, schlägt er vor.

Eve tut es mit »Pff« ab, halb Ausruf, halb Lachen. Dass die selbstsichere, verschlossene Diana irgendwelche Unsicherheiten haben könnte, ist absurd.

»Würde es Sie überraschen, wenn ich Ihnen verrate, dass Dianas Vater Bahnhofsvorsteher war? Ihre Mutter ihr Leben als Dienstmädchen begann? Alles an ihr ist eine Erfindung. Die geschliffene Aussprache. Das hochmütige Auftreten. Als Guy sie entdeckte, war sie die bezahlte Gesellschafterin einer grässlichen alten Frau. Da hatte sie natürlich bereits an sich gearbeitet – die Stimme, die Kleidung –, aber dennoch weigerten sich einige aus seiner Clique, sie zu akzeptieren. Aber am Ende machte sie alle mürbe und übertraf sie an Vornehmheit, und schließlich vergaß man, woher sie kam, oder tat jedenfalls so, was ja fast dasselbe ist. Dass sie schön war, auch schon mit achtzehn, hat dabei natürlich nicht geschadet. Alle waren verliebt in sie.«

Eve schweigt und versucht, Diana Lester in diesem neuen Licht zu sehen. Doch sie zögert, die tiefe Abneigung, die sie gegenüber Guys Witwe aufgebaut hat, jetzt plötzlich aufzugeben, wenngleich sich ihre feindselige Haltung bereits zu lösen beginnt.

»Und Sie? Waren Sie auch in sie verliebt?«

»Wie ich sagte. Jeder war das. Aber Diana hat nie ein Hehl daraus gemacht, dass sie auf Geld aus war. Ich war als junger Schriftsteller ein armer Schlucker, der damals bei den Murphys lebte, bei Sara und Gerald. Abhängig von deren Nächstenliebe. Das entsprach so gar nicht ihrem Stil.«

»Aber sie liebte Guy? Muss sie doch. Sie hat ihn geheiratet.«

Sully trommelt mit seinen Stummelfingern auf die Holzplanken. »Nicht doch, Eve. So naiv sind Sie nicht. Diese beiden Dinge haben nichts miteinander zu tun. Was Sie vermutlich selbst bereits wissen.«

Eve verspürt auf einmal hinter ihren Augen ein Brennen, als ihr aufgeht, was Sully mit seinem letzten Satz andeutet. Wieso weiß er, was sie sich nicht einmal selbst eingestanden hat? Aber sie *liebt* Clifford doch. Muss sie doch. Er ist ihr Ehemann.

»Ich weiß nicht, was Sie meinen.«

»Wie Sie wollen.«

Kurz darauf entschuldigt Eve sich und erklimmt die Felsstufen, die vom Steg zum Haus hinaufführen. Woher nimmt er die Dreistigkeit anzunehmen, er habe auch nur die geringste Ahnung von ihrem Privatleben?

Und plötzlich ist sie es leid, alles. Alle. Den Reichtum, die müßigen Spekulationen über das Leben der anderen. Die insulare Selbstbezogenheit. Sie leben hier in ihren riesigen Häusern hinter hohen Toren, trinken Champagner und schwimmen in ihren Pools, während nicht weit entfernt in den Städten Cannes und Nizza die Leute auf der Straße Schlange stehen, um Brot und Gemüse zu kaufen. Hungern, damit ihre Kinder essen können.

Mit pochendem Schädel legt sie sich in ihrem Zimmer aufs Bett. Was wissen diese Leute schon vom echten Leben? Von ihr?

Sie denkt an Gloria Hayes' glasige Augen an jenem ersten Abend beim Empfang und an Sullys Behauptung, sie müsse sich mit Drogen betäuben, um die Hochzeit zu überstehen.

Das war bei Eve nicht nötig gewesen. Sie war mit klarem Kopf und offenen Herzens in die Ehe gegangen. Es gab keinerlei Ähnlichkeiten zwischen ihr und Gloria oder Diana. Sully versucht nur aufzuwiegeln wie immer. Alle Ehen sind Handelsgeschäfte auf die eine oder andere Weise. Aber das nimmt ihnen nicht ihre Gültigkeit.

Zum ersten Mal an diesem Tag denkt Eve wirklich über das nach, was sie gerade getan hat. Vielleicht hätte man sich inzwischen auf die Grundsatzvereinbarung für den Hausverkauf geeinigt, und sie würde ihre Sachen packen, um nach Hause zu fahren, zurück in die Realität, anstatt weiter in dieser Fantasiewelt festzustecken, wo die glänzende Fassade alles ist und keiner zu fest daran kratzen möchte aus Angst vor dem, was darunter lauern könnte.

Sie denkt an den Blick von Noel Lester, nachdem sie erklärt hatte, nicht verkaufen zu wollen, und daran, dass Duncan einen Augenblick lang aussah, als würde er gleich in Tränen ausbrechen. Dianas Wutausbruch verwundert sie allerdings, denn sie war immer davon ausgegangen, dass Guys Witwe sich von allen in der Familie am wenigsten Gedanken um ihren Anteil am Geld machen sollte, denn schließlich war sie ja bereits gut versorgt. Sie konnte es sich leisten zu warten. Aber nach Sullys Enthüllungen ergibt auch Dianas feindselige Haltung mehr Sinn.

16

6. Juni 1948

Eve schläft unruhig und wacht erschrocken auf, weil sie sich sicher ist, draußen vor ihrer Tür ein Geräusch zu hören. Sie liegt im Bett, jeder Muskel ist angespannt, aber was immer sie geweckt hat, wiederholt sich nicht.

Als sie die Vorhänge aufzieht, geht gerade ganz weit links die Sonne auf und taucht die Welt in malven- und rosafarbene Streifen. Das Meer ist ein glatter Spiegel, der den langsam heller werdenden Himmel reflektiert – ein riesiger See der Ruhe, in dem sich all ihre Sorgen auflösen. Im Angesicht von so viel Schönheit – was kann man da anderes tun, als sich ihr bedingungslos ausliefern?

Wie schön wäre es doch, wenn Eve das Gefühl, das sie am frühen Morgen hat, in eine Flasche füllen und diese mit in ihren Tag nehmen könnte, um es nach Bedarf hervorzuholen. Aber so funktioniert das nicht, und als es Zeit zum Frühstücken ist, sitzt die Angst ihr bereits wieder im Nacken. Das Klappern von Sullys Schreibmaschine dringt von der Terrasse herein, aber ein kleiner Rest von Verstimmung darüber, dass er während ihres letzten Gesprächs zu weit gegangen war, hält sie davon ab, zu ihm zu gehen. Sie kann auch nicht vergessen, wie ausgeschlossen sie sich gefühlt hatte, als er mit den Lester-Brüdern und Clemmie am gestrigen Morgen zum Bootstrip aufbrach, und hat noch immer Clemmies *nun, sie ist schließlich keine Freundin* im Ohr.

Stattdessen beschließt sie, zum Belles Rives zu laufen, um dort die Colletts zu treffen. Bei dieser Familie fühlt sie sich gleich viel weniger als Außenseiterin, weniger anders.

Auf dem schnellsten Weg gelangt sie dorthin, indem sie der Straße folgt, die über die Erhebung in der Mitte des Kaps, vorbei am Leuchtturm führt und dann auf der anderen Seite Richtung Juan-les-Pins hin abfällt. Zielgerichtet marschiert sie los und genießt das ungewohnte Gefühl, das Heft in die Hand zu nehmen. Es ist ruhig auf der Straße, nur hin und wieder kommt ein Auto oder Motorrad vorbei. Es gibt keinen Gehweg, weshalb Eve sich dicht am Straßenrand hält, wo die Baum- und Buschreihen von den Zufahrtswegen zu den im Schatten von Palmen liegenden Villen unterbrochen werden.

Als sie den Scheitelpunkt schon fast erreicht hat, entdeckt Eve einen ihr unbekannten Strauch mit rosa Blüten und beugt sich darüber, um ihn sich genauer anzusehen und ihre Nase in die Blüten zu stecken. Mit halbem Ohr bekommt sie mit, dass sich, von Juan-les-Pins kommend, ein Auto nähert, aber sie bleibt, wo sie ist, mit dem Rücken zur Straße. Erst als der Motorenlärm ungewöhnlich laut wird, wirft sie endlich einen Blick über die Schulter, gerade rechtzeitig, um eine Kühlerhaube in hohem Tempo auf sich zuschießen zu sehen.

Ohne zu überlegen, hechtet sie in den Strauch, zerkratzt sich an den Zweigen Gesicht, Arme und Beine und hockt dort heftig atmend, während das Auto, nachdem es dem Strauch nah genug gekommen ist, um seine Blätter erzittern zu lassen, ohne abzubremsen vorbeirast.

Aufgewühlt kehrt sie auf die Straße zurück und wartet auf wackeligen Beinen, bis ihr Pulsschlag sich beruhigt und ihr Atem sich normalisiert hat. Sie studiert die Stelle, an der sie gestanden hat. Wäre es denkbar, dass der Fahrer des Wagens sie einfach übersehen hat? Wenig wahrscheinlich, aber welche andere Erklärung gäbe es dann? Sie versucht ein Bild von dem Auto heraufzubeschwören, aber es ging alles so schnell, dass sie sich nicht mal mehr an die Farbe erinnern kann, außer dass es offenbar dunkel lackiert war, doch von seinem Fahrer fehlt ihr jede Vorstellung.

Als sie endlich im Belles Rives eintrifft, nachdem sie auf dem restlichen Weg die Straße immer fest im Blick hatte, hat sie sich ein wenig beruhigt.

Die Colletts sind außer sich wegen der Kratzer, die sie abbekommen hat. »Aber es überrascht mich nicht«, sagt Rupert. »Die Franzosen sind ganz miserable Autofahrer.«

Jack erzählt einige Anekdoten, wie er in Paris beinahe umgefahren worden wäre, weil er beim Überqueren der Straße in die falsche Richtung geschaut hatte, und Eve entspannt sich wieder. Es war Zufall, mehr nicht.

Beim Kaffee, den sie an einem runden Tisch draußen auf der Terrasse zu sich nehmen, erzählt sie ihnen vom Treffen in Dianas Haus und ist mehr als froh, hergekommen zu sein, denn Rupert und Ruth bekunden beide ihre Zustimmung zu Eves Entscheidung.

»Für diese Leute geht es nur ums Geld«, sagt Ruth und schiebt Eve einen Teller mit köstlichem Gebäck hin. »Und dabei haben sie schon so viel davon. Aber für Sie geht es um Ihre Identität. Ihr ganzes Sein. Es ist doch nur natürlich, dass Sie einen Aufschub wollen, bis Sie den Dingen auf den Grund gegangen sind.«

Nach dieser Sicht auf die Situation hellt Eves Stimmung sich sofort auf. Sie hat sich nicht quergestellt. Sie ist nur auf der Suche nach Antworten.

Jack zeigt sich begeistert von ihrem umstürzlerischen Vorgehen. »Ich wäre so gern dabei gewesen, um ihre Gesichter zu sehen«, sagt er. »Solche Leute sind es einfach nicht gewohnt, dass man ihre Pläne durchkreuzt.«

Der Morgen ist zu einem ganz wunderbaren Sommertag herangereift. Draußen auf dem Wasser schaukeln kleine Boote, und Eve entdeckt den Kopf eines mutigen Schwimmers als dunklen Punkt, während näher am Ufer zwei ältere Damen in Badeanzügen und grellbunten Badehauben unschlüssig im Seichten paddeln. Ein Kellner wuselt auf ihrer Terrasse hin und her, serviert heiße Getränke aus großen Metallkannen, und das Aroma gemahlenen Kaffees mischt sich mit dem Orangenblütenduft der in Kübeln aufgestellten Bäume.

»Was soll ich tun?« Ihre Frage richtet sich an niemand Besonderen. »Ich muss meinem Ehemann *irgendwas* erzählen. Er war so in Sorge, dass er mir ein *Telegramm* geschickt hat. Mein momentanes Verhalten ist völlig untypisch. Aber ich kann doch nicht zugeben, dass ich ein kleines Vermögen ausgeschlagen habe, nur weil ich neugierig bin zu erfahren, was sich vor langer Zeit zugetragen hat, wobei völlig unsicher ist, ob ich es jemals herausfinden werde.«

»Warum setzen Sie sich nicht selbst eine Frist?«, schlägt Ruth vor und hält dem Kellner das leere Milchkännchen hin, damit er Nachschub bringt. »Wir haben jetzt Sonntag. Geben Sie sich Zeit bis Dienstag, um an mehr Informationen zu kommen, und wenn sich nichts Neues ergibt, kehren Sie am Mittwoch nach England zurück.«

»Mittwoch?«, ruft Eve bestürzt. »Aber dann verpasse ich ja die Hochzeit!«

Ruth lächelt. »Ach ja, ich habe Gloria Hayes und Laurent Martin glatt vergessen. Natürlich dürfen Sie das nicht verpassen. Schließlich würde die halbe Welt dafür töten, eingeladen zu werden.«

»Werden Sie als Begleitung von Stanley Sullivan hingehen?«, erkundigt Jack sich fast schüchtern, aber seine Augen hinter den runden Brillengläsern leuchten.

Eves Laune sinkt. »Sofern wir bis dahin wieder auf gutem Fuß stehen«, sagt sie.

Natürlich wollen die Colletts wissen, was zwischen ihnen vorgefallen ist, und Eve ärgert sich, das Thema angeschnitten zu haben.

»Er hat Mutmaßungen über mich und mein Privatleben angestellt«, sagt sie steif, und keiner fragt nach.

»Gönnen Sie sich doch die zusätzliche Woche«, meint Ruth. »Machen Sie einen Urlaub daraus. Sie können Ihre Rückreise doch für den Tag nach der Hochzeit buchen. Und bis dahin werden Sie bestimmt vorangekommen sein?«

Aber Eve ist davon nicht ganz so überzeugt.

Schweren Schritts, als steckten ihre Beine in Beton, trottet sie in der Hitze zurück zur Villa La Perle. Sie betrachtet den Ring an ihrem Finger. *Von F in ewiger Liebe.* Wird sie jemals erfahren, wer diese Worte in den Ring hat eingravieren lassen und warum er in den Besitz von Guy Lester kam, wobei sie doch davon überzeugt ist, dass es derselbe ist, den ihre Mutter auf der Fotografie trug?

Die Sonne brennt heiß vom Himmel, und in ihren Kniekehlen sammelt sich Schweiß. Hätte sie doch nur daran gedacht, ein Paar Sandalen einzupacken, dann müsste sie keine Strümpfe tragen. Aber schließlich hatte sie auch nicht damit gerechnet, so lange wegzubleiben.

Sie muss an Clifford denken und stellt sich vor, wie er zu Hause außer sich vor Sorge hin und her tigert, unfähig sogar, zur Arbeit zu gehen. So schlimm steht es sicher nicht um ihn. Aber besorgt wird er sein. Die alten Gewissensbisse, die sie immer bekam, wenn sie ihre Mutter aus der Fassung gebracht hatte, blitzen wieder auf. Nicht dass sie sich jemals vorgenommen hätte, ihre Mutter aufzuregen, sie schien einfach nicht zu wissen, wie sie sich anders verhalten sollte. Wie vermeidet man, jemandem Kummer zu bereiten, wenn nicht das, was man tut, dem anderen Leid zufügt, sondern was und wer man ist?

Der Lärm eines hinter ihr den Hügel heraufbrausenden Autos beschleunigt ihren Herzschlag. Obwohl sie versucht hat, ihr gefährliches Zusammentreffen von vorhin auf dem Weg zu den Colletts zu verdrängen, hat sie ihren atemlosen Satz ins Gebüsch nicht vergessen, das Gefühl, nur knapp entkommen zu sein. Sie bleibt am Straßenrand stehen und wartet, dass das Auto vorbeifährt, aber stattdessen bremst es scharf ab. Sie wirbelt herum und sieht Noel Lester hinter dem Lenkrad seines Cabrios sitzen und sie finster anstarren.

»Also? Steigen Sie ein.«

»Nein danke. Ich gehe gern zu Fuß.«

»Nun seien Sie nicht albern. Sie zerfließen doch. Haben Sie mal die Farbe Ihres Gesichts gesehen – ein Mittelding zwischen einem anständigen Merlot und Roter Bete. Was mich nicht überrascht, wenn Sie jedes Mal gleich aus der Haut fahren, wenn ein Auto Sie überholt.«

Eves Magen verkrampft sich. Aus Angst, dumm dazustehen, unterlässt sie es, ihm von ihrem Beinahezusammenstoß zu erzählen. Stattdessen konzentriert sie ihren Groll auf seinen Kommentar zu ihrem roten Gesicht. Vermutlich kennt Noel gar keine Frauen, die tatsächlich zu Fuß gehen. Wahrscheinlich haben die Frauen, die er kennt, alle Autos und Fahrer zu ihrer Verfügung. Sie fragt sich, ob sie überhaupt Beine haben!

»Außerdem«, ergänzt Noel, »war ich auf dem Weg zu Ihnen, also können Sie genauso gut einsteigen und mir die Mühe ersparen.«

Eve überlegt, sich zu verweigern, aber was soll das bringen? Und die Aussicht, noch weitere zehn Minuten oder länger in dieser Hitze zu laufen, hat wenig Reiz.

Als sie neben ihm sitzt, dreht sie ihren Kopf so, als gäbe es draußen Interessantes zu sehen, und wartet darauf, dass er das Wort ergreift, aber Noel scheint nichts zu sagen zu haben.

Schließlich knickt sie ein. »Warum genau wollten Sie zu mir?«

»Diana hat mich angerufen. Sie sagt, es stünden drei Schrankkoffer mit Guys Korrespondenz auf dem Dachboden des neuen Hauses, die aus dem von ihr ausgeräumten Arbeitszimmer Guys stammen. Womit sie natürlich meint, dass Mrs. Finch sein Arbeitszimmer ausgeräumt hat. Bei ihrem Umzug hatte er Anweisung erteilt, dass nichts davon angefasst werden dürfe, weil nur er wisse, was er behalten oder wegwerfen wolle. Aber natürlich hatte er nicht geplant, dass sein Tod so überraschend kommen würde.«

»Und was hat das mit mir zu tun?«

»Sie fragt sich, ob womöglich irgendwas in seinen Unterlagen zu finden ist, was Ihnen dabei helfen könnte zu erfahren, warum Sie hier sind.«

»Und warum hat sie das nicht schon eher gesagt?«

Noel wendet ihr sein Gesicht mit einem ironischen Lächeln zu. »Vielleicht weil Sie ihr bisher noch nicht bei dem, was sie haben möchte, im Weg standen.«

Das macht auf düstere Weise Sinn. Diana möchte Eve loswerden. Und sie weiß, dass sie das am einfachsten erreichen kann, wenn sie ihr die Information gibt, die sie braucht.

Wie dumm, die Zurückweisung so persönlich zu nehmen.

»Was ist nun, kommen Sie mit?« Noel ist ungeduldig.

»Was, jetzt gleich?«

»Sofern Sie keine andere dringende Verabredung haben.«

Eve überlegt, sich etwas aus den Fingern zu saugen, nur um der Genugtuung wegen, dass er nicht seinen Willen bekommt, aber sie lässt es gut sein.

»In Ordnung.«

An der Villa in den Hügeln öffnet ihnen Diana selbst die Tür. Sie trägt eine durchsichtige Tunika über einem weißen Badeanzug.

»Bernard meint, der Käufer lasse uns noch eine Woche Zeit«, sagt Diana zur Begrüßung. »Danach werde er Kaufverhandlungen für ein anderes Haus aufnehmen, an der Küste Richtung Monte Carlo. Wenn Sie also Ihre sehr rührende Suche nach persönlicher Identität etwas beschleunigen könnten, wäre ich Ihnen dankbar.«

Wie kalt diese Frau ist. Eve sucht nach den Spuren des Mädchens, das Sully ihr beschrieben hat. Des Mädchens, das sich den eigenen Lebensunterhalt damit verdiente, sich um die persönlichen Bedürfnisse einer älteren Frau zu kümmern, die nicht einmal mit ihr verwandt war. Aber sie kann keine Spuren davon erkennen.

Sie folgen Diana über die große Treppe, hinauf in einen Flur im ersten Stock. Alles ist weiß, modern, glatt. Kein Wunder, dass die Villa La Perle nicht Dianas Geschmack entsprochen hat.

Eine zweite, schmalere Treppe führt hinauf ins Dachgeschoss, wo Eve durch eine angelehnte Tür auf der einen Seite ein paar bescheidene Zimmer erkennen kann, wohl für das Personal, wie sie annimmt.

»Wird Mrs. Finch auch zu Ihnen kommen, wenn … falls … die Villa La Perle verkauft ist?«, erkundigt sie sich.

Dianas Gesicht wird zur Maske. »Aber nein. Ich habe hier bereits meine eigene Haushälterin und kann es mir auch nicht leisten, noch jemand einzustellen. Für Caroline Finch war Guy zuständig. Er hat sie in seinem Testament berücksichtigt, und ich habe ihr mehr als deutlich zu verstehen gegeben, dass ihre Dienste im neuen Haus nicht benötigt werden. Außerdem liebte sie Guy. Nicht mich. Ich wäre ein schlechter Trostpreis.«

Liebte? Eve bleibt vor Überraschung der Mund offen stehen, und sie ist froh, dass Diana sich umgedreht hat, um sie durch die Tür auf der gegenüberliegenden Seite zu führen. Sie sucht Blickkontakt zu Noel, der mit den Achseln zuckt, als wäre es ihm völlig gleichgültig, dass die Haushälterin seiner Kindheit in seinen Vater verliebt gewesen war. Was ist nur los mit diesen Leuten? Warum müssen sie auf alles mit derart gelangweilter Gleichgültigkeit reagieren, als wäre nichts davon wichtig? Die arme Mrs. Finch. Wenn es stimmt, dass sie über Jahrzehnte eine nicht erwiderte Leidenschaft für Guy hegte, ist es kein Wunder, dass sie sich jetzt so große Mühe gibt, ständig fröhlich und entgegenkommend zu wirken. Der Mann, dem sie ihr Leben gewidmet hat, ist tot, was soll nun aus ihr werden?

Die Tür, durch die Diana gerade verschwunden ist, führt auf einen großen Dachboden, vollgestellt mit Möbeln: Schreibtische aus dunklem Holz, ein paar grüne Korbstühle – bei einigen hat sich das Geflecht gelöst und ragt nun aus den Arm- oder Rückenlehnen –, ein dunkelroter aufgerollter Teppich, an der Kante von irgendwelchen Insekten angefressen, ein blinder Spiegel in einem beschädigten verschnörkelten Rahmen, all das lehnt überflüssig an der Wand.

»Guy hat darauf bestanden, dieses alte Zeug zu behalten«, erklärt Diana. »Meinte, es erinnere ihn an das Haus, in dem er aufgewachsen ist.«

»Wo war das?« Eve kann ihre Neugier nicht zügeln. »Wo ist Guy aufgewachsen?«

Diana zieht unwirsch die Stirn kraus, aber Noel antwortet ihr.

»Meine Großeltern hatten einen Landsitz in West Sussex und ein ziemlich düsteres Stadthaus in Kensington.«

»Dann haben Sie sie also besucht?«

»Nur ein Mal. Als ich im Internat war. Da war ich zwölf oder dreizehn. Ich wusste, dass es zwischen Guy und seinen Eltern zu einem Zerwürfnis gekommen war, war mir aber sicher, ich könnte der Brückenbauer sein. Sie kennen ja die Arroganz der jungen Leute. Ich sparte ein Trimester lang mein Taschengeld, um mir davon eine Bahnfahrkarte nach London zu kaufen. Ich ging davon aus, dass es kompliziert sein würde, sie zu finden, aber das war es nicht. Die Familie besaß eine Investmentgesellschaft, wissen Sie? Und es kostete mich keine große Mühe, herauszufinden, wo der Hauptsitz war. Ein hohes Gebäude in Mayfair. Ich ging hinein und fragte, ob ich meinen Großvater sehen könne. Vermutlich war ich davon ausgegangen, dass er vor Freude aus dem Häuschen sein würde. Ich hatte zu viele Hollywoodfilme gesehen.«

»Und er freute sich nicht über Ihren Besuch?«

»Nein. Er wirkte sogar erschrocken. Weil er nicht wusste, was er mit mir anstellen sollte, nahm er mich mit in das Haus in Kensington. Meine Großmutter war zu Hause, weigerte sich aber, die Treppe herunterzukommen und mich zu empfangen. Mein Großvater erklärte mir ihr Verhalten damit, dass es für sie zu schmerzhaft sei, nachdem sie sich von meinem Vater entfremdet hätten. Das Wort ›entfremdet‹ hatte ich noch nie zuvor gehört und konnte überhaupt nichts damit anfangen. Ihm war das peinlich, das sah ich ihm an. Er befahl der Köchin, mir einen Tee zu kochen, rief die Schule an und wartete dann mit mir auf ein Taxi, das mich zum Bahnhof bringen sollte. Erst als ich aufbrach, erkundigte er sich bemüht beiläufig nach meinem Vater, obwohl ich den ganzen Nachmittag gespürt hatte, dass ihm sein Name auf der Zunge lag. Eigentlich hatte ich ihn unbedingt fragen wollen, was mein Vater so Schreckliches getan hatte, erging mich dann aber in höchsten Lobesworten über Guy – wie angesehen er in Frankreich war, wie gut wir lebten. All das in der Hoffnung, dass er darauf sagte: ›Nun, wenn das so ist, dann sollten wir die Vergangenheit ruhen lassen‹, aber natürlich tat er das nicht. Beim Einsteigen ins Taxi streckte er eine Hand aus, als wollte er mich berühren, aber ich wandte mich ab, als hätte ich es nicht bemerkt.«

Betroffen stellt Eve fest, dass sie einen Kloß im Hals sitzen hat, groß und schmerzhaft.

»Das muss sehr aufwühlend gewesen sein«, sagt sie mit dünner, gepresster Stimme.

Noel zuckt die Achseln und rammt seine Hände in die Taschen. »Diente der Charakterbildung«, erwidert er.

Die gestapelten Möbel nehmen fast den ganzen Raum ein, aber dort, wo sie nun stehen, gibt es eine Schneise, in deren Mitte drei ramponierte Schrankkoffer aus Leder auf sie warten.

»Ich musste sie vom Gärtner rausziehen lassen«, sagt Diana. »Ich habe selbst schon mit der Durchsicht angefangen, aber da ist viel Zeug drin, und ich habe bei Rosita eine Verabredung zum Lunch.«

»Rosita Winston«, klärt Noel sie auf, nachdem Diana gegangen ist. »Die Regentin der Côte d'Azur. Ohne Rositas Erlaubnis geschieht hier in der Gesellschaft nichts. Man sagt, die Lunches, zu denen Rosita einlädt, kosten sie hundertfünfzigtausend Francs in der Woche.«

Eve verschlägt es den Atem.

»Wie auch immer«, fährt Noel fort, »ich glaube nicht, dass sie keine Zeit hatte, die Koffer durchzusehen. Tatsache ist, dass Diana es immer gehasst hat, an das Leben erinnert zu werden, das Guy hatte, bevor er sie kennenlernte. Er sollte für sie von dem Moment an, als er sie zum ersten Mal sah, wie neugeboren sein.«

»Dann muss sie ihn sehr geliebt haben.«

»Das hat nichts mit Liebe zu tun, Mrs. Forrester. Hier geht es um Inbesitznahme. Na ja, darum und um Unsicherheit.«

Unsicherheit. Schon wieder dieses Wort.

»Mir tut Caroline Finch leid«, sagt sie in Hinblick auf

die lässige Art, mit der Diana die Frau entlassen hat. »Selbst wenn sie für Ihren Vater … geschwärmt hat. Nachdem sie so lange bei Ihrer Familie war, dürfte es schwer sein, irgendwo anders neu anzufangen.«

Noel zuckt wieder gleichgültig die Achseln. »Sie werden uns sicherlich für herzlos halten, aber sie ist in Guys Testament sehr großzügig bedacht worden. Und natürlich werden wir uns alle Mühe geben, eine andere Stellung für sie zu finden, sofern sie das möchte.« Womöglich liest er einen stillschweigenden Vorwurf in Eves Gesicht, denn sein Ton wird defensiv. »Außerdem standen Duncan und ich Caroline Finch niemals nahe. Die meiste Zeit waren wir ohnehin auswärts in Internaten. Und …« Er presst die Lippen zusammen.

»Und?«

»Das hört sich bestimmt noch grausamer an, aber sie hat sich immer zu sehr bemüht, kumpelhaft zu sein, vor allem, wenn mein Vater in der Nähe war. Und das hat uns am Ende vergrault.« Noel öffnet den ersten Schrankkoffer. Er ist vollgepackt mit Büchern und Papieren, dazu einige alte Trophäen, vermutlich von längst vergangenen Sportereignissen der Jugendzeit. Auch einen gestreiften Universitätsschal hat man seitlich hineingestopft.

Noel stöhnt. »Er war schon immer ein Chaot. Dafür werden wir den ganzen Tag brauchen. Sie nehmen sich am besten einen der anderen beiden vor.«

»Aber sind Sie sich sicher, dass ich mir die privaten Sachen Ihres Vaters ansehen sollte? Und wonach suche ich überhaupt?«

»Einfach irgendwas, das etwas in Ihnen zum Klingen bringt, irgendwas, das Sie aus Ihrem Leben kennen. Und was das andere betrifft, denke ich, dass Guy den Anspruch auf Privatheit geopfert hat, indem er eine völlig Fremde in die Finanzen unserer Familie verwickelt hat, oder wie sehen Sie das?«

Die »völlig Fremde« trifft Eve, und sie öffnet schweigend den Deckel des Schrankkoffers, der von Noel am weitesten entfernt steht. Dieser Koffer scheint nur Briefe zu enthalten. Zitternd vor Aufregung macht sie sich an die Durchsicht und hofft fest darauf, eine ihr vertraute Unterschrift oder Adresse zu entdecken. Aber schon bald kippt die Vorfreude um in Überdruss. Es liegt auf der Hand, dass Guy zu den Menschen gehörte, die nichts wegwerfen können. Da sind Briefe von Bankmanagern, an Buchhalter, an alte Kriegskameraden. Eine sich hinziehende Korrespondenz, in der es um einen Treuhandfonds geht, in dessen Besitz Guy zu seinem einundzwanzigsten Geburtstag kam. Die Briefe fliegen zwischen den beteiligten Anwaltskanzleien und Guy hin und her, der mit den Hufen scharrt, um das Prozedere zu beschleunigen.

In einem alten Pappumschlag findet sie ein Bündel Briefe, die Guys Vater ihm schrieb, nachdem er ins Internat kam. Es sind förmliche, gestelzte Briefe, deren Ton sich auch nicht ändert, als Guy die Universität verlässt und in den Familienbetrieb eintritt.

»Vor allem freut mich deine Leistung, seit du in die Firma gekommen bist. Gleichwohl möchte ich dich daran erinnern, dass du nach wie vor Juniorpartner bist und dir bedeutend weniger Urlaubstage zustehen, als du forderst«, steht in einem.

In einem anderen bekundet Mr. Lester senior sein »tiefes Bedauern«, dass Guy das Erbe seines Großvaters in einem Alter zufällt, in dem es ihm seiner Meinung nach

»bedauerlicherweise an Reife für den verantwortungsvollen Umgang mit einem solchen Vermögen fehlt«.

Eve fühlt sich äußerst unwohl über den Briefen. Sie sollte das nicht lesen. Was auch immer zwischen Guy Lester und seinem Vater vorgefallen ist, welche Zugänge und Abgänge es auf dem Familienkonto der Lesters gab, geht sie nichts an. Aber Noel ist nicht in der Stimmung, sich mit ihren Protesten zu befassen.

»Möchten Sie wieder nach Hause, Mrs. Forrester? Zurück zu Ihrem Ehemann?«

Er scheint auf eine Antwort zu warten, also sagt sie mit einer Vehemenz, die sie beide überrascht: »Selbstverständlich.«

»Dann schlage ich vor, dass Sie mir bei der Durchsicht von all dem Zeug zur Hand gehen. Unfassbar, was er alles aufgehoben hat. Ich meine, sehen Sie sich das mal an.« Noel hebt ein eindeutig von Kinderhand mit Stift und Tinte gezeichnetes Männerporträt hoch. Die Buchstaben darunter – penibel, wenn auch schief – lauten: »Daddy«.

»Jetzt sagen Sie bloß nicht, dass das eins Ihrer Frühwerke ist.« Eve meint es scherzhaft, aber Noel wendet sich ab und legt das Blatt mit dem Gesicht nach unten weg, und zu spät erahnt sie, dass er ihr auf diese Weise vielleicht scheu einen Blick auf das Kind gewähren wollte, das er einmal war.

In betretenem Schweigen fahren beide mit ihrer Arbeit fort. Eve muss an das Wort »Daddy« denken.

»Wann haben Sie und Duncan angefangen, Ihren Vater Guy zu nennen?«

Die ungezwungene Verwendung des väterlichen Vornamens durch die Lester-Brüder hat Eve von Anfang an befremdlich gefunden. Sie weiß, dass das vermutlich sehr modern und schick ist, aber sie empfindet es als respektlos, als würden sie Guy damit seinen Status als Elternteil absprechen.

»Als er so schnell mit Diana zusammenkam, nachdem Mum – unsere Mutter – starb. Es war blamabel. Diana war gerade mal achtzehn, als sie sich kennenlernten, zwanzig, als sie heirateten. Nach der Beerdigung meiner Mutter hatte Guy uns noch eine große Rede gehalten, dass wir drei jetzt zusammenhalten müssten, eine eingeschworene kleine Gemeinschaft bildeten und er Vater und Mutter für uns sei. Und dann, ein paar popelige Wochen später, ließ er uns wissen, dass wir jetzt erwachsen seien und als Erwachsene froh sein sollten, dass er ein neues Glück gefunden hatte.«

»Oh. Ja. Verstehe. Das war sicher schlimm.« Sie greift zu einem kleinen ledergebundenen Fotoalbum. Jemand, vermutlich Diana, hat das Deckblatt beschriftet mit: »Die Familie, 1932–39«. Sie vergewissert sich mit einem Seitenblick auf Noel, dass er beschäftigt ist, und blättert es durch. Zahllose Bilder von Baby Libby in diversen kindlichen Aktivitäten. »Libby im Schlaf, 1932« steht unter einem, sofort gefolgt von »Libby winkend« und »Libby lachend« von 1933 und 1934. Es gibt auch Fotos von den anderen Lesters in jüngeren Jahren. Diana, die auf Wasserskiern von einem Boot gezogen wird, das Haar im Wind wehend. Der gut aussehende Guy, mit nacktem Oberkörper im Sand sitzend und mit einer Zigarette im Mund Zeitung lesend. Eine schmalere Version von Noel, der sich mit seinem Vater ein Match mit Schläger und Ball im schenkeltiefen Wasser liefert, während ein sehr junger Duncan unter einem Sonnenschirm sitzt und vom Strand aus zusieht.

Weiter hinten finden sich dann diverse gestellte Familienporträts. Auf dem letzten sieht man neben der üblichen Aufstellung der Lester-Kinder eine umwerfend gut aussehende junge Frau mit leuchtenden fragenden Augen und einem Lächeln, von dem Eve sich magnetisch angezogen fühlt. »Libby, Duncan, Noel und Anna, 1938«, lautet die Beschriftung darunter. Eve versucht, den dumpfen Schlag in ihrer Brust zu ignorieren, als ihr auffällt, dass Noels linke Hand ganz leicht die Schulter der geheimnisvollen Frau zu berühren scheint.

»Was ist? Haben Sie was gefunden?«

Eve blickt auf und sieht, dass Noel sie von der anderen Seite des Raums beobachtet.

»Nein. Nur alte Fotos«, sagt sie. Aber bevor sie sich zurückhalten kann, fragt sie: »Wer ist Anna?«

In zwei Schritten ist Noel bei ihr und reißt ihr das Album aus der Hand. »Niemand«, sagt er und wirft es in seinen Koffer. Schweigend setzen sie ihre Arbeit einige Minuten lang fort. Dann räuspert er sich. »Sie war meine Verlobte.«

»Oh.« Plötzlich ergibt alles einen Sinn. Die besondere Bitterkeit, mit der er neulich über die Deutschen gesprochen hat, die vielen Einsätze, die er geflogen hat, weit über das von ihm Verlangte hinaus.

»Ich hatte auch einen Verlobten, der gestorben ist«, platzt es aus ihr heraus, weil sie ihm vermitteln möchte, dass sie ihn versteht. »Er hieß Archie, und er …«

»Ich bedauere aufrichtig Ihren Verlust.« Noels Kopf ist wieder über den offenen Koffer gebeugt, sodass sie seinen Gesichtsausdruck nicht erkennen kann. »Aber die beiden Dinge sind überhaupt nicht vergleichbar.«

Das Thema ist beendet, und Eve hat das Gefühl, es

vermasselt zu haben. *Na gut*, sagt sie sich. *Kann es mir nicht egal sein, wenn er mir nicht glauben will, dass wir etwas gemeinsam haben?*

Sie wendet sich wieder den Briefen im Koffer zu, tut dies jedoch zunehmend ernüchtert. Sie gesteht sich ein, dass sie eine romantische Vorstellung von Guy Lester als einer gewissermaßen heroischen Gestalt hatte, aber Noels Worte von vorhin haben Guy ins rechte Licht gerückt. Schließlich war er doch nur ein Mensch. Wie sie alle fähig zur Heuchelei und zur Beugung der eigenen Prinzipien, um sie seinen Bedürfnissen anzupassen.

Sie öffnet einen großen braunen Umschlag. Anfangs denkt sie, er sei leer, aber als sie ihn umdreht und schüttelt, flattern Zeitungsausschnitte zu Boden. Zuoberst liegt ein kleiner Ausschnitt aus dem *Daily Herald* vom 12. Juli 1920.

> RÄTSELHAFTER TOD EINES SOLDATEN
> Ein ehemaliger Gardist, Francis Garvey, wurde gestern am frühen Morgen im St James' Park erschossen. Die in diesem Vorfall ermittelnde Polizei sucht nach Zeugen. »Wir haben bis jetzt noch keinerlei Informationen«, teilte Detective Sergeant Thomas Hawley mit.

Neugierig blättert Eve die anderen Ausschnitte durch. Sie drehen sich alle um ein und denselben Fall. Die letzte Nachricht steht im *Daily Mirror* vom 8. September desselben Jahres.

> UNTERSUCHUNG ABGESCHLOSSEN
> Eine Untersuchung, den Tod des ehemaligen Soldaten Francis Garvey betreffend, ist zu dem Schluss

gekommen, dass es sich um einen Unfalltod gehandelt hat. Lt. Garvey wurde im Juli diesen Jahres tot aufgefunden. »Es ist ein sehr unglücklicher Fall«, sagte Detective Sergeant Thomas Hawley. Weitere Details wurden nicht bekannt gegeben.

»Sagt Ihnen der Name Francis Garvey etwas?«, ruft Eve Noel zu.

Noel, dem vor Hitze und dem angestrengten Wühlen in den Tiefen des Koffers Schweißperlen auf der Stirn stehen, richtet sich kopfschüttelnd auf.

»Nein«, sagt er. »Sollte er?«

»Ich weiß nicht. Es ist nur, Ihr Vater hat hier einen Umschlag voller Zeitungsausschnitte über seinen Tod aufgehoben.«

Noel kommt zu ihr und liest die Zeitungsartikel über Eves Schulter hinweg. Sein Atem bläst heiß an ihren Hals, sein Körper strahlt Wärme aus.

»1920 ist das Jahr, in dem Guy hierherkam, wenn man dieser Schlange Whelan glauben darf«, sagt er. »Dann könnte dies also der Mann sein, den er … Das heißt, wenn man Whelans Anschuldigungen Glauben schenkt, was ich ganz sicher nicht tue …« Noel lächelt angespannt. »Meine Güte, nun sagen Sie es doch. Wenn mein Vater ein Mörder war, könnte dies sein Opfer sein. Dieser Francis Garvey.«

Eve nickt.

Noel greift mit seiner Hand über ihre Schulter, um ihr die Zeitungsausschnitte abzunehmen, dabei streifen seine Finger die ihren, und die Zettel flattern zu Boden. Sie ringt um Fassung, lässt sich beim Aufsammeln mehr Zeit als nötig. Wie nervös und fahrig sie im Moment ist …

Während Noel zur Seite tritt, um die Ausschnitte zu lesen, wendet Eve sich wieder dem Schrankkoffer zu, findet aber nichts von Interesse mehr darin.

»Ich weiß nicht«, sagt Noel schließlich. »Ich habe das Gefühl, dass zu diesem Francis Garvey hier irgendeine Verbindung existiert. Aber ich kann sie nicht benennen.«

Nach einer weiteren Stunde fruchtloser Suche steigen sie mit schweren Schritten nach unten. *Er hat auf eine Lösung gehofft*, sagt sich Eve. *Damit es ein Ende hat. Und ich abreise*.

Die offenbar vor Kurzem vom Lunch zurückgekehrte Diana rekelt sich am Swimmingpool. Als sie ihr den Namen Francis Garvey nennen, rümpft sie die Nase, als wäre sie verärgert, dass ihre Mühen nicht mehr zutage gefördert haben.

»Guy hat ihn nie erwähnt. Jedenfalls nicht, dass ich mich erinnere.«

Wieder stoßen sie gegen eine Wand. Und haben einen von Eves noch verbleibenden kostbaren Tagen vergeudet.

Auf der Fahrt zurück nach Antibes liegt das Schweigen wie eine schwere Decke auf ihnen. Die Schönheit des Tages und der Landschaft scheint Eve zu verhöhnen. Die Weite des Meeres ist von derselben Farbe wie das marineblaue Band an Eves altem Sommerhut. Sie erinnert sich noch gut daran, wie sie diesen Hut im Bus auf der Heimfahrt von der Schule abgenommen und ihr Gesicht dem kleinen offenen Fenster zugekehrt hat, damit der Fahrtwind ihr durchs Haar wehen konnte.

Was würde dieses jüngere Ich sagen, wenn es sie jetzt sehen könnte, wie sie in einem Cabriolet an der Strandpromenade von Nizza entlangfährt, neben ihr dieser Mann am Steuer: breitschultrig, viel zu große Hände, Heathcliff-Haare?

Eve lächelt in sich hinein. Wie oft will sie noch in die Trickkiste greifen? Und falsche Welten erschaffen, nur um ihr jüngeres Ich zu beeindrucken, ungeachtet der Tatsache, dass dies alles nur geliehen ist, alles hier. Gar nichts gehört ihr. Früher, wenn sie stundenlang aus dem Fenster ihres Kinderzimmers sah, hatte sie sich immer vorgestellt, ihr Leben liege irgendwo da draußen und warte auf sie. Doch jetzt ist sie hier, fast dreißig Jahre alt, und das Leben findet immer noch woanders statt, und sie kann weiterhin nur warten und zusehen.

»Vermutlich halten Sie uns für geldgierig«, sagt Noel unvermittelt, als sie Nizza hinter sich lassen und entlang der Küste Richtung Antibes fahren. Hier ist das Meer türkisfarben, und man sieht seinen felsigen Untergrund, wo dunkle Fische durchs kristallklare Wasser flitzen.

Eve sieht ihn überrascht an. »Ganz und gar nicht«, lügt sie. »Darüber habe ich noch gar nicht nachgedacht.«

»Sie sind eine fürchterlich schlechte Lügnerin, Mrs. Forrester.«

»Himmel noch mal, können Sie mich nicht einfach Eve nennen?« Dieser Ausbruch scheint aus dem Nichts zu kommen. Sie war sich gar nicht bewusst gewesen, dass seine spöttisch übertriebene Höflichkeit sie genervt hat.

»Gut. Sie sind eine fürchterlich schlechte Lügnerin, *Eve*.«

Das weiß sie selbst. Wenn man in einem Haushalt aufwächst, in dem nichts offen verhandelt wird, wo jedes Gespräch hinter einer verschlossenen Türe stattzufinden scheint, zieht man sich entweder immer weiter zurück oder versucht, alles ans Licht zu zerren, egal, ob es dieser Preisgabe standhalten kann.

»Was Sie mit Ihrem Familienvermögen machen, ist

einzig und allein Ihre Sache«, sagt sie mit sturem Blick nach vorn.

Eine beredte Pause. Dann: »Die Sache ist die, *Eve*, Sie wissen nicht das Geringste über uns. Sie glauben, einiges zu wissen. Sie haben aufgrund dessen, was Sie gesehen und gehört haben, Ihre Schlüsse gezogen. Voreilige Schlüsse. Nehmen wir beispielsweise Duncan. Ich bin mir sicher, dass Sie ihn für schwach und verdorben halten. Der Tod unseres Vaters hat ihn arg mitgenommen.«

»Dann standen die beiden sich nah?« Das überrascht Eve. Nach allem, was sie über Guy Lester erfahren hat, kann sie nicht erkennen, dass er und sein fehlgeleiteter jüngerer Sohn viele Gemeinsamkeiten haben sollten.

»Nein. Nah standen sie sich natürlich nicht. Aber genau das ist es ja, verstehen Sie? Jetzt haben sie nicht mal mehr die Möglichkeit dazu. Sein ganzes Leben lang wollte Duncan Guy gefallen, ihn stolz machen, fand aber nicht den richtigen Weg. Sie haben einander verpasst, wenn Sie wissen, was ich meine. Wie diese beiden Boote da drüben.«

Er zeigt nach links, wo gerade eine schnittige Jacht ziemlich dicht an einem alten Fischerboot mit blauer, abblätternder Farbe vorbeigefahren ist.

»Und jetzt kann er das nie mehr in Ordnung bringen. Die Distanz nie mehr überwinden. Sie kommen sicherlich aus einer normalen Familie, wo man sich nahesteht und ständig nett zueinander ist, aber versuchen Sie mal, sich vorzustellen, wie sich das für Duncan anfühlen muss. Erst verliert er seine Mutter, als er noch ganz jung ist, und jetzt weiß er, dass er nie mehr die Chance bekommen wird, die von ihm so sehr ersehnte Beziehung zu Guy aufzubauen.«

»Ich kann mir sehr wohl …«

»Er steckt in Schwierigkeiten«, platzt es aus Noel heraus, gerade als Eve versucht, seinen Eindruck von ihr zu korrigieren. »Duncan ist ein Spieler. Nun, das wissen Sie bereits. Hauptsächlich Blackjack, aber eigentlich so gut wie alles. Der Süden Frankreichs ist überschwemmt von Casinos. Duncan und ich lernten Kartenspielen, sobald wir zählen konnten. Aber er ist dem nie entwachsen. Er hat Schulden angehäuft. Also lieh er sich Geld von gewissen Leuten, von denen man sich besser kein Geld leihen sollte. Wenn aber doch, sollte man zusehen, dass man es zurückzahlt. An Leute wie Laurent Martin.«

Eve erinnert sich, wie sie Laurent und Duncan auf dem Empfang des Herzogs und der Herzogin im Gespräch gesehen hatte.

»Oh, aber dann ist es doch gar nicht so schlimm, oder? Ich meine, Laurent Martin kommt aus einer sehr bekannten Familie. Er heiratet Gloria Hayes. Er macht einen zivilisierten Eindruck.«

Noel sieht sie ungläubig an. »Glauben Sie wirklich, dass geerbtes Geld, eine Ausbildung in Oxford und eine Vorzeigefrau Fair Play und Anstand garantieren?«

»Nein, natürlich nicht. Es ist nur …«

»Die Familie Martin hat ihr Geld mit Sklaverei gemacht, und auch heute eilt ihr der Ruf beispielloser Rücksichtslosigkeit im Geschäftsleben voraus. Laurent ist ein echter Spross der Familie.«

»Aber davon haben Sie neulich nichts zu Gloria Hayes gesagt.«

»Was hätte ich denn sagen sollen? Dass Gerüchte über die Art und Weise in Umlauf sind, wie ihr Verlobter Menschen behandelt, die sich ihm in den Weg stellen? Das kommt sicher gut an. Und außerdem, nur weil Laurent im Geschäftsleben keine Skrupel kennt, bedeutet das noch lange nicht, dass er seine Ehefrau nicht auf Händen trägt.«

Eve nickt, aber sie hat einen Kloß im Hals. »Dann ist Duncan also in Gefahr?«

»Noch nicht. Aber es ist nur eine Frage der Zeit.«

»Sie nehmen Ihre Pflichten als älterer Bruder recht ernst, wie ich finde, Noel.«

Noel zuckt die Achseln.

Sie fahren gerade durch das Tor zur Villa La Perle. Eve atmet auf, als sie die rosa Mauern zwischen den Zypressen hindurchschimmern sieht, und spürt, wie ihre Muskeln sich lockern, obwohl sie gar nicht gemerkt hatte, wie verspannt sie war.

»Die Sache ist die«, sagt Noel, hält dann aber inne. Der Wagen ist geparkt, und er schaltet den Motor aus. Er und Eve sehen sich an. »Mein Bruder und ich, wir streiten oft. Wir sind sehr verschieden. Aber ich war da, als unsere Mutter starb. Habe miterlebt, was er durchgemacht hat. Ich weiß, wer er ist … weiß aber auch, wer er sein könnte. Welches Potenzial in ihm steckt. Ach, vergessen Sie's. Ich bin nicht gut darin, mich verständlich zu machen.«

»Ganz im Gegenteil.« Jetzt dämmert Eve etwas. »Das ist also der Grund, warum Sie so erpicht darauf sind, das Haus zu verkaufen, nicht wahr? Damit Sie Ihrem Bruder aus der Patsche helfen können?«

Noel nickt steif. »Ich bin verantwortlich für ihn, nun, da Guy tot ist. Er hat sonst niemanden.«

»Aber Ihr Bruder ist ein erwachsener Mann. Denken Sie nicht, er sollte selbst die Verantwortung für sein Handeln tragen?«

Noel stößt seine Wagentür auf und steigt aus, sodass Eve keine andere Wahl hat, als ihm zu folgen. Hätte sie bloß den Mund gehalten. Anstatt dankbar zu sein, dass er sich ihr gegenüber endlich öffnet, hat sie ihn vor den Kopf gestoßen.

»Es tut mir leid«, sagt sie und folgt seinem breiten Rücken, lauscht dem Knirschen des Kieses unter ihren Füßen und dem fernen Zirpen der Zikaden. »Ich wollte nicht ...«

Aber Noel ist schon durch die Lücke in den Bäumen verschwunden. Eve bleibt stehen. Atmet tief durch. Schlägt sich frustriert die Hände vors Gesicht. Dabei fängt der Ring das Sonnenlicht ein. Sie muss an die Inschrift denken.

Von F in ewiger Liebe.

F. Francis Garvey.

17

Auf der Terrasse vor dem Le Crystal sind alle Plätze belegt, Stühle und Tische stehen so dicht zusammen, dass Eve das Gefühl hat, mehr oder weniger auf dem Schoß der Frau hinter ihr zu sitzen. Es ist ein warmer, milder Abend, der sie daran erinnert, wie weit weg von zu Hause sie ist.

»Also bei mir dürfte das nicht ins Haus«, befindet Rupert. »Einen Platz im Garten, mit einer hübschen Geranie darin, würde ich ihm vielleicht zugestehen, dann wäre das Auge von der Hässlichkeit dieses Objekts abgelenkt.«

Die Colletts hatten das kleine Dorf Vallauris besucht, wo Picasso, wie sie herausgefunden hatten, ein Atelier besitzt, in dem er sich offenbar mit der erfolgreichen Produktion von Keramiktöpfen beschäftigt. Vom Künstler selbst war sehr zu Jacks Enttäuschung nichts zu sehen gewesen, stattdessen gab es jedoch in einem Nachbaratelier eine Auswahl seiner Werke zu sehen, und Ruth hatte offenbar mit dem Gedanken gespielt, in eine Vase zu investieren, wiewohl Eve vermutet, dass ihr Interesse nur vorgetäuscht war, um ihren Ehemann zu reizen.

»Es war so ziemlich das Hässlichste, was ich je gesehen habe«, gesteht Rupert ihr. »Ein riesiges, dickbauchiges Ding mit einem Gesicht und zwei Henkeln, die aussahen wie in Hüften gestemmte Arme.«

»Mir hat es gefallen«, sagt Ruth. »Jack sagt, wir werden noch bereuen, es nicht gekauft zu haben.«

»Ach was, die Moden wechseln«, meint Rupert abschätzig. »In zehn Jahren, wenn wieder was Neues, Glänzendes daherkommt, wird kein Hahn mehr nach einem Picasso krähen.«

Jack ist in diesem Dorf geblieben in der Hoffnung, sein Idol doch noch zu Gesicht zu bekommen. Er will per Anhalter zurückkommen oder sich falls nötig zum Übernachten eine Scheune suchen. »Das gehört auch zum Krieg, nicht wahr?«, sagt seine Mutter. »Wir sind längst nicht mehr so zimperlich.«

Le Crystal liegt an einer Straßenkreuzung. Auf der gegenüberliegenden Ecke befindet sich eine weitere Bar, und überall sind Leute – sie flanieren in ihren besten Ausgehkleidern auf und ab, studieren die Speisekarten der Restaurants, schieben in riesigen Kinderwagen Babys vor sich her, die nach Meinung Eves schon längst im Bett hätten sein sollen. Es ist Leben auf den Straßen. Ganz im Gegensatz zu Sutton, wo nach zehn Uhr abends nichts mehr offen hat und außerdem ohnehin keiner Geld hätte, um auszugehen, und es in den Restaurants noch immer nichts Anständiges zu essen gibt.

Die Tische auf der Terrasse stehen in drei Reihen, und sie sind in der mittleren Reihe, genau im Zentrum. Eve ist von einer kakofonischen Geräuschkulisse umgeben – Gläser klirren, als der Kellner am Tisch hinter ihnen Wein serviert, Menschen schnattern in gefühlt hundert verschiedenen Sprachen, dazu immer wieder das Brummen des Verkehrs.

»Pardon, Madame!«

Die Frau vom Nachbartisch lehnt sich herüber, um aus Eves Haaren die Pummelfinger ihres Babys zu befreien, die es mit einer Strähne umwickelt hat.

»Keine Ursache«, Eve lächelt. Das Baby hat ein rundes Gesicht, und sein Mund öffnet sich zu einem perfekten O der Entrüstung, als es merkt, dass man ihm den Gegenstand seiner Aufmerksamkeit entwunden hat.

»Darf ich Sie fragen, warum *Sie* keine Kinder haben?«, meldet sich Rupert zu Wort, nachdem man das Kind mit einem Stück Brot, das mit Zucker bestreut wurde, von Eve weggelockt hat.

»Rupert!« Ruth sieht ihren Ehemann finster an. »Du kannst doch nicht solche Fragen stellen. Das sind ganz private Dinge.«

»Ist schon gut«, sagt Eve, obwohl das nicht der Fall ist. »Es gibt kein Problem, sagt der Arzt, es ist einfach noch nicht passiert. Aber es ist auch noch genug Zeit.«

»Absolut«, bestätigt Ruth.

»Mrs. Forrester? Eve. Sie *sind* es. Dachte ich es mir doch. Was für ein Glück, Sie zu sehen.«

Victor Meunier spricht mit so leiser Stimme und übertönt doch das zufriedene Gebrabbel des Babys am Nachbartisch und das Gläserklingen vom Tisch dahinter, das kreischende Lachen und das Summen angeregter Konversation.

Die Art und Weise, wie Ruth ihren Blick über die kantigen Züge und die hohe Gestalt des Franzosen in seinen maßgeschneiderten Kleidern wandern lässt, verrät Eve, dass die Neugier ihrer Freundin geweckt ist.

Man stellt sich gegenseitig vor, und nach theatralischem Protest – »ich kann Sie doch nicht in Ihrem fröhlichen Beisammensein stören« – gibt Victor Meunier dem Drängen der Colletts nach und setzt sich zu ihnen.

Während sie das Gespräch wiederaufnehmen, ist Eve sich einer Wärme bewusst, die direkt aus ihrer Mitte hervorzuströmen und von dort nach außen abzustrahlen scheint. Gern hätte sie die Zeit angehalten. Es war einfach zu schön, hier und jetzt mit Freunden an diesem Tisch zu sitzen, an einem warmen Sommerabend, angereichert mit einem Geruchspotpourri aus Kerzen und Zigarettenrauch, Pinien und Benzin, das ihr wie ein exotisches Parfüm in die Nase steigt.

Man bestellt eine weitere Flasche Wein. Normalerweise trinkt Eve nicht viel, aber hier an der Côte d'Azur ist sie eine andere Person, und dieser Person gefällt es, sich auf ihrem Stuhl zurückzulehnen, den schmalen Stiel des Glases zwischen den Fingern zu halten und sich der Wirkung des Weißweins hinzugeben, der ihre Zunge löst und ihre Stimmung aufhellt.

Den ganzen Nachmittag über schien trotz des strahlenden Tages eine Wolke über ihrem Kopf zu hängen. Die Ereignisse des Vormittags ließen sie einfach nicht zur Ruhe kommen. Ihre taktlose Frage nach Noels toter Verlobter und die Art und Weise, wie er ihr über den Mund gefahren war, als sie von Archie sprechen wollte. Dann das beunruhigende Gespräch über Duncan und dass sie mit ihrem Vorschlag, er solle Duncan erlauben, auf eigenen Füßen zu stehen, ins Fettnäpfchen getreten war.

Sie hatte Noel an der Eingangstür zur Villa eingeholt und keine Zeit verloren, ihm von der Inschrift im Ring und ihrer Schlussfolgerung zu erzählen, dass F für Francis stand, aber einen Dämpfer erlitten, weil er ihren Eifer nicht teilte.

»Das könnte sich als wichtig herausstellen«, hatte er ihr höflich zugestimmt. »Obwohl natürlich viele Namen mit F beginnen. Mein Vater hatte eine Lieblingscousine namens Flora, die gegen den ausdrücklichen Wunsch ihrer Familie heimlich mit ihm in Kontakt blieb. Außerdem gab es einen Freund namens François, der während des Kriegs starb, und den Patensohn Freddy. Und darüber hinaus hatte er vermutlich noch jede Menge Freundinnen mit Namen wie Felicity oder Freida oder Fenella.«

»Ja, aber niemand davon steht in irgendeiner Verbindung zu *mir*.«

»Und Francis Garvey? In welcher Verbindung steht er zu Ihnen?«

Darauf hatte sie keine Antwort.

Nachdem er gegangen war, hatte sie Sully gesucht und in ihrem Eifer, ihm von ihrer Entdeckung zu erzählen, ganz vergessen, dass sie wegen des gestrigen Abends wütend auf ihn war, aber der Amerikaner war nicht da. Stattdessen traf sie Mrs. Finch an, die Kristallgläser in Zeitungspapier wickelte und in eine Kiste packte. Mr. Sullivan habe Besuch bekommen, teilte die Haushälterin ihr aufgeregt mit. Sie sei sich nicht sicher, da sie unten beschäftigt gewesen sei, aber es habe sich ganz nach Gloria Hayes angehört. Und bald darauf sei er gegangen und bis jetzt nicht wieder aufgetaucht.

Wie immer war Mrs. Finch freundlich und entgegenkommend, und Eve überlegte einen kurzen Moment, ob sie nicht bleiben und mit ihr sprechen sollte, aber Dianas merkwürdige Bemerkung über die in Guy verliebte Haushälterin schreckte sie dann doch ab. Außerdem war Eves Position im Haushalt alles andere als geklärt, weder Gast noch Familie. Sie war dankbar, dass Mrs. Finch alles tat, damit sie sich hier zu Hause fühlte, aber richtig entspannt war sie nicht in ihrer Gegenwart.

Und so hatte Eve niemanden, mit dem sie die Ereignisse des Tages hätte besprechen können, und war deshalb mehr als erfreut gewesen, als die Colletts vorbeigekommen waren, um sie zum Essen nach Juan-les-Pins einzuladen. Dass nun auch Victor Meunier sich zu ihnen gesellt hat, verdoppelt Eves Freude. Er ist so charmant und sehr bemüht, die Colletts von ihrer Trauer abzulenken. Ihr Bericht über den Tagesausflug nach Vallauris führt zu einem lebhaften Gespräch über Kunst. Victor Meunier ist bestens bewandert, was die Künstler der Region angeht – Chagall, Picabia, Matisse. Selbst Ruperts Vorurteile gegen die »abstrakte Effekthascherei«, wie er sie sehr zum Verdruss seiner Frau zu nennen pflegt, vermag der Franzose mit seiner leidenschaftlichen Verteidigung der modernen Kunst zu zerstreuen.

Die Teller werden abgetragen, und auf den Wein folgen Cocktails, die Victor mit einem respektvollen »Bitte erlauben Sie mir die Empfehlung …« bestellt. Bald schon hat Eve das äußerst angenehme Gefühl, zu schweben. Die Drei-Mann-Band, die während des Abendessens leise Tischmusik gespielt hat, legt nun mit einem Stück von Glenn Miller los. Eve hört heutzutage eigentlich nur noch klassische Musik, weil Clifford diese bevorzugt, aber sie kennt die Stücke aus den Kriegsjahren.

»Möchten Sie tanzen?«, fragt Victor sie.

Eve ist so überrascht, dass sie, ohne nachzudenken, auf seinen Stock schielt.

»Ich gebe zu, dass ich nicht mehr so flott auf den Beinen bin, wie ich das einmal war, aber ich werde versuchen, Sie nicht in Verlegenheit zu bringen«, sagt er lächelnd, und sie wird verlegen, als ihr einfällt, wie er zu seiner Kriegsverletzung kam.

Victor lässt den Stock an einem Tisch neben der Tanzfläche zurück, und Eve stellt fest, dass sein Hinken weitaus weniger ausgeprägt ist, als sie gedacht hatte. Obwohl er ihre Hand womöglich fester als üblich umklammert hält und sich ihr ein wenig mehr zuneigt, als sie das gewohnt ist, empfindet sie das nicht als unpassend. Der Knoten, der ihre Brust zusammenzog, seit Noel Lester sie am Haus abgesetzt hat, beginnt sich zu lösen, und sie schließt die Augen und gibt sich ganz der Musik und der Wärme von Victors Hand auf ihrer Taille hin.

»Ich bin so froh, dass Sie hierhergekommen sind, Eve«, sagt er mit seiner sanften Stimme.

Sie senkt ihren Blick. »Ich auch«, sagt sie. »Es ist ein so wunderschönes Stück Erde.«

»Das habe ich damit nicht gemeint, wie Sie sicherlich wissen.«

Eve blickt auf und erstarrt angesichts des Blicks, mit dem er sie ansieht. Sie mag Victor sehr und fühlt sich geschmeichelt, dass ein so kultivierter Mann mit einem solchen Ruf sie auserwählt hat, um ihr seine Aufmerksamkeit zu schenken, aber er wird doch sicherlich nicht denken, dass sie …?

Sie kehren zu den anderen zurück, und Eve saugt die frische Luft ein, als wäre sie am Ersticken gewesen. Eine Weile schon hat sie das seltsame Gefühl, beobachtet zu werden, doch als sie über die Straße späht, ist dort niemand, bloß die Gäste vor der Bar gegenüber – ein Pärchen, das nur Augen füreinander hat, und ein großer Tisch mit US-Piloten. Eve fragt sich, ob ihre Präsenz hier in Europa womöglich etwas mit der sich verschärfenden Krise in Berlin zu tun hat, von der zu Hause in allen Zeitungen berichtet wird. Sie hat gelesen, dass die Sowjets damit drohen, den Alliierten den Zugang zu dem Teil der

Stadt zu sperren, der von den Westmächten kontrolliert wird, und auf diese Weise die Bewohner zu isolieren. Dieser verdammte Krieg. Jedes Mal, wenn sie glaubt, er gehöre nun endgültig der Vergangenheit an, passiert etwas, das ihre Ängste wieder schürt.

Zusammen mit Ruth sucht sie die Damentoilette auf. Eve ist froh, diese in einem zivilisierten Zustand anzutreffen, nachdem sie sich in einem Café am Strand von Juan-les-Pins zu ihrem Entsetzen mit nichts weiter als einem Loch im Boden hatte begnügen müssen.

»Er ist sehr charmant, Ihr Monsieur Meunier«, sagt Ruth, als sie sich nebeneinander die Hände waschen.

»Er ist nicht *mein* irgendwas«, widerspricht Eve und hebt, als sie im Spiegel ihren hitzigen Ausdruck sieht, die feuchten Hände an die Wangen, um diese ein wenig abzukühlen.

»Finden Sie, dass er ein wenig zu charmant ist?«

Eve ist sich bewusst, dass Ruths Blick den ihren im Spiegel sucht, aber sie verweigert sich. »Wir sind in Frankreich«, sagt sie. »Ich denke, Charme ist etwas, das man hier schon in der Grundschule lernt, wie Rechnen oder Latein.«

Gegen ein Uhr morgens sind die Colletts bereit aufzubrechen.

»Warum kommen Sie nicht mit zu uns?«, schlägt Ruth vor. »In unserem Zimmer gibt es eine Couch, auf der Jack schlafen könnte, falls er überhaupt heute Nacht zurückkommt, und Sie könnten sein Zimmer haben.«

Eve lässt ihren Blick über die Menschen und die Lichter wandern, lauscht dem Saxofon, das im Hintergrund spielt, atmet den Duft der Freiheit und Jugend ein und wird ganz wehmütig bei der Vorstellung, dass die Nacht so schnell zu Ende sein soll.

»Aber nach hiesigen Maßstäben ist es noch immer früh«, wirft Victor ein. »Keine Sorge. Ich habe meinen Wagen hier. Wenn Eve nach Hause möchte, kann ich sie wohlbehalten zu ihrer Villa bringen.«

»Vielleicht sollten wir auch noch ein wenig bleiben«, sagt Ruth verunsichert. Aber Rupert will heim. »Eve ist erwachsen, meine Liebe«, sagt er. »Wir müssen ihr schon zugestehen, selbst zu wissen, was sie möchte.«

Nachdem sie die Colletts verabschiedet haben, stellt Eve zu ihrer Beruhigung fest, dass noch immer viele Leute unterwegs sind. Victor winkt den Kellner herbei und bestellt zwei Soixante Quinzes.

Der Cocktail trinkt sich wie Limonade, aber mit einem Feuer im Abgang, das auf etwas Hochprozentiges verweist.

»Was ist da drin?«

»Zitrone, Zucker, Champagner. Und vielleicht ein Schuss Gin.«

Eve weiß, dass sie nichts mehr trinken sollte, aber es ist so verführerisch, hier zu sitzen und der Musik zu lauschen und diese spezielle Brise zu spüren, die einem die Härchen an den Armen aufstellt und einen daran erinnert, dass man nah am Meer ist, auch wenn man das Meer nirgendwo sieht.

Victor ist mit seiner altmodischen Höflichkeit, seinem bedächtigen, schüchternen Lächeln und seiner Melancholie ein guter Gesellschafter.

»Wollen Sie mir von Ihrem Unfall erzählen?«, fragt sie. Aber kaum ausgesprochen, bereut sie ihre Frage schon. »Vergessen Sie es. Bitte. Sie brauchen nicht meinetwegen etwas Unerfreuliches wiederzubeleben.«

»Es ist absolut in Ordnung, Eve. Ich schäme mich nicht für dieses alte Bein. Es gibt so viele andere, die weitaus schlimmere Verletzungen davongetragen haben. Mir wurde während der Schlacht um Hannut in Belgien ins Bein geschossen, kurz bevor ich in Kriegsgefangenschaft kam.«

»Das tut mir leid.«

»Nicht nötig. Ich bin Inhaber einer Kunstgalerie, kein Athlet oder Bergsteiger. Ich kann nach wie vor schöne Gemälde wertschätzen und ein gutes Glas genießen und mit einer schönen Frau tanzen.«

Eves Wangen brennen, und sie ist dankbar für die Brise und die Dunkelheit. Inzwischen sind weitaus weniger Menschen unterwegs, und als sie sich umsieht, stellt sie überrascht fest, dass die meisten Tische leer sind. Plötzlich merkt sie auch, wie viel sie getrunken hat. An den Rändern ihres Blickfelds scheint alles in ständiger Bewegung zu sein, und sie verspürt das starke Bedürfnis, sich hinzulegen.

»Ich denke, ich muss gehen«, sagt sie.

»Habe ich etwas gesagt? Ist es, weil ich gesagt habe, dass Sie schön sind?«

»Nein. Seien Sie nicht albern.«

Victor winkt dem Kellner und zieht ein paar Scheine aus seiner Tasche.

»Hier, lassen Sie mich zahlen«, sagt Eve und kramt in ihrer Tasche nach der Geldbörse, viel zu betrunken, um sich Gedanken über die Höhe der Rechnung zu machen.

Victor streckt die Hand aus, um sie zu bremsen, elegante Finger umfangen ihren Arm. »Bitte beleidigen Sie mich nicht.«

Sie stehen auf, um zu gehen, und Eve spürt, dass sie

schwankt. Victor stützt sie am Ellbogen. Sie nehmen die Straße, die von der Kreuzung, an der Le Crystal liegt, Richtung Meer abgeht. Es ist dunkel, und Eve stolpert. Sofort legt Victor seinen Arm um sie. Sie spürt dessen Gewicht wie etwas Unbelebtes, wie eine schwere Pelzstola an einem zu heißen Tag. Es verlangt sie danach, den Arm abzuschütteln, aber sie möchte Victor nicht vor den Kopf stoßen.

»Mein Wagen steht in dieser Richtung.«

Erst jetzt, viel zu spät, überlegt Eve, worauf sie sich eingelassen hat, allein mit einem fremden Mann in einem fremden Land auf einer fast ausgestorbenen Straße. Einem Mann, der nicht ihr Ehemann ist. Zu ihrer Erleichterung sieht sie vor ihnen ein Pärchen, das vor dem Hintergrund des mondbeschienenen Meeres fotografiert. Als sie an ihnen vorbeigehen, blitzt die Kamera, und die posierende Frau fängt zu kichern an.

»Hier«, sagt Victor, öffnet die Beifahrertür eines schnittigen Sportwagens und hilft ihr hinein.

Drinnen ist es stickig, und Eve kurbelt das Fenster herunter.

Als Victor sich ans Steuer setzt, verweilt er dort einen Moment, die Lippen zusammengepresst. Dann wendet er sich ihr zu. »Ich nehme nicht an«, sagt er, »dass Sie mit zu mir nach Hause kommen möchten? Ich wohne über meiner Kunstgalerie. Sie könnten sich die Gemälde ansehen.«

In dieser Enge spürt Eve den Herzschlag in ihrer Brust, das Rauschen ihres Bluts in den Ohren. Und sie wünscht sich nichts sehnlicher, als wieder in ihrem Zimmer in der Villa La Perle zu sein, in dem großen Bett.

»Danke, aber ich fühle mich nicht besonders gut«, sagt sie.

»Dann sollten wir Sie nach Hause bringen.« Victor wirft den Motor an, und Eve sinkt erleichtert in den Sitz zurück, doch ein kleiner eigenwilliger Teil von ihr fragt, was sie sich wohl hat entgehen lassen. Vor der Windschutzscheibe tanzt der Mond über den glatten Meeresspiegel.

Immer wartend. Immer in Erwartung.

18

7. Juni 1948

Eve hat ein pelziges Gefühl im Mund. Über Nacht hat jemand ihren Kopf mit nassen Bandagen fest umwickelt, die sich beim Trocknen langsam zusammenziehen, sodass ihr Schädel sich anfühlt, als säße er in einem Schraubstock. Als sie die Augen aufschlägt, trifft das Licht sie wie ein weißglühendes Schwert.

Eve ist Alkohol nicht gewohnt, allerdings mehr aus Mangel an Gelegenheit als aus Mäßigung. Außerdem hat sie Angst davor, die Kontrolle zu verlieren. Wenn man sich wie sie das ganze Leben lang fehl am Platz gefühlt hat, neigt man dazu, sich zu zügeln und nicht darauf zu vertrauen, dass einen das Umfeld beschützt, wenn man selbst dazu nicht in der Lage ist.

Jetzt kehrt die vergangene Nacht wieder zurück. Victors heiß auf ihrer Taille ruhende Hand, das Gewicht seines Arms auf ihren Schultern.

Sie denkt schuldbewusst und wehmütig an Clifford. Erinnert sich an sein so anderes Liebeswerben, seine Bitte, ihre Hand halten zu dürfen, dann, sie küssen zu dürfen, als wäre körperliches Verlangen etwas, worüber man vorher verhandeln muss. »Ich würde gern für dich sorgen«, hatte er gesagt, als er um ihre Hand anhielt. Bei diesen Worten hatte sie damals gespürt, wie etwas in ihr nachgab. Von Kindheit an auf sich gestellt und nach Kriegsende mit einer wenig verheißungsvollen Zukunft vor sich, hatte die Idee, die Verantwortung für sich selbst an jemand anderen abzutreten, etwas Verführerisches. Und als sie Ja sagte, wurde sie mit seiner aufrichtigen Freude belohnt. An die große Liebe glaubte keiner mehr. Nicht mehr seit dem Krieg. Pflicht war das Gebot der Stunde, redete sie sich ein. Und Respekt. Und das Bestreben, eine solide, friedliche Zukunft aufzubauen.

Als sie und Clifford auf dem Standesamt vor sieben Mitgliedern ihrer Familien gestanden hatten, war sie voller Optimismus gewesen, obwohl der Standesbeamte am Tremor litt und kaum in der Lage war, den Eintrag im Register zu unterschreiben. »Du siehst sehr hübsch aus«, hatte ihre Mutter gesagt. »Er ist ein guter Mann. Das hast du gut gemacht.« Und ihr war vor Stolz das Herz aufgegangen.

Sie beschließt, Clifford später anzurufen. Wenn sie sich besser fühlt. Dann wird sie ihm mitteilen, dass sie vorhat, am Wochenende zurückzukommen, wie Ruth das vorgeschlagen hat. Sie wird sich entschuldigen. Sie wird hier alles so weit unter Dach und Fach bringen und nach Hause fahren.

Die Villa La Perle wird erst vermietet und dann verkauft werden. Die Lesters werden ihr Geld bekommen.

Eve trifft Sully draußen an seinem Gartenschreibtisch an, wo er im gesprenkelten Schatten des Eukalyptusbaums vor sich hin tippt.

»Na, ein wenig mitgenommen?«, fragt er, ohne sich umzudrehen.

Eve ist perplex. »Wie haben Sie …«

»Ach, ich bitte Sie. Hier spricht sich alles schnell rum. Wenn man einen tritt, humpeln alle.«

Eve lässt sich schwer in einen Korbstuhl fallen. Es ist wieder ein Tag wie aus dem Bilderbuch, aber die Schönheit ihrer Umgebung dient heute eher der Betonung ihrer eigenen Unzulänglichkeiten – ihrer Trägheit, der sich kräuselnden verfilzten Haare, die an eine Kokosmatte erinnern, der bleichen Haut, dazu noch der saure Geschmack im Mund.

»Ich entschuldige mich für letztes Mal«, sagt Sully, noch immer ohne sie anzusehen. »Für meine Bemerkung über Ihre Ehe. Ich neige dazu, Mutmaßungen über Menschen anzustellen, die sich auf nicht mehr als die Tatsache gründen, dass ich selbst so viele Fehler gemacht habe und deshalb gern annehme, dass andere genauso töricht sind.«

»Ist schon vergessen.«

Jetzt endlich dreht er sich zu ihr um. Stößt einen leisen Pfiff aus. »Junge, Sie sehen wirklich *schlimm* aus.«

»Danke.«

»Nein, ich meine, wirklich *fürchterlich*.«

Eve überlegt, sich wieder ins Bett zu legen, doch gleichzeitig verspürt sie Lust, voll bekleidet vom Steg ins Meer zu springen, wo sie im wunderbar kühlen Wasser sofort wach werden würde.

Am Ende macht sie keins von beidem.

»Ich werde mich mal auf die Suche nach Frühstück machen«, lässt sie Sully wissen. »Kaffee wird mich entweder kurieren oder umbringen.«

»Was Mrs. Finchs Kaffee betrifft, gibt es eine dritte Kategorie«, wirft Sully ein. »Ein Art Verstümmelung auf niedrigster Stufe.«

Die Kühle im Haus ist eine Wohltat für ihren pochenden Schädel. Sie geht in die Küche, trifft dort jedoch weder die Haushälterin noch Frühstück an. Sie traut sich aber nicht, selbst in den Schränken nachzusehen, um nicht den Eindruck zu erwecken, sie würde sich Freiheiten herausnehmen.

Niedergeschlagen wandert sie in die Diele und schreckt zusammen, als sie hört, wie die Eingangstür ein Stockwerk über ihr ins Schloss fällt. Gleich darauf Stimmen von einem Mann und einer Frau, offensichtlich mitten in einem Streit. »Wenn dir meine Fahrweise nicht gefällt, kannst du auch selbst fahren«, sagt der Mann.

Eve stöhnt, als sie erst Duncan Lesters Stimme und gleich darauf die von Clemmie Atwood erkennt. Genau die Menschen, die sie jetzt, wo sie aussieht wie etwas von der Katze Ausgegrabenes, am wenigsten sehen möchte. Einem Impuls folgend, verschwindet sie durch die Kellertür und zieht diese hinter sich zu. Sie tastet nach dem Schalter, und die trübe Funzel geht an. Unsicher, was sie tun soll, bleibt sie oben an der Treppe stehen und zuckt zusammen, als Duncan und Clemmie ihre Auseinandersetzung offenbar nur wenige Zentimeter von ihrer Tür entfernt fortsetzen. Jetzt kann sie nicht mehr zurück. Aber sie kann auch nicht dort bleiben, wo sie ist, ohne das Risiko einzugehen, sehr dumm dazustehen, wenn jemand die Tür aufreißen sollte.

Sie beschließt, nach unten zu gehen und den Raum mit Guys Gerümpel zu untersuchen. Ein ziemlich hoffnungsloses Unterfangen, wie sie weiß, aber hat Mrs. Finch nicht gesagt, dass Guy nichts wegwerfen konnte? Könnte sich in diesem Raum nicht etwas befinden, das in ihr eine Erinnerung in Gang setzt oder einen Anhaltspunkt bietet? Wenigstens hätte sie auf diese Weise eine Rechtfertigung für ihre Anwesenheit hier unten, wenn Duncan und Clemmie auftauchen sollten.

Am Ende der Treppe kommen ihr erste Zweifel. Als Eve ihre Hand auf die nackten Ziegel zu ihrer Linken legt, spürt sie deren Nässe. Die Glühbirne hängt weit oben über den ersten Treppenstufen, und dort, wo sie steht, liegt alles im Schatten. Eve drückt die Türklinke hinunter und stemmt sich gegen die Tür.

Sofort steigt ihr der Geruch feuchter Erde in die Nase und eine nasse Kälte, die von ihrer Haut aufgesaugt wird wie Tinte von Löschpapier. Während sie an der Wand nach dem Lichtschalter tastet, der hier irgendwo sein muss, setzt sie einen Schritt in den Raum. Sie versucht, im gelben Lichtschein, der durch die offene Tür fällt, die schemenhaften Formen in den dunklen Ecken zu identifizieren. Sie kann den Schalter nicht finden und tastet sich tiefer in den Raum hinein, spürt die Gänsehaut auf ihren Armen und die Kälte, die sich um ihren Nacken legt. Kurz überlegt sie, wieder umzukehren und zurück nach oben zu gehen, aber die Vorstellung, Duncan und Clemmie in die Arme zu laufen, hält sie davon ab.

Im hintersten Winkel, wo diverse Gegenstände an den Regalen lehnen, bewegt sich raschelnd etwas. Als ihr dämmert, dass außer ihr noch etwas hier im Raum ist – eine Maus oder, Gott bewahre, eine Ratte –, gibt es einen lauten Knall, die Tür schlägt zu, und es wird pechschwarz.

Einen Moment lang ist alles still. Eve ist so verdutzt, dass sie keinen klaren Gedanken fassen kann. Ein seltsames Geräusch hallt in der Dunkelheit nach, ein kratzender Ton, den, wie ihr erst nach einiger Zeit klar wird, ihr eigener Atem hervorbringt, rau und abgehackt.

Panik breitet sich in ihrer Magengrube aus, eine brodelnde Angst, die sie auf keinen Fall hochkommen lassen darf. *Atme*, befiehlt sie sich. *Ein Luftzug hat die Tür zugeschlagen. Das ist alles.* Sie überlegt, wie sie das für Sully in einer Geschichte verpackt, wenn sie rauskommt. Mit einer lustigen Note. Nach und nach ebbt die Panik ab. Sie streckt eine Hand aus, greift ins Dunkel, bis ihre Finger etwas Kaltes, Feuchtes greifen. Sie spürt rauen Stein unter ihrer Haut. Also die Wand. Mit ihrer flachen Hand streicht sie daran entlang und betet, so zur Tür geleitet zu werden.

Ihr Fuß stößt gegen etwas, scheppernd fällt es um, und sie schreit. Es ist nichts, redet sie sich ein. Eine alte Farbendose vielleicht. Sie tastet sich weiter an der Wand entlang, und bald schon spürt sie das weiche Holz der Tür.

Ihre Erleichterung ist so groß, dass sie fast laut gelacht hätte. Wie dumm von ihr, sich derart ins Bockshorn jagen zu lassen. Ihre Finger finden die Klinke und drücken sie nieder.

Nichts.

Sie wischt sich die Hand am Stoff ihres Kleids ab und versucht es erneut, achtet darauf, die Klinke fest im Griff zu haben. Die Tür gibt einfach nicht nach. *Nein, nein, nein, nein, nein.* Sie rüttelt an der Klinke, erst vorsichtig, dann mit zunehmender Wildheit.

»Hilfe! Ich bin im Keller gefangen. Bitte helft mir!«

Sie denkt an Sully, der im Freien sitzt und auf seine Schreibmaschine einhämmert. *Dann also Mrs. Finch.* Sie denkt an die leere Küche und daran, dass diesmal kein Frühstück für sie auf dem Tisch stand.

»Bitte!«, ruft sie wieder. »Hört mich denn keiner?«

Selbst Duncan und Clemmie wären ihr jetzt willkommen. Aber natürlich war die Chance, sie könnten sich die ganze Zeit im Durchgang aufgehalten haben, recht gering. Nein, sie werden sich auf die Suche nach Sully gemacht haben oder was sonst sie hierhergeführt haben mag. Eve erinnert sich an ihre Reaktion, als sie zum ersten Mal in diesen Raum kam, an das widerliche Gefühl, das sie zurückweichen ließ. Und jetzt sitzt sie hier fest. Sie dreht sich um, lehnt sich an die Tür und gleitet dann nach unten, bis sie auf dem harten kalten Steinboden sitzt und Erschöpfung und Katerstimmung ihre Angst, eine Maus oder Ratte könnte über ihre Beine huschen, vergessen machen.

Sie späht ins Dunkel, doch als ihre Augen sich endlich ein wenig angepasst haben und sie ein paar verschwommene Formen ausmachen kann, wird alles nur schlimmer. Was ist das schwarze Ding da drüben? Hat dieser große Schatten sich tatsächlich bewegt, oder sind das nur die Tricks der Dunkelheit? Sie zieht die angezogenen Knie mit den Armen an ihre Brust und spürt den gegen ihre Schenkel hämmernden Herzschlag. Die Kälte durchdringt das braune Kreppkleid und setzt sich in ihren Knochen fest. Sie lässt den Kopf hängen, bis er auf ihren Knien ruht und sie nicht länger in diesen schwarzen Abgrund blicken muss.

Sie weint.

19

»Ich sagte doch, eine Minute war sie da, und dann *pfff!*«

»Was soll denn das *pfff* bedeuten?« Die Stimme, männlich, reißt Eve aus ihrem Dämmer. Wie lange hat sie hier im Dunkel gesessen? Sie weiß es nicht.

»Hilfe!«

Hat sie das überhaupt laut gesagt? Sie ist völlig verwirrt in diesem endlosen, abgrundtiefen schwarzen Loch und offenbar nicht mehr in der Lage, Reales von dem, was nur in ihrem Kopf existiert, zu unterscheiden.

»Hilfe!«, versucht sie es wieder. Lauter diesmal. Sie kämpft sich hoch und sucht nach der Türklinke.

Einen quälenden Moment lang glaubt sie, man hätte sie nicht gehört. Sie rüttelt mit aller Kraft an der Klinke.

»Was zum Teufel?«

Jetzt wird es auf der anderen Seite der Tür laut.

»Hier drin!«, ruft sie.

»Wie konnten Sie …? Moment, die verdammte Klinke ist abgefallen.«

Es folgt leises, unverständliches Gemurmel, dann rastet etwas ein, und gleich darauf springt ohne Vorwarnung die Tür auf und reißt sie mit nach hinten. Sie versucht, die Augen zu öffnen, aber das unvermittelte Licht ist zu stark, und sie bleibt blinzelnd auf dem Fußboden sitzen, bis sie jemandes Hände auf ihrem nackten Arm spürt, der sie hochzieht.

Wenige Minuten später liegt sie oben im Wohnzimmer auf dem Samtsofa.

»Was haben Sie denn da drin gemacht?« Noel Lester steht vor ihr, blockiert das Sonnenlicht und macht keinen allzu glücklichen Eindruck.

»Wie gesagt, ich habe nur herumgestöbert. Sie wissen schon. Wollte sehen, ob irgendwas da unten Erinnerungen in mir weckt.«

»Was ich allerdings nicht begreife, ist, wie Sie es geschafft haben, sich selbst einzusperren«, sagt Sully, der ausgestreckt auf der Chaiselongue ihr gegenüber liegt. »Sie müssen der Tür einen ganz schönen Schubs gegeben haben, damit die Klinke so abfallen konnte.«

»Ich hab sie nicht zugeschlagen. Ich hab sie nicht mal angefasst. Vielleicht war es jemand anderer.«

Noels Grinsen bringt Eve so auf die Palme, dass sie ihm am liebsten eine Ohrfeige verpassen würde.

»Wer hätte das denn tun sollen? Mrs. Finch ist außer Haus, Sully hat gearbeitet. Ich habe nicht mal gewusst, dass man den Schlüssel für diese Tür gefunden hat. Die war jahrelang abgeschlossen, nachdem Guy es aufgegeben hatte, aus den Teilen, die er dort unten verwahrt hat, ein Boot zu bauen. Kein Wunder, dass da mal was abfällt.«

»Ihr Bruder hätte sie zumachen können. Oder Miss Atwood. Die waren vorhin hier. Vielleicht wussten sie nicht, dass ich da drin war.«

»Duncan und Clemmie waren hier? Das ist mir neu.« Noel sieht Sully an, der mit den Achseln zuckt.

»Ich habe sie auch nicht gesehen. Vielleicht sind sie hergekommen, um Eve hinsichtlich des Hausverkaufs zur Vernunft zu bringen, und dann wieder abgezogen, als sie sie nicht finden konnten.«

Eve ist still, als sie wieder an die erhobenen Stimmen hinter der Tür denkt und wie ihr das Herz vor Angst, von ihnen entdeckt zu werden, bis zum Hals schlug. Noch immer spürt sie die widerliche Feuchte des Kellers auf ihrer Haut und die Furcht vor dem, was möglicherweise in seinen dunklen Winkeln lauert. Doch nachdem man sie rausgeholt hatte, war Noel mit einer Taschenlampe aus dem Vorratsraum nebenan zurückgekommen und hat alles ausgeleuchtet zum Beweis, dass sie ganz allein gewesen war.

Dieser Ort macht sie zu einer versponnenen Närrin.

Noel möchte sie zu ihrer Mutter befragen. Insbesondere interessiert ihn, ob Eve wegen des Namens Francis Garvey Kontakt zu ihr aufgenommen hat. Als Eve ihm erklärt, dass sie ihr geschrieben hat und auf Antwort wartet, reagiert er darauf mit so unverhohlenem Erstaunen, dass sie schon wieder wütend wird. Als hätte alle Welt ein eigenes Telefon!

»Dann schicken Sie ihr ein Telegramm, sie möge Sie im Hotel anrufen.«

»Es wäre ein viel zu großer Schock für sie, wenn der Telegrammbote zu ihr käme.«

Darauf hat er keine Antwort. In den letzten zehn Jahren hat jeder gelernt, mit der Angst vor einem überraschenden Klopfen an der Tür zu leben.

Unerwähnt lässt sie, dass sie gar nicht weiß, wie sie dieses Gespräch mit ihrer Mutter überhaupt beginnen soll. Wohingegen mit einem Brief eine gewisse Distanz zwischen ihnen gewahrt bleibt.

»Gehe ich recht in der Annahme, dass Sie und Ihre Mutter sich nicht sehr nahestehen?«

»Ich weiß nicht, wie Sie darauf kommen, Mr. Lester.« Wenn Stimmen Glas schneiden könnten.

Sully, der offenbar spürt, wie sich die Atmosphäre abkühlt, wechselt das Thema. »Haben Sie sich denn schon überlegt, Eve, was Sie zur Hochzeit des Jahrzehnts tragen werden?« Er hat sich aufgestützt und sitzt nun, über die Lehne drapiert, ihnen zugewandt, als wäre er ganz gespannt, aber Eve glaubt, in seiner Stimme einen neuen gereizten Ton zu vernehmen.

»Ich habe gehört, dass sie Drogen nehmen muss, um eine Nacht mit Laurent Martin zu verbringen. Wie will die arme Frau das ein ganzes Leben lang durchhalten?«, wundert sich Noel.

»Warum müssen alle hier immer so zynisch sein?«, fragt Eve. »Das scheint für Sie eine Art Sport zu sein. Laurent bewundert Gloria doch ganz offensichtlich und sie ihn. Sie ist einfach nervös wegen der Hochzeit, wie das jeder wäre. Außerdem« – Eves Neugier gewinnt schließlich doch die Oberhand –, »wo waren Sie denn gestern mit ihr, Sully?«

»Sie wollte ein paar Empfehlungen, wo man hier hingehen kann.«

»Schönheitssalons?«, hakt Noel gehässig nach.

»Nein, Buchläden«, entgegnet Sully, und Eve genießt die Überraschung in Noels Gesicht. »Gloria versucht, sich weiterzubilden«, ergänzt Sully. »Sie hat die russischen Meister gelesen und sich im letzten Jahr durch den *Ulysses* gequält, gibt allerdings fröhlich zu, kein einziges Wort verstanden zu haben.«

Von oben sind Geräusche zu hören. Die Haustür fällt zu. Rasche Schritte auf der Treppe.

»Einen schönen Nachmittag«, sagt Mrs. Finch ganz außer Atem, und ihre Augen huschen von einem zum anderen. Über ihrem rechten Arm hängt ein Korb mit Gemüse, als käme sie direkt vom Markt. In ihrer linken

Hand hält sie einen großen, steifen, braunen Umschlag. »Der lag in der Diele. Offenbar persönlich überbracht«, sagt sie. »Er ist für Sie, Mrs. Forrester.«

Eve steht auf, um den Brief entgegenzunehmen, plötzlich nervös, dass er von ihrer Mutter sein könnte, irgendwie umgeleitet von einem lokalen Sortierdienst. Sie fragt sich, welche wichtige Mitteilung ihre Mutter veranlassen könnte, derart ausladendes Briefpapier zu wählen. Verschwendung in jeglicher Form wird von ihrer Mutter nicht geduldet.

Der Brief ist nicht frankiert und lässt nicht erkennen, woher er kommt. Ihr Name ist mit blauem Stift in Großbuchstaben geschrieben, die wenig gemein haben mit der verkrampften, präzisen Handschrift ihrer Mutter. Eve ist sich bewusst, dass Sully und Noel sie beobachten und auch Mrs. Finch noch in der Tür verweilt.

Sie steckt ihre Hand in den Umschlag und zieht ein Stück Karton heraus. Nein, kein Karton: eine Fotografie. Eve starrt lange darauf, und ihr Geist hat Mühe zu erkennen, was sie sieht, dann stöhnt sie. Lässt die Fotografie zu Boden fallen, wo sie mit der Bildseite nach oben liegen bleibt. Alle sind still.

»Mir war nicht bewusst, dass Sie mit Victor Meunier so gut bekannt sind«, sagt Noel.

»Sie wirken sehr … vertraut«, stimmt Sully ihm zu, der seinen Kopf zur Seite gedreht hat, um das Foto richtig herum begutachten zu können.

Eve, die wie erstarrt dasteht, neigt ihren Kopf, sodass sie dasselbe sieht wie die anderen auch. Eine Schwarz-Weiß-Aufnahme, körnig, aber doch deutlich genug, um zwei Gestalten darauf zu erkennen. Sein Arm beschützend um ihren Rücken, ihr Kopf auf seiner Schulter ruhend. Sein Gesicht ihrem zugewandt, während sie zu ihm aufblickt, als würden sie sich gleich küssen.

Und da fällt bei Eve der Groschen, und sie erinnert sich an das Pärchen, an dem sie und Victor auf dem Weg zum Auto vorbeikamen und das eifrig Fotos machte.

»Ich begreife das nicht«, sagt sie, und ihre Stimme ist die einer Fremden, schrill und angespannt.

»Ich denke, da wird auch ein Brief dabei sein«, schlägt Sully vor. Er streckt seine Hand aus, und sie reicht ihm den Umschlag an, als hätte sie keinen eigenen Willen mehr.

Er hat recht. Der Brief ist auf ein Blatt weißes Papier getippt.

Vielleicht hätte Ihr Ehemann gern einen Abzug von diesem Foto? Gehen Sie nach Hause, Mrs. Forrester.

Eve lässt sich zurück auf das Sofa fallen, von dem sie eben erst aufgestanden war, ihr Herz rast.

»Wir waren nicht … das heißt, da war nichts …« Sie hält inne, weiß nicht, wie sie fortfahren soll. »Mr. Meunier hat mich nur auf dem Weg zum Auto gestützt, weil ich mich unwohl fühlte.«

»Gewiss war *Mr. Meunier* die Aufmerksamkeit in Person.« Noel spuckt den Namen des Franzosen geradezu aus, und Eve fühlt sich schmutzig, obwohl sie weiß, dass sie keinen Grund dazu hat. In ihrem Kopf hört sie Victors Stimme, die sie zu ihm nach Hause einlädt. Sie schön nennt. Sie sieht sich seine Worte begierig aufschlecken wie eine Katze die Milch. Ihr ist übel.

»Oh, das ist ja aufregend«, sagt Sully. Nachdem er sich von seiner Überraschung erholt hat, scheint er dieses unerwartete Drama regelrecht auszukosten. »Ich bin noch nie erpresst worden. Vermutlich hatte ich auch nie etwas, was eine Erpressung wert gewesen wäre. Kein Geld und schon gar keinen Ruf. Fast bin ich eifersüchtig.«

»Aber wer tut denn so etwas?«, fragt Eve. Ihre Stimme bebt gefährlich, und sie ist den Tränen nah.

»Sollen wir eine Liste all der Leute erstellen, die darauf erpicht sind, dass Sie die Verkaufspapiere für das Haus unterschreiben und wieder abreisen?«, schlägt Sully vor.

»Einen Moment mal.« Noels Augen haben jetzt das Grün eines tiefen Waldes, in den kein Lichtstrahl einzudringen vermag. »Wollen Sie damit andeuten, dass jemand aus meiner Familie …«

Sully hebt abwehrend eine Hand. »Ich deute gar nichts an. Ich betrachte nur die Faktenlage.«

»Die Faktenlage ist, dass Mrs. Forrester sich in eine sehr angreifbare, kompromittierende Lage gebracht hat.«

Jetzt fließen die Tränen, die sich bereits angedeutet hatten, sammeln sich in ihren Augen und laufen ihr übers Gesicht. Eve wischt sie wütend ab, aber nicht schnell genug. Beide Männer haben sie gesehen.

»Herrgott noch mal, für Tränen ist es jetzt ein bisschen spät«, meint Noel.

Sully setzt sich neben sie aufs Sofa und ergreift ihre Hand. »Es ist nicht so schlimm, wie Sie denken«, sagt er freundlich. »Wer auch immer den Brief geschickt hat, wird doch nicht Ihre Heimatadresse haben?«

»Mein Ehemann steht im Telefonbuch«, stottert Eve schluchzend. »Er hat einen eigenen Betrieb. Oh Gott, was wird er von mir denken?«

»Daran hätten Sie vielleicht denken sollen, bevor Sie

mit Victor Meunier auf der Straße geturtelt haben«, empört sich Noel.

Geturtelt?

»Sind Sie sicher, dass Sie kein Auto vorfahren gehört haben, denn jemand muss den Brief ja eingeworfen haben?«, erkundigt Mrs. Finch sich von der Tür her, und Eve, die ganz vergessen hatte, dass die Haushälterin noch da ist, zuckt zusammen. Sie hält die Hand vors Gesicht, um ihre Tränen zu verbergen.

Ein Bild von der Beerdigung ihres Vaters kommt ihr in den Sinn, als sie und ihre Mutter Seite an Seite wie zwei schwarze Schachfiguren steif die Kirche betreten. Bevor sie hineingehen, legt ihre Mutter ihr warnend die Hand auf den Arm und neigt sich ihr zu. Eve erinnert sich ganz genau an den jähen Schreck, als sie dachte, ihre Mutter würde sie jetzt in den Arm nehmen oder tröstliche Worte sagen. Stattdessen zischte sie: »Wenn du spürst, dass die Tränen kommen, schau auf einen Punkt direkt über dem Kopf des Pfarrers und konzentriere dich so lange darauf, bis es vorbei ist.«

Halt ein, lautete die Botschaft. *Überspiel es, zeig der Welt dein bestes leeres Gesicht.*

Das Schellen der Türklingel zerreißt die emotional aufgeladene Atmosphäre, und Mrs. Finch kehrt in die Diele zurück und geht nach oben. Stimmengemurmel.

Als sie wieder auftaucht, ist sie ganz aufgewühlt. »Es ist Mr. Meunier, er möchte Mrs. Forrester sprechen. Er möchte lieber nicht ins Haus kommen. Er wirkt ein wenig nervös.«

Eine Flamme bahnt sich ihren Weg von Eves Brust bis in den Hals und steigt dann hoch in ihre Wangen. Sie vermeidet es, Noel anzusehen. Diese Genugtuung gönnt sie ihm nicht. Nach dem Schock des Fotos, das sie und Victor so nah zusammen zeigt, dass man sie für ein Liebespaar halten könnte, erfüllt die Aussicht, ihn zu sprechen, sie mit Scham.

Aber sähe es nicht viel schlimmer aus, wenn sie sich weigerte? Als hätte sie etwas zu verbergen?

»Ich komme.« Schwerfällig erhebt sie sich.

»Eve?« Victors sonst so sanfte Stimme hat etwas Drängendes. In schwaches Sonnenlicht getaucht, steht er blass auf der Türschwelle und stützt sich schwer auf seinen Stock.

»Ich möchte Sie nicht erschrecken, aber ich muss Sie sprechen. Ich habe einen ... misslichen Brief erhalten.«

»Sie auch!« Ihr war gar nicht in den Sinn gekommen, dass das Foto Victor genauso kompromittieren könnte wie sie. Schließlich ist er nicht verheiratet, was hat er also zu verlieren? Die Antwort darauf geben Victors nächste Worte.

»Ich habe einige Kunden, die sind, nun ..., sehr konservativ ... und wären nicht erfreut zu erfahren, dass ich mit einer verheirateten Frau ... wie soll ich es ausdrücken ... verbunden bin.«

Eve steigt das Blut ins Gesicht. »Verbunden? Aber es ist nichts ...«

»Natürlich kennen Sie und ich die Wahrheit, aber die Frage bleibt, welchen Eindruck es macht. Wie andere Leute es sehen werden. Diese Kunden sind sehr einflussreich. Ich kann es mir nicht leisten, sie zu verlieren. Verstehen Sie?«

»Ja, natürlich. Es tut mir leid. Ich habe genau den gleichen Brief erhalten. Mit der Drohung, das Foto meinem Ehemann zu schicken.«

Victors Blick wird weich. »Bitte verzeihen Sie, ich war so mit mir befasst, dass ich Sie gar nicht gefragt habe. Das muss ein Schock für Sie gewesen sein. Aber vielleicht wird Ihr Ehemann es als das verstehen, was es ist, nichts weiter als zwei ... Freunde auf dem Heimweg nach einem reizenden Abend.«

Eve lacht – ein höchst unfroher Laut. »Das bezweifele ich leider sehr.«

Victor seufzt. »Das kann man ihm vermutlich nicht verübeln. Wenn ein Mann eine so schöne Frau hat, dürfte es sicher schwerfallen, nicht eifersüchtig zu werden und vom Schlimmsten auszugehen. Werden Sie denn heimkehren, Eve?«

Unter ihr tut sich ein Abgrund auf. *Heim*. Ein Wort mit vier Buchstaben, doch nie war es mit mehr Bedeutung aufgeladen. »Ja. Ich hatte noch keine Gelegenheit, zu planen, aber ich werde wohl abreisen.«

»Das ist sehr schade.«

Nachdem Victor weg ist, verweilt sie noch eine Weile in der Diele, die Tür im Rücken. Das Wort *heimkehren* hallt in ihrem Kopf nach.

Offensichtlich sieht man ihr die Verzweiflung an, weil Sully ihr, sobald sie das Wohnzimmer betritt, bedeutet, sich neben ihn zu setzen.

»Hören Sie«, sagt er und streckt seine große, breite Hand aus, um ihre zu drücken. »Da versucht jemand, Ihnen Angst zu machen. Treffen Sie die entsprechenden Vorkehrungen für Ihre Rückkehr nach England, wenn es sein muss, aber zögern Sie diese noch ein paar Tage hinaus, und bleiben Sie, wie ursprünglich geplant, noch bis zur Hochzeit. Wer auch immer Ihnen das zugeschickt hat, wird sehen, dass Sie willens sind abzureisen, und Sie in

Ruhe lassen. Gloria würde es mir nie verzeihen, wenn Sie sie im Stich lassen; sie hat Sie tatsächlich in ihr Herz geschlossen. Sie hat mir sogar befohlen, Sie morgen zu ihr zu bringen, denn sie möchte Sie mit ihren abgelegten Kleidern herausputzen. Danach dürfen Sie dann in Ihre Heimat und zu Ihrem Ehemann zurückkehren, und all das wird Ihnen wie ein absurder Traum vorkommen. Lassen Sie sich nicht vorzeitig von Bosheit und Eifersucht vertreiben. Sie bleiben doch, nicht wahr?«

Eve zögert und nickt dann.

»Dann wäre das geregelt«, sagt Noel. »Und erfreulicherweise wird auch Victor Meunier auf der Hochzeit sein. Dann können Sie dort Ihre Bekanntschaft vertiefen.«

Eve konzentriert sich auf einen Punkt direkt über Noels Kopf und starrt darauf, bis die nicht geweinten Tränen nicht mehr in ihren Augäpfeln brennen. Bis sie nichts mehr empfindet.

Guy, 28. April 1948

Holke Hall ist ein entsetzlicher Ort. Nur rote Backsteinmauern und darüber ein Turm mit einer riesigen Uhr, die aussieht wie das Auge eines Zyklopen. Der Himmel hinter dem Turm ist genauso schiefergrau wie die Drahtzäune, die das ganze Gebäude umrunden.

Die Schreie sind markerschütternd.

Endlose Flure, die nach Scheiße und Bleichmittel stinken. Ich halte den Atem an und kämpfe gegen das Verlangen an, mich umzudrehen und wegzulaufen. So hatte ich es mir nicht vorgestellt. Dafür war mein Geld nicht gedacht. Die Schuhe der Pflegerin, die mir den Weg zeigt, quietschen auf den gebohnerten Böden. Mit gesenktem Blick schielt sie zu mir und taxiert mich. Meine Kleidung, mein Akzent. Meine schlaffe Haut, die nach meinem rapiden Gewichtsverlust lose an mir zu hängen scheint. Seltsam, sich vorzustellen, dass ich sie noch vor ein paar Monaten ebenso taxiert hätte. Ihre Figur, ihr Alter, ob sie einen Flirt wert wäre. Nun, da ich das alles hinter mir gelassen habe und nur noch damit beschäftigt bin, am Leben zu bleiben, wird mir bewusst, wie oberflächlich meine Beziehungen zu Frauen gewesen sind. Ich habe stets nur an der Oberfläche gekratzt, so eilig hatte ich es, zur nächsten und zur nächsten und wieder zur nächsten zu kommen.

Meine arme Diana.

Ich werde ins Besucherzimmer geführt, einen Ort ohne jede Annehmlichkeit, mit Fenstern, die so hoch oben in den Wänden sind, dass man nur den bleiernen Himmel sehen kann. Ich setze mich auf einen der harten Stühle und denke an all die anderen Menschen, die vor mir hier gesessen haben, damit ich nicht an sie und ihre mögliche Reaktion denken muss, wenn sie mich sieht.

Als die Tür aufgeht, stehe ich auf, und mein Herz klopft wild und unkontrolliert.

»Da muss ein Irrtum vorliegen.« Sie haben die falsche Frau gebracht. Die hier ist alt, mit aufgeplatzten Äderchen auf den Wangen und trübem, unstetem Blick. Sie trägt ein kittelartiges, zerschlissenes Kleid, ihre Hände tasten nach ihren Schlüsselbeinen. Durch ihre Strümpfe zeichnet sich an einem Bein wurmartig eine Vene ab, und an ihren Schläfen sind violette Dellen zu sehen, gerahmt von strähnigem Haar, das fast völlig ergraut ist.

»Nein, Sir«, sagt die Pflegerin und runzelt die Stirn. »Das ist die Dame, die Sie sehen wollten. Ich fand es auch seltsam. Denn sie hat in der ganzen Zeit, die ich hier schon arbeite, noch nie Besuch bekommen.«

Ich sehe ein zweites Mal hin, und da geht etwas in mir zu Bruch, winzige, nadelspitze Splitter graben sich in meine Brust ein, als ich den unverwechselbaren Ring mit dem grünen Stein wiedererkenne, den sie am Finger trägt.

Ich erinnere mich an ein Mädchen mit glatter, frischer blutbespritzter Haut und langen, dicken Locken, in denen sich Klumpen roter Materie eingenistet haben wie Perlen.

Oh Gott, was habe ich getan?

»Natürlich. Jetzt erinnere ich mich«, sage ich für die

Pflegerin. Dann frage ich die Frau: »Erinnern Sie sich an mich?«

Die Pflegerin lacht. Sie kommt ihm nicht viel älter als Libby vor.

»Seit Dr. Cranleigh mit seinem Eispickel gehörig in ihrem Kopf herumgestochert hat, erinnert sie sich an den meisten Tagen nicht mal mehr an ihren eigenen Namen.«

Die Frau starrt mich mit diesen verstörenden Augen an, nur dass sich jetzt etwas darin bewegt, eine Art Funke.

»Ich erinnere mich«, sagt sie schließlich mit einer Stimme, so krächzend, als würde sie nicht oft benutzt. Immer noch starrt sie.

»Es tut mir leid«, sage ich. »Das wusste ich nicht. Dieser Ort hier. Was Ihnen widerfahren ist. Ich wusste es nicht.«

In Wahrheit hatte ich es nicht wissen wollen. Nur der Tod hat mich dazu gebracht, an diesen schrecklichen Ort zu eilen, um im letzten Moment Vergebung zu erbitten.

In jener Nacht gehe ich aus und trinke Whisky, bis meine Gedanken darin ertrinken.

20

8. Juni 1948

»Ich würde mir meine beiden Beine am Knie absägen, wenn ich dann so klein und zierlich sein könnte wie Sie.« Gloria Hayes mustert angewidert eins ihrer wohlgeformten nackten Beine.

Eve kann nicht umhin zu lachen, zum ersten Mal seit den Ereignissen des gestrigen Tages.

Erst jetzt, hier bei Gloria Hayes in ihrem Märchenschloss, dessen in unterschiedlichen Farben gehaltene Etagen an Zuckerguss auf einer Hochzeitstorte erinnern, spürt sie, wie die dunkle Wolke, die seit dem Eintreffen des Fotos über ihr gehangen hat, sich endlich hebt.

»Ich sagte Sully, ich würde nie wieder mit ihm sprechen, wenn er Sie nicht zwingt, hierzubleiben. Wissen Sie, Eve, wir kennen einander zwar nicht, aber ich bin der Meinung, dass wir beide in der gleichen Position sind, Sie und ich. Wir sind hier beide Außenseiter. Das erschreckt Sie, wie ich Ihnen ansehe. Sie denken, ich sei eine jener Verrückten, die vor den Studiotoren herumlungern und darauf warten, von einem Kerl ins Kino oder auf eine Cola oder eine Spritztour eingeladen zu werden. Alle glauben mich zu kennen, weil sie mich zehn Meter groß und praktisch nackt gesehen und mir beim Essen, Schlafen, Weinen und Verlieben zugeschaut haben und nun denken, das würde uns irgendwie verbinden.«

Eve versichert Gloria, dass sie sie nicht verrückt findet.

»Ich bin froh, hier zu sein«, sagt sie. »Ich musste mal raus aus der Villa La Perle.« Ohne zu überlegen, erzählt sie Gloria von dem feuchten Keller, der Fotografie und dem Brief mit den fetten schwarzen Buchstaben, die sich so tief ins Papier gegraben haben, als hätte jemand brachial auf die Schreibmaschinentasten eingehämmert.

Gloria – sie trinkt einen großen Gin Fizz, wie sie ihn auch Eve angeboten hatte, allerdings vergeblich – hört teilnahmsvoll zu, doch zu Eves Enttäuschung scheint die Amerikanerin ihre Situation nicht zu begreifen. Eve unternimmt einen erneuten Versuch, aber Gloria winkt nur mit ihrer manikürten Hand ab.

»Ach, Erpressung«, sagt sie, als wäre das etwas Alltägliches. »Man darf solchen Leuten niemals nachgeben, Schätzchen, sonst nimmt das kein Ende.«

»Aber wer könnte das geschickt haben?« Da sie dieses peinliche Thema nun schon mal ans Licht geholt hat, will Eve nicht davon ablassen. »Ich kann nicht glauben, dass mich jemand derart hasst.« Ihre Stimme bricht, doch sie überdeckt das mit einem Hüsteln. Tatsächlich ist das ihre größte Sorge. Nicht die Drohung, Clifford mit hineinzuziehen – obwohl ihr jedes Mal übel wird, wenn sie sich vorstellt, dass ein brauner Umschlag wie dieser in seinem Büro eintrifft oder durch den Briefschlitz in den Flur ihres Hauses in Sutton fällt oder, noch schlimmer, dass er ihm von Mr. Ward, dem neugierigen Postboten, überreicht wird –, sondern die Vorstellung, jemandes Abneigung gegen sie könnte so groß sein, dass sie jedes Mittel rechtfertigt.

Ihr ganzes Leben hatte Eve auf dem Wunsch aufgebaut, gemocht zu werden, und wenn das nicht möglich war, wenigstens nicht abgelehnt zu werden. Nun keimt in ihr der Verdacht, dass sie versucht hat, den Mangel an häuslicher Zuneigung mit dem Wissen darum zu kompensieren, dass sie insgesamt doch akzeptiert oder wenigstens toleriert war, ob in der Schule oder als sie mit den anderen Frauen während des Kriegs Freiwilligendienst leistete.

Und jetzt das.

»Das könnte jeder aus der Lester-Familie getan haben. Nach allem, was Sully erzählt, hat jeder von denen Gründe, an das Geld zu wollen, und Sie stehen ihnen im Weg.«

»Diana braucht das Geld nicht.«

»Diana Lester ist ein Miststück. Das war mir schon bei unserer ersten Begegnung klar. Ein Miststück braucht keine Gründe dafür, dich zu bescheißen. Es liegt ihm im Blut.«

Eve bleibt der Mund offen stehen. Nicht zum ersten Mal hört sie jemanden so locker daherreden. Eine ihrer Freundinnen aus ihrer Zeit beim Frauenfreiwilligendienst hatte ebenfalls ein Schandmaul, aber sie kam aus einer Familie mit fünf älteren Brüdern. Gloria Hayes, den Star von *Rose of Alabama,* derart profan zu erleben ist auf erregende Weise schockierend.

»Hier. Das ist es. Das müssen Sie anziehen. Es wäre wirklich perfekt.« Gloria hat das prachtvollste Kleid herausgeholt, das Eve je gesehen hat. Sein silberner Stoff schimmert, als sie es vor dem riesigen Fenster ans Licht hält.

Sie befinden sich in der mittleren, in Rosa gehaltenen Etage des Hauses. Eine von einem Geländer begrenzte Terrasse zieht sich über die gesamte Länge des Gebäudes, einschließlich Glorias Ankleidezimmer, in dem Eve nun in einem schwarzen Samtsessel mit kunstvoll geschnitzten Armlehnen thront.

Eve hatte eigentlich nicht die Absicht gehabt, herzukommen, und war sogar davon ausgegangen, dass Sully einem Scherz aufgesessen war. Und sie hatte sich darauf eingestellt, den ganzen Tag auf ihrem Zimmer zu bleiben, in Selbstmitleid zu baden und sich zu einer Entscheidung durchzuringen. Die Colletts waren vorbeigekommen, aber sie ließ ihnen durch Mrs. Finch ausrichten, dass sie sich unwohl fühlte, denn sie sah sich nicht in der Lage, ihnen von dem Foto zu erzählen. Was würden sie von ihr denken? Sie erinnerte sich noch gut an Ruths Zögern vor ihrem Aufbruch von Le Crystal und an ihren Versuch, auf Eve einzuwirken, mit zu ihnen ins Hotel zu kommen. Oh, warum hatte sie nicht einfach ja gesagt?

Gegen Mittag, sie hatte auf dem Bett gelegen und überlegt, ob sie runter in die Küche gehen und sich heimlich etwas zu essen holen sollte, hatte sie einen Wagen auf dem Kiesplatz neben dem Haus vorfahren hören.

Gleich darauf hatte Mrs. Finch an ihre Tür geklopft. »Miss Hayes wartet im Wagen auf Sie, Mrs. Forrester. Ich habe versucht, ihr klarzumachen, dass Sie sich nicht wohlfühlen, aber sie war äußerst hartnäckig. Ich denke wirklich, sie ist es nicht gewohnt, ein *Nein* zu hören.«

Also war Eve hinuntergegangen, um es ihr zu erklären, fand sich dann aber im Fond des Wagens wieder, weil aller Protest wirkungslos blieb. Also ist sie jetzt hier und kuschelt sich in diesen sehr speziellen Sessel, während eine Frau, die sie bis vor wenigen Tagen nur von der Kinoleinwand kannte, in einem Schrank, größer als Eves früheres Kinderzimmer, nach einem Kleid für sie sucht, das sie auf der Hochzeit tragen soll, die von der Presse inzwischen zur herrlichsten aller Zeiten hochstilisiert wurde.

Gloria reicht ihr das silberne Kleid an, das, wie Eve bereits weiß, über den Boden schleifen wird, aber sie hält es trotzdem gehorsam vor sich hin, während Gloria sie mit kritischem Blick mustert.

»Dann dieses also nicht«, sagt sie, nimmt es und wirft es auf den Boden. »Oh, aber das hier. Ja, das ist es. Es ist eigentlich nur knielang, aber wenn es an Ihnen ein wenig länger ist, macht das nichts.«

»Aber Blau steht mir nicht.«

Gloria steht regungslos vor Eve und starrt sie an, die Hand in die Hüfte gestemmt. »Wer in Gottes Namen hat Ihren Kopf mit derart lächerlichem Blödsinn gefüllt? Sie sind wie gemacht dafür, Blau zu tragen. Das wird Ihre braunen Augen erst richtig zur Geltung bringen.«

Eve muss an ihre Nachbarin Nora denken, die an dem kleinen Tisch im Hinterstübchen mit ihrer Mutter Tee trinkt und sagt: *Wie schade, dass die arme Eve wird feststellen müssen, dass ihr Teint sie in Hinblick auf die Farbgebung ihrer Kleidung sehr einschränkt. Nur Braun- und Grautöne und keine von den hübschen Farben.*

Aber jetzt hält Gloria das Kleid vor Eves Spiegelbild. Der eisvogelblaue Satin ist an den Schultern breit gerafft und dehnt sich dann über die Stäbchen, die das Kleid in Form halten, und Eve erkennt sofort, wie es ihr Gesicht erstrahlen lässt. Gloria greift in Eves widerspenstige Haare, dreht sie nach oben und befestigt sie mit einer Elfenbeinspange.

»So«, sagt sie. »Schon viel besser. Und jetzt probieren Sie das Kleid an.«

Aber es wird ihr nicht passen. Davon ist sie überzeugt. Gloria ist völlig anders gebaut als sie, viel breiter in den Schultern und mit langen Gliedmaßen.

Und doch sitzt es irgendwie. Die Schultern rutschen bei ihr tiefer, und der Saum, der sicherlich auf dem Knie enden sollte, reicht ihr bis zur Wadenmitte. Aber dank der klugen Konstruktion schmiegt es sich perfekt an ihren Körper oder ist, besser gesagt, eine perfektionierte Version ihres Körpers. Es ist fast unanständig, wie gut ihr das Kleid steht.

Gloria, die auf einem Schemel Platz genommen hat, den Drink neben sich, klatscht erfreut in die Hände.

»Sie werden natürlich auch Schuhe brauchen. Aber Ihre zarten Füßchen würden in den großen hässlichen Kähnen, die ich tragen muss, nur herumschwimmen.«

»Ich werde wohl meine eigenen Schuhe anziehen müssen.«

Finster betrachtet Gloria Eves Füße und lässt keinen Zweifel darüber aufkommen, was sie von der Fußbekleidung ihrer Gefährtin hält. »Ich will Sie ja nicht beleidigen, Schätzchen, aber … ah, Moment mal!« Schon ist Gloria aufgesprungen und steuert einen zweiten Schrank auf der anderen Seite des Raums an. Sie öffnet die Tür, und Schuhe fliegen durch den Raum. Fast hätte einer der schwarzen Riemchenpumps mit einer Samtschleife auf dem Zeh Eve getroffen. Endlich taucht Gloria wieder auf, in der Hand eine rosa Schachtel mit einem Band drum herum.

»Ich denke, das sind sie – Designerschachteln vergesse ich nie.« Ungeduldig zieht sie am Band und wirft es beiseite, bevor sie den Deckel der Schachtel abnimmt. »Ja! Wusste ich es doch!« Sie greift hinein, arbeitet sich durch die Seidenpapierlagen und fördert ein Paar cremefarbene hochhackige Peep-Toes mit Riemchen um die Fesseln und blauen Plateausohlen zutage.

»Das Studio hat einen Fotografen geschickt, damit er die errötende Braut beim Probelauf für ihre Hochzeit fotografiert, doch dieser Idiot von einem Stylisten hat die englischen und die amerikanischen Größen verwechselt.«

»Au, die sind viel zu eng.«

Die Schuhe drücken grausam auf den großen Zeh, aber Gloria besteht darauf, dass Eve sie dennoch anschnallt, was ihr wegen des unsichtbaren Korsetts eine ziemliche Anstrengung abverlangt.

»Perfekt«, befindet sie. »Was habe ich Ihnen gesagt?«

»Aber sie tun weh.«

»Natürlich tun sie weh. Alles, was schön ist, tut weh. Der Trick besteht darin, sich keinesfalls anmerken zu lassen, dass es wehtut.«

Eve steht auf und versucht, ein paar Schritte zu gehen.

»Ich glaube wirklich nicht, dass ich … oh!«

Sie ist bis zum Spiegel am Ende des Raums gehumpelt, der vom mit Teppich ausgelegten Boden bis zur Decke reicht und ihr erlaubt, die Gesamtwirkung von Kleid und Schuhen in Augenschein zu nehmen. Nicht, dass sie schön aussieht, aber sie sieht aus wie eine völlig andere Person. Wie eine Person, die hierher an die Côte d'Azur gehört, eine Frau, die sich schick macht, wenn sie sich mit ihresgleichen zum Mittagessen trifft, für die eine Ehe wie eine Pelzstola ist, die man nach Belieben umlegt oder ablegt, und die, anstatt eine Antwort zu geben, mit der Hand wedelt.

Fünfzehn Minuten lang übt Eve unter Anleitung von Gloria das Gehen in diesen Folterwerkzeugen und passt ihre normalen Schritte den Einschränkungen des mit Stäbchen versehenen Kleides an. Jetzt sieht sie nicht nur aus wie eine andere, sondern sie bewegt sich auch wie eine andere. Und es dauert nicht lange, und sie fühlt sich wie jemand anderes.

Nur zögernd kehrt sie wieder in ihre alten Kleider zurück.

Wenigstens hast du Kleider zum Anziehen, tadelt sie sich und denkt dabei an den Mann, den sie kurz nach ihrer Ankunft in diesem Land auf einer Zeitung hat sitzen sehen.

»Haben Sie nicht manchmal Gewissensbisse wegen all der Sachen hier?«, fragt sie und zeigt auf die Reihe der Designerschuhe in allen erdenklichen Farben, die man durch die offene Schranktür sieht, und dann auf den verschnörkelten Frisiertisch mit dem goldgerahmten Spiegel und den vielen Parfümflakons. »Damit meine ich, dass Sie ... dass *wir* ... so viel haben, während da draußen Männer Stunde um Stunde in ihren Fischerbooten sitzen und hoffen, genügend Fische zu fangen, um ihren Familien ein Abendessen zu sichern.«

Gloria folgt Eves Blickrichtung durch die Doppeltüren und zum Meer hin, wo die Boote unter der sengenden Sonne schaukeln.

»Ich bin mit acht Brüdern und Schwestern in einer Hütte mit drei Zimmern groß geworden, Schätzchen. Ich weiß, was es heißt, im Bauch nichts weiter als Träume zu haben. Zwei meiner Brüder sind schon tot. Ich kann Ihnen versichern, die Dreißigerjahre waren keine gute Zeit für Arme. Jedenfalls nicht dort, wo wir wohnten. Aber ich habe es geschafft. Überleben des Stärkeren. Heißt das nicht so bei den Wissenschaftlern? Und deshalb, nein, ich habe keine Gewissensbisse. Ich werde Ihnen auch nicht erzählen, was ich tun musste, um so weit zu kommen – Sie würden darüber weiße Haare bekommen. Ich habe mir mein Recht verdient, in diesem Haus zu sein, in diesem Zimmer mit diesem Ausblick und so vielen gottverdammten Schuhpaaren, wie es mir gefällt.«

Während dieser Rede hat Gloria in einer großen eleganten weißen Handtasche gekramt, aus der sie nun ein kleines Fläschchen holt. Sie schraubt den Deckel auf und schüttelt sich zwei rosa Pillen in die Hand.

»Möchten Sie eine?«

Eve schüttelt den Kopf.

»Wie Sie wollen.« Gloria wirft sich beide Pillen in den Mund, neigt ihren Kopf nach hinten.

»Was ist das?« Eves Neugier gewinnt doch die Oberhand.

»Ach, den richtigen Namen habe ich vergessen. Ich nenne sie einfach meinen Süßstoff, denn schließlich tun sie genau das, sie machen das Leben ein bisschen süßer.«

»Dann fühlen Sie sich also glücklicher?«

Gloria lacht. »Wenn man diese Pillen nimmt, Schätzchen, *fühlt* man überhaupt nichts mehr. Das ist ja das Schöne daran.«

Eve weiß nicht, was sie darauf sagen soll. Sie bildet sich ein, bereits beobachten zu können, wie Glorias sonst blitzende Augen trüb werden. Vielleicht sollte sie lieber nichts sagen. Tun, als wäre ein solches Verhalten völlig normal. Sicherlich wäre dies das Beste. Aber …

»Gloria. Sie können mir ruhig sagen, dass es mich nichts angeht, aber wollen Sie wirklich heiraten?« Die Worte sind ihr herausgerutscht, ehe sie Zeit hatte, sie zu prüfen, und am liebsten würde sie sie zurücknehmen.

»Verzeihung«, sagt sie, als sie Glorias Gesichtsausdruck sieht. »Ich wollte Ihnen nicht zu nahe treten. Vergessen Sie es.«

Gloria wandert durch eine Tür in das angrenzende Schlafzimmer und wirft sich bäuchlings auf das große Bett.

»Haben Sie sich schon mal wie ein Blatt gefühlt«, sagt sie mit dumpfer Stimme, »das vom Wind hin und her geweht wird« – sie unterstreicht ihre Worte mit langen Seitwärtsbewegungen ihrer Arme –, »ohne sich selbst auch nur im Geringsten einbringen zu können?«

Eve, die im Türrahmen steht, denkt nach. War es so, als sie Clifford geheiratet hat? Aber nein, sie wurde nicht von einem Windstoß in diese Ehe getrieben. Sie hat die ihr zur Verfügung stehenden Möglichkeiten erwogen und eine Entscheidung getroffen. Wollte an das Wachsen der Liebe zu Clifford glauben, als wäre die Liebe eine Pflanze, die unter den richtigen Bedingungen automatisch wächst.

»Aber sollten Sie irgendwelche Zweifel haben, können Sie dem Ganzen doch noch Einhalt gebieten?«

Gloria lacht. »Ach, Schätzchen, Sie sind so süß, aber Laurent Martin ist nicht der Mann, dem man Einhalt gebietet. Dazu noch die viele Knete, die das Studio bereits dafür ausgegeben hat. Die wollen ihre Märchenhochzeit. Haben Sie denn Märchen gelesen, liebe Eve? Was Gemeineres gibt es gar nicht. Schwäne, die aus Liebe zu Menschen werden, dafür aber wie auf Rasiermessern gehen müssen, in Käfigen gefangene Kinder, die man mästet, damit sie Fett ansetzen, um gegessen zu werden. Außerdem hatte ich mein echtes Märchen bereits, als ich Greg heiratete. Oh mein Gott, wie sehr habe ich diesen Mann geliebt. Und sehen Sie, was daraus geworden ist. Er ist abgehauen und hat eine Frau gefickt, deren Zähne größer sind als ihre Titten, und ich wurde *die arme untröstliche Gloria*, die bedauernswerteste Frau Amerikas.« Gloria hat sich auf den weißen Laken herumgedreht und liegt nun auf dem Rücken, das rote Haar wie ein Fächer um ihren Kopf ausgebreitet, ein nacktes Bein über das andere geschlagen, sodass ihr Fuß mit den lackierten Zehennägeln hoch in die Luft ragt.

»Also heirate ich diesmal hiermit« – Gloria tippt sich an den Kopf – »und nicht hiermit.« Ein Klaps auf die Brust. »Laurent ist ein guter Fang. Wussten Sie, dass die *Vogue* ihn seit nunmehr zwei Jahren als begehrtesten Junggesellen der Welt anpreist? Er gehört zu den Männern, denen man Beachtung schenkt, aber er hat auch eine kultivierte Seite. Er und Victor Meunier verbringen viel Zeit zusammen und unterhalten sich über Kunst. Die Freunde, die ein Mann hat, sagen doch immer viel über ihn selbst aus, oder? Bei Laurent bin ich über meine kühnsten Träume hinaus finanziell abgesichert, aber ich schaffe es dadurch auch, das Heft wieder in die Hand zu nehmen. Wenn sämtliche Zeitungen mein Gesicht bringen, dann tun sie das wegen der Dinge, die ich getan habe, für die ich mich entschieden habe, für *wen* ich mich entschieden habe, und nicht weil irgendein anderer mich verlassen hat.«

Mit einem mulmigen Gefühl denkt Eve an den Empfang im Hause des Herzogs und der Herzogin, auf dem Laurent Gloria vorgeführt hat, als sei sie eins seiner Rennpferde.

»Dennoch, ich würde Ihnen helfen, wenn Sie es sich anders überlegen«, sagt sie. »Und Sully ebenso. Ich denke, er würde alles für Sie tun.«

»Sully ist ein reizender Mann.«

Und diese vernichtende Bemerkung sagt Eve, dass das heimliche Verlangen, das ihr Mitbewohner, in welcher Form auch immer, nach Gloria Hayes verspürt, von dieser nicht erwidert wird.

Das geht ihr durch den Kopf, als sie wieder zurück in der Villa ist und auf der Terrasse, zurückgelehnt in einen Segeltuchliegestuhl, hoch zu den Sternen blickt und sich von Sully erzählen lässt, warum seine derzeitige Ehe nicht funktioniert.

»Ich erholte mich gerade von meiner dritten Frau Nancy, als ich Geraldine kennenlernte. Da hatte ich sechs Jahre mit einer Frau hinter mir, die mich abgrundtief hasste und versuchte, alles Schreckliche, das sich irgendwo auf dieser Welt ereignete, mir in die Schuhe zu schieben. Selbst der Krieg war offensichtlich eine direkte Folge der aggressiven Prosa, die in meinen Romanen zu finden war. Also war ich leichte Beute für jede, die mir ein wenig Zuneigung entgegenbrachte. Und Geraldine bewunderte mich. Oh mein Gott, wäre es möglich, jemanden mit Bewunderung zu ersticken, dann hätte sie es getan. Aber wissen Sie, wenn man völlig ausgehungert ist nach Liebe, und jemand kommt und bietet sie Ihnen auf dem Silbertablett, dann ist das sehr verlockend. Als mir dann endlich aufging, dass wir keinerlei Gemeinsamkeiten hatten, war es zu spät.«

»Keine, außer dass Sie geliebt wurden«, wirft Eve ein.

»Das ist brutal, Mrs. Forrester.«

»Verzeihung.«

Eve ist nervös und kribbelig. Sie versucht, zur Ruhe zu kommen, indem sie an das blaue Satinkleid denkt, das oben in ihrem Schrank hängt, und sich daran erinnert, wie es sich angefühlt hat, sich im Spiegel zu betrachten, als wäre sie eine andere, befreit von den Beschränkungen, sie selbst zu sein. Aber so lästig wie ein Stein im Schuh meldet sich immer wieder das Wissen um jenes körnige Foto. Sie versucht, nicht daran zu denken, mit welchen Gefühlen Clifford den Umschlag öffnen und das Bild herausziehen würde und wie groß seine Enttäuschung wäre.

Der schwarze Nachthimmel über ihr ist von Sternen übersät. Aus den Sträuchern steigt das Zirpen der Zikaden, jene außergewöhnliche Hintergrundmusik, die hier so sehr zum Leben gehört, dass man sie am Ende genauso wenig wahrnimmt wie das Rauschen des Blutes oder das Ein und Aus des eigenen Atems, bis sie plötzlich aufhört und Stille durch die Nacht hallt. Eukalyptusduft hängt in der Luft, und von der gelben Laterne, die an einem der Zweige hängt, geht ein flackernder Lichtschein aus. Eine Sternschnuppe schießt in einem Lichtbogen über den Himmel und ist schon fast verschwunden, ehe Eve sie bemerkt. Fledermäuse sind unterwegs auf Beutejagd. Doch jetzt zerreißt ein anderer Laut die nächtliche Stille. Ein Wagen erklimmt röhrend die Steigung im falschen Gang, Bremsen quietschen, Reifen graben sich in den Schotter und lassen Kieselsteine prasseln.

Man hört die Türglocke lange und anhaltend, als würde sich jemand dagegen lehnen. Dann dringen Stimmen aus dem Haus. Eine Frau, die lacht oder weint, es lässt sich nicht unterscheiden.

Absätze klappern über den gebohnerten Boden, und eine vertraute Stimme sagt: »Wo zum Teufel sind sie?«, worauf Mrs. Finch etwas Unverständliches antwortet.

Gloria Hayes rauscht im Lichterglanz durch die Vorhänge vor den Türen wie die Sternschnuppe, die Eve gerade eben erst gesehen hat. Sie wirkt unsicher auf ihren roten Absätzen, und über beide Wangen zieht sich ein dicker Streifen Wimperntusche.

»Da seid ihr also. Meine beiden liebsten Menschen auf der Welt.« Gloria sucht Halt am Türrahmen. Sie trägt ein rotes Satinkleid mit einem dunklen Fleck vorne. Taumelnd kommt sie die Stufen herunter und wirft sich Sully auf den Schoß, schlingt den Arm um seinen Nacken. »Ist das eine Party? Sollen wir eine Party feiern? Ruf das Mädchen zurück und sag ihr, sie soll uns was zu trinken bringen.«

Das Mädchen. Eve wirft einen Blick hinein ins Haus und kann nur hoffen, dass Mrs. Finch es nicht gehört hat.

»Ich gehe schon«, sagt Eve und erhebt sich. »Was möchten Sie denn?«

»Ich weiß nicht, überraschen Sie mich. Ein Glas von was Wunderbarem. Nein, warten Sie, was rede ich da, dumme Gloria.« Sie streckt ihre Hand aus und schlägt darauf. »Bringen Sie eine *Flasche* von etwas Wunderbarem. Bringen Sie zwei.«

Aber als Eve das Haus betritt, stellt sie fest, dass Mrs. Finch die Situation bereits im Griff hat. Sie begegnen sich am Fuß der Treppe, die Haushälterin trägt ein Tablett mit einer Flasche Whisky, einem kleinen Kübel Eis und drei Gläsern.

»Danke schön, Mrs. Finch. Ich bringe das nach draußen, wenn es recht ist?«

»Natürlich, wenn Sie mögen.«

Eve kann der älteren Frau nicht in die Augen sehen, als diese ihr das Tablett überreicht. Sie schämt sich, obwohl nicht sie es war, die das Wort »Mädchen« gebraucht hat. Und zugleich wird ihr bewusst, dass sie nun seit fast einer Woche in diesem Haus ist, ohne je ein echtes Gespräch mit der Haushälterin geführt zu haben. Sie hat sich nicht die Mühe gemacht, herauszufinden, welche Wege Mrs. Finch hierhergeführt haben und welche Pläne sie für die Zeit nach dem Hausverkauf hat. Erschreckend schnell hat sie sich die Weltsicht der Lesters zu eigen gemacht, wonach die Menschen wie in Laurent Martins Märchenschlossvilla auf verschiedenen Ebenen leben und diejenigen, die ganz oben wohnen, nicht hinterfragen, ob sie auch das Recht haben, dort zu sein.

Draußen sitzt Gloria noch immer auf Sullys Schoß, wogegen er allem Anschein nach nicht das Geringste einzuwenden hat.

»Gloria brennt durch«, verkündet Sully.

»Ja. Nach unserem Gespräch heute Nachmittag musste ich über die Hochzeit und Laurent nachdenken und den Mann, der zweimal in der Woche zu ihm kommt, um ihm die Haare aus der Nase zu zupfen, was mich ziemlich runterzog. Dann sagte ich mir: ›Gloria, du musst das nicht mitmachen.‹ Und jetzt bin ich hier. Bist du nicht stolz auf mich, Eve?«

Sie lallt, und der Träger ihres Kleides ist von der Schulter gerutscht. Fünf violette traubengroße Abdrücke leuchten an ihrem Oberarm.

»Kann ich bei euch bleiben?«, fragt Gloria und reibt ihre Nase an Sullys Hals. »Ich könnte dir Drinks und Sandwiches machen, während du arbeitest, Sully. Ich würde dir nicht im Weg sein. Du würdest kaum merken, dass ich da bin.«

»Obwohl die Anwesenheit der vor der Tür kampierenden Weltpresse dich vermutlich verraten würde«, wirft Sully ein.

Sie gibt ihm einen spielerischen Klaps und vergräbt dann ihr Gesicht an seinem Hals und bricht in Tränen aus.

Jetzt hört man weiteren Tumult. Ein zweiter Wagen trifft ein.

Schritte, die diesmal nicht durchs Haus kommen, sondern über den Weg seitlich am Haus und an der Terrasse vorbei. Zwei Männer in dunklen Anzügen und mit verschlossenen Mienen tauchen auf. Sie sind groß und breitschultrig und sagen kein Wort. Anfangs ist Eve viel zu überrascht, um Angst zu haben. Aber jetzt kommt auch noch Laurent Martin selbst, klein und schmal, aber voll geballter Energie.

Er nimmt die Szene in sich auf. Seine derangierte zukünftige Braut sitzt auf dem Schoß eines anderen Mannes und weint sich an dessen Hals aus, die Träger ihres roten Kleides sind verrutscht. Eve ist alarmiert. Laurent ist die Ruhe selbst. Sagt kein Wort.

Schließlich: »Gloria, mein Liebling. Es ist jetzt Zeit, nach Hause zu gehen.« Seine Stimme ist leise.

Gloria reagiert nicht, aber ihr ganzer Körper wird starr.

»Komm schon, Gloria, ich warte. Es gibt morgen so viel zu tun. Unsere Gäste werden kommen. Du musst dich ausruhen, meine Liebe.« In seiner Stimme liegt eine metallische Schärfe.

Gloria hebt den Kopf, die schwarzen Streifen der Wimperntusche sind noch breiter geworden und im Zwielicht ein gespenstischer Kontrast zu ihrer blassen Haut.

»Ich würde lieber hier bei meinen Freunden bleiben«, sagt sie. Aber schon schwankt ihre Stimme, wird unsicher.

»Deine Freunde werden sicherlich eigene Pläne haben,

Liebling. Es ist Zeit, dass du nach Hause kommst. Erinnerst du dich an die Medizin, die dir der nette Arzt verschrieben hat, damit du schlafen kannst? Stell dir vor, du müsstest die Nacht ohne diese Medizin durchstehen, das willst du doch nicht, oder?«

Gloria schüttelt fast unmerklich den Kopf. Ihre Augen richten sich weit aufgerissen auf ihren Verlobten, während sie sich zugleich an Sullys Schulter klammert. Dieser Anblick tut Eve in der Seele weh.

»Du brauchst nicht zu gehen«, sagt Sully schroff und sieht Gloria dabei an. »Du kannst hierbleiben. Mrs. Finch wird dir ein Zimmer herrichten.«

»Das ist sehr freundlich, Mr. Sullivan«, erwidert Laurent. Das Öl in seinen glatt nach hinten gekämmten Haaren glänzt, als sich das Licht der Laterne darin fängt. »Aber meine Braut muss nach Hause, um Ruhe zu finden. Sie hat ein paar sehr turbulente Tage vor sich. Die Aufregung war zu viel für sie. Das werden Sie sicherlich verstehen.« Als er lächelt, strahlen seine Zähne weiß im Mondlicht.

Sully versucht erneut, Gloria direkt anzusprechen, als stünde Laurent mit seinen beiden Schergen nicht direkt vor ihm. »Gloria, du musst nicht …«

Aber sie steht bereits auf. Schwankt und blinzelt, als hätte sie keine Ahnung, wie sie überhaupt hierhergekommen und warum sie unter diesen Leuten ist.

»Gloria …« Sully versucht es noch mal.

Sie wendet sich mit einem höflichen Lächeln an ihn. »Danke. Ich hatte eine ganz wunderbare Zeit.«

Es klingt, als würde sie sich nach einem geselligen Nachmittagstee verabschieden. Unsicher bewegt sie sich auf Laurent zu. Unterwürfig. Mit hängenden Schultern. Er ergreift ihren Arm.

»Komm, mein Schatz.«

Eves Blick wird magnetisch von der Stelle angezogen, wo Laurents Hand mit den manikürten Nägeln Glorias Handgelenk zusammenquetscht.

Sie ist stumm vor Angst.

Gloria und Laurent steigen die Stufen hinauf, die zur Straße führen, das unregelmäßige Klappern ihrer Absätze hallt durch die Nacht. Jetzt wenden sich auch die Bodyguards mit ausdruckslosen Mienen zum Gehen.

Nachdem alle weg sind und das Motorengeräusch sich in der warmen Nachtluft verloren hat, verharren Eve und Sully schweigend auf der Terrasse. Sie sehen einander nicht an, als befürchteten sie, im Auge des anderen die eigene Feigheit gespiegelt zu sehen.

21

9. Juni 1948

Eve wird von Stimmen geweckt, irgendwer streitet, doch als sie nach unten kommt, ist keiner da. Sie sieht im Wohnzimmer und draußen auf der Terrasse nach. Nach einigem Zögern, weil sie Mrs. Finch nicht begegnen möchte, traut sie sich doch in die Küche. Aber der Raum ist leer.

Sie steuert den Swimmingpool an. Es ist einer jener frischen, klaren Tage an der Côte d'Azur, an denen die Welt in Technicolor retuschiert zu sein scheint: der Himmel von einem satten Kornblumenblau, das Grün der Lorbeerbüsche so leuchtend wie der Edelstein des Rings, den Bernard ihr gab und den sie jetzt als ständige Erinnerung an ihre Suche am Finger trägt.

Als sie auf der Holzliege Platz nimmt, atmet sie das alles ein, als könnte sie es durch ihre Atemwege pumpen und in ihrer Lunge aufnehmen, bis es ein Teil ihrer selbst geworden ist.

Sie blickt hinaus auf das weite Meer mit seinen Jachten und Fischerbooten, auf den niedrigen Streifen von Cap Ferrat, das sich zu ihrer Linken aus dem Wasser erhebt, dahinter die violetten Spitzen der Alpes Maritimes und geradeaus Hunderte Kilometer reines Nichts, und wieder hat sie das Gefühl, als würde eine Last von ihr genommen. *Ich bin bloß ein Fleck im Nichts*, sagt sie sich. Aber sie sagt es erleichtert, nicht unglücklich.

Als sie ins Becken springt und jeder Nerv in ihrem Leib vor Leben pulsiert, breitet sich freudige Gelassenheit in ihr aus. Sie findet ihr Tempo, schwimmt in gleichmäßigen Bahnen vom einen Ende zum anderen und genießt den Widerhall des schnelleren Herzschlags in ihren Ohren. Anfangs zählt sie ihre Bahnen noch, gibt aber bald auf.

Das Schwimmen beansprucht sie so sehr, dass sie gar nicht bemerkt, wie sich jemand der Terrasse nähert. Erst als sie sich recht unbeholfen seitlich aus dem Becken gezogen hat und zu ihrem Liegestuhl gegangen ist, um sich ihr Handtuch zu greifen, bemerkt sie, dass sie nicht allein ist.

»Ich wollte Sie nicht bei etwas stören, das Ihnen allem Anschein nach so viel Freude macht.« Noel hält ihr das Handtuch hin, das sie auf dem Kissen zurückgelassen hat, auf dem er jetzt sitzt.

Eve schnappt sich das Handtuch, ist sich ihres schlabbrigen Badeanzugs und ihrer nackten Schenkel nur zu bewusst. »Was machen Sie hier?«, fragt sie und merkt selbst, wie unhöflich sie klingt. So sehr also haben diese Gegend und der hier übliche Umgangston schon die Derbheit unter ihrer höflichen Fassade freigelegt.

»Meine Stiefmutter, die Göttin Diana, lädt Sie zum Lunch ins Hôtel du Cap ein. Sie hat mich geschickt, um Sie abzuholen, Sie können also nicht nein sagen. Es sei denn, Sie haben andere Pläne?«

Er spielt auf Victor an. Ihre Antwort kommt viel zu schnell. »Nein, natürlich nicht.« Und jetzt kann sie nicht mehr zurück. »Warum möchte Diana mich sehen?«

Noel zuckt mit den Achseln. »Vielleicht findet sie Ihre

Gesellschaft angenehm.« Dann lenkt er offenbar ein: »Sie wird Ihnen auf den Zahn fühlen wollen, was Sie mit dem Haus vorhaben. Diana möchte gern die Kontrolle behalten, falls Sie das noch nicht bemerkt haben.«

»Wie war sie denn?« Eves Neugier lässt sie für einen Moment ihre tropfenden Haare und den Ärger darüber vergessen, dass ihr perfekter Morgen ruiniert wurde. »Es muss schwer für Sie gewesen sein, Ihre Mutter zu verlieren und als Ersatz jemanden zu bekommen, der so … *kalt* ist.«

Noel lehnt sich im Liegestuhl zurück. Blickt auf den Boden. Blickt nach oben. »Sie war sehr jung. Nicht viel älter als ich. Und sie hatte Angst, etwas falsch zu machen und, viel wichtiger, dabei ertappt zu werden. Auf ihre Weise hat sie sich um Duncan und mich bemüht, aber wir waren entschlossen, Widerstand zu leisten, und sie hatte nicht den Mut, sich durchzuboxen. Sie war sich ihrer selbst nicht sicher, wenn Sie wissen, was ich meine, also musste sie alles Mögliche ausprobieren, um zu beweisen, dass Guy sie mehr liebte als uns, was uns nicht gerade für sie einnahm. Jetzt kann ich das besser verstehen, aber in diesem Alter ist man viel zu sehr mit sich selbst beschäftigt.«

Er hat ein Blatt vom Boden aufgehoben und dreht es vorsichtig zwischen Daumen und Zeigefinger hin und her. Dabei überkommt Eve der höchst seltsame Wunsch, dieses Blatt zu sein und in seiner Hand gehalten zu werden. Sie schiebt ihn rasch beiseite. Womöglich stellt sich heraus, dass dieser Mann ihr *Bruder* ist. Was Noel sagt, deckt sich mit dem, was Sully ihr über Guys Witwe erzählt hatte. Doch Dianas Verhalten entschuldigt es nicht. Eve liegt es fern, von anderen automatisch das Schlimmste zu denken, aber hat sie einmal eine solche Haltung eingenommen, neigt sie dazu, hartnäckig an dieser festzuhalten.

»Ich erinnere mich, dass ich sie eines Abends weinend antraf«, fährt Noel fort. »Ich war unterwegs gewesen, obwohl ich nicht gedurft hätte, und versuchte deshalb, mich heimlich ins Haus zu schleichen. Sie saß schluchzend auf der Terrasse. Als ich sie fragte, warum sie weinte, sagte sie etwas sehr Merkwürdiges: ›Ich gebe dir einen Rat. Wenn du dir etwas erträumst, solltest du dir verdammt sicher sein, dass es unerreichbar ist.‹«

»Was meinte sie damit?«

»Damals wurde ich nicht schlau daraus. Am nächsten Morgen war sie frostig wie immer, und wir kamen nie wieder darauf zu sprechen, sehr zu meiner Erleichterung.«

»Und jetzt?«

Noel überlegt, betrachtet das Blatt in seiner Hand und zerdrückt es dann zwischen Daumen und Zeigefinger.

»Jetzt kümmern Träume mich nicht mehr. Sie sind den ganzen Ärger nicht wert.«

Eve hatte sich mehr erwartet und ist nun enttäuscht, ärgert sich jedoch gleich darauf über sich. Denn was genau hatte sie sich erhofft? Dass Noel Lester seine intimsten Geheimnisse mit ihr teilen würde, ihr vielleicht von seiner toten Verlobten erzählte? Sie muss an den Vormittag auf Dianas Dachboden denken, als sie versucht hatte, von Archie zu erzählen, worauf Noel ihr sofort über den Mund gefahren war, als ließe sich ihre Trauer nicht mit seiner vergleichen.

Auf dem Weg zum Hotel ist Noel kurz angebunden. Eve, die wieder das braune Kleid trägt, spürt die brennende Sonne. Diese Cabrios mögen ja gut und schön sein, aber man ist den Elementen fürchterlich ausgesetzt. Die Worte von Diana an den jungen Noel lassen sie nicht los. Wie muss es sein, von einem Leben im Luxus und gesellschaftlicher Anerkennung an der Seite eines gut aussehenden, reichen Ehemanns zu träumen und dies dann auch alles zu bekommen und noch mehr? Würde der Verlust dieses Traums in einem Leben, das gänzlich auf dessen Verwirklichung ausgerichtet war, nicht ein gewaltiges Vakuum hinterlassen? Unerklärlicherweise muss Eve an ihre Mutter denken. An die große unergründliche Quelle ihrer Enttäuschung. Wie bizarr, eine Verbindung zwischen diesen beiden Frauen herzustellen, die unterschiedlicher nicht sein könnten.

Dem Hôtel du Cap-Eden-Roc nähert man sich erst durch ein zweiflügeliges Tor und dann über eine breite, von Bäumen gesäumte Einfahrt. Das Gebäude selbst sitzt erhaben auf einem kleinen Hügel und erlaubt so den Besuchern, die Grandezza seiner elfenbeinfarbenen Fassade mit den von blaugrauen Läden flankierten Fenstern und dem eleganten Mansardendach entsprechend zu würdigen.

»Diana dachte, Ihnen wäre es wahrscheinlich angenehm, den Lunch draußen auf der Terrasse einzunehmen.«

Als Noel das sagt, sieht er sie nicht an, aber sie ist sich der hausbackenen Provinzialität ihres Kleides und ihrer nach dem Schwimmen wirr abstehenden Haare nur allzu bewusst. In ihrer Verzweiflung hat sie ihren Seidenschal zu einem dicken Band gerollt und sich dieses in Nachahmung von Clemmie Atwood um den Kopf gewickelt, aber die Enden hängen an beiden Seiten schlaff herunter, und sie bereut ihren Missgriff bereits.

Ein Mann in weißer Uniform kommt die Stufen heruntergeeilt, die zum Haupteingang des Hotels führen. In der Annahme, er komme, um sie zu begrüßen, bleibt Eve lächelnd sitzen, aber als Noel aus dem Wagen springt und ihr dann die Tür aufhält, wird ihr klar, dass dieser Hoteldiener gekommen ist, um den Wagen zu parken.

Sie ist froh, dass sie den Weg außen um das Gebäude herum wählen. Auf der Rückseite angelangt, entfährt ihr ein »Oh« beim Anblick der kerzengeraden, von Pinien gesäumten, gekiesten Allee, an deren Ende das Meer bis zum Horizont wogt, wo ein paar Hügel im Dunst zu schweben scheinen.

»Das da in der Ferne ist die Île Sainte-Marguerite«, klärt Noel sie auf. »Darauf steht eine als Gefängnis genutzte Festung. Haben Sie schon mal vom Mann mit der eisernen Maske gehört? Dort wurde er gefangen gehalten. In einer Zelle, in einer Festung, auf einer Insel mitten im Meer und mit einer Metallmaske, ganz allein. Können Sie sich dieses Grauen vorstellen?«

»Aber das ist doch sicherlich ein Mythos, oder?«, wendet Eve ein, die es trotz der Sonnenwärme fröstelt.

Noel zuckt die Achseln. »Während meines Heranwachsens hatte ich Albträume deswegen. An einem warmen Junitag wie heute wirkt es gar nicht so schrecklich, aber im Winter, wenn der Mistral das Meer aufwühlt und alles die Farbe von Zement hat, ist es der trostloseste Ort auf Erden.«

Sie kommen an zwei Gästen mit großen Hüten und in Badekleidung vorbei, die vom Meer herauftrotten. Eve erkennt die untersetzte Frau mit den vielen Ringen wieder, die Sully einen Schlingel genannt und ihn an jenem ersten Abend auf dem Empfang für Gloria Hayes einfach entführt hatte. Seitdem scheint eine Ewigkeit vergangen zu sein.

»Guten Morgen, Mr. Lester«, sagt die Frau und nickt, wobei die Krempe ihres Huts zu wackeln beginnt. Sie hat eine jüngere Frau im Schlepptau, deren ebenfalls untersetzte Gestalt Eve annehmen lässt, dass es sich um ihre Tochter handelt. Sie hat rosa Pausbacken und große, kurzsichtige graue Augen und sieht sie beide blinzelnd an. Als sie auf gleicher Höhe mit ihnen sind, verlangsamt die jüngere Frau ihren Schritt, als wollte sie etwas sagen.

»Komm, Beatrice«, blafft ihre Mutter, die schon ein gutes Stück weit Richtung Hotel vorausgegangen ist. »Musst du denn immer hinterherhinken?«

Das Rot der Wangen unter dem gelben Hut des Mädchens vertieft sich, und es lächelt unglücklich und setzt seinen Weg fort. In ihrem Korb steckt neben Büchern und Zeitschriften auch ein großes Glas Kakaobutter, wie es Frauen verwenden, um schneller braun zu werden, nur dass Beatrices Hauttyp die Sonne leider nicht gut verträgt.

»Wer war das denn?«, erkundigt sich Eve und sieht dem Mädchen hinterher.

»Beatrice Ryder. Ihr Vater hat mit Luxushotels ein Vermögen verdient, und es gab eine Zeit, da war sie Duncan sehr zugetan, wiewohl ich mir nicht vorstellen kann, dass er nett zu ihr war.«

»Scheint in der Familie zu liegen«, kontert Eve.

»Was soll das denn …«

»Endlich seid ihr da. Mummy war grässlich.« Libby Lester wirft sich so heftig an ihren Bruder, dass Noel einen Schritt zurückweichen muss, damit sie nicht beide zu Boden taumeln.

»Was war denn los, Libs?«

»Sie ist so gemein. Sie wollte mich nicht aufs Trapez lassen. Meint, es sei zu hoch. Bei Daddy durfte ich immer drauf. Oh Noel, ich vermisse ihn so sehr. Er fehlt mir so, dass ich sterben könnte.«

Eve wendet sich ab und ist sich ihrer Außenseiterrolle nur zu bewusst.

»Welches Trapez?«, fragt sie, als die beiden sich voneinander lösen.

»Ich zeige es Ihnen«, sagt Libby, plötzlich wieder ganz fröhlich, nimmt Eves Arm und führt sie den Weg hinunter. Hinter den Pinien zur Rechten erstreckt sich entlang der Klippe ein weißes Gebäude mit langen, mehrreihig in den steilen Fels gebauten Restaurantterrassen, von Sonnensegeln beschattet und begrenzt von weißen Geländern, der einzigen Barriere zwischen den Speisenden und dem Wasser in der Tiefe. Aber anstatt in diese Richtung zu gehen, wenden sie sich nach links, wo sich ein Sonnendeck aus Beton mit Liegestühlen und Sonnenschirmen befindet, von dem man über ein paar Stufen zu einem Swimmingpool gelangt. Sonnenanbeter in sämtlichen Liegepositionen besetzen jedes Fleckchen am Pool, der direkt über dem Meer liegt. Am Beckenrand hocken Badende und lassen ihre gebräunte Haut von der Sonne trocknen. Eve wird es ganz eng in der Brust, weil sie denkt, dass sie ihre Beine über die Klippe baumeln lassen, doch dann bemerkt sie, dass der Pool noch von einer schmalen Plattform umgeben ist. Von ein paar in den Abhang hineingebauten Sprungbrettern geht es in die Tiefe, und Eve wird allein schon vom Hinsehen schwindelig. Dahinter ragt ein langer Balken hinaus übers Wasser, von dem ein geknotetes Seil, eine Strickleiter, ein Trapez mit einer Holzstange und in der Mitte ein Paar Ringe hängen, wie Athleten sie für Kunststücke benutzen.

Zwei Menschen sind an dieser Vorrichtung zugange: offenbar ein Pärchen, beide mit glänzender und bereits jetzt, Anfang Juni, bronzener Haut. Der Mann kommt offensichtlich geradewegs aus dem Wasser und hat sich am Seil hochgehangelt, von dem er zu den Ringen wechselt, die Frau sitzt auf dem Trapez und bewegt ihre Beine vor und zurück, um Schwung zu bekommen. Nun lässt sie sich nach hinten fallen, sodass sie kopfüber an den Knien im Trapez hängt und in weiten Schwüngen hoch über der Wasseroberfläche durch die Luft fliegt.

»Oh!« Eves Aufschrei war so laut, dass ein oder zwei der um den Pool liegenden Menschen ihre Köpfe von den Handtüchern heben, um sie in Augenschein zu nehmen.

Libby kichert. »Es macht riesigen Spaß, Eve. Es ist wie Fliegen. Mummy war angeblich die Königin auf dem Trapez. Dort hat Daddy sie zum ersten Mal gesehen und sich auf der Stelle in sie verliebt, einfach so.« Sie schnippt vor Eves Gesicht mit den Fingern. »Sie stand auf der Stange und beugte ihre Beine, um immer schneller und schneller und höher und höher zu schwingen, und ihre damals langen Haare, die ihr bis zur Taille reichten, flogen durch die Luft, und er meinte, sie habe ausgesehen wie eine Göttin auf einem fliegenden Triumphwagen.«

Diana erwartet sie auf der oberen Terrasse an einem runden Tisch im Schatten der Sonnensegel.

»Können wir uns nicht da drüben hinsetzen?«, fragt Libby und zeigt zur anderen Ecke, der einzigen Stelle, die voll im Sonnenschein liegt und von einer Gruppe lärmender junger Leute in Beschlag genommen wird, die, gemessen an den drei fast leeren Champagnerflaschen auf dem Tisch, schon einige Zeit hier verbracht haben dürften. Eine der Frauen hockt mit dem Rücken zum Meer auf dem Geländer und hat die nackten Beine um die Stäbe gewickelt. Eve weiß nicht, was sie schockierender findet, die Tatsache, dass ein Nachlassen der Konzentration sie rückwärts ins Wasser unter ihr schleudern könnte oder dass sie nichts weiter als einen Bikini anhat.

»Du bekommst raue Haut von der Sonne, Libby«, sagt Diana. »Wie oft muss ich dir das noch sagen?« Dann gibt sie nach. »Doch da dein Bruder nun hier ist und zugestimmt hat, auf dich aufzupassen, denke ich, dass du aufs Trapez kannst.«

Dankbar wirft Libby sich ihrer Mutter um den Hals.

Nachdem Noel und Libby gegangen sind, zündet Diana sich eine Zigarette an und lehnt sich in ihrem Stuhl zurück.

»Danke, dass Sie gekommen sind. Ich weiß, dass Sie vermutlich andere Einladungen hatten.«

Eve schießt das Blut in den Kopf. Weiß man denn an der ganzen Côte d'Azur von dem kompromittierenden Foto?

»Keine Sorge. Ich habe Sie nicht hierher gebeten, um mit Ihnen über Victor Meunier zu sprechen. Sie sind ein großes Mädchen und wissen sicher, was Sie tun. Ich möchte nur wissen, wie lange Sie noch vorhaben, in Antibes zu bleiben, Mrs. Forrester. Ich halte es immer für das Beste, ganz offen zu reden, nicht wahr? Dann wissen wir alle, woran wir sind. Es war eine schwere Zeit für die Familie. Mein Ehemann starb so unerwartet, dass wir alle gar keine Gelegenheit hatten, Abschied von ihm zu nehmen, und dann das ungute Gefühl, das Ihre Ankunft auslöste. Ich wüsste gern, wann es uns erlaubt ist, endlich in Ruhe trauern zu können.«

Sie ist so kühl, so unglaublich kontrolliert in ihrem pinkfarbenen ärmellosen Kleid, mit weißer Stickerei um den Hals, passend zur weißen Sonnenbrille, die sie ins glänzende Haar hochgeschoben hat. Nichts deutet auf die untröstliche Witwe hin oder die unsichere junge Braut, die Noel ihr beschrieben hat.

»Es tut mir leid«, murmelt Eve. »Ich wollte nicht ... das heißt, ich hatte nie die Absicht ...«

Diana schnippt eine Zigarettenschachtel auf. Lehnt sich zurück. Desinteressiert. Gebieterisch.

Eves gute Absicht, ihr einen Vertrauensbonus einzuräumen, wird sofort von ihrer alten Feindseligkeit zunichtegemacht.

»Wenn wir schon offen miteinander sprechen, darf ich Ihnen auch eine Frage stellen?«

»Natürlich.«

Sollte Diana von Eves neu entdeckter Selbstsicherheit überrascht sein, lässt sie es sich nicht anmerken.

»Warum ist das so wichtig für Sie? Sie sind doch gut versorgt. Ich habe Ihr Haus gesehen. Warum diese Eile?«

Diana schnippt Asche in den Aschenbecher und nimmt einen Schluck von ihrem Drink. Sie hat für sie beide Whisky Sour bestellt, ungeachtet Eves Protest, dass sie mittags nichts trinkt.

»Ich weiß nicht, was Sie sich vorstellen, Mrs. Forrester, aber die Wahrheit ist, dass Guy kein annähernd so großes Vermögen hinterlassen hat, wie Sie wohl annehmen. Seine Familie in England hat ihn enterbt, und der Fonds, den er in seiner Jugend bekommen hat, ist inzwischen weitgehend aufgebraucht. Der Kauf der Villa in Nizza hat ihn finanziell praktisch ruiniert. Nun muss die Erbschaftssteuer bezahlt, müssen Rechnungen beglichen werden. Die Kassen sind fast leer.«

Es klingt glaubwürdig, aber Eve ist sich ziemlich sicher, dass Dianas Vorstellung von leeren Kassen eine andere als die ihre ist.

»Sie halten mich für gierig, Mrs. Forrester. Sie denken, ich habe alles, was ich brauche, warum also sollte ich auf mehr pochen?«

Ehe Eve protestieren kann, erhebt Diana sich. »Bitte kommen Sie kurz mit mir.«

Sie geht auf das Geländer am Rande der Terrasse zu und lässt Eve keine andere Chance, als ihr zu folgen. »Sehen Sie sich Libby an.« Diana zeigt entlang der Klippe nach links, wo sie in der Ferne Libby sehen können, die mit Noels Hilfe versucht, aufs Trapez zu kommen. Das Mädchen ist keine geborene Athletin, und es sind mehrere Anläufe nötig, bis sie es schafft, sich aus dem Wasser nach oben zu ziehen, indem sie sich mit den Armen über die Stange hängt und wie verrückt mit ihren stämmigen Beinen strampelt. Der unter ihr stehende Noel tut so, als wollte er nach ihrem Fuß grapschen, worauf Libby nur noch wilder strampelt. Etwas Hartes in Eves Brust beginnt sich aufzulösen.

»Sie haben keine Kinder, Mrs. Forrester.« Es ist eher eine Feststellung als eine Frage, aber Eve fühlt sich dennoch zur Antwort verpflichtet.

»Nein. Noch nicht.« Zwei kurze Worte, und doch liegt darin eine Welt. Jene unregelmäßig stattfindenden verstohlenen Begattungen im Dunkeln. Der monatliche Ekel, gepaart mit Spannung und Furcht. Wie war es möglich, gleichzeitig enttäuscht und erleichtert zu sein? Ein Kind wäre eine Bestätigung und gäbe darüber hinaus der konturlosen Landschaft ihrer Zukunft eine Form. Und dennoch. Was ist mit ihr? Was ist mit der Stimme, die sie schon ein ganzes Leben lang in sich trägt und die fragt: *Ist es das? Ist das alles?* Wird ein Baby diese Stimme verstummen lassen oder sie verstärken?

»Dann werden Sie sich nicht vorstellen können, wie es ist, jemanden so heftig zu lieben und doch enttäuscht zu sein. Nicht enttäuscht von *ihr*, denn sie ist natürlich, wie sie ist. Aber enttäuscht, in ihr nie der Person zu begegnen, die man sich vorgestellt hat. Jenes Traumkind, das so ist wie man selbst, nur besser.«

Eve, die Mühe hat zu verstehen, was Diana ihr sagen möchte, wird überrascht von ihrem drängenden Wunsch, Libby in Schutz zu nehmen.

»Sie halten mich für gefühllos«, sagt Diana. »Vielleicht auch für nicht sehr mütterlich. Und Sie mögen damit recht haben. Aber ich kenne die Welt. Ich weiß, was sie mit jungen Frauen macht, die nicht dem Ideal entsprechen. Libby ist nicht wie andere Mädchen ihres Alters, wie Sie sicherlich schon bemerkt haben dürften. Ihre *Einfältigkeit* bringt sie in Gefahr, ausgenutzt zu werden. Und seien wir ehrlich, sie ist keine Schönheit. Und wenn ich eins leider lernen musste, dann, dass eine Frau, die nicht schön sein kann, wenigstens reich sein sollte.«

»Und welche Hoffnung bleibt dann für jene, die weder das eine noch das andere sind?« Eve meint es lustig, aber der klagende Unterton ist nicht zu überhören. Diana zieht eine perfekt geformte Braue hoch, dreht sich um und geht voraus zum Tisch.

»Das war nicht als Kritik an Ihnen gedacht, Mrs. Forrester. Ich habe nur versucht, zu erklären, warum Geld mir wichtig ist. Libby ist fast sechzehn. Bis zu ihrem achtzehnten Geburtstag hätte ich gern einen anständigen Fonds für sie aufgebaut.«

»Um sie attraktiver für den Heiratsmarkt zu machen?« Eve gibt sich nicht die Mühe, ihre Verachtung zu kaschieren, und Dianas Miene wird starr.

»Verurteilen Sie mich nicht, Mrs. Forrester. Ich habe angesichts der sich mir bietenden eingeschränkten Möglichkeiten immer versucht, die beste Wahl zu treffen. Nie habe ich, wie so viele Frauen, mein Leben dem Zufall oder der Laune irgendeines Mannes überlassen, der zufällig vorbeikam und Gefallen an mir fand.«

»Nein? Nur bei Guy Lester, der Sie auf dem Trapez schaukeln sah und auf der Stelle beschloss, Sie erobern zu wollen.«

Diana lacht, aber ziemlich freudlos. »Sie haben wohl mit Libby gesprochen. Aber fragen Sie sich doch selbst, Eve – ich darf Sie doch Eve nennen, nachdem wir nun offen miteinander reden? Danke. Fragen Sie sich, wie lange ich wohl auf diesem Trapez gesessen und gewartet habe, dass er vorbeikommt. Wir hatten erst Anfang Mai. Das Meer war nicht warm. Guy dachte immer, er habe mich gepflückt wie eine Wildblume. Er hat sich nie die Frage gestellt, ob ich mich nicht absichtlich in seinen Weg gepflanzt haben könnte.«

»Aber Sie haben ihn doch sicherlich geliebt?«

»Er war siebenunddreißig und ich kaum achtzehn. Und er war sicher nicht der romantische Held, den ich mir erträumt hatte. Ich heiratete ihn, weil er reich war.«

»Aber auch nett. Und anständig.«

Jetzt funkeln Dianas Augen zornig. »Guy hatte

während unserer Ehe ständig Affären. Er hat mich betrogen, genauso wie er seine erste Frau betrogen hat. Er war nett und anständig, solange man nichts von ihm forderte. Ich möchte Ihnen etwas sagen, Eve. Ich habe mir jeden Penny von dem Geld verdient, das mir zusteht. Ich weiß nicht, dank welcher Verführungskünste Sie es in Guys Testament, an diesen Ort, in diese Familie geschafft haben – aber Sie werden mir das nicht nehmen. Oder meiner Tochter.« Diana hat die Rede gehalten, ohne auch nur einmal laut zu werden. Keiner hat aufgeblickt, die zwei älteren Frauen mit ihren Helmfrisuren vom Nebentisch haben nicht ein Mal innegehalten in ihrem Klatsch, um sich in ihre Richtung zu drehen. Die Champagner trinkenden jungen Leute von der Ecke haben kein einziges Mal herübergesehen.

Welchen Preis, überlegt Eve, zahlt sie für diese eiserne Selbstkontrolle? Eve hingegen ist von Selbstkontrolle weit entfernt. Ihre Gefühle schwanken zwischen Wut wegen der in Dianas Worten anklingenden Beleidigung, Mitgefühl für die Frau und ihre Tochter, die unter dem von der Mutter erbrachten Opfer sicherlich am meisten leiden dürfte, und der wachsenden Enttäuschung über den Mann, der sie posthum hierherbestellt hat.

»Wie ich sehe, habe ich Ihr glänzendes Bild von Guy getrübt«, sagt Diana. »Sie mögen denken, dahinter stecke nur die Missgunst einer Witwe, die noch eine Rechnung offen hat. Aber ich möchte Ihnen eine Frage stellen, Eve. Wissen Sie, warum Caroline Finch die ganze Zeit in seiner Nähe geblieben ist?«

Jetzt ist Eve wirklich überrascht. Warum erwähnt Diana an dieser Stelle plötzlich die Haushälterin, wo es in ihrem Gespräch doch gerade um … *Oh.*

»Wie ich sehe, ist der Groschen gefallen. Dass Caroline in Guy verliebt war, erzählte ich Ihnen bereits. Aber vielleicht erstaunt es Sie zu erfahren, dass diese Gefühle nicht gänzlich unbegründet waren. Sie war eine seiner ersten Eroberungen, als er noch mit Madeleine, der Mutter von Duncan und Noel, verheiratet war. Wie lange es angehalten hat, weiß ich nicht, aber Caroline ist nie darüber hinweggekommen. Wissen Sie, ich denke, sie hat wirklich die ganze Zeit geglaubt, wenn sie nur lange genug wartet und sich unentbehrlich macht, würde er zu ihr zurückkommen. Vielleicht aber war zu dem Zeitpunkt, als sie sich eingestand, dass dies wohl nie mehr eintreten wird, alles schon zu spät und sie am Ende. Am Ende ihrer Jugend und ihre *Währung* somit aufgebraucht, wenn Sie wissen, was ich meine.«

Eine Antwort bleibt Eve erspart, weil Noel und Libby zurückkommen. Beide mit triefenden Haaren und in ausgelassener Stimmung.

»Stellt euch vor, dort unten am Pool machen Leute Picknick«, berichtet Libby. »Duncs und Clemmie sind dort, wollten aber nicht hierher zu euch, weil sie nicht vor Langeweile umkommen wollen. Hoppla.« Sie hält sich die Hand vor den Mund, als fiele ihr ein, dass sie das besser nicht hätte sagen sollen. Dann ergänzt sie: »Können wir nicht auch mal ein Picknick machen, anstatt immer hierherzukommen, wo es so bieder ist?«

»Es ist nicht bieder genug«, sagt Diana. »Einige Leute haben nicht mehr als ihre Badeanzüge an. Außerdem ist der einzige Grund, warum Leute ein Picknick machen, der, sich die Ausgaben für den Lunch zu sparen. Vor dem Krieg, als alle noch Geld wie Heu hatten, gab es so etwas nicht, aber seitdem ist alles anders. Haben Sie diese

Felder mit den Zeltlagern gesehen? Seit alle französischen Arbeiter jetzt ihre zwei kostbaren Urlaubswochen haben, hat sich hier alles verändert. Beamte und Lehrer und Ladenbesitzer aus Lyon und Lille sitzen da draußen auf den Feldern, spielen Karten und essen ihr Brot mit Käse und hoffen, dass etwas vom Zauber der Côte d'Azur auf sie überspringt, damit sie ihn mit zurück in ihr stumpfsinniges Alltagsleben nehmen können. Von der alten Clique sind die wenigsten nach dem Krieg zurückgekehrt, und die paar, die es doch wieder hierher verschlagen hat, sitzen auf Decken und essen eingelegte Sardinen aus Fettpapier unter dem Vorwand, es mache riesigen Spaß, obwohl es tatsächlich eine finanzielle Notwendigkeit ist.«

»Sie hat dich doch nur um ein Picknick gebeten«, wendet Noel ein. »Und nicht um eine verdammte Vorlesung.«

Von rechts kommt kreischendes Gelächter von der jungen Frau auf dem Geländer.

»Libby muss lernen, dass es nicht immer möglich oder auch erstrebenswert ist, das zu bekommen, was man haben möchte.«

Diana spricht von ihrer Tochter, fixiert dabei aber Eve mit ihrem kühlen, ausdauernden und verunsichernden Blick.

Plötzlich hat Eve genug von den Lesters. Genug von kritischen Bemerkungen und davon, jedes Wort auf die Goldwaage legen und hinterfragen zu müssen. Genug von der Verwirrung, die Noels Nähe in ihr auslöst. Und wenn sie die mit pochiertem Fisch und Steaks und Soufflés beladenen Tische und die Dinierenden mit ihrer makellosen Haut, ihren gelangweilten Mienen und ihrem Hauch von Badekleidung ansieht, die vermutlich mehr kostet als Eves Wintermantel, hat sie auch davon genug.

»Also gut, ich werde einwilligen«, sagt sie völlig unvermittelt. »Ich werde die Papiere unterzeichnen. Das Haus kann vermietet oder verkauft werden, so wie Sie das möchten. Es ist höchste Zeit, dass ich in mein Leben zurückkehre.«

Aus dem Augenwinkel sieht sie, wie Noel ruckartig den Kopf hebt.

»Das freut mich zu hören«, sagt Diana. »Ich denke, morgen wäre ein guter Zeitpunkt, um die Formalitäten zum Abschluss zu bringen. Wir werden am Nachmittag zum Hochzeitsempfang ohnehin alle zusammen sein, und anschließend kann Bernard in der Villa La Perle mit dem Papierkram zu uns stoßen. Und Sie können dann zu Ihrem Ehemann zurückkehren.« Offensichtlich drängt es sie zu handeln, bevor Eve es sich anders überlegen kann.

Als der Lunch zu Ende ist und Noel auf seine übliche mürrische Weise verkündet, dass er sie nun nach Hause bringen wird, überrascht sie sowohl ihn als auch Diana, indem sie ablehnt.

»Danke, aber ich möchte lieber zu Fuß gehen«, sagt sie. Denn sie hat ein Tor entdeckt, das vom Hotel auf einen Pfad hinausführt, der, soweit sie das von der Terrasse aus überblicken kann, der Küstenlinie in Richtung Antibes folgt, hoffentlich bis zum Strand von Garoupe. Sie hat plötzlich das drängende Bedürfnis, allein mit ihren Gedanken zu sein, und findet die Vorstellung von einem Spaziergang mit dem Meer als einzigem Begleiter unwiderstehlich.

»Sie haben doch nicht allen Ernstes vor, auf diesem Felsenweg zurückzugehen? Seien Sie nicht albern. Ich glaube nicht mal, dass er passierbar ist. Den benutzt keiner mehr. Es gibt Stellen, da wird er von der Brandung überspült.«

Noel versucht nicht einmal, seine Ungeduld zu verbergen, was Eves Entschluss nur noch bestärkt.

»Sollte der Pfad geschlossen oder unpassierbar sein, komme ich zurück.«

In Hochstimmung tritt sie ihren Weg an. Ein köstlicher Duft umfängt sie, verströmt vom gleichen Strauch, der ihr mit seinen langen, wächsern grünen Blättern und den blassen Blütengirlanden zum ersten Mal oberhalb des Strandes von Garoupe aufgefallen ist. Sie bückt sich, atmet tief ein und füllt ihre Nase mit dem kräftig süßen Duft. Ein Stück weiter steht der nächste Strauch und noch einer. Der Pfad umrundet das Hotelgelände, immer dicht an den Felsen entlang, die an einigen Stellen breit und flach sind, dann aber wieder steil aufragen und abrupt zum Meer hin abfallen, sodass Eve sich intuitiv mit ihrer linken Hand der tröstlichen Festigkeit der Hotelmauer versichert. Ihre Gedanken kreisen um ihre missliche Lage, die von dem belastenden Foto und der unerfreulichen Aussicht auf ein letztes Treffen mit dem Lester-Clan auf dem Hochzeitsempfang am nächsten Tag bestimmt wird. Aber im Angesicht des Hier und Jetzt verflüchtigen sich diese Sorgen bald.

Sie kommt zu einer Stelle, wo der Weg steil ansteigt und um eine Biegung führt. Der Boden ist hier uneben, als wäre der Pfad weggebrochen oder womöglich im Krieg von einer Explosion beschädigt worden. Zweimal verliert sie den Halt und schickt eine kleine Steinlawine über die jähe Felswand zu ihrer Rechten, wo sie im tiefen Wasser unter ihr platschend aufschlägt. Links von ihr wird die

Hotelmauer abgelöst von Fels und rauer Vegetation, an der Eve sich festzuhalten versucht.

Nach der Biegung bleibt sie stehen. Sie ist an der höchsten Stelle angelangt. Hinter ihr liegt, wie sie weiß, das Hotel mit seinen aufgeplusterten Gästen und den sich biegenden Tischen und weit draußen zu ihrer Rechten, außer Sichtweite, die wunderschöne Gefangeneninsel, auf der angeblich ein Mann mit einer Metallmaske in Isolationshaft gehalten wurde. Und um die nächste Biegung liegen Garoupe und dahinter die Perlenvilla, wo Sully auf seine Schreibmaschine einhämmert und Mrs. Finch versucht, ihr lädiertes Herz zu flicken. Aber hier ist nur das Meer, und am Horizont vor ihr gleitet träge ein Boot mit weißem Segel dahin.

Eve tritt dicht an die Abbruchkante des Wegs, damit sie sieht, wo der kleine Felsvorsprung, auf dem sie steht, auf das Meer trifft, mit klarem Wasser an der Oberfläche, das sich in der Tiefe zu einem tintigen Blau verdichtet. Erst jetzt, hier an diesem stillen Ort, vernimmt sie den Chor der Zikaden hinter sich und die Möwenschreie über sich. Eine leichte Brise weht den berauschenden Duft jener weißen Blüten zu ihr. Sie schließt die Augen, um die Sonne auf ihren Lidern zu spüren und sich in der Hitze zu wiegen.

Wumm. Der Schlag scheint von allen Seiten gleichzeitig zu kommen, und noch ehe sie Gelegenheit hat, herauszufinden, was passiert ist, stürzt sie bereits vornüber in jenen schrecklichen leeren Raum, und ihr stockendes Herz wird nach oben gepresst, und so endet es.

So.

So.

Genau so.

Als sie die Augen öffnet, sieht sie, dass sie auf einem Felsen liegt und ein Strom schäumenden Wassers aus ihrem Mund rinnt. Dann erst spürt sie den Schmerz in ihrem Kopf, ihrem Arm, ihren Beinen. Und schließlich erkennt sie Noel Lester.

Sein Hemd ist durchweicht und klebt an ihm, Wasser tropft von seinen Haaren auf ihr Gesicht, als er sich über sie beugt und die Verletzungen untersucht.

»Sie hätten tot sein können.« Er scheint wütend zu sein. Sein Mund ist hart, die Augen wie grüner Granit. Als hätte sie es mit Absicht getan. Als hätte sie nichts Besseres zu tun, als sich von einer Klippe zu stürzen.

»Wenn ich Ihnen nicht nachgegangen wäre aus Sorge, dass Sie womöglich auf eine Mine treten, die die Deutschen hier zurückgelassen haben, hätte ich Sie nicht schreien hören, als Sie stürzten …«

»Ich bin nicht gestürzt.« Unter Schmerzen richtet Eve sich zum Sitzen auf. »Mich hat etwas getroffen. Oder jemand hat mir einen Stoß versetzt.« Wieder spürt sie diesen Schlag, die schreckliche Erkenntnis, nichts mehr unter den Füßen zu haben.

»Ich habe aber niemand auf dem Weg gesehen.«

Eve hat Mühe, durch das noch immer aus ihrer Kopfwunde sickernde Blut, das sich mit dem Salzwasser aus ihren tropfenden Haaren vermischt, etwas zu erkennen.

»Derjenige hätte in die entgegengesetzte Richtung verschwinden können.« Aber schon kommt es ihr weit hergeholt vor. Wie etwas, das jemand sagt, um die eigene Unbeholfenheit zu vertuschen.

Noel, noch immer in der Hocke und auf Augenhöhe mit ihr, streckt eine Hand aus und hebt mit einer Zärtlichkeit, die seinen harten Gesichtsausdruck Lügen straft, die Haarsträhnen an, die sich in ihrer Kopfwunde verfangen. Eve, plötzlich verlegen, versucht ihre eigene Linke an ihr Haar zu führen, was jedoch stechende Schmerzen in ihrem Handgelenk auslöst.

»Ich glaube, es ist gebrochen«, jammert sie.

Noel nimmt ihre Hand ganz leicht zwischen seine, um das bereits dick angeschwollene Gelenk genauer zu untersuchen.

»Im Krieg habe ich so viele gebrochene Gliedmaßen gesehen, dass es für ein ganzes Leben reicht«, sagt er. »Aber das hier ist meiner Einschätzung nach zum Glück nicht gebrochen.«

Er hebt seine Augen von ihrem Arm und blickt ihr ins Gesicht. Es kommt zu einem höchst seltsamen Blickkontakt, der sich anfühlt, als würde er durch ihre Pupillen in sie eindringen, bis ihr Kopf erfüllt ist von ihm. Einen Moment lang ist alles vergessen: das Blut, das sich als dünnes Rinnsal über ihre Wange und in ihren Mundwinkel schlängelt, das Pochen in ihrem Handgelenk, die Schnittwunden überall.

Sie kommt auf die Beine, ohne auf die in ihren Körper einschießenden Schmerzen zu achten. Auch er erhebt sich mit undurchdringlicher Miene und folgt ihr, als sie sich langsam auf den Rückweg zum Hotel macht, bemüht, nicht zu humpeln, weil ihr der Gedanke, von ihm berührt zu werden, unerträglich ist. Aber er versucht es nicht mal, schiebt ihr keine Hand unter den Ellbogen oder legt einen Arm um ihre Taille. Stattdessen gehen sie im Gänsemarsch wie Fremde, die zufällig das gleiche Ziel anstreben.

Und dann – nachdem sie das Glotzen der Hotelgäste,

die missbilligenden Blicke der Mamas und die gierigen Blicke der jungen sensationslüsternen Dinger über sich hat ergehen lassen – fährt er sie nach Hause.

Sie lehnt sich in den Beifahrersitz zurück und presst die Augen zusammen, um die Tränen zurückzuhalten.

22

10. Juni 1948

»Es sieht albern aus.«

»Nein, nicht wirklich albern. Interessant. Geheimnisvoll.«

»Potthässlich.«

»Nun ja …«

Selbst Sully kann nicht leugnen, dass die tiefen roten Kratzer, die Eves Waden kreuzweise überziehen und grell unter ihren Nylonstrümpfen hervorstechen, höchst unattraktiv sind. Ganz zu schweigen von der klaffenden Stirnwunde oder dem violetten Bluterguss um ihr Auge, gegen den auch noch so viel Make-up nichts auszurichten vermag.

Eve steht vor dem großen Spiegel im Elternschlafzimmer der Villa, und der Anblick ihres Spiegelbilds schmerzt sie nicht weniger als ihr verstauchtes Handgelenk. Das blaue Kleid ist unverändert prachtvoll, modisch und so wunderschön gearbeitet, dass es sich ihrer Figur anschmiegt. Ihr Körper ist es, der sie im Stich lässt. Gezeichnet von Schnitten und Kratzern und Blutergüssen, die sich bereits grün zu verfärben beginnen. Von den Fingerspitzen ihrer linken Hand bis in die Mitte des Unterarms trägt sie einen Verband. Sie war bemüht, ihn sauber zu halten, aber an den Rändern franst er bereits aus und wird schmuddelig. Und dann noch ihr Gesicht. Ihr armes zerstörtes Gesicht mit diesem Klumpen Blutschorf seitlich der Stirn.

»Wissen Sie, die Franzosen haben eine hübsche Formulierung, *l'appel du vide* – für den Impuls, sich runterstürzen zu wollen, wenn man oben auf einem Gebäude oder einer Klippe steht. Mir ist das auf dem Eiffelturm mal passiert.«

»Aber ich habe mich *nicht* runtergestürzt.« Sie ist vor Entrüstung schrill geworden, und Sully hält in einer Beschwichtigungsgebärde die Hände hoch.

»Dennoch hätten Sie dabei zu Tode kommen können.«

Das hat sich Eve während der letzten vierundzwanzig Stunden oft anhören müssen, seit der über sie gebeugte Noel es dort auf den Felsen als Erster aussprach, und sie gäbe viel darum, es nie mehr hören zu müssen.

Ruth Collett kommt, um ihr bei der Frisur für die Hochzeit zu helfen. »Oh mein Gott«, sagt sie und bleibt wie gebannt in der Tür stehen.

»Sagen Sie bitte, es ist weniger schlimm als erwartet.«

»Nein, es ist viel schlimmer«, gesteht Ruth. »Aber es gibt Ihnen eine Hintergrundgeschichte. Etwas, das Sie von all den Filmsternchen und Damen der Gesellschaft abhebt. Sie wirken dadurch geheimnisvoll und interessant.«

Eve lässt sich stöhnend auf das Bett fallen und stützt den Kopf mit der unverletzten Hand ab. »Aber ich will nicht geheimnisvoll und interessant sein. Ich möchte hinreißend sein.«

Ruth gibt ihr Bestes, um aus Eves verfilztem Haar eine Frisur zu machen. Wäscht es über dem Waschbecken im Badezimmer, kämmt es mit einem Tropfen Öl aus und trocknet es dann unter Einsatz einer breiten Bürste, sodass es sich einmal seidig und formbar anfühlt, bevor sie es mit einer Handvoll dunkler Nadeln aufsteckt.

»Ich weiß allerdings nicht, warum ich mir die Mühe mache«, sagt sie, als sie zurücktritt, um ihr Werk zu betrachten. »Im Wetterbericht steht, dass es ein Unwetter gibt. Dann werden ohnehin alle wie getaufte Mäuse aussehen.«

Eve muss zugeben, dass ihre Haare noch nie so gut ausgesehen haben, aber mit ihrer noch immer von einer tiefroten Linie durchzogenen Stirn und dem violett gerahmten Auge wirkt es eher so, als würden hübsche Vorhangbahnen den Blick auf ein Trümmergrundstück rahmen.

Alles wird noch schlimmer, als sie im Märchenschloss mit seinen Zuckergussetagen eintreffen und sich ihren Weg durch die Masse an Menschen und Polizei und glücklosen Pressevertretern bahnen, denen es nicht gelungen war, eine Einladung für das Ereignis selbst zu ergattern.

»Die Frauen sind alle so wunderschön«, sagt Eve verzweifelt, als sie auf die Terrasse hinaustreten und den Klängen der Band folgen, die sich dort hinter dem Swimmingpool aufgestellt hat.

»Aber keine von ihnen hat daran gedacht, ihre Haut zu schmücken«, erwidert Sully. »Sie werden sehen. Sie werden einen Trend anstoßen. Die werden sich alle, wenn sie nach Hause kommen, ihre Arme und Beine zerkratzen.«

Er lächelt, aber Eve vernimmt den ihr bereits vertrauten gereizten Unterton in seiner Stimme. Sie weiß, dass er seit dem Morgen getrunken hat. Bourbon, den er aus einer kleinen Metallflasche schluckt, die in der Tasche seines schwarzen Anzugjacketts steckt.

»Was riecht denn hier so seltsam?« Eve hat es gleich beim Betreten des Hauses gerochen, aber hier hinten ist es überwältigend.

»Laurent hat den Swimmingpool mit Glorias Lieblingsparfüm füllen lassen«, erklärt Sully. »Romantisch, nicht wahr? Wenn man es schafft, den Brechreiz zu unterdrücken.«

Eve kann es nicht fassen, dass der ganze riesige Pool mit Parfüm gefüllt sein soll, aber sie möchte in Sullys momentaner Stimmung keinen Streit mit ihm anfangen. Wie auch immer das Verhältnis von Parfüm zu Wasser sein mag, es war eindeutig nicht optimal.

Sie mischen sich unter die anderen Gäste und warten ungeduldig auf die Hochzeitsgesellschaft, die jetzt jederzeit eintreffen kann. Als Eve erfuhr, dass das glamouröse Paar geplant hatte, sich in dem schlichten Rathaus von Vallauris das Jawort zu geben, war sie anfangs überrascht, bis ihr einfiel, dass Gloria geschieden war.

»Meine Güte, sind das Stammesabzeichen?«

Clemmie Atwood steht vor ihr, eine makellose Erscheinung in einem bodenlangen rosa Kleid, das praktisch bis zum Nabel geschlitzt ist, mit zur Turmfrisur aufgesteckten und mit rosa Seidenrosen geschmückten Haaren. Ihre Haut schimmert gesund und rosig.

Duncan hingegen wirkt blass neben ihr und scheint sich nicht wohl in seiner Haut zu fühlen, schert sich ausnahmsweise einmal nicht darum, seine Fassade des Lebensüberdrusses aufrechtzuerhalten. Und welchen Sinn macht es auch, irgendetwas vorspiegeln zu wollen, wenn man sich in solcher Gesellschaft befindet, denn Eve hat bereits Elizabeth Taylor und Marlene Dietrich und den Mann entdeckt, dessen Namen sie immer wieder vergisst, der aber als der schnellste Läufer aller Zeiten gefeiert wird. Sie hat die Windsors entdeckt, die sich mit einem Trio singender Schwestern aus Amerika unterhalten. Es geht das Gerücht, dass auch Picasso hier irgendwo sein soll, und Eve hält Ausschau nach ihm, damit sie Jack Collett später Bericht erstatten kann. Die Modeschöpferin Coco Chanel steht im Mittelpunkt eines kleinen Grüppchens von Bewunderern und trägt ein schlichtes dunkles Kleid, um das sich Perlenschnüre winden.

Bei einem Ereignis, das so viele der erfolgreichsten Menschen versammelt, wäre es töricht, bedeutender oder distinguierter oder reicher oder erfolgreicher erscheinen zu wollen. Da beschränkt man sich besser darauf, zu beobachten, alles auf sich wirken und sich blenden zu lassen.

Von Noel ist nichts zu sehen. *Gut so*, sagt sich Eve.

Ein Raunen geht durch die Menge. Die Musiker halten inne. Die Menschentraube am Eingang teilt sich und bricht dann in ein andächtiges »Ooh« aus, als das frisch verheiratete Paar unter dem Blitzlichtgewitter der Presse, die sich im Pulk der Festgäste an den Seitenlinien postiert hat, seinen Auftritt hat.

Sofort stellt Eve fest, dass etwas nicht stimmt. Gloria ist so schön, wie ein menschliches Wesen nur schön sein kann, in einem weißen Kleid, das ihren Körper wie eine zweite Haut umgibt, und mit ihren roten Haaren, die in kräftigen, wohlgeformten Locken über ihre Schultern fallen. Aber sie stützt sich auf ihren sehr viel kleineren neuen Ehemann, als müsse sie sich wegen einer Verletzung schonen, und das berühmte Lächeln wirkt in ihrem Gesicht wie angemalt. Eve sucht nach den Blutergüssen, die sie am Arm der Schauspielerin gesehen hat, aber die langen

Satinärmel des Kleides bedecken sie von der Schulter bis zu den Handgelenken. Sully, der neben Eve steht, greift in die Tasche seines Jacketts, wie um sich zu vergewissern, dass seine Flasche noch an Ort und Stelle ist.

Laurent führt Gloria zum Pool gegenüber der Band, die sofort eine flotte Version des Hochzeitsmarsches anstimmt, und sie posieren dort für die Fotografen, die ihren Part in der Choreografie bestens beherrschen. Glorias Lächeln wirkt wie festgefroren, und in ihren weit aufgerissenen Augen liegt der glasige Blick, den Eve nun erkennt.

»Meine liebe Eve. Was ist mit Ihrem reizenden Gesicht passiert?«

Der weiche französische Akzent ist unverkennbar, noch bevor Eve bemerkt, dass Victor Meunier neben ihr steht und sie mit einem Ausdruck derart zärtlicher Fürsorge mustert, dass sie am liebsten losgeheult hätte. Einen Moment lang vergisst sie das Foto und den Klatsch um sie und den Franzosen. Sie sieht nur das Mitgefühl in seinen Augen.

»Ich bin gestürzt«, sagt sie. Die Idee, jemand könnte sie gestoßen haben, als sie über den felsigen Abgrund spähte, kommt ihr bereits grotesk vor, eine Erinnerung, die ihr Gedächtnis erfunden hat, um sich vor der Schande zu bewahren, dass sie aus eigener Dummheit vornübergefallen ist.

»Sie müssen besser auf sich achtgeben, meine liebe Mrs. Forrester.« Victor Meuniers Worte sind wie eine schmerzstillende Kompresse. Er neigt sich ihr zu und berührt ganz zart die harte Kruste ihrer Wunde, und sie schließt für einen Moment die Augen. Als sie diese wieder öffnet, sieht sie ein paar Meter entfernt Noel Lester stehen. Sein schwarzer Anzug betont das stürmische

Grün seiner Augen. Er starrt sie an, als würde er sie nicht kennen. Als wollte er sie nicht kennen.

Nun löst Duncan sich aus der Gruppe und tritt vor seinen Bruder. Eve sieht, wie er eine Hand auf Noels Arm legt und ihm etwas zuflüstert, woraufhin Noel nickt und endlich seinen Blick abwendet. Eve geht davon aus, dass sie Gegenstand ihres Austausches ist, und ihre Wangen brennen, als Noel sich umdreht und in der Menge verschwindet, als wäre er nie da gewesen.

»Die Jungs sind in Feierstimmung, wie ich sehe«, sagt Sully neben ihr, der die beiden Brüder auch beobachtet hatte. »Man kann Duncan nur bewundern, dass er die Nerven hat, hier aufzutauchen, wo er doch an den Bräutigam verpfändet ist. Ich an seiner Stelle würde mich so unsichtbar wie möglich machen.«

Eve fällt Sullys undeutliche Artikulation auf und auch, dass seine Hand auf dem Flachmann in seiner Tasche ruht, während er zugleich in der anderen ein frisch nachgefülltes Glas Champagner hält.

Von links kommt Victor ihr so nah, dass man denken könnte, sie seien hier inmitten dieses öffentlichen Zirkus ganz unter sich.

»Dieses Foto«, sagt er, und sein Gesicht ist so dicht an ihrem, dass sie seinen warmen Atem auf ihrer Wange spürt, süß von dem, was er gerade getrunken hat. »Ich hoffe, dass es Ihnen keine Unannehmlichkeiten bereitet hat. Ihr Ehemann …«

»Wenn mein Ehemann ein solches Foto zu sehen bekommt, wird er es als das erkennen, was es ist«, sagt Eve und rückt ein wenig von ihm ab, für den Fall, dass Noel Lester noch mal zufällig in ihre Richtung blickt. »Da versucht jemand, Ärger zu machen.«

Vom Bereich um den Swimmingpool hinter ihr ist ein Rums zu hören, gefolgt vom kollektiven Aufschrei der Menge. Eve dreht sich um und sieht zu ihrem Entsetzen, dass Gloria umgekippt ist und wenig elegant ausgestreckt auf dem Boden liegt. Das Kleid ist bis zu ihren Schenkeln hochgerutscht und legt die Beine frei, derer sich das Filmstudio äußerst wirksam bedient, um jeden Film mit Gloria Hayes zu promoten.

Laurent beugt sich hinunter, um ihr aufzuhelfen.

Selbst aus dieser Entfernung erkennt Eve die an seiner hohen Stirn pulsierende Zornesader und den eisernen Griff seiner Finger um Glorias Arm. Alle Umstehenden verfolgen das Geschehen in entgeisterter Faszination, als sei dies Teil des Spektakels, das man zu ihrer Unterhaltung inszeniert hat. Selbst Laurents Schergen halten sich zurück, unsicher, ob ihr Eingreifen erwünscht wäre.

Wollen alle einfach nur herumstehen und glotzen? Will denn keiner helfen? Eve erträgt es nicht länger. Sie eilt auf ihren lächerlichen Absätzen hinzu, geht neben Gloria in die Hocke, sodass sie ihr den gesunden Arm um die Taille legen und ihr mit etwas Schwung auf die Beine helfen kann.

»Sie sind ein Engel«, sagt Gloria und sieht Eve mit der ganzen Strahlkraft ihres Lächelns an. Der Lippenstift ist in den Mundwinkeln verschmiert. »Ich muss über was gestolpert sein. Laurent, Schatz, du musst diese Terrasse ebener machen.«

Eve betrachtet die absolut glatt geflieste Oberfläche. Sie wagt es nicht, Laurent anzusehen.

»Stell dich aufrecht hin, du betrunkene Hure.« Diese Worte zischt er so leise, dass sie die knipsenden Pressefotografen oder die noch immer glotzenden herausgeputzten Gäste nicht erreichen.

Eve ist einen Moment lang zu sehr geschockt, um zu begreifen, was sie gehört hat, aber dann trifft es sie wie ein Schlag in die Magengrube.

Gloria selbst scheint es nicht zu bemerken. »Ich fühl mich wieder pudelwohl, Schätzchen«, sagt sie zu Eve, als sie sich endlich aufgerichtet hat und ihre eindrucksvolle Größe zur Schau stellt. Für die Versammelten setzt sie ein Lächeln auf, als wäre sie gerade zu einem Premierenauftritt aus einer Limousine gestiegen.

Eve sieht ihr in die Augen, bemerkt, dass diese ins Leere blicken und Gloria sich auch der Schmutzstreifen auf ihrem weißen Kleid oder der von Wimperntusche geschwärzten einen Träne nicht bewusst ist, die ihr seitlich übers Gesicht tropft. Und ihr wird klar, dass Gloria, wo auch immer sie in ihrem Kopf sein mag, nicht hier, nicht auf ihrer eigenen Hochzeit präsent ist.

»Sobald die Hochzeit vorbei ist, werde ich mich darum kümmern, dass jemand diese Fliesen ausgleicht. Da hätte jeder straucheln können«, sagt Laurent in seiner normalen Lautstärke. »Gott sei Dank hast du dich nicht verletzt, meine Süße.« Eine Kopfbewegung, so minimal, als hätte er sich nur kurz gedehnt, bringt die beiden Gefolgsleute an seine Seite, die Eve als die von jener Nacht wiedererkennt.

»Was hältst du davon, wenn Hugo und Marc dich begleiten, meine Liebe, damit du dich frisch machen kannst?« Sein Tonfall macht deutlich, dass dies nicht als Frage gedacht ist.

Eve bekommt mit, dass sich seitlich von ihr etwas regt. Sully bahnt sich seinen Weg durch die Menge. Obwohl seine Augen auf Laurent gerichtet sind, steckt seine Hand noch immer in seiner Anzugtasche. Kann der Mann denn nicht mal jetzt ohne seinen Drink auskommen? Doch ihr wird ganz flau im Magen, als sie sieht, wie er aus der Tasche nicht die von ihr erwartete Flasche zieht, sondern …

Die Pistole ist kompakt. Klein genug, um in seiner Hand Platz zu finden. Keinem sonst scheint sie aufzufallen.

Gestützt auf die zwei ausdruckslosen Bodyguards, lässt Gloria sich wegbringen. Die Menge teilt sich, um sie durchzulassen. Dabei strahlt sie unentwegt, eine Königin, die hoch erhobenen Hauptes an ihren Untertanen vorbeirauscht.

Eve hat das Gefühl, als hätte sich tief in ihr ein Abgrund aufgetan. Ihre Augen ruhen auf Sully. *Tu's nicht*, teilt sie ihm wortlos mit. Tu's nicht. Doch er kommt näher, die Waffe steckt jetzt wieder in seiner Tasche, und seine Miene ist seltsam unbeteiligt.

Ohne seine Bodyguards ist Laurent auf sich allein gestellt.

Als Sully die Menge erreicht, bleibt er stehen. Seine Hand greift wieder nach der Pistole. Eve stürzt nach vorn und stellt sich zwischen Sully und sein Zielobjekt. Sullys Ausdruck verändert sich nicht, als würde er gar nicht sehen, dass sie vor ihm steht.

»Sind Sie wahnsinnig? Was tun Sie da?«, flüstert sie atemlos.

Sully blinzelt bei ihren Worten. Schwankt. »Sie ist nicht geladen«, sagt er schließlich und lässt die Waffe zurück in seine Tasche fallen und die Hände seitlich herabhängen. »Ich weiß nicht mal, ob die echt ist. Ich habe sie in einer Bar in Monte Carlo gewonnen. Ich dachte einfach, ich muss was tun. Handeln. Verstehen Sie? Anstatt nur rumzustehen und zuzusehen. Handeln ist gefordert.«

»Sie haben mich zu Tode erschreckt.« Mit vor Erleichterung weichen Knien packt Eve ihn fest an der Schulter und dreht ihn herum. Sie will Sully gerade folgen, der sich vom Haus wegbewegt, als ihr jemand auf die nackte Schulter tippt. Als sie sich umdreht, steht Laurent vor ihr. Er mustert sie von Kopf bis Fuß so durchdringend, dass sie das Pochen ihrer Kopfwunde und unter dem Verband ihr schmerzendes Handgelenk und den brennenden Schmerz der tiefen Wunden an ihren Schienbeinen spürt.

»Gehen Sie nach Hause, Mrs. Forrester.« Dabei umspielt ein Lächeln seine Lippen, als hätte er einen Witz erzählt oder eine ironische Bemerkung gemacht. Doch in seinen glitzernden schwarzen Augen ist nicht ein Funke Humor.

Eve wünscht sich nichts mehr, als Laurents Aufforderung Folge zu leisten und zu gehen. Alles hier ekelt sie an. Der Gestank des Parfüms aus dem Pool. Der Mann mit der ledrigen Haut da drüben, der seinen Kopf in den Nacken legt, um eine Auster zu verschlingen. All die Menschen, die Laurents Kaviar verzehrt und den vom Studio spendierten Champagner getrunken haben, die Glorias Berühmtheit wegen gekommen sind, aber nicht versucht haben, sie aufzuheben oder sich Gedanken darüber zu machen, warum sie sich mit Pillen vollstopfen muss, um ihre eigene Hochzeit zu überstehen.

Es ist drückend schwül geworden. Feucht und grau lastet die Hitze über dem Anwesen. Eve wendet sich wortlos ab und bahnt sich ihren Weg durch die Menge, folgt Sullys sich entfernendem Rücken. Laurents unmissverständliche Warnung schnürt ihr die Kehle zu, und das Atmen fällt ihr schwer. Kurz wünscht sie sich, sie hätte Sully nicht aufgehalten, sondern tatenlos zugesehen und die Dinge ihren Lauf nehmen lassen.

»Sind Sie bereit zum Aufbruch?« Diana hat sich aus der Menge gelöst und stellt sich nun Eve in den Weg. Wie eine Statue steht sie da in ihrem goldenen Kleid. »Sie haben doch nicht vergessen, dass wir uns alle in der Villa La Perle treffen, um Bernards Papiere zu unterschreiben?«

Eve hat es nicht vergessen. Vielmehr hat sie diese Information absichtlich verdrängt.

Als Diana ihr Zögern bemerkt, ergänzt sie: »Ich brauche Sie wohl nicht daran zu erinnern, Eve, dass wir uns immer noch entschließen könnten, das Testament anzufechten, sofern Sie die Entscheidung weiterhin hinauszögern.«

Eve weiß, dass sie es nicht länger hinauszögern kann. Das Hochzeitsfest geht ohnehin dem Ende zu. Hollywood hat sein Märchen. Laurent hat seine Vorzeigefrau. Die handverlesenen Fotografen haben alle einen Vertrag mit der Zusicherung unterschrieben, dem Studio die endgültige Freigabe sämtlicher Bilder einzuräumen, sodass die Fotos der auf dem Boden liegenden Gloria Hayes niemals erscheinen werden, außer vielleicht ein paar davon Jahre später in Privatsammlungen.

Heute Abend werden die Frischgetrauten ein paar Dutzend Honoratioren bei sich zu Hause empfangen und morgen dann in die Flitterwochen an Bord von Laurents Jacht aufbrechen, die eben erst auf den Namen *Princess Gloria* getauft wurde.

Ist das wirklich so?, würde Eve Gloria gern fragen. Gibt es keine glücklichen Paare, nur Menschen, die das über sich ergehen lassen, aus Bequemlichkeit oder Gewohnheit oder weil es einfacher ist, ja anstatt nein zu sagen? Aber dann fallen ihr Bernard und die orange Katze in seinem Büro ein, die er liebt, weil Marie sie liebt, und die Colletts, die sie an die zwei Bäume erinnern, die sie einmal gesehen hatte, deren Stämme sich beim Wachsen umeinander geschlungen haben und so zu einem einzigen Organismus wurden, dem selbst der heftigste Sturm nichts anhaben konnte.

»Wir nehmen alle mit zu uns nach Hause«, erklärt Sully, der sich erst jetzt umgedreht hat, um zu sehen, wo sie bleibt. Alle diese Leute, die Eve hier getroffen hat, sind nur mit sich selbst beschäftigt, wie sie jetzt begreift. Jeder hier ist absolut überzeugt davon, dass seine Geschichte sich als die einzige Geschichte erweisen wird.

Sie entdeckt Noel, der sich mit Clemmie unterhält, die ihre Hand auf seinen Arm gelegt und ihm ihr Gesicht zugewandt hat und über eine Bemerkung von ihm lacht. Ein perfektes Paar. Eve kommt die Fotografie von Anna, Noels toter Verlobter, unter Guys Sachen wieder in den Sinn, mit ihren fragenden Augen und ihrem breiten Lächeln, dann denkt sie an ihr verunstaltetes Gesicht und den schmuddeligen Verband um ihren Unterarm.

»Ich kann Ihre Gedanken lesen, Mrs. Forrester.« Sie hatte nicht bemerkt, dass Duncan schwankend neben ihr steht und auf seine Verlobte starrt, als versuchte er, sie seinem Gedächtnis einzuprägen. »Aber Clemmie liebt mich, was auch immer sie in der Vergangenheit für Noel empfunden haben mag. Ich weiß, dass Sie beide sich nicht gut verstehen. Clemmie kann schon mal ihre Krallen ausfahren, wenn sie sich in die Ecke gedrängt fühlt, aber sie ist lustig und loyal. Sobald ich meine Schulden bezahlt habe, werden wir heiraten, und sie wird sich beruhigen, und keiner wird mehr denken: *Arme Clemmie, ist am Ende beim falschen Bruder gelandet.*«

Eve ist erstaunt. Bisher hat Duncan nie mehr als ein paar Worte mit ihr gewechselt.

»Haben Sie Brüder und Schwestern, Eve?«

Eve schüttelt den Kopf.

»Ich beneide Sie. Aber verstehen Sie mich nicht falsch, ich bedauere Sie auch. Ich war ein Muttersöhnchen, das hat Noel Ihnen sicherlich erzählt. Nach ihrem Tod habe ich meine ganze Kindheit lang versucht, meinem Vater und meinem älteren Bruder gerecht zu werden, um mich dann in meiner Adoleszenz damit abzufinden, dass mir das niemals gelingen wird. Können Sie sich vorstellen, dass der Krieg für mich fast eine Erleichterung war? Ich war in Fernost stationiert, wissen Sie? Ganze Kontinente von all den anderen Lesters entfernt. Keiner wusste, wer Guy war, wer Noel war. Wer mich ansah, sah nur mich. Da war niemand, mit dem sie mich vergleichen konnten. Ich war ein unbeschriebenes Blatt.«

Das also ist der Versuch Duncans, sie für sich zu gewinnen, seine unbeholfene Erklärung, warum sie das Verkaufsdokument unterschreiben muss – damit er seine Gläubiger bezahlen und neu anfangen kann. Fast hätte sie gelacht. Weiß er denn noch nicht, dass es vorbei ist, dass sie aufgegeben hat? Er hätte sich dieses Geständnis sparen können. Aber seine Aufrichtigkeit rührt sie. Genauso wie Eve immer auf gewisse Weise das Kind bleiben wird, das sich nach der Akzeptanz der Mutter sehnt, entkommt Duncan weder dem Schatten seines Bruders noch den Erwartungen seines Vaters, die er nie erfüllen konnte.

»Aber er liebt Sie, Ihr Bruder«, sagt sie und ist sich bewusst, dass der nüchterne Duncan irgendwann die Vertraulichkeiten bereuen wird, die der betrunkene Duncan so freimütig mitgeteilt hat, und dass er umso wütender sein wird, da sie es war, der er sich anvertraut hat.

»Das weiß ich. Er will das Geld vom Haus für mich. Er möchte wie die verdammte Kavallerie angeritten kommen und mich aus meinem selbstverschuldeten Schlamassel befreien, wie er das immer tut.«

»Ist das nicht ein großes Glück für Sie?«, fragt sie. »Der Luxus zu wissen, dass es Menschen gibt, die besorgt um einen sind, ist nicht jedem vergönnt.«

Duncan blinzelt überrascht. Während die Band hinter ihnen Glenn Miller spielt und die Töne durch die parfümierte Luft schweben, schauen sie einander an, als würden sie sich ganz neu sehen, und sie tauschen etwas wie Verständnis für den jeweils anderen aus.

Dann kommt Clemmie und hakt sich bei ihrem Verlobten unter, als wolle sie ihn für sich reklamieren, und der Moment ist vorbei.

»Ich will wissen, worüber ihr beide gesprochen habt.« Clemmie lässt ihren Blick zwischen Eve und Duncan hin- und herwandern.

»Wir haben uns über die Hochzeit unterhalten«, sagt Eve und wendet sich ab.

Als Duncan loszieht, um noch etwas zu trinken zu holen, bleiben Clemmie und Eve zurück.

Während Eve krampfhaft nach Gesprächsstoff sucht, lässt sie ihre Augen über die Menge wandern und schließlich auf Noel ruhen, der ein paar Meter entfernt steht und sich mit einem Mann unterhält, den sie nicht kennt.

»Da vergeuden Sie nur Ihre Zeit«, sagt Clemmie barsch.

Eve sieht sie verdutzt an.

»Ich meine Noel. Oh, Sie brauchen gar nicht zu protestieren. Ich habe Ihre Blicke gesehen. Aber Tatsache ist,

Noel hat einmal geliebt, und es ist etwas Schreckliches geschehen, und das war es dann. Wahre Liebe gibt es nur einmal im Leben, heißt es doch.«

»Ich nehme an, Sie sprechen von Anna.«

Clemmie bleibt vor Überraschung der Mund offen stehen.

»Er hat Ihnen von ihr erzählt? Oh Mann, ihr beide seid ja richtige Busenfreunde geworden.« Clemmie tritt einen Schritt zurück und mustert Eve, als sähe sie diese jetzt in einem anderen Licht, bevor sie nachhakt: »Und das hat Sie nicht abgeschreckt?«

»Abschreckung ist gar nicht nötig. Ich bin nicht im Geringsten an Noel Lester interessiert, abgesehen von möglichen Informationen, die erhellen könnten, weshalb ich hier bin. Außerdem hatte auch ich einen Verlobten, der im Krieg umgekommen ist, weswegen die Idee, dass dies etwas …«

»Er hat Ihnen erzählt, dass Anna während des Kriegs starb?«

»Clemmie!« Duncan ist zurückgekehrt, und der warnende Unterton in seiner Stimme ist nicht zu überhören.

Ausnahmsweise einmal ist Clemmie beschämt. »Hoppla«, sagt sie. »Tut mir leid, Duncs.« Und sie deutet an, ihre Lippen zu verschließen.

Man vereinbart, sich in der Villa zum Treffen mit Bernard wieder zusammenzufinden. Nach der Aufregung und dem vielen Champagner hat keiner große Lust dazu. Aber es muss getan werden.

Das blaue Kleid klebt in der schwülen Hitze an Eve, und sie sieht die sich am Horizont zusammenbrauenden grauen Wolken und erinnert sich an Ruths Vorhersage, dass ein Sturm aufzieht. Die anderen sind bereits aufgebrochen und waren alle so plötzlich weg, dass Eve es gar nicht mitbekommen hat. Während sie Sully einsammelt, um sich ebenfalls auf den Weg zu machen, bemerkt Eve, dass Laurent drüben am Swimmingpool in ein Gespräch mit Victor Meunier vertieft ist.

Nach kurzer Wartezeit wird ein Auto herbeigewinkt, das sie und Sully nach Hause fahren soll. Der Fahrer ist ein junger Mann im dunkelblauen Anzug, dessen Kinn und Hals von schlimmer Akne überzogen sind. Ihre Erleichterung, endlich die Füße ausruhen zu können, ist so groß, dass sie nicht nachfragt, wer er ist und wer ihn bezahlt.

Hinter der letzten Kurve vor der Villa La Perle hat sie einen Moment lang das befreiende Gefühl, zu Hause zu sein, das jedoch gleich darauf einem bohrenden Schmerz weicht, als ihr einfällt, wie bald sie von hier abreisen wird und dann genauso wenig das Recht hat, dies ihr Zuhause zu nennen wie der pickelige junge Mann, der viel zu jung zu sein scheint, um am Steuer eines Wagens zu sitzen.

Auf der bekiesten Parkfläche seitlich vom Haus sieht sie Noels schwarzes Cabrio und Marie Gaillards orange Blechbüchse und Marie selbst, zurückgelehnt auf dem Fahrersitz, mit einer Zeitung auf dem Gesicht, eindeutig schlafend. Und noch einen dritten Wagen, den sie mit sinkendem Mut als den von Victor Meunier wiedererkennt.

»Was macht Victor denn hier?«, wundert sie sich, aber Sully, der sich während der Fahrt brütender Innenschau gewidmet hat, ist bereits ausgestiegen.

Die Hausmauer, auf die sie zugehen, zeigt sich nicht in ihrem üblichen warmen Rosaton, sondern wirkt bei dieser Witterung fast grau. Eve stellen sich die Nackenhärchen auf. Es hat etwas mit dieser leeren Wand zu tun. Mit der Stille dieses Hauses, das voller Menschen ist, wie sie weiß. Als läge das Haus auf der Lauer.

An der Türschwelle wendet sie sich an Sully. »Ich wünsche mir ...«, beginnt sie. Aber sie wird unterbrochen, weil die Haustür geöffnet wird.

Mrs. Finch steht in einer geblümten Bluse vor ihnen, die über ihren Brüsten auseinanderklafft, als wäre sie für eine sehr viel schmalere Version ihrer selbst gekauft worden. Ein wenig verlegen verkündet sie: »Sie haben Besuch, Mrs. Forrester.«

Sully bricht in schallendes Gelächter aus. »Diana wird es bestimmt nicht gefallen, von Ihnen als Besuch bezeichnet zu werden«, sagt er.

Mrs. Finchs Miene verändert sich nicht, aber Eve bemerkt die an ihrem Hals aufsteigende Röte. »Natürlich spreche ich nicht von den Lesters, Mr. Sullivan. Ich meine damit die andere englische Dame und den Herrn, die vor etwa einer Stunde eingetroffen sind.«

Sie meint sicherlich die Colletts, sagt sich Eve. Aber in ihr zieht sich etwas zusammen. Als sie nach unten gehen, hört sie überdeutlich das Klappern ihrer geborgten Schuhe auf dem Stein, das ihr Kommen mit jedem Schritt ankündigt. Von unten dringt kein Laut nach oben. Unten angekommen, lässt sie Mrs. Finch den Vortritt in das stille Wohnzimmer und zögert im Flur, um der Panik Herr zu werden, die in ihr aufsteigt.

Vielleicht sollte ich einfach auf der Stelle kehrtmachen. Und zusehen, dass ich wenigstens aus diesen Kleidern komme.

»Mrs. Forrester und Mr. Sullivan sind jetzt da.«

Und nun gibt es kein Zurück mehr, keine Flucht über

die Treppe nach oben in den Schutz ihres Zimmers, wo sie den Ventilator anstellen und sich auf das große Bett legen und sich von allem abschotten könnte.

Womöglich liegt es an der ungewohnten Düsternis, dass sie die beiden anfangs gar nicht sieht.

Ihr Blick fällt stattdessen auf Diana, die aufrecht in ihrem goldenen Kleid dasitzt, als wäre sie ein Partygast, der sich in der Zeit geirrt hat und eine Stunde zu früh gekommen ist und nun das Beste daraus machen muss. Duncan und Clemmie müssen sich neben ihr zusammenquetschen, weil die Couch nicht mehr Platz bietet. Jetzt bemerkt sie auch Bernard im Samtsessel, die Hände auf der Aktenmappe auf seinem Schoß, der ihr mit seinen freundlichen Augen eine Nachricht sendet, die sie nicht entschlüsseln kann. Ihr Blick streift den schwarzen Stock, der am Fuß der Chaiselongue lehnt, daneben die unverwechselbare Gestalt von Victor Meunier.

An der Wand zwischen den beiden Doppeltüren, die zur Terrasse führen, lehnt Noel in seinem schwarzen Anzug und hebt sich in diesem merkwürdigen Zwielicht kaum ab, wären da nicht die beiden grünen Teiche seiner Augen. *Warum um alles in der Welt hat Clemmie gemeint, das, was mit seiner Verlobten gewesen ist, könnte sie abgeschreckt haben?* Aber es bleibt keine Zeit, diesen Gedanken weiterzuverfolgen, denn als sie ihn ansieht, dreht er den Kopf, und sie folgt seinem Blick. Dort sitzt auf dem Stuhl mit der harten Lehne, den man von seinem üblichen Platz an der Wand weggeholt hat, Clifford, die Lippen unter dem Schnauzbart ein wenig geöffnet, als würde er voller Erstaunen das geborgte Kleid und die Schuhe, das bandagierte Handgelenk und das blaue Auge und die verkrustete Stirnwunde in sich aufnehmen, die Ruth bei aller Mühe nicht hatte überdecken können.

Aber es ist nicht ihr Ehemann, der Eves Aufmerksamkeit auf sich zieht. Ihre ganze Aufmerksamkeit, jeder Schlag ihres wild pochenden Herzens ist auf die Frau ausgerichtet, die neben Clifford sitzt. Sie trägt ein großkariertes Wollkostüm, viel zu warm für die Côte d'Azur Anfang Juni, dazu einen schwarzen Leinenhut, den sie, wie Eve sich erinnert, vor mehr als fünfzehn Jahren auf der Beerdigung ihres Vaters getragen hat, und durchbohrt Eve mit einem Blick, der ihr bestens vertraut ist: Hilflosigkeit und Nervosität, gepaart mit unbeugsamer Ablehnung.

Mutter.

23

»Was macht ihr denn hier?« Es ist, als würden all die unterschiedlichen, disparaten Teile ihres Lebens hier in diesem witterungsbedingt düsteren Raum aufeinanderprallen, ohne dass Eves Gehirn zu erfassen vermag, wie so etwas möglich sein kann.

Angst und Schrecken durchzucken sie, als sie plötzlich an das Foto und die Drohung denken muss, es Clifford zu schicken. War das der Grund, der ihn hierhergeführt hat? Aber dafür dürfte sicherlich nicht genug Zeit gewesen sein?

Cliffords Gesichtsausdruck ist nicht zu deuten. Der sein halbes Gesicht bedeckende Schnauzbart macht es unmöglich. Warum ist ihr nie zuvor aufgefallen, in welchem Missverhältnis der Bart zu Cliffords Zügen steht? Und standen seine Augen immer so dicht beieinander, als versuchten sie, sich über den Nasensattel hinweg zu verbinden?

»Du hast mir kaum eine andere Wahl gelassen, Eve. Dein Handeln entsprach so gar nicht deinem Wesen, dass die Vermutung nahelag, du würdest hier gegen deinen Willen festgehalten. Ich bin zu deiner Mutter nach Banbury gefahren, um mit ihr zu sprechen, was mir verdammt ungelegen kam, denn schließlich werde ich in der Firma gebraucht, doch sie war so beunruhigt, dass sie unbedingt herkommen und sich selbst ein Bild davon machen wollte, was los ist, wie das jede verantwortungsvolle Mutter tun würde.«

Als Eve sich auf die letzte noch freie Sitzgelegenheit fallen lässt, einen alten Korbstuhl, den man von der Terrasse hereingeholt hat, vermeidet sie jeden Blickkontakt mit den Lesters. Sie will nicht sehen müssen, was deren Mienen verraten. Auch ohne noch einen zweiten Blick darauf werfen zu müssen, weiß sie nur zu gut, dass das schlecht sitzende Wollkostüm ihrer Mutter lange vor dem Krieg erstanden wurde, als diese noch eine weitaus fülligere Frau war, mit einer Schwäche für Puddings und Obstkuchen. *Mit Eipulver schmeckt das alles nicht*, pflegte sie sich zu beklagen. Und wie konnten Karotten ein angemessener Ersatz für Aprikosen sein?

Bernard erhebt sich und streicht fahrig über seine Hose. »Ich denke, unter den gegebenen Umständen sollten wir Sie drei vielleicht in aller Ruhe ...«

Aber davon will Diana nichts wissen. »Machen Sie sich nicht lächerlich, Bernard. Jetzt sind wir alle hier versammelt. Sollte Mrs. Forrester schon in Kürze weggebracht werden, ist dies doch die perfekte Gelegenheit, diese Angelegenheit ein für alle Mal zu regeln. Ich weiß zwar noch immer nicht, was Guy sich dabei gedacht hat, aber wir werden wohl alle hinnehmen müssen, es wahrscheinlich nie zu erfahren. Es sei denn, Eves Mutter kann uns diesbezüglich Auskunft geben.«

Aller Augen richten sich auf die Frau im Wollkostüm, die sich daraufhin noch steifer aufrichtet und die Lippen zusammenpresst.

Eves Wangen brennen. *Hätte Guy Lester tatsächlich eine Beziehung mit dieser Frau haben können? Sie werden doch sicher alle sehen, wie absolut unmöglich ...*

»Ich habe wirklich nicht die leiseste Ahnung«, sagt Eves Mutter. »Ich bin nur aus Sorge um das Wohlergehen meiner Tochter hier.« Der Blick, mit dem diese kalte Frau sie ansieht, reißt in Eve einen Abgrund auf, der all das enthält, woran sie und ihre Mutter gescheitert sind.

Auf der anderen Seite des Raums räuspert sich Victor. »Sollen wir dann weitermachen?«

Bernard sieht Eve an, wartet auf eine Antwort. Als keiner etwas sagt, zuckt er die Achseln und klappt seine Aktenmappe auf. »Na schön. Lassen Sie uns fortfahren. Ich habe hier zwei Dokumente. Das eine ist eine Mietvereinbarung – fällig sechs Monate im Voraus, während die Rechtlichkeit von Mr. Lesters Vermögen geregelt wird – und das andere eine Grundsatzvereinbarung für einen Kauf, zu unterzeichnen von den vier Erben der Villa La Perle – Noel Lester, Duncan Lester, Elizabeth Lester, Eve Forrester – und dem Kaufinteressenten. Sollen wir mit Ihnen beginnen, Monsieur Meunier?«

Zu Eves großem Erstaunen reicht Bernard Victor die Dokumente, die er gerade erst aus seiner Aktenmappe gezogen hat.

Und da wird ihr alles klar. Victor ist der Interessent, der ein so großzügiges Gebot für die Villa La Perle abgegeben hat. Wie ungewöhnlich. Ist es nicht höchst seltsam, dass er ihr gegenüber diesen Umstand bei dem traulichen Gespräch an jenem Abend nicht erwähnt hat? Den Gesichtern von Noel und Duncan und ihrer Stiefmutter ist anzusehen, dass es auch für sie eine Überraschung ist.

»Warum hat das zuvor keiner erwähnt?«, möchte Diana wissen. »Ich verstehe nicht, Bernard, warum Sie uns nicht darüber informiert haben, dass der voraussichtliche Käufer jemand ist, den wir kennen.«

»Monsieur Meunier hat darum gebeten, seinen Namen unerwähnt zu lassen, bis er sein bisheriges Mietverhältnis beendet hat«, erklärt Bernard und sieht nicht glücklich dabei aus.

»Es ist alles meine Schuld«, sagt Victor. »Ich bat Monsieur Gaillard um Verschwiegenheit, solange ich mit meinem Vermieter verhandelte. Die Côte d'Azur ist ein Dorf. Hier wird schnell was weitererzählt. Aber nun, da alles unter Dach und Fach ist, freut es mich, dass wir fortfahren können.«

Victor nimmt das Dokument von Bernard entgegen und setzt mit kratzender Feder seine schwungvolle Unterschrift aufs Papier. Er hebt den Kopf, sucht Blickkontakt zu Eve und nickt ihr leicht zu, als wollte er sich für etwas bedanken, und da erinnert sie sich an seinen schwer auf ihr liegenden Arm, als er sie zu seinem Wagen führte, und an das Blitzlicht der Kamera.

Und während all der Zeit hat er nie etwas verlauten lassen.

Etwas nagt an ihr. Sie weiß, dass die Zeit knapp wird und damit auch die Chance schwindet, die gesuchten Antworten zu finden.

Guy. Der Ring.

Der Ring.

»Sieh mal!« Schwungvoll dreht sie sich zu ihrer Mutter um und hält ihre Hand hoch, wo er grün und golden an ihrem Finger funkelt. »Erkennst du den? Es ist dein Ring.«

Ihre Mutter macht große Augen, ob dies aber dem Ring geschuldet ist oder weil man ihr aus heiterem Himmel vor so vielen fremden Leuten eine Frage gestellt hat, kann Eve nicht beurteilen.

»Ich bin mir sicher, dass ich ihn noch nie in meinem Leben gesehen habe«, sagt sie schließlich.

»Das ist gelogen!«

Die versammelten Zuschauer halten die Luft an.

Eve ist aufgesprungen. Steht vor ihrer Mutter, zieht am Ring, löst ihn von ihrem Finger.

»Den hast du auf dem Foto getragen.«

»Auf welchem Foto?«

»Dem mit mir als Baby. Das ich vor Jahren gefunden habe. Du hast es mir aus der Hand gerissen, aber ich kann mich ganz genau daran erinnern. Das ist dein Ring.«

»Mach dich nicht lächerlich, Eve.«

Wie gut Eve diesen Ton kennt, der besagt: *Ich dulde keinen Widerspruch.*

»Ich bin nicht lächerlich. Das ist deiner. Ich weiß es.« Der Ring liegt in ihrer Hand, und sie wirft ihn ihrer Mutter zu, die keinen Versuch unternimmt, ihn aufzufangen, sondern die Hände entschlossen auf ihrem Schoß liegen lässt.

»Sieh dir doch mal die Größe dieses Rings an, Eve. Der würde mir doch niemals passen. Du weißt, dass ich schwere Knochen habe.«

Eve schielt auf die Finger ihrer Mutter, die auf dem Stoff ihres Rocks ruhen, und erkennt sofort, dass sie recht hat. Obwohl sie während des Kriegs stark abgenommen hat, ist der Ring viel zu klein. Sie würde ihn nicht mal über den Knöchel des kleinen Fingers bekommen.

Eves Mutter bemerkt ihre Unsicherheit und richtet sich auf ihrem Stuhl auf. Diese Körpersprache ist Eve so vertraut, dass sie weiß, was diese Geste bedeutet. Ein Lächeln des Triumphes würde sie sich versagen – das wäre viel zu vulgär –, aber dieses Aufrichten ihrer Wirbelsäule ist ihre Art, den Sieg für sich zu beanspruchen.

»Können wir dann weitermachen?« Duncan ist ungeduldig und will weg. Eve sieht, wie sein Fuß auf- und abfedert, als hätte er keine Kontrolle darüber. Clemmie streckt zwei Finger aus und drückt damit auf seinen Schenkel, um ihn zu beruhigen. Es ist die intimste Geste, die sie bisher zwischen den beiden wahrgenommen hat. Helle Panik steigt in ihr auf. Der Anblick des über dem Papier schwebenden Füllfederhalters. Das Gefühl, dass ihr die Zeit davonläuft und alle ihre Fragen hinter einer geschlossenen Tür verschwinden.

Ihre Verzweiflung bricht sich Bahn. Sie wendet sich wieder an ihre Mutter. »Sagt dir der Name Francis Garvey etwas? Lieutenant Francis Garvey?«

Eve weiß nicht, woher das kommt, und auch nicht, warum sie das fragt. Aber sie erkennt sofort, dass sie einen Nerv getroffen hat. Das eckige, flache Gesicht ihrer Mutter, normalerweise so rosig wie gekochter Schinken, verliert plötzlich alle Farbe, und Eve sieht, dass sie heftig schluckt.

»Nein«, sagt sie. »Kann ich nicht behaupten.«

»Überleg noch mal. Vielleicht kanntest du ihn nicht als Francis. Wie wäre es mit Frank oder Frankie?«

»Nein«, sagt ihre Mutter. »Ich sagte doch, ich habe nie von ihm gehört.«

Sie lügt. Eve weiß das genauso, wie sie weiß, dass ihre Augen braun sind. Sie spürt das Unbehagen ihrer Mutter, als wär's ihr eigenes.

»Frankie?« Die Stimme kam von der anderen Seite des Raums, und Eve dreht sich um und sieht Diana mit einem Ausdruck angestrengter Konzentration nachdenken, als versuchte sie, aus den hintersten Winkeln ihres Gedächtnisses eine Erinnerung zu zupfen. »Da klingelt was bei mir. Aber warum?«

Ein Hoffnungsschimmer durchzuckt Eve, ist aber genauso schnell wieder verschwunden, wie er kam, als Diana den Kopf schüttelt.

»Nein. Ist wieder weg.«

»Himmelherrgott noch Mal, können wir nicht einfach weitermachen?«

Während des Innehaltens, das auf Noel Lesters Ausbruch folgt, passieren mehrere Dinge: Eves Mutter hält die Luft an und richtet sich in ihrem Stuhl auf, bis sie fast schwebt.

Clifford legt seine Hand an seinen Schnauzbart und streicht wieder und wieder darüber.

Man hört laut und anhaltend das Läuten der Türglocke, als würde sich jemand mit seinem ganzen Gewicht dagegenlehnen, dann Stimmen und klappernde Schritte auf der Treppe.

Jack Collett kommt in den Raum gestürmt, dicht gefolgt von seinen Eltern, die völlig außer Atem sind.

»Haben Sie gehört?« Sein hübsches Gesicht ist starr vor Entsetzen.

»Wir sind am Haus vorbeigekommen, und einer der Köche sagte uns, was passiert ist«, bringt Ruth keuchend hervor. »Wir wollten uns vergewissern, dass es Ihnen gut geht. Das nimmt uns alle mit.« Ruth hält inne, als sie bemerkt, dass Eve alles andere als allein ist. »Oh, Verzeihung«, sagt sie. »Ich habe gar nicht bemerkt, dass Sie Gäste haben. Es ist etwas Schreckliches passiert. Gloria Hayes hat gerade einen Selbstmordversuch unternommen.«

Alle schnappen nach Luft. Sully, der hinter Eve an der Wand gelehnt hat, geht auf Ruth zu. »Wie?«, will er wissen. Dann, ohne die Antwort abzuwarten: »Wann? Warum?«

Auf der anderen Seite neigt Clemmie sich Diana zu. »Ich wusste es«, sagt sie. »Ich sagte zu Dunc auf der Hochzeit, dass mit dieser Frau irgendwas ganz und gar nicht in Ordnung ist.«

Die Colletts berichten, was sie erfahren haben – dass die Braut sich in ihrem Schlafzimmer eingeschlossen und ihren ganzen Vorrat an Pillen geschluckt hat.

Sullys für gewöhnlich nussbraunes Gesicht verliert jegliche Farbe. »Ich fahre zum Krankenhaus«, verkündet er, plötzlich völlig nüchtern. »Ich werde herausbekommen, wie es ihr geht, und berichte dann.«

Schließlich durchschneidet Diana mit ihrer kühlen Kommandostimme den Tumult. »Das ist natürlich alles sehr bestürzend, aber da wir Übrigen nicht viel ausrichten können, schlage ich vor, wir bleiben hier und unterzeichnen die Dokumente.«

»Dem kann ich nur zustimmen«, sagt Clifford.

»Dann, wenn Sie das alle wollen, lassen Sie uns fortfahren«, sagt Victor, der die Dokumente noch in seiner Hand hält.

Eve ist noch ganz wirr im Kopf nach allem, was Diana, Clifford und ihre Mutter gesagt haben, doch sie bemerkt, dass Jack Collett neben ihr steht und Victor durch seine Nickelbrille derart forschend ansieht, dass es schon beinahe unhöflich ist.

»Entschuldigen Sie, sind wir uns schon mal begegnet?«, fragt er schließlich.

Victor blickt erschrocken auf. »Nein. Ich denke nicht.«

»Dann verzeihen Sie mir bitte. Sie kommen mir nur so bekannt vor. Sind Sie sicher, dass wir uns nicht schon mal begegnet sind?«

»Absolut.« Victor lächelt ihn entschuldigend an und

wendet sich dann wieder den Papieren auf seinem Schoß zu.

»In Paris vielleicht?«

»Also Jack, wirklich.« Ruth sieht ihren Sohn tadelnd an. »Es tut mir entsetzlich leid, Mr. Meunier. Ich weiß nicht, wo dieser Junge gelernt hat, so vorlaut zu sein.«

»Kein Problem, Mrs. Collett.« Victor lächelt wieder. »Aber wissen Sie, ich denke, nach allem, was passiert ist, sollten wir das doch verschieben.« Er gibt die Dokumente Bernard zurück, erhebt sich schwerfällig und greift nach seinem Stock. »Mr. Martin ist mein lieber Freund, und nach so einem schrecklichen Ereignis, am Tag seiner Hochzeit … Also ich muss nachsehen, ob ich ihm irgendwie beistehen kann.«

»Aber das ist doch gleich erledigt.« So schnell ist Diana nicht bereit aufzugeben.

»Désolé, Madame«, murmelt Victor und ist schon fast an der Tür. »Aber Sie werden mir doch sicher beipflichten, dass es unter den gegebenen traurigen Umständen unangemessen wäre, einfach zur Tagesordnung überzugehen.«

Eve beobachtet, wie Victor zielgerichtet die Diele durchquert und dabei unbeholfen Mrs. Finch anrempelt, als diese versucht, auf sich aufmerksam zu machen.

»Oh Mann, was für ein Drama«, sagt Clemmie genüsslich, als die Eingangstür hinter dem französischen Kunsthändler ins Schloss fällt. Fast so, als wären die Vorfälle des Nachmittags allein zu ihrer Unterhaltung organisiert worden.

»Also wirklich, Clemmie, eine Frau ist schwer verletzt«, blafft Duncan sie zu jedermanns Überraschung an.

Nach und nach brechen die Lesters auf. Diana als

Erste, gefolgt von ihren Stiefsöhnen und Clemmie. Dann entschließen sich auch die Colletts zum Aufbruch.

»So eine unglaublich traurige Geschichte«, sagt Ruth.

Jack macht sich immer noch Gedanken über Victor, den er nicht einordnen kann. »Es ist wirklich komisch«, sagt er und setzt seine Brille ab, um sich den Nasensattel zu reiben. »Ich bin mir so sicher, dass ich ihn von irgendwoher kenne. Ein solches Gesicht vergisst man nicht.«

Nachdem die Colletts den Raum verlassen haben, lauscht Eve ihren sich entfernenden Schritten in wachsender Panik.

Jetzt ist es gleich so weit, sagt sie sich. Jetzt wird man sie zur Rechenschaft ziehen. Sie kehrt zurück ins Wohnzimmer und stellt sich vor ihre Mutter und ihren Ehemann. Oh, sie hat Bernard ganz vergessen. Der französische Notar ist so unaufdringlich, dass sie seine Anwesenheit fast übersehen hätte.

»Kann ich noch etwas für Sie tun, Mrs. Forrester? Marie wartet draußen, um mich zurück nach Cannes zu bringen.«

Eves Dankbarkeit verwandelt sich in Bestürzung, als Bernard aufsteht und sich zum Gehen wendet.

»Cannes?« Clifford ist plötzlich ganz Ohr. »Aber da ist ja unser Hotel. Es wäre doch dumm, ein Taxi zu bezahlen, wenn Sie ohnehin in diese Richtung fahren.«

Während des Geschehens der vergangenen Stunde hat Eve sich keinerlei Gedanken darüber gemacht, wo ihre Mutter und ihr Ehemann übernachten werden. Aber jetzt stellt sich heraus, dass sie in Cannes bereits ein Hotel gebucht haben. Nicht das Appleton, sondern ein kleineres, ein paar Straßen vom Strand entfernt.

»Es ist doch sinnlos, überteuerte Preise zu zahlen, nur

um sich dann wegen der kalten Luft vom Meer eine Erkältung einzufangen«, erklärt ihre Mutter, die offenbar von der draußen herrschenden Schwüle gar nichts mitbekommen hat. »Du kommst natürlich mit uns, Eve. Dein Mann hat ein Doppelzimmer gebucht.«

Mit ihnen mitgehen. Damit hatte Eve nicht gerechnet. Wütend senkt sie den Blick, aber nicht ohne zu bemerken, wie Clifford rot wird. *Er will auch nicht allein mit mir sein.*

»Das ist leider völlig unmöglich«, sagt sie, ermutigt durch Cliffords unausgesprochene Bestürzung. »Alle meine Sachen sind hier. Und ich muss in der Nähe sein, falls es etwas Neues von Gloria gibt.«

Das Gesicht ihrer Mutter verhärtet sich. »Du sprichst von dieser Frau, als wäre sie deine Freundin, Eve. Du kommst aber doch aus einer völlig anderen Welt, und wahrscheinlich hat sie bereits vergessen, dass ihr euch je begegnet seid. Man muss realistisch bleiben. Ich möchte nicht, dass du enttäuscht wirst.«

»Aber ich habe ihr Kleid. Ihre Schuhe.« Eve weiß, wie kindisch das klingt. Doch allein schon der Gedanke, mit Clifford in einem engen, kleinen Zimmer eines drittklassigen Hotels eingesperrt zu sein und ihm dabei zuzusehen, wie er die Bügelfalte seiner Hose glattstreicht, bevor er diese auf den Bügel hängt, und wie er danach seine Armbanduhr auf dem Nachttisch ausrichtet. Nein, das kann sie wirklich nicht ertragen.

Zum Glück kommt ausgerechnet Clifford ihr zu Hilfe. »Du hast recht. Wahrscheinlich ist es das Beste, wenn du eine letzte Nacht hierbleibst, um alles vorzubereiten. Dann können wir morgen alle die Verkaufspapiere unterschreiben und diese ganze ärgerliche Angelegenheit ad acta legen, bevor wir in den Nachtzug steigen. Du weißt vermutlich noch nicht, wie viel unser Anteil wert ist?«

Sie schüttelt den Kopf und wechselt das Thema, vereinbart, sich am nächsten Morgen mit ihnen am Garoupe-Strand zu treffen, wo sie sich, ohne von der Villa La Perle und den Lesters abgelenkt zu werden, in Ruhe unterhalten können. Es gibt noch ein Hin und Her wegen der Wegbeschreibung, aber Bernard versichert Clifford, dass jeder Taxifahrer den Weg dorthin finden wird.

Endlich sind sie weg, und Eve ist allein.

Aber noch lange nachdem der Motorenlärm von Maries Wagen von der Abendluft verschluckt wurde, klingt Cliffords Stimme in ihr nach.

Wir. Unser.

Guy, 29. April 1948

Bei meinem zweiten Besuch frage ich mich, ob sie überhaupt bereit ist, mich zu sehen, aber sie kommt in den Raum geschlurft und hält einen Stapel Briefe auf Papier, so dünn wie Zwiebelschale, in der Hand.

»Bewahren Sie die gut auf«, sagt sie.

Ich werfe einen Blick auf die Pflegerin, die mit den Achseln zuckt, als kümmere sie das alles nicht.

»Es sind bloß Briefe an einen Toten«, sagt die Pflegerin. »Sie hat sie unter ihrer Matratze verwahrt.«

»Das geht jetzt nicht mehr«, sagt die Frau. »Oder Annie kriegt sie in die Finger.«

Die Pflegerin lacht. »Oh ja, Annie würde einem noch die Goldfüllungen aus den Zähnen klauen, wenn man mit offenem Mund schläft.«

Jetzt zieht die Frau etwas von ihrem Finger. Den goldenen Ring mit dem grünen Stein. »Damit Annie ihn nicht bekommt«, sagt sie und hält ihn mir hin.

»Oh nein. Das kann ich nicht annehmen«, erkläre ich ihr.

»Bitte. Bitte schön.« Sie klingt verzweifelt.

»Sagen Sie ihr, dass ich den nicht nehmen kann«, bitte ich die Pflegerin.

Diese holt tief Luft. »Nehmen Sie ihn ruhig. Sie

bekommt keinen anderen Besuch, dem sie ihn geben könnte. Entweder Sie nehmen ihn oder Annie.«

»Aber warum?«, fragte ich sie ganz direkt. »Wissen Sie denn nicht, wer ich bin? Was ich getan habe? Warum wollen Sie ausgerechnet mir den Ring anvertrauen?«

Sie sieht mich mit trüben Augen an, und dann geschieht etwas absolut Merkwürdiges. Die Augen stellen sich scharf wie die Linsen eines Fernglases. Und fast hätte ich mich abwenden müssen, weil mir klar wird, dass sie mich erkennt – sie *kennt* mich –, und ich habe das Gefühl, vor Scham zu vergehen. *Das sind Sie mir schuldig*, sagen ihre Augen.

»Bitte schön«, wiederholt sie und drängt mir ihren armseligen Besitz auf. Ihr Zahnfleisch ist rot-violett. Ich kann sie kaum ansehen.

»Aber was soll ich damit machen?«

Die Frau sieht die Pflegerin an, als wollte sie es vor ihr nicht sagen.

»Sie wissen es«, sagt sie bedeutsam. »Sie wissen, was zu tun ist. Nach wem Sie suchen müssen.«

Unwillkürlich nicke ich, obwohl alles in mir schreit, dass ich keine Versprechungen machen darf.

»Was würde Annie mit diesen Sachen machen?«, frage ich die Pflegerin und zögere noch immer, den Ring und die Briefe einzustecken.

»Sie würde sie vermutlich runterschlucken. Manchmal vergräbt sie so etwas auch. ›Annies kleine Schätze‹, sagt sie dazu. Oh, hier sind alle verrückt.«

24

11. Juni 1948

»Wenn das die legendäre Côte d'Azur ist, dann bleibe ich lieber in Sutton.« Clifford kickt gegen die langen Seegrassträhnen auf dem einsamen Strand von Garoupe.

Obwohl sich das von Ruth Collett vorhergesagte Unwetter noch Zeit lässt, haben sich die grauen Wolken von gestern gehalten und sind schwärzer und dichter geworden, und der Himmel sieht ganz danach aus, als würde er gleich bersten. Das ist auch der Grund, weshalb Eves Mutter sich geweigert hat, mit an den Strand zu kommen, und Schutz auf einer Bank in Nähe der Promenade gesucht hat. Die Luft ist noch immer heiß und schwül. Kein Wunder, dass die Urlauber in ihren Hotels bleiben und sich in den Lounges unter Deckenventilatoren die Zeit beim Kartenspiel vertreiben.

Eve bleibt stehen, um das aufgewühlte Meer zu betrachten, und muss dabei an Gloria denken. Hat sie etwa auch innegehalten und ebendieses Meer betrachtet, bevor sie sich in ihrem Badezimmer einschloss, sämtliche Pillenfläschchen leerte und die Tabletten dann mit einer Flasche von Laurents Sazerac-de-Forge-Cognac hinunterspülte?

Als Sully am vorigen Abend im Krankenhaus eintraf, war der Publicityapparat des Studios schon in vollem

Gang. Ja, Ms. Hayes habe nach der aufregenden Hochzeit einen Erschöpfungsanfall erlitten. Nein, wir bedauern, aber die neue Mrs. Martin sei im Moment nicht in der Lage, Besuch zu empfangen. Die Ärzte hätten absolute Bettruhe angeordnet. Und ganz gewiss entbehrten die Gerüchte, die derzeit die Runde machten, jeglicher Grundlage. Einige skrupellose Pressevertreter, verschnupft, weil man sie nicht eingeladen hatte, über die Hochzeitsparty zu berichten, nähmen den Krankenhausaufenthalt der Braut – Folge eines völlig nachvollziehbaren nervösen Erschöpfungsanfalls – zum Anlass, um abwegige Geschichten in Umlauf zu bringen.

Eve, noch immer im Besitz des von Gloria geborgten Kleides, schämt sich dafür, auf dieser schrecklichen Hochzeitsparty tatenlos zugesehen zu haben, wie man Gloria wegbrachte, zumal sie mitbekommen hatte, was Laurent draußen am Pool zu ihr gesagt hatte, obwohl sie wusste, dass Gloria Angst hatte.

Doch was hätte sie tun können?

»Also wirklich, Eve, dein Verhalten war verflucht leichtfertig«, fährt Clifford jetzt fort. »Weil du nicht nach Hause gekommen bist, wie das vereinbart war, habe ich Hals über Kopf meine Firma im Stich lassen müssen, und deine Mutter verpasst das gesellige Zusammensein im Rotary Club. Und du weißt, dass sie nicht gern reist.«

»Keiner hat dich gebeten zu kommen. Und sie genauso wenig. Und seit wann unternimmt meine Mutter irgendetwas Geselliges? Ganz ehrlich, ich verstehe noch immer nicht, was sie hier will.«

»Sie war in Sorge um dich. Sobald sie erfuhr, dass du allein hier unten bist und dich weigerst zurückzukommen, bestand sie darauf mitzukommen. Ich habe versucht, es ihr auszureden.«

Sein wehleidiger Ton verrät seinen Groll, und Eve hat plötzlich Mitleid mit ihm. Es dürfte keine entspannte Reise gewesen sein.

»Es tut mir leid«, sagt sie und lässt die Schultern hängen. »Es tut mir leid, nicht nach Hause gekommen zu sein. Ich musste einfach herausfinden, warum Guy Lester mich indirekt hierherbestellt hat. Wer er für mich war. Ich habe immer gespürt ...« Hier hält sie inne, weil es ihr auf einmal peinlich ist, mit Clifford über ihre ureigenen Gefühle zu sprechen.

»Ich habe immer gespürt, dass ein großer Teil von mir fehlt. Ich weiß nicht, wie ich dir das erklären soll. Ich habe mich immer *unfertig* gefühlt. Und ich dachte ... das heißt, ich hoffte ... dass ich, indem ich hierherkomme, diese Lücke füllen kann. Deshalb war es mir auch nicht möglich, nach Hause zu fahren, ohne die Antworten gefunden zu haben.«

Clifford wirft ihr einen seltsamen Blick zu, den sie nicht deuten kann, aber als er antwortet, klingt seine Stimme gleich ein wenig freundlicher.

»Manchmal, meine Liebe, sind die Antworten schlimmer als das Nichtwissen.«

Eve sieht ihren Ehemann mit neuen Augen. Das ist eine Seite an ihm, die ihr bisher verborgen geblieben ist. Einen Moment lang steigt Hoffnung in ihr auf. Vielleicht finden sie doch noch zu einem Einvernehmen.

Aber dann ergänzt er: »Außerdem sind wir jetzt verheiratet. Und du solltest, wie ich meine, genug damit zu tun haben, unseren Haushalt zu führen, sodass dir gar keine Zeit mehr bleibt, irgendeinen Mangel zu verspüren.«

Und einfach so schlägt das winzige Fenster, das sich ganz kurz einen Spaltbreit für einen Gedankenaustausch geöffnet hat, wieder zu.

»Warum hast du mich geheiratet?«

Sie haben ihren Strandspaziergang fortgesetzt, und Eve kann ihre Frage stellen, ohne Blickkontakt aufnehmen zu müssen.

Das Erstarren von Cliffords Schultern verrät ihr sein Unbehagen. »Müssen wir das denn wirklich jetzt bereden, wo es doch so viel zu tun gibt – wir müssen die Reise buchen, die Papiere unterschreiben und Koffer packen.«

»Ja, leider muss es sein.«

»Im Ernst, Eve. Was soll ich darauf sagen? Ich habe dich geheiratet, weil wir gut miteinander ausgekommen sind, oder nicht? Wir haben einander ergänzt in dem, was jeder brauchte.«

»Und Liebe?«

»Ja, natürlich, auch das. Aber wir leben doch nicht in einem romantischen Kitschfilm. Wir sind Realisten, du und ich. Wir haben Herrgott noch mal den Krieg überlebt. Das hat mir an dir gefallen. Du wirktest so vernünftig. Gehörtest nicht zu den Mädchen, die sich ein Leben voller Rosen und Schokolade erwarten und dann zusammenbrechen, wenn der Alltag sie einholt.« Clifford zögert und tritt mit unvermittelter Wildheit einen Stein beiseite. »Aber zum Kuckuck, wenn es denn Rosen und Schokolade braucht, um dich glücklich zu machen, werde ich dafür sorgen. Mir ist ja bewusst, dass ich ständig mit Arbeit beschäftigt war, und vielleicht ist dir das Leben ein wenig eintönig vorgekommen, aber ich werde mir mehr Mühe geben. Wir könnten ein Mal in der Woche ins Kino gehen. Das würde dir doch gefallen, oder? Komm einfach nach

Hause, und wir kümmern uns um unser Leben, und all das hier wird nur noch ein absurder Traum sein. Eines Tages, wenn alle deine Schnitte und Blutergüsse abgeheilt sind, werden wir herzhaft darüber lachen können. Du wirst sehen.«

Und das gibt letztendlich den Ausschlag. Sie kann sich beim besten Willen nicht vorstellen, wie sie und Clifford gemeinsam herzhaft über etwas lachen. Sosehr sie auch nachdenkt, fällt ihr kein einziger Moment ein, in dem so etwas jemals passiert wäre.

»Clifford«, sagt sie und wendet sich ihm zu. Aber da setzt der Regen ein, der schon den ganzen Morgen gedräut hatte und jetzt wirklich losprasselt und einen Aufschrei ihrer Mutter auslöst, die in einiger Entfernung von ihnen auf der Bank kauert. Im Nu sind sie alle drei bis auf die Haut durchnässt.

»Ich sagte dir doch, wir hätten bei diesem Wetter nicht rausgehen dürfen«, beschwert sich Eves Mutter und wischt sich die Tropfen aus dem Gesicht. »Und jetzt müssen wir auch noch zu Fuß zum Haus zurück. Also wirklich, Eve.«

Als hätte Eve absichtlich das Wetter bestellt, um sie zu ärgern.

Sie marschieren entlang der Küstenstraße in Richtung der Perlenvilla. Es ist kein weiter Weg, aber Eve scheint jeder wassergesättigte Schritt ewig zu dauern.

Die Umstände laden nicht zu einem sinnvollen Gespräch ein, alle haben nur das Ziel, so schnell wie möglich ins Trockene zu kommen. Doch Eve findet, dass sie die Gelegenheit nicht ungenutzt verstreichen lassen darf. Bisher hatte sie noch keine Chance zu einem richtigen Gespräch mit ihrer Mutter. Bei ihrer Ankunft mit Clifford am Strand beschwerte sie sich als Erstes darüber, dass der Taxifahrer einen weiten Umweg gefahren sei, und gleich im Anschluss daran erklärte ihre Mutter, sie müsse sich ein wenig auf der Bank ausruhen, denn sie habe in der vergangenen Nacht kein Auge zugetan, und ließ Eve und Clifford allein ihren Spaziergang antreten.

»Bist du dir auch jetzt noch, da du Zeit zum Nachdenken hattest, wirklich sicher, dass dir der Name Francis Garvey nichts sagt?«, stößt sie keuchend hervor, als sie neben ihrer Mutter entlang der Straße mit den wassergefüllten Schlaglöchern läuft. »Und Guy Lester?«

»Nein, das sagte ich dir doch bereits.« Ihre Mutter bleibt stehen und wischt wütend über ihren Strumpf mit den Schlammspritzern. Auf ihrem gebeugten Kopf sieht man die rosa Kopfhaut durchs Haar schimmern, das einmal dunkel war, jetzt aber grau durchsetzt ist und so straff anliegt, dass es selbst im Regen nicht nachgibt.

Aber Eve hat ihren Gesichtsausdruck gesehen, bevor sie sich bückte.

Ihre Mutter lügt.

Als sie die Villa erreichen, sind alle tropfnass. Trotz der liebevollen Fürsorge von Mrs. Finch, die warmen Tee und trockene Kleidung aus den oberen Kleiderschränken anbietet, bestehen Clifford und Eves Mutter darauf, zum Umziehen ins Hotel zurückzukehren, wohin sie ein liebenswürdiger Fahrer bringt, den Mrs. Finch aus einem der Nachbarhäuser kommen lässt.

Sie werden am späteren Nachmittag zusammen mit Bernard zurückkommen, wenn auch die Lesters sich erneut einfinden, um die Dokumente zu unterschreiben. Anschließend wird Eve zusammen mit ihrer Mutter und ihrem Ehemann den Nachtzug nach Paris nehmen und von dort weiter nach London reisen.

Vorbei. Es ist vorbei.

Kurz nachdem die anderen gegangen sind, kommt Sully vom Krankenhaus zurück, das er in der Hoffnung, Gloria sprechen zu können, noch einmal aufgesucht hat. Er ist untröstlich, dass man ihm erneut den Zutritt verwehrt hat.

»Wissen Sie, was dieser Sprecher des Krankenhauses sich erdreistet hat, der Presse mitzuteilen?«, schäumt Sully. »Dass Gloria Hayes an einer ›hochzeitsbedingten Erschöpfung‹ leide. Hochzeitsbedingte Erschöpfung? Halten die uns etwa alle für Schwachköpfe? Glücklicherweise ist es mir gelungen, eine freundliche Krankenschwester abzufangen. Na gut. Anfangs war sie nicht freundlich, aber für fünfhundert Francs wurde sie gleich viel freundlicher. Sie sagte, Gloria sei zwar am Leben, aber sehr geschwächt. Sie sagte noch etwas anderes, das ich aber nicht verstanden habe. Ihr Französisch war sehr vulgär.«

Eve hat ihre Sachen rasch zusammengepackt. Es ist ja nicht viel. Sie setzt sich aufs Bett und sieht sich in dem Zimmer um, das während der letzten Woche ihr Zuhause gewesen war. Ihre Augen verweilen auf den von der Sonne ausgebleichten grünen Vorhängen und der abblätternden Farbe an den Fensterrahmen. Glorias blaues Kleid liegt auf dem Bett ausgebreitet. Eve betrachtet ihre Seidenbluse und den marineblauen Wollrock. Seufzt. Der Versuch, sich selbst zu entkommen, hat sie völlig erschöpft. Gut, dass sie jetzt abreist. Bevor sie sich in all das hier verliebt. An Sully, Gloria und Libby wird sie immer gerne zurückdenken, aber sie gehören wirklich zu einem ganz anderen Leben. Duncan, Diana und Clemmie werden einfach nur erleichtert sein, wenn sie weg ist. Sie war nichts weiter als ein unnötiges Ärgernis in einer Zeit, als sie mit ihrer privaten Trauer zurechtzukommen versuchten.

An Noel zu denken, erlaubt sie sich nicht.

Rastlos steht sie auf, reißt das Fenster auf und starrt hinaus in den Regen und auf das aufgewühlte Meer mit seinen weißen Schaumkronen. Draußen ist die Luft gewitterschwer und voll pulsierender Erwartung. Eve bemerkt ein paar zerborstene Fliesen auf dem Terrassenboden und auch, dass ein Teil der Balustrade abbröckelt. Victor Meunier wird alle Hände voll zu tun haben.

Erst als sie das Fenster wieder schließt, nimmt Eve ein schwaches schepperndes Geräusch wahr. Verwundert geht sie zur Zimmertür und lauscht. Dort ist das Scheppern lauter zu hören, metallisch hallt es durchs Treppenhaus.

Ohne Schuhe, nur in Strümpfen, tappt Eve nach unten und bleibt dann im unteren Flur stehen. »Sully?«, ruft sie, doch dann fällt ihr ein, dass der Amerikaner zu einem Lunch eingeladen ist, den er wohl nicht hatte absagen können. Seine mürrische Klage half Eve nicht über die schmerzliche Einsicht hinweg, dass die Welt der Côte d'Azur sich auch dann noch weiterdrehen würde, wenn sie als Beobachterin nicht mehr hier war.

Der Lärm scheint aus der Küche zu kommen. Doch die Küche ist leer. »Mrs. Finch?«, ruft sie. Erst als der Lärm wieder einsetzt, wird ihr klar, dass seine Quelle unter ihr liegen muss. Sie fragt sich, was Mrs. Finch wohl im Keller zu schaffen hat. Was immer es sein mag, es scheint mit großem Körpereinsatz verbunden zu sein. Vielleicht könnte sie ihr zur Hand gehen.

Und zugleich meldet sich der Hintergedanke, dass dies Eves Chance – ihre letzte Chance – sein könnte, in Guys altem Ramsch herumzustöbern und diesmal in diesem grässlichen feuchten Kellerraum nicht allein zu sein.

Auf der obersten Treppenstufe zum Keller zögert sie. In diesem Teil des Hauses, der nie direktes Licht abbekommt, ist es zehn Grad kälter als sonst überall, und Eve zittert in ihrer dünnen Bluse. Die Erinnerung an das letzte Mal, als sie hier hinunterging, ist noch sehr lebendig. Diese Kälte, die nach nasser Erde riecht. Die überwältigende Angst, allein im Dunkeln in der Falle zu sitzen.

Das Scheppern setzt wieder ein und kommt eindeutig aus dem Abstellraum, dessen Tür offen steht, allerdings nicht so weit, dass Eve hineinspähen könnte. Sie schaltet das Licht oben an der Treppe ein und vergewissert sich, dass die Tür zum Flur hin offen ist. Die untere Hälfte der Stufen ist in Düsternis getaucht, die der trübe Schein der Glühbirne nicht zu durchdringen vermag, doch sie tastet sich vorsichtig nach unten. Dort ist der Lärm nicht nur viel lauter, sondern auch die Abstände zwischen den metallischen Schlägen scheinen kürzer zu werden, sodass Eves Stimme untergeht, als sie »Mrs. Finch?« ruft.

Auf dem kleinen Absatz hält Eve erneut inne. Und wenn Mrs. Finch nun Diana und ihren Stiefsöhnen erzählt, dass Eve herumspioniert hat? Fast wäre sie wieder umgekehrt. Doch dann fällt ihr ein, dass sie heute abreisen wird, was zählt es da noch, wie die Lesters über sie denken? Sie schubst die Tür auf und tritt ein und …

Oh.

Was sie sieht, vermag sie erst gar nicht einzuordnen, denn an der gegenüberliegenden Kellerwand steht mit ihr zugekehrtem, gebeugtem Rücken und bewaffnet mit einer Spitzhacke, die immer und immer wieder klirrend gegen die Mauer schlägt, Victor Meunier.

Es ist dunkel hier drin, aber auf dem Boden liegt eine Taschenlampe, in deren schwachem Strahl Eve erkennt, dass das Regal, das an der hinteren Wand stand, abgebaut und alles Gerümpel zur Seite geräumt worden war. Dort, wo Victor die Hacke schwingt, hat er bereits ein schartiges schwarzes Loch in das Mauerwerk geschlagen, unter dem herausgelöste Ziegel auf dem Steinboden liegen.

Ehe Eve sich fragen kann, was das zu bedeuten hat, hält Victor inne und murmelt etwas auf Französisch. Dann herrscht plötzlich abscheuliche Stille, in der selbst die Luftpartikel zu verharren scheinen. Eve steht da wie erstarrt und versucht, nicht zu atmen, aber die dem Keller entsteigende vertraute Kälte beißt ihr in die Nase und macht, dass ihre Knochen sich feucht anfühlen.

Ohne den Grund dafür benennen zu können, ist sie davon überzeugt, dass sie besser nicht auf sich aufmerksam machen sollte, wenigstens so lange nicht, bis sie sich Klarheit verschafft hat. Einerseits passt es nicht ins Bild, dass dieser charmante Franzose etwas Ungehöriges tun könnte, andererseits will ihr aber auch kein guter Grund dafür einfallen, warum er sonst hier im Keller versuchen sollte, ein Loch in die Wand zu schlagen.

Ganz langsam zieht sie sich zurück ins Dunkel. Alle Instinkte sagen ihr, dass sie eilends kehrtmachen und nach oben laufen sollte. Sie könnte auf Sully warten. Ihm erzählen, was sie gesehen hat. Oder sie könnte es einfach dabei bewenden lassen. *Hör auf, dich in anderer Leute Angelegenheiten einzumischen*, würde ihre Mutter sagen. Sie könnte einfach zurück auf ihr Zimmer gehen, ihren

Koffer nehmen und die Dramen der Côte d'Azur hinter sich lassen. Es muss eine ganz einfache Erklärung dafür geben. Vielleicht hat Victor die Villa La Perle gewissermaßen bereits in Besitz genommen. Womöglich hat man sich am vergangenen Abend darauf geeinigt, nachdem alle aufgebrochen waren, und nur versäumt, es ihr mitzuteilen. Doch sie harrt aus, wird das Gefühl nicht los, dass das, was Victor hier vorhat, in irgendeinem Zusammenhang mit all den merkwürdigen Dingen steht, die ihr seit ihrer Ankunft hier widerfahren sind. Wenn nun tatsächlich jemand beim letzten Mal die Klinke der Kellertür mit Absicht entfernt hat und sie auf diese Weise drinnen einsperrte? Und so abwegig war es schließlich nicht, dass jemand ihr Leid zufügen oder sie auf alle Fälle fortscheuchen wollte.

Wer hasst mich so sehr?

Ihr Gedankenkarussell kommt abrupt zum Halten, als sie hört, wie Victor die Hacke zu Boden wirft. Heftig atmend greift er nach der Taschenlampe und leuchtet damit in die schwarze Öffnung der Wand, hinter der sich noch eine zweite, viel kleinere Kammer zu befinden scheint.

»C'est où? C'est où?«, brummt er und bewegt den Strahl hin und her, bis er schließlich auf einem sperrigen Gebilde, das in der Ecke aufragt, zur Ruhe kommt.

Mit einem triumphierenden Grunzen quetscht er sich durch das Loch im Mauerwerk und schickt dabei weitere Mauerbrocken zu Boden.

In der Geheimkammer geht er, soweit es sein steifes Bein zulässt, in die Hocke und macht sich an dem sperrigen Gebilde zu schaffen. Dann sagt er etwas, das sich nach »intakt« anhört. Victor umfängt den geheimnisvollen Gegenstand, der ihm bis zur Taille reicht und fast einen

Meter breit ist, mit ausgebreiteten Armen. Halb hebend, halb schleifend zerrt er ihn durch die Lücke in der Wand, während Eve sich wieder so weit zurückzieht, dass sie von der offenen Tür ganz verborgen ist.

Sie möchte nur noch sehen, was dieses Paket beinhaltet. Eve weiß, dass sie immer viel zu neugierig war, viel zu großes Interesse am Leben anderer Menschen hatte. Aber sie will es mit einem Blick bewenden lassen.

Victor hievt das Paket in den Hauptraum und lehnt es direkt in Eves Blickrichtung gegen die Wand.

Sie reckt den Hals, um nichts zu verpassen.

Das geheimnisvolle Objekt ist in eine Decke eingewickelt und gut verschnürt. Victor greift in seine Tasche, holt ein Taschenmesser heraus und lässt es ungeduldig aufschnappen. Als das Messer den Bindfaden durchschneidet, zuckt Eve zusammen. Schließlich hebt er eine Ecke der Abdeckung an, und Eve erkennt an der glänzenden Oberfläche, in der sich der schwache Lichtschein spiegelt, dass es ein Öltuch und keine Decke ist. Was bei dieser alles durchdringenden Feuchtigkeit Sinn ergibt.

Er wickelt das Öltuch ab, das seinen Inhalt in mehreren Lagen umhüllt. Als das dicke, fettige Material zu Boden fällt, kommen mehrere Gemälde mit angelaufenen Goldrahmen zum Vorschein. Das vorderste zeigt ein disharmonisches Durcheinander von Farben, durchschnitten von Linien, die sich zu unregelmäßigen Formen vereinen, in die verschiedene Körperteile gemalt sind – hier ein Schwung Haare, dort ein Auge, keins mit dem anderen verbunden –, eine visuelle Kakofonie, jedoch so bezwingend, dass man den Blick nicht davon abwenden kann.

Eve atmet schwer, aber so leise, dass es unter anderen Umständen im allgemeinen Zirkulieren der Luft untergegangen wäre. Doch an diesem Ort verstärkt sich auch der kleinste Laut. Victor richtet sich abrupt auf, und bevor Eve erkennt, was geschehen ist, hat er bereits den Raum durchmessen, sein Hinken ist vergessen, und ehe Eve kehrtmachen kann, hat er sie bereits an der Bluse gepackt.

Als Eve sich ihm zu entwinden versucht, gibt es ein ratschendes Geräusch. Jetzt packt er ihren Arm und ist so viel stärker, als sie gedacht hatte.

»Eve, stopp«, sagt er, und sein Englisch hat einen stärkeren Akzent als je zuvor. »Ich will doch nur mit Ihnen reden.« Aber seine Finger graben sich in ihren Arm und lösen jene Urangst in Eve aus, die nur noch einen Instinkt kennt – die Flucht.

»Weg da!«, schreit sie.

Es wird laut. Schritte auf der Treppe. Erleichterung umfängt sie, als die tröstliche Gestalt von Mrs. Finch auftaucht.

»Mrs. Finch. Gott sei Dank!«

Victor, der wohl spürt, dass das Spiel aus ist, lässt sie los, und Eve stürzt sich auf die Haushälterin und ergreift dankbar deren Hand. »Mr. Meunier ist verrückt geworden. Ich weiß nicht, worum es hier geht, aber wir müssen sofort nach oben und die Polizei rufen.«

Mrs. Finch rührt sich nicht vom Fleck. »Was zum Teufel ist hier los?«, fragt sie.

»Ich sagte es doch«, erwidert Eve, die unbedingt von hier wegwill. »Er hat etwas getan, das er nicht hätte tun dürfen, Löcher in Wände schlagen, und jetzt ist er durchgedreht.«

»Ich wusste nicht, dass sie da ist.«

Anfangs begreift Eve gar nicht, warum Victor sich mit

diesen Worten an Mrs. Finch wendet, als wäre Eve gar nicht anwesend, und auch nicht, warum Mrs. Finch noch immer dort steht und ihre Hände festhält, anstatt nach oben zu eilen. Aber als die Haushälterin sich weiter in den Keller hineinbewegt und Eve dabei hinter sich herzieht, anstatt sich und sie in Sicherheit zu bringen, dämmert es ihr.

Worin auch immer Victor Meunier verwickelt ist, Mrs. Finch ist seine Komplizin.

25

Victor Meunier und Mrs. Finch. Was für eine bizarre Paarung! Eve versucht, sich an Situationen zu erinnern, in denen sie die beiden zusammen gesehen hat. Gab es irgendwelche Hinweise, die auf mehr als eine nur flüchtige Bekanntschaft hingewiesen haben?

Ohne ihren Griff um Eves Hand zu lockern, beginnt diese neue, nicht mehr lächelnde Mrs. Finch eine hitzige Diskussion mit Victor auf Französisch. Eve, mit staubtrockenem Mund und einem beklemmenden Gefühl in der Brust, müht sich, dieser zu folgen.

»Warum konnten Sie nicht warten? Heute Abend wäre sie nicht mehr hier gewesen.« Mrs. Finchs Wangen sind rot gefleckt, ihre haselnussbraunen Augen vorwurfsvoll.

»Dieser verdammte Junge hat mich erkannt. Der mit der Brille.«

»Sie erkannt, von woher? Wie ist das möglich?«

»Das ist unwichtig. Wichtig ist jetzt, was wir mit ihr machen.«

Schließlich richten beide ihre Aufmerksamkeit auf Eve. Mrs. Finch hat vor Nervosität hektische Flecken, Victor ist nicht mehr wiederzuerkennen. Eve kann sich kaum mehr vorstellen, was sie anfangs an ihm so anziehend gefunden hat. Seinen Augen scheint es an Tiefe zu fehlen, und sein Gesicht wirkt verhärmt, als hätte das Leben ihm die Freude gestohlen.

Unter den feindselig prüfenden Blicken der beiden fröstelt Eve. Sie schluckt und versucht, ihre Stimme wiederzufinden.

»Ich habe keine Ahnung, was Sie hier vorhaben, aber mit mir hat das nichts zu tun. Ich bestehe darauf, dass Sie mich gehen lassen.« Wie piepsig ihre Stimme klingt. Sie versucht, ihren Arm aus der Umklammerung zu befreien, aber die Haushälterin ist kräftig, und Victor hat sich nun so positioniert, dass er die Tür blockiert.

»Ich wünsche mir nichts mehr, als Sie gehen lassen zu können«, sagt er auf Englisch zu Eve. »Aber leider …«

»Was meinen Sie mit ›leider‹?«, fragt Mrs. Finch ihn in scharfem Ton. »Sie haben mir versichert, dass keiner zu Schaden kommt. Sie sagten, es sei kein Risiko damit verbunden, keiner würde je davon erfahren. Ich hätte mich niemals darauf eingelassen, wenn …«

»Aber Sie haben sich darauf eingelassen.« Victor lächelt.

Der Druck in Eves Schädel ist so stark, als würde die Hand eines Riesen ihn zusammendrücken. Nichts ergibt mehr Sinn. Nicht Victor, nicht Mrs. Finch, nicht diese Bilder, die dort an der Wand lehnen, nicht die Geheimkammer dahinter, in der, wie sie jetzt bemerkt, noch weitere Pakete verwahrt sind, ebenfalls in Öltuch eingeschlagen.

»Warum sind Sie nicht einfach gegangen, wie das geplant war? Warum mussten Sie überhaupt herkommen?« Mrs. Finch ist den Tränen nah.

»Ich verstehe nicht«, sagt Eve und hat auch große Mühe, nicht loszuheulen. »Was habe ich denn getan? Warum sollte ich nicht hier sein?«

Aber Victor reicht es jetzt. »Für so etwas ist keine Zeit«, teilt er Mrs. Finch mit. »Jeden Moment wird hier ein Boot anlegen. Wir müssen so viel wie möglich mitnehmen. Den Rest werden wir im Garten zurücklassen müssen.«

»Und sie?«

Victor zuckt die Achseln.

»Ich werde es keinem verraten«, wirft Eve törichterweise ein. »Wie sollte ich auch, ich weiß ja gar nicht, worum es hier geht. Lassen Sie mich einfach gehen, und ich steige in meinen Zug und fahre zurück nach England, und Sie werden nie wieder von mir hören.« Sie redet viel zu schnell und viel zu laut, in der Hoffnung, jemand könnte sie hören, obwohl sie sich darüber im Klaren ist, dass alle anderen erst viel später zurückerwartet werden. Sie überlegt fieberhaft, versucht eine Lösung oder wenigstens eine Erklärung zu finden, doch ihr fällt nichts ein.

»Kommen Sie«, sagt Victor schließlich, packt sie grob am Arm und zieht sie hinter sich her in den hinteren Teil des Raums, wo das schartige schwarze Loch klafft.

Eve wehrt sich, versucht sich zu befreien.

»Halten Sie sie fest«, befiehlt er Mrs. Finch.

»Ich möchte nicht ...«

»Möchten Sie lieber ins Gefängnis? Möchten Sie das?« An Victors Hals pulsiert rot eine Ader, und seine dunkelblauen Augen, die Eve einmal schön fand, sind unerbittlich.

Mrs. Finch stellt sich hinter Eve und hält noch immer ihre Arme. Doch ihre Finger zittern, und Eve bemerkt, dass sie jetzt wirklich weint.

Victor hebt die Spitzhacke auf.

»Das können Sie nicht machen!«, schreit Eve und versucht, ihren Kopf herumzudrehen, um Mrs. Finch anzusehen. Könnte sie doch nur Blickkontakt aufnehmen, dann gelänge es ihr sicher, zu ihr vorzudringen. »Mein

Ehemann und meine Mutter werden jede Minute eintreffen. Und hier werden sie mich zuerst suchen.«

»Nicht, wenn Sie gut versteckt sind.«

Eve folgt Victors Blick. Durch die schartige Öffnung.

»Wir werden das Regal wieder aufbauen und all die Sachen davorstellen, um das Loch zu verbergen«, teilt Victor Mrs. Finch mit und zeigt auf das kaputte Fahrrad und die alte Spüle, die an der linken Kellerwand lehnt. Er hält den Holzgriff der Spitzhacke in seiner linken Hand, das Metall ruht in seiner rechten.

Eve, die noch immer von hinten festgehalten wird, kämpft gegen eine Welle der Übelkeit an. Victor wird ihr doch nicht ernsthaft etwas antun? Aber der Krieg, das weiß sie nur zu gut, macht die Menschen grausam. Nach so viel Tod und Leid hat ein Menschenleben an Wert verloren. Ihr Atem ist flach, sie bekommt kaum Luft, so eng ist es ihr um die Brust. *Bitte*, fleht sie in Gedanken. *Bitte. Bitte. Bitte.*

Victor hebt die Arme mit der Spitzhacke, und Eve schließt die Augen, schluckt die saure Luft. Die Zeit scheint stillzustehen, als würde das Universum innehalten. Und dann:

Peng.

Eve fällt zu Boden, die Arme um den Kopf geschlungen, überzeugt, niedergeschlagen worden zu sein. Es dauert ein wenig, bis sie sich so weit erholt hat, um mehrere Dinge wahrnehmen zu können: dass sie doch nicht verletzt ist; dass Mrs. Finch ihre Arme losgelassen hat; und dass sie nicht mehr allein sind.

26

»Ich wusste es einfach. In dem Moment, als ich ihn sah. Doch es dauerte etwas, bis ich die Verbindung hergestellt hatte.«

Jack Collett, viel zu aufgeregt, um sich hinzusetzen, läuft im Wohnzimmer auf und ab, dass es Eve, die sich, trotz der feuchten Hitze in eine Decke gehüllt, auf dem Sofa zusammengerollt hat, vom Zusehen schwindlig wird.

»Welche Verbindung? Wen haben Sie gesehen?« Eve fragt sich, ob ihr Geist schlichtweg seine Arbeit eingestellt hat und es ihr deshalb so große Mühe bereitet, Jack zu folgen.

»Jack, mein Lieber, wäre es für Eve nicht verständlicher, wenn du alles von Anfang an erzählen würdest?«, wirft Ruth ein, die nun wie ein Wachposten neben Eve sitzt, nachdem sie ihr geholfen hat, aus dem Keller nach oben zu kommen, und ihr dann eine Decke und eine Tasse süßen Tee brachte.

»Ihn. Victor Meunier«, sagt Jack hastig. »Ich wusste, dass ich ihn von irgendwoher kannte, und habe mir den ganzen Abend das Hirn zermartert und versucht, mich zu erinnern. Stimmt doch, oder?«, wendet er sich an seine Eltern. »Ich bekam nicht mal das Abendessen runter. Nicht einen Bissen.«

»Na, na, ganz so war es wohl nicht«, widerspricht Rupert. »Erst war da ein Sandwich mit Ei und dann …«

»Dann habe ich versucht, strategisch zu überlegen. Wo könnte ich ihm begegnet sein? Am wahrscheinlichsten wohl in Paris, also ging ich im Geiste alles durch, was ich dort unternommen hatte. Und da fiel mir ein, dass ich eines Tages in der Bibliothek der Sorbonne an meiner Dissertation gearbeitet habe. Einer meiner alten Professoren lehrt dort als Gastdozent. Und da lag diese französische Kunstzeitschrift aus. Alles auf Französisch, was verdammt ärgerlich war.«

»Die trauen sich ja was, die Franzosen«, wirft Rupert ein.

Jack zeigt seinem Vater eine Grimasse und fährt fort: »Weil ich den Text nicht verstand, habe ich mir die Fotos sehr genau angesehen. Also habe ich heute Morgen meine Eltern mit nach Nizza geschleift, und wir haben jeden Laden abgeklappert, bis wir die betreffende Ausgabe dieser Zeitschrift fanden. Und sobald die Verbindung klar war, sind wir stracks hierher geeilt.«

»Aber *worin* besteht denn nun die Verbindung?«

»Ja, komm mal auf den Punkt, mein Lieber«, treibt Ruth ihn an.

»Wie gesagt, es geht um Victor Meunier. Nur dass er in Wirklichkeit Gustave Borde heißt. Er hat, wie er Ihnen erzählt hat, hier unten in Nizza eine Galerie, aber was er Ihnen nicht erzählt hat, ist, dass er zu jenen Kunstexperten zählt, die man verdächtigt, während des Kriegs Verbindung zur Galerie nationale du Jeu de Paume in Paris gehabt zu haben. Dorthin haben die Nazis Kunstwerke gebracht, die zuvor im Besitz von französischen Juden und anderen Menschen waren, die man in die Lager abtransportiert hat. Die Kunstwerke wurden von Experten geschätzt und katalogisiert und dann für die

Privatsammlungen hochrangiger SS-Funktionäre nach Deutschland gebracht.«

»Und Victor hat für diese Institution gearbeitet?« Eve kann ihre Bestürzung nicht verbergen. »Das kann doch nicht sein? Er war doch selbst in Deutschland inhaftiert. Seine Verletzung …« Eve merkt, wie naiv sich das anhört. Als wäre sie die erste Frau, die von einem Mann belogen wurde.

»Gut möglich, dass er für einige Zeit in Kriegsgefangenschaft war«, schlägt Rupert vor. »Bevor man ihn gegen einen deutschen Kriegsgefangenen ausgetauscht hat. Oder bis die Nazis entdeckten, dass er ihnen nützlich sein könnte – und umgekehrt. Und die Beinverletzung mag er sich ja so zugezogen haben, wie er das beschrieben hat. Oder vielleicht ist auch das nichts weiter als eine zweckdienliche Geschichte.«

Eve kann es, will es nicht glauben.

»Aber er hat im Krieg den Juden geholfen«, fällt ihr plötzlich ein. »Er war ein Lokalheld.«

Rupert tut dies achselzuckend ab. »Davon weiß ich nichts. Doch es wäre sicherlich nützlich zu erfahren, ob allen Juden, ungeachtet ihrer Herkunft, oder ob er nur den wohlhabenderen geholfen hat, die für ihre Flucht mit Schmuck oder Immobilien oder auch Kunst bezahlen konnten.«

Grauen beschleicht Eve. Kann man tatsächlich mit jemandem plaudern, lachen und sich in dessen Gesellschaft wohlfühlen, ohne zu ahnen, dass derjenige noch vor drei Jahren auf der gegnerischen Seite stand und zu den Leuten gehörte, die grausame Verbrechen begangen hatten?

»Aber wenn das stimmen würde, säße er doch im Gefängnis«, sagt sie.

»Mein liebes Kind, würde man alle Menschen, die sich während des Kriegs schlecht verhalten haben, einsperren, wären mehr Menschen in den Gefängnissen als in Freiheit«, sagt Rupert.

»Man hat ihm nie was nachweisen können«, sagt Jack. »Und in dem Artikel heißt es bloß, er habe Paris kurz vor Kriegsende verlassen und sein Aufenthaltsort sei nicht bekannt. Hören Sie, Eve, sind Sie sich auch ganz sicher, dass die beiden da nicht rauskönnen?«

»Nun, ich konnte es nicht.«

Sie haben Victor und Mrs. Finch im Keller eingesperrt und warten nun auf die Polizei. Im Nachhinein kommt es Eve fast wie ein Wunder vor, dass sie inmitten des ganzen Aufruhrs und der Verwirrung, die das Eintreffen der Colletts im Abstellraum ausgelöst hatte, noch eine klare Erinnerung an ihr eigenes Eingesperrtsein aufgrund der entfernten Türklinke – ob absichtlich oder nicht – hatte. Und dann, bevor sie in Sicherheit gebracht wurde, auch noch so geistesgegenwärtig war, die Tür zuzuschlagen und die Klinke abzuziehen.

»Was wäre passiert, wenn Sie nicht gekommen wären?«, fragt sie nun schon zum gefühlt hundertsten Mal. »Oder wenn Sie wieder gegangen wären, als keiner die Tür aufmachte, anstatt von der Seite ins Haus zu kommen?«

Jack war es, der in seinem Eifer, seine Erkenntnisse mitzuteilen, darauf bestanden hatte, ums Haus zu gehen, für den Fall, dass Sully und Eve sich auf der Terrasse aufhielten. Und dort hatten sie Eve schreien hören.

»Bei Gott, Ruth, ist es nicht ein verdammtes Glück, dass wir ein Kind großgezogen haben, das keine Manieren kennt? Und fröhlich mir nichts, dir nichts ungefragt in das Heim eines anderen eindringt?«, sagt Rupert.

»Übrigens, Eve, als wir herkamen, lag unten am Steg ein Boot mit ein paar Kerlen an Bord, die allerdings sofort Leine zogen, als sie uns sahen.«

Als Sully von seinem Lunch nach Hause kommt, informieren sie ihn über die bizarren Ereignisse der letzten Stunde. Komischerweise nimmt deren Macht jedoch beim Erzählen ab, und mithilfe der Wortwahl und der um des theatralischen Effekts willen eingelegten Pausen verwandelt sich Eves größter Albtraum nach und nach in eine unterhaltsame Geschichte.

Sully, sonst nie um Worte verlegen, hört schweigend zu.

»Ich habe schon immer geahnt, dass Victor Meunier nicht koscher ist«, sagt er schließlich.

Eve sieht ihn ungläubig an. »So ein Blödsinn. Sie waren es doch, der mir das von dem Lokalhelden erzählt hat.«

Sully erwidert gequält: »Meine liebe Eve, ich bin Schriftsteller. Was wir sagen, ist üblicherweise dem, was wir denken, diametral entgegengesetzt.«

»Nun, wenn das so ist, dann frage ich mich, warum Sie sich überhaupt die Mühe machen, etwas zu sagen.«

»Wissen Sie«, ergänzt Sully, als hätte er ihren Einwand nicht gehört, »mich überrascht an den Menschen gar nichts mehr. Vor allem nicht, wenn es um die geht, die hier gestrandet sind. Hier an der Côte d'Azur gibt es eine Menge Leute, bei denen man besser nicht allzu genau nachhakt, was sie während des Kriegs getan haben. Nehmen wir nur die Grandhotels, in denen sich die Nazis nach dem Abzug der Mussolini-Faschisten einquartiert haben. Einige davon wurden zu Massenunterkünften für Juden, nachdem man diese mithilfe der guten, aufrechten Bürger von Nizza und Cannes zusammengetrieben hatte, die sie für Geld oder Essen verpfiffen hatten. Man hat in den Hotels Menschen gefoltert. Ich will gar nicht wissen, wie viele der Angestellten, die für die SS gekocht und sauber gemacht, ihnen frische Handtücher gebracht und einen guten Morgen gewünscht haben, noch immer hier sind und nun dieselben Aufgaben für die Urlauber erledigen, als gäbe es da keinen Unterschied.«

Eve erinnert sich an Maries Weigerung, den Concierge im Appleton Hotel zu grüßen.

»Aber ich habe Fotos gesehen – von Kollaborateurinnen, die man öffentlich durch die Straßen getrieben hat.«

»Ja sicher. Wenn es arme Leute trifft, werden Prinzipien immer strikt angewandt. Schon seltsam, dieser Zusammenhang zwischen dem jeweiligen Besitz und der damit korrespondierenden Unschärfe des Erinnerungsvermögens.«

»Aber Marie und Bernard …«

»Natürlich gab es auch echtes Heldentum, Leute wie die Gaillards, die für völlig Fremde ihr Leben riskiert haben. Aber für gewöhnlich kann man davon ausgehen, dass Eigeninteresse zu größerer Loyalität führt als die Ehre. Doch ich muss schon sagen, von Caroline Finch hätte ich das nicht erwartet.«

Eve legt den Kopf in die Hände und zuckt vor Schmerz zusammen, als sich ihr verstauchtes Handgelenk meldet. In was für ein Schlamassel hat sie sich da gebracht. Jener erste Tag im Appleton Hotel kommt ihr in den Sinn, als sie auf dem Bett lag, warm angestrahlt von der Sonne, und sich so federleicht fühlte in der Gewissheit, jetzt endlich werde ihr richtiges Leben beginnen.

»Aber was genau haben die beiden da gemacht?«, erkundigt sich Ruth.

»Liegt das nicht auf der Hand?«, gibt Sully zurück. »Wir wissen, dass dieses Haus im Krieg beschlagnahmt war. Jetzt wissen wir, dass Victor Meunier die Nazis bei Raubkunst beriet.«

»Im Verdacht steht …«, wirft Eve ein.

Sully zieht eine Braue hoch. »Ich sage doch nur, dass es nicht weit hergeholt ist, sich vorzustellen, dass er ihnen half, die Kunstwerke hier im Keller zu verstauen, als klar wurde, dass der Krieg sich anders entwickelt als erhofft.«

»Aber ich dachte, die Deutschen seien sehr gewissenhaft darin gewesen, alles zu registrieren, was sie geplündert hatten«, gibt Rupert zu bedenken. »War das nicht alles für Hitlers Museum oder die Privatsammlungen hochrangiger SS-Offiziere bestimmt?«

»Abgesehen von der sogenannten entarteten Kunst.« Sie wenden sich alle Jack zu, der vor Aufregung rosig strahlt. »Die Nazis hatten lange Listen mit Kunstwerken, die sie als ›entartet‹ einstuften. Alles, was zu modern war oder von Juden oder Kommunisten oder, Gott behüte, von Homosexuellen gemalt, wurde entweder verkauft oder vernichtet.«

Sully nickt. »Wäre es also nicht denkbar, dass die Nazis diese Werke Meunier überlassen haben, damit er sie entsorgt, wohingegen er sie irgendwann zwischen dem Abzug der Nazis und der Rückkehr der Lesters hier im Keller versteckte?«

»Ja, aber das alles erklärt noch nicht, was Mrs. Finch damit zu tun hat«, sagt Eve.

Ihr Gespräch wird von der Türklingel unterbrochen. Eve und Sully reagieren erst, als ihnen einfällt, dass Mrs. Finch momentan im Keller eingesperrt ist, woraufhin der Amerikaner davoneilt, um die Tür zu öffnen.

Er kehrt mit zwei Polizisten und Bernard zurück, dicht gefolgt von Eves Ehemann und Mutter. Deren zusammengekniffene Lippen lassen keinen Zweifel daran aufkommen, was sie davon hält, zeitgleich mit der örtlichen Gendarmerie einzutreffen.

»Was zum Teufel ist hier los, Eve?«, will Clifford wissen. »Ohne Drama scheint es wohl nicht zu gehen?«

Ehe Eve antworten kann, geht erneut die Tür, und die Lesters marschieren geschlossen an. Libby, die den Trupp anführt, wirkt völlig unbeeindruckt, das Wohnzimmer ihres alten Zuhauses voll Fremder anzutreffen.

»Eve! Oh wie schön, dass Sie hier sind, und wie hübsch Sie aussehen, und ich muss, ich muss unbedingt hoch in mein Zimmer gehen und nachsehen, ob ich meinen Bären finden kann. Den habe ich seit meiner Geburt und vermisse ihn wahnsinnig.« Das Mädchen wirft sich Eve an den Hals, bevor es die Stufen hinaufflitzt.

Nun muss Eve noch einmal erklären, was passiert ist. Immer wieder sagt jemand: »wusste ich es doch«. Mehrere Stimmen bringen ihren immer schon gehegten Verdacht zum Ausdruck, dass der Franzose nicht der war, der zu sein er vorgab. Clemmie behauptet, einen Sinn für Auren zu haben und dass seine immer fischig gerochen habe.

Noel, der schweigend an der Wand gelehnt hatte, richtet sich auf. »Warum haben Sie denn nicht gleich Hilfe geholt, anstatt Meunier auszuspionieren und die große Heldin zu spielen?«, fragt er mit vorgerecktem Kinn.

»Ich habe nichts dergleichen getan.« Eves Wangen brennen. »Ich habe bloß *beobachtet.*«

Aber stimmt das auch? Sie versucht, sich an jene fieberhaften Momente in dem feuchten Vorraum zurückzuerinnern. Sie hätte sich nach oben davonstehlen können, aber ihre Neugier, herauszufinden, was da vor sich ging, war größer gewesen. Oder etwa nicht? Oder war es ihr darum gegangen, sich in eine dramatische Lage zu bringen, weil sie noch immer nicht willens war, Abschied zu nehmen von ihrem Hirngespinst, dass endlich alles gut werden und ihr Leben in Schwung kommen würde?

Der ältere der beiden Polizisten wirkt alarmiert, nachdem Bernard Eves Version der Ereignisse zu Ende übersetzt hat. Er geht in die Diele und bleibt an der Kellertür stehen. Öffnet die Tür. Wartet. Lauscht. Der jüngere Polizist, der womöglich Ruhm wittert, drängt zum Handeln. Sie besprechen sich in angeregtem Flüsterton, bevor sie beschließen, nach unten zu gehen und das eingesperrte Paar zur Rede zu stellen, wozu sie Bernard als unabhängigen Zeugen mitnehmen. Die anderen werden angewiesen, im Wohnzimmer zu warten.

»Ich verstehe nicht«, wundert sich Diana. »Was denkt Mrs. Finch sich eigentlich dabei, sich in so etwas mit hineinziehen zu lassen? Sind Sie sich wirklich sicher, dass es sich so ereignet hat?« Dabei sieht sie Eve finster an, als hätte diese sich die ganze Sache nur ausgedacht, um sich interessanter zu machen. Und nun zweifelt Eve schon selbst daran. Könnte es dafür nicht auch eine absolut vernünftige Erklärung geben?

Clifford hat sich die ganze Geschichte mit einem Ausdruck erschrockener Aufmerksamkeit angehört. *Er muss mich lieben*, sagt sich Eve, als sie die Sorgenfalten in seinem Gesicht betrachtet.

Aber als er das Wort ergreift, geht es um Sachliches.

»Bedeutet das«, möchte er wissen, »dass es keinen Verkauf geben wird?«

Duncan stöhnt. »Ich bin so gut wie tot. Oder so schlecht wie.« Zusammengesunken sitzt er am Sofaende, sein weißes Hemd hat einen Fleck am Ärmel, und sein Gesamteindruck lässt Eve darauf schließen, dass er gestern nicht zu Bett gegangen ist. Eve denkt an die diversen Leute, denen er Geld schuldet, an Laurent Martins komprimierte Wut, und obwohl er all seine Probleme selbst verschuldet hat, hat sie Mitleid mit ihm.

In der Diele tut sich etwas. Stimmengemurmel. Türen werden geöffnet und geschlossen. Bernard kommt zurück, gefolgt von den beiden Polizisten, die jeweils einen der gerade befreiten Gefangenen eskortieren.

Der ältere Polizist, dessen fleischige Finger sich um den Ärmel von Victor Meuniers Jackett schließen, sagt rasch ein paar Worte auf Französisch zu Bernard, die Eve nicht versteht.

»Er bittet Sie darum, die nächsten zwei bis drei Stunden hierzubleiben, bis eine Befragung erfolgen kann.«

Clifford wirft einen Blick auf seine Uhr. »Solange er im Auge behält, dass meine Ehefrau, meine Schwiegermutter und ich später unseren Zug erwischen müssen. Wir hatten sehr gehofft, das Geschäftliche vor unserer Abreise abwickeln zu können.«

Er meint das Geld, wie Eve sich klarmacht. Am Ende geht es immer nur ums Geld.

»Es liegt auf der Hand, dass ein Grundsatzvertrag zum Verkauf des Hauses im Moment außer Frage steht«, erwidert Bernard bedächtig.

»Je suis désolé«, sagt Victor, der blass, aber gefasst ist, als hätte er die Möglichkeit einer Verhaftung einkalkuliert. Seine Augen ruhen auf Eve, und er nickt ihr kurz zu. »Es war mir ein Vergnügen«, teilt er ihr mit, als würden

sie sich nach einem Tanz oder einem geselligen Anlass verabschieden.

»Nein«, wirft Diana unvermittelt ein. »Nein, das darf nicht sein.«

Sie springt von der Chaiselongue auf und stellt sich vor Mrs. Finch. Die Haushälterin steht mit rot verweinten Augen ganz hinten in der Gruppe, neben dem jüngeren Polizisten, der ihren Ellbogen fest im Griff hat.

»Ich muss den Grund wissen«, sagt Diana zu der elend aussehenden Frau. »War Guy nicht immer gut zu Ihnen? Meine Wahl wären Sie weiß Gott nicht gewesen, schon gar nicht, nachdem ich hinter Ihre gemeinsame *Geschichte* gekommen war, aber Guy bestand darauf, Ihnen nach all den Jahren, die Sie bei ihm waren, seine Loyalität zu zeigen. Warum also haben Sie mit jemandem wie *ihm* gemeinsame Sache gemacht?« Sie deutet mit dem Kopf Richtung Victor. »Wie konnten Sie dieses Haus und diese Familie in eine derart hässliche Sache hineinziehen? Denken Sie doch nur an die Opfer, die Noel und Duncan bei ihrem Kampf gegen die Deutschen erbracht haben. All die Einsätze, die Noel flog, dass er zusehen musste, wie die Kameraden um ihn herum abgeschossen wurden.«

»Was *ihn* dazu bewogen hat, wissen wir alle«, murmelt Mrs. Finch.

»Dann denken Sie an Guy«, fährt Diana fort. »Ist das Ihre Art, Dankbarkeit für all das zu zeigen, was er für Sie getan hat?«

Als wäre ein Schalter umgelegt worden, verändern sich Mimik und Gestik der Haushälterin, sie richtet sich auf und blickt angriffslustig in die Runde.

»Was er für mich getan hat?« Sie spuckt die Worte förmlich aus. »Als ich hierherkam, war ich jung und attraktiv.

Ich sehe Ihren höhnischen Blick, aber Sie kannten mich damals nicht. Ich hätte einen Ehemann und eine Familie haben können. Aber stattdessen ließ Guy Lester mich in dem Glauben, er werde seine Ehefrau verlassen, sobald die Kinder alt genug waren. Also wartete ich und wartete. Ich kümmerte mich um die Jungs, verzogen, wie sie waren. Kümmerte mich um das Haus. Und als seine Frau starb, dachte ich, jetzt ist es so weit. Jetzt bin ich an der Reihe. Ich war so geduldig gewesen. Hatte mich als Frau und Mutter *bewiesen*. Aber dann kamen Sie. ›Keine Sorge‹, sagte er. ›Für dich wird es immer Arbeit geben. Ich werde dafür sorgen, dass es dir gut geht.‹ Er erwartete von mir, dass ich ihn von seiner Schuld freisprach. Sie wissen doch sicher, wie wichtig ihm das Gefühl war, zu den Guten zu gehören?«

Einen Moment ist es fast so, als würde sie sich an Diana wenden, von Frau zu Frau, um über einen gemeinsamen Freund zu sprechen. Dann erinnert sie sich, wo sie ist.

»Wissen Sie, was er mir in seinem Testament vermacht hat? Zweihundertfünfzig Pfund. Als Kompensation für all das, was ich ihm gegeben habe. Für das Leben, das ich hätte haben sollen. Ich habe ihn *geliebt*.«

Sie alle starren fasziniert diese neue, unbekannte Mrs. Finch an. Ihre Wangen sind gerötet, das Haar hängt ihr lose und ungebändigt über die Schultern. In ihrer Leidenschaft ist sie nicht wiederzuerkennen.

»Ich habe es entdeckt, wissen Sie? Das neue Testament. Nachdem Sie alle in das Haus in Nizza gezogen waren und ich Guys Sachen zusammenpackte, um sie ihm zu bringen. Da sah ich, wie viel er mir hinterlassen wollte. Und entdeckte, dass er eine Mrs. Forrester mit einem Viertel dieses Hauses bedacht hat.« Jetzt ruht ihr Blick auf Eve, und das Feuer in ihren Augen wird ein wenig schwächer. »Ich nahm an, dass auch Sie eine seiner Affären waren. Und jetzt tut nicht so, als hättet ihr das nicht auch alle gedacht. Deshalb sagte ich zu, als Monsieur Meunier mich bat, ihm zu helfen, nachdem Mrs. Forrester sich weigerte abzureisen. Man war mir was schuldig, verstehen Sie das nicht?« Sie wendet sich dabei direkt an Eve, die nicht weiß, wo sie hinsehen soll.

»Ich nehme an, Meunier hatte gar nicht die Absicht, dieses verdammte Haus zu kaufen«, wirft Duncan ein, der nun blasser als sein Hemd ist.

Victor, der neben seinem Bewacher Eve am nächsten steht, zuckt die Achseln. »Natürlich nicht«, sagt er. »Ich fürchte, die Gier hat Ihnen allen die Sinne vernebelt. Häuser wie dieses stehen entlang der gesamten Küste zum Verkauf. Ich hätte die Vereinbarung unterschrieben und ein paar Monate Miete gezahlt.«

»Was Ihnen Zeit gegeben hätte, die Gemälde aus dem Keller zu holen und zu verschwinden«, sagt Sully.

»Genau«, erwidert Victor. Dann wendet er sich an Diana. »Vielleicht sollten Sie auch die Terrasse aufbrechen lassen. Wer weiß, was Sie dort finden.«

Noel, der sich bis jetzt im Hintergrund gehalten hat, tritt auf Mrs. Finch zu. »Was haben Sie getan, als Sie das Testament meines Vaters fanden?«, fragt er mit leiser und gefährlich angespannter Stimme.

Die Haushälterin schluckt so laut, dass alle es hören können, und für den Bruchteil einer Sekunde tut sie Eve leid.

»Ich habe ihn natürlich zur Rede gestellt. Es gab eine entsetzliche Szene.«

»Wann?«, will Noel wissen und reckt sich drohend

Mrs. Finch entgegen, die ängstlich zurückweicht. »Wann haben Sie meinen Vater zur Rede gestellt?«

Die Haushälterin wirkt nervös, sie senkt den Blick, und die hektischen Flecken an Hals und Brust verstärken sich. Aber Noel lässt nicht locker.

»Wann war diese Konfrontation?«

»Am Morgen des Tages, an dem er starb.«

»Sie sind schuld!« Duncan ist aufgesprungen. »Sie wussten genau, dass er keinen Stress verträgt.«

»Ich war durcheinander! Hatte außerdem jedes Recht dazu.«

»Nein.« Noel schüttelt den Kopf, und sein Gesicht ist nur wenige Zentimeter von Mrs. Finchs Kopf entfernt, sodass ihr nichts anderes übrig bleibt, als ihn anzusehen. »Sie werden hier nicht um Mitleid heischen. Sie werden sich nicht zum Opfer stilisieren. Sie hätten nicht bleiben müssen, nachdem Sie wussten, dass Guy kein Interesse mehr an Ihnen hatte. Sie waren keine Gefangene. Der Krieg hat jedem eine Chance gegeben, sich neu zu erfinden. Warum haben Sie sich nicht selbst ein Leben aufgebaut, anstatt hierher zurückzukommen?«

»Er brauchte mich. Ihr brauchtet mich alle.«

»Sie waren die *Haushälterin*«, sagt Duncan. »Für Sie hätte es dutzendfach Ersatz gegeben.«

Der Wortwechsel wird von Gepolter in der Diele unterbrochen. »Mrs. Finch. Sie sind das!«, ruft Libby, stürmt in den Raum und umarmt die Haushälterin von hinten. Als sie die beiden Polizisten bemerkt, reißt sie die Augen auf.

»Hat man Sie verhaftet? Haben Sie jemanden *umgebracht*?«

Mrs. Finch scheint zu schrumpfen, als würde alle Luft aus ihr entweichen. Das Rot ihrer Wangen verblasst, und die Augen, in denen gerade noch die Überzeugung glomm, dass ihr schweres Unrecht zugefügt worden ist, werden plötzlich trüb.

»Alors«, sagt der ältere, und die Gendarmen drehen sich um und schieben die beiden Beschuldigten vor sich her.

Der so abgeführte Victor streckt noch einmal seinen Arm aus und greift nach Eves Hand. »Es ging nur um die Kunst«, sagt er mit einem traurigen Lächeln. »Es war nie persönlich gemeint.«

27

Später wünscht Eve sich, sie hätte Victor gefragt, was er mit *persönlich* gemeint hatte. Etwa, dass es niemals um sie gegangen war, dass sie irgendwer hätte sein können und das gemurmelte »Schön«, das sie seit jenem Abend im Le Crystal wie einen Schatz in ihrem Kopf gehütet hat, sich genauso gut auf diese Vase da drüben oder die Wolke vor dem Fenster hätte beziehen können? Oder meinte er, sie solle nicht persönlich nehmen, dass er drauf und dran gewesen war, sie niederzuschlagen?

Die Wahrheit entfernt sich mit den Gendarmen und ihren Häftlingen. Sie sieht die Gereiztheit Cliffords angesichts Victors vertraulicher Geste, die geschockten Gesichter der Familie Lester und das unausgesprochene, aber dennoch greifbare Unbehagen ihrer Mutter angesichts des gerade Erlebten. Die Colletts verabschieden sich, sie müssen zurück ins Hotel fahren und dann vor der Abreise auf der Polizeiwache ihre Aussage machen.

»Auf Wiedersehen, meine Liebe«, sagt Ruth und schließt Eve fest in die Arme. »Ich hoffe sehr, dass wir uns in England wiedersehen.«

Eve nickt stumm, hat Angst, gleich in Tränen auszubrechen. Was steht jetzt an? Kein Unterzeichnen der Papiere. Kein Besitzerwechsel. Keine erfreuliche Geldübergabe. Duncans Gläubiger werden nicht bezahlt werden. Die graue Wolke draußen hält sich hartnäckig.

Diana schüttelt den Kopf. »Wie seltsam«, sagt sie. »Als würde sie uns alle hassen.«

»Machen Sie sich keine Gedanken. Mrs. Finch wurde gleichermaßen vom Verlangen befeuert, die eigenen Taschen zu füllen, wie von ihrem unverfälschten Hass auf euch alle«, verkündet Sully fröhlich.

»Sie hat mehr oder weniger meinen Vater getötet«, entgegnet Duncan. »Mir ist bewusst, dass der Krebs ihn über kurz oder lang erledigt hätte, aber es war der Schock dieser Konfrontation, der die Blutung ausgelöst hat. Dessen bin ich mir ganz sicher. Wussten Sie, dass er in seinem Blut ertrunken ist?«

»Es ist so schrecklich«, sagt Clemmie mit großen Augen. »Ein Spion in unserer Mitte. Wer weiß, in welcher Gefahr wir alle geschwebt sind.«

Zum ersten Mal macht Eve sich bewusst, was für ein Hemmschuh sie für Victor gewesen sein muss. Solange Guy lebte und die Vermarktung von Raubkunst noch ein zu heißes Eisen war, hatte er geduldig abgewartet, doch als er sich nach Guys Tod an Bernard wandte, dürfte er es für ein Kinderspiel gehalten haben, die Immobilie in seinen Besitz zu bringen und ganz gemütlich die Gemälde wegzuschaffen. Aber dann kam die geheimnisvolle Erbin aus England, bestand darauf, in das Haus einzuziehen, und weigerte sich, die Papiere zu unterzeichnen. Wie weit wäre er wohl gegangen, um sie loszuwerden?

Sie wendet sich an Bernard. »Ich glaube nicht, dass Sie Victor je vertraut haben. Gibt es noch etwas, das Sie über ihn wissen?«

Bernard schüttelt den Kopf. »*Wissen* nicht. Nicht mit Sicherheit. Aber die Côte d'Azur ist ein Dorf. Die Leute reden. Urteilen. Marie beispielsweise weigert sich, dieselbe Luft wie er zu atmen.«

»Was redet man denn?«

»Dass er sich den Nazis gegenüber während der Besatzungszeit zu freundlich verhalten hat – er und Laurent Martin.«

»Laurent hängt da auch mit drin?«, hakt Sully nach und ist plötzlich sehr ernst.

Bernard hebt die Hand. »Das sind nur Gerüchte. Spekulationen.«

»Aber man wird ihn doch wohl dazu vernehmen? Die Polizei?«

Bernard zuckt mit den Achseln. »Die *Préfecture* in Paris schickt Leute, die sich des Falls annehmen. Bald werden wir mehr wissen.«

»Unsinn«, wirft Clemmie ein. »Jemand wie Laurent hat es nicht nötig, durch Schmuggel an Geld zu kommen. Haben Sie die Fotos von der Hochzeit gesehen, Mr. Gaillard? Sieht so ein Mann aus, der knapp bei Kasse ist?«

Bernard richtet seine traurigen Augen auf das junge Mädchen, das unbedingt recht haben möchte. »Manchmal«, sagt er, »ist es keine Frage des Geldes, sondern eine Frage der Überlegenheit. Um zu beweisen, dass man über dem Gesetz steht.«

Während der nun folgenden Stille versucht Eve, die merkwürdigen Ereignisse dieses Vormittags zu verarbeiten, und ist sich dabei der Blicke von Clifford und ihrer Mutter nur allzu bewusst.

Ihre Mutter hatte den Krieg allem Anschein nach durchweg als persönliche Belästigung empfunden. Die Deutschen waren schuld daran, dass sie die Rosen in ihrem Garten hatte opfern müssen, um Salat und Kartoffeln anzubauen, an den Vormittagen um Speck Schlange stehen musste und sich Hautausschläge an unsagbaren Stellen holte, weil es statt Toilettenpapier nur zurechtgeschnittenes Zeitungspapier gab. Wegen der Deutschen war Eve ständig außer Haus, um Menschen, die alles verloren hatten, gebrauchte Möbel zu bringen, sodass sie selbst Nacht für Nacht allein in diesem Haus mit den Verdunklungsrollos eingesperrt war wie in einer Grabkammer oder, schlimmer noch, gezwungen war, sich mit genau den Nachbarn den Luftschutzbunker zu teilen, denen sie ihr ganzes Leben lang versucht hatte, aus dem Weg zu gehen. Und jetzt entdeckt sie, dass ihre Tochter sich hier in Frankreich mit Leuten eingelassen hat, die zwar keine Deutschen sind, aber ganz offensichtlich nicht viel besser als diese.

Aber nein, Eve ist zu streng. Sie fühlt sich an eine Szene in der kleinen Küche in Banbury erinnert, wo ihre Nachbarin Rosa schluchzend am Klapptisch saß und dabei das Telegramm mit der Nachricht umklammert hielt, dass ihr jüngster Sohn nicht mehr nach Hause kommen werde. Eve blickte ihre Mutter an und war erschrocken, als sie deren feuchte Augen sah, ihr Mitgefühl. *Sie kann es nachvollziehen*, hatte Eve gedacht. *Sie kennt Verlust, der sich in die Eingeweide schneidet.* Aber gleichzeitig mit diesem Gedanken meldete sich die Überzeugung, dass der Verlust ihres zuverlässigen, schüchternen Vaters kein derart aufwühlendes Gefühl hervorgerufen hatte.

»Oh, das hätte ich in all der Aufregung beinahe vergessen.« Dianas Stimme durchschneidet die spannungsgeladene Stille. Sie hat nach unten gegriffen, um die weiße Handtasche zu ihren Füßen zu öffnen, und kramt nun hinter dem schimmernden Vorhang ihrer Haare darin herum, bis sie sich mit einem befriedigten Ausruf aufrichtet. »Ja, hier ist es.« Sie hat ein Bündel Papiere, zusammengehalten von einem Gummiband, herausgeholt und hält es Eve nun hin.

»Was ist das?« Obwohl die Wogen sich zwischen ihr und Diana Lester im Lauf der letzten Tage ein wenig geglättet haben, ist Eve lieber auf der Hut.

»Eine Äußerung, die Sie gestern gemacht haben, hat mir keine Ruhe gelassen. Als Sie Ihre Mutter nach Francis Garvey fragten, oder *Frank* oder *Frankie*. Da klingelte was bei mir. Und ich sah zu Hause nach, und hier sind sie.«

»Ja, aber was ist es?«, fragt Duncan seine Stiefmutter, als Eve sich über die ihr angereichten Papiere beugt. »Das hast du noch nicht gesagt.«

»Es sind Briefe. Liebesbriefe. An jemanden namens Frankie. Sie lagen in einer Schachtel in Guys Ankleidezimmer, er dachte wohl, ich wisse nichts davon.«

»Das verstehe ich nicht«, meldet Noel sich ungeduldig. »Warum sollte Guy Liebesbriefe von jemand anderem haben?«

»In dieser Schachtel lagen jede Menge Briefe.« Diana, die normalerweise so beherrscht ist, wirkt für einen kurzen Moment unsicher und zittrig. »Briefe von anderen Frauen, die Jahre zurückreichen. Euer Vater war kein Heiliger. Er hat mich betrogen und vor mir Madeleine, so war das. War die andere Frau verheiratet, redeten sie sich mit Kosenamen an, mit Pseudonymen, wenn euch das besser gefällt. Es gab eine, die nannte ihn Huck, und eine andere, die unterschrieb ihre Briefe mit Sugar, unfassbar. Das gab dem Ganzen vermutlich noch einen zusätzlichen Kitzel.«

Eve hat inzwischen das Gummiband gelöst, das die Briefe zusammenhielt, und blickt auf, als sie Bitterkeit wahrnimmt, die sich in Dianas Stimme geschlichen hat. Eve richtet ihren Blick auf Clifford, den die fremde Umgebung und die unkonventionellen Ereignisse offenbar mundtot gemacht haben. Aufrecht sitzt er auf seinem Stuhl und mustert die Versammelten mit eifrig hin und her huschenden Augen. *Mein Ehemann.* Sie wiederholt diesen Satz im Geiste, als würde er durch Wiederholung wahr werden. Dabei ist dieser Mann mit seinem bestens gepflegten Schnauzbart und den tadellosen Bügelfalten ihr fremder als Stanley Sullivan, der ihr zur Linken sitzt und von dessen Existenz sie vor zehn Tagen noch nichts gewusst hat. Ihre Augen wandern weiter und bleiben an ihrer Mutter hängen. Eves Herz gerät ins Schlingern. Ihre Mutter sitzt in steifer Haltung da, alle Farbe ist aus ihrem Gesicht gewichen, und ihre Augen bohren sich in den Stapel Briefe in Eves Hand.

Langsam entfaltet Eve den obersten Brief und liest ihn.

Mein über alles geliebter Frankie. Erinnerst Du Dich, wie ich die Konturen Deines Gesichts mit meiner Zunge nachzuzeichnen pflegte?

Sie hört auf zu lesen, errötet vor Verlegenheit. Ihre Augen wandern zur letzten Zeile, wobei ihr das Herz bis zum Hals schlägt, sodass sie kaum mehr Luft bekommt. *Deine Hen x.*

Diana hat also recht. Das sind Kosenamen von Verliebten. Sie blickt nicht auf, doch auch so weiß sie um das kreidebleiche Gesicht ihrer Mutter. Eine Welle der Übelkeit erfasst sie. War es denkbar, dass diese Frau, die Porzellanpüppchen sammelte und die das Radio ausschaltete, sobald Nachrichten kamen, weil das Leben schon schlimm genug war, eine zweite Mrs. Finch war, die sich von einem hübschen Gesicht und einem Koffer voll leerer Versprechungen im Sturm erobern ließ? Könnte ihre Mutter tatsächlich diese »Hen« sein?

Dann denkt sie an Francis Garvey. Den Mann, den Guy getötet haben soll. Sollte sich herausstellen, dass er Frankie ist, ergibt das kaum mehr Sinn. Warum sollte Guy die intimen Briefe eines anderen Mannes in seinen Besitz bringen und diese so lange Zeit aufheben?

»Was steht da drin, um Himmels willen?« Clemmie ist es nicht gewohnt, warten zu müssen.

Eve zwingt sich, den Brief zu überfliegen.

»Ich denke nicht, dass du die private Korrespondenz anderer Leute lesen solltest.« Die Stimme ihrer Mutter.

Eve zögert. Ihre Mutter hat recht. Dennoch, dies könnte sich als ihre letzte Chance erweisen, Antworten zu finden, zu erfahren, warum sie hierhergeholt wurde.

»Ich überfliege nur die Zeilen, um zu sehen, ob mich was anspringt«, sagt sie.

Aber ihre Mutter ist bereits aufgesprungen und richtet sich auf. »Mit *deinem* Gewissen magst du das ja vereinbaren, Evelyn, aber ich werde daran nicht teilhaben«, erklärt sie und tritt durch die offene Terrassentür, wo der sich verdunkelnde Himmel weitere Regenschauer ankündigt.

Eve wendet sich wieder den Briefen auf ihrem Schoß zu und versucht das Brennen hinter ihren Augäpfeln zu ignorieren.

Sie faltet den ersten Brief zusammen, und dabei fallen ihr die vielen Falze auf, die verraten, wie oft er auseinander- und wieder zusammengefaltet wurde. Jetzt öffnet sie den zweiten Brief.

Der glatte rechte Winkel Deines Kinns, wenn ich mit meiner Wange auf Deiner Brust liege und hoch in Dein Gesicht schaue. Dein Herz, das ich durch Deine Haut hindurch schlagen höre.

Sie schluckt und faltet auch diesen Brief zusammen. Als sie sich den dritten Brief vornimmt, mag sie schon nicht mehr lesen.

»Möchten Sie das lieber im Privaten tun?«, erkundigt Noel sich, der es ihrem Gesicht ansieht.

»Nein, ich denke nicht, dass ich hier etwas entdecken werde«, sagt sie und überfliegt das Blatt, ohne etwas zu sehen. »Es sind nur jemandes Liebesbriefe.« Doch als sie den Brief bereits wieder zusammenfaltet, springt ein Wort aus einer Zeile dicht am Falz sie an. »Oh!«

»Was ist?« So viele verschiedene Stimmen wenden sich im Chor an sie.

»Nichts. Nur ein Name. *Mary*.« Sie liest laut vor.

»Du liebtest sogar das Muttermal, das ich immer zu verstecken versucht habe. Mutter erklärte mir, es sei Gottes Fingerabdruck, doch als sie gestorben war, behauptete Mary, dies sei seine Art, böse Kinder zu brandmarken. Du aber sagtest, es sei ein zusätzliches Herz, das ich außen und nicht innen trage, damit ich Deine Liebe wie Sonnenlicht in mich aufnehmen kann.«

Clemmie lacht. »Ach du meine Güte! Das klingt wie die Geschichten, die man in Frauenzeitschriften für eine gewisse Altersgruppe liest.«

»Halt den Mund, Clemmie«, sagt Noel. Er wendet sich

an Eve, und nun kann sie es nicht mehr vermeiden, ihn anzusehen, als er sie mit ruhiger Stimme fragt: »Wer ist Mary?«

Eve schluckt und hat das Gefühl, zu ihm hingezogen zu werden wie ein Boot, das man an einem Seil zu seinem Liegeplatz schleppt.

»Mary ist der Name meiner Mutter.«

28

Als Eve hinaus auf die Terrasse tritt, umfängt sie der tief hängende schwarze Himmel, und sie spürt die schwüle Hitze der unsichtbaren Sonne und die Feuchte der Luft. Sie entdeckt ihre Mutter unten am Holzsteg, wo sie aufs Meer hinausstarrt, die Arme unter der beigen Strickjacke verschränkt, die sie sich umgehängt hat.

»In einem der Briefe bin ich auf etwas Merkwürdiges gestoßen«, sagt Eve und stellt sich neben ihre Mutter. Sie hat den entsprechenden Brief mitgebracht, um ihn vorzulesen, doch ihre Mutter hebt abwehrend die Hand.

»Ich möchte nichts davon hören.«

»Aber die Schreiberin erwähnt eine Mary, und ich dachte mir …« Eve blickt auf den geraden Rücken ihrer Mutter, auf die Fingernägel, die sich unter der lose über ihren Schultern hängenden Strickjacke in die Haut ihrer Oberarme graben, und ihre Entschlusskraft, die sie angetrieben hat, das Wohnzimmer zu verlassen und hierherzukommen, verlässt sie.

»Marys gibt es natürlich viele«, ergänzt sie halbherzig.

Ihre Mutter wendet sich wieder dem Meer zu, sodass Eve, als sie zu sprechen beginnt, sich anfangs gar nicht sicher ist, ob sie richtig gehört hat.

»Sie war meine Schwester. Ist.«

»Wer? Von wem sprichst du? Du hast keine Schwester.«

Weit hinten über dem Meer zerreißt ein Blitz den schwarzen Himmel.

»Henrietta. *Hen.* Sie ist meine Schwester, obwohl ich vor vielen Jahren aufgehört habe, sie als solche anzuerkennen.«

»Warum?«

»Sie hat mir etwas geraubt, von dem sie wusste, dass es mir mehr bedeutet als alles andere.«

Ihre nächsten Worte gehen in einem Donnerschlag unter, der Eve zusammenzucken lässt.

»Ihn«, sagt ihre Mutter, als Eve sie bittet, das Gesagte zu wiederholen. »Sie hat mir Francis geraubt. *Frankie.*«

»Aber wer war er?«

»Er war die Liebe meines Lebens.« Sie hält inne. »Unsere Eltern sind jung gestorben. Mutter 1912 an einer Grippe und Vater nicht lange danach. Lungenentzündung, hieß es, aber ich denke, er starb an gebrochenem Herzen. Ich war siebzehn, und Henrietta war zwei Jahre jünger. Wir standen uns nicht sehr nah, aber ich versuchte, für sie das Richtige zu tun. Ich ging von der Schule ab, um uns beide mit meiner Arbeit im Postamt über Wasser zu halten. Wir hatten das Haus in Banbury, aber so gut wie keine Einkünfte. Die Arbeit war so öde, dass ich glaubte, vor Langeweile umzukommen, doch dann fing er dort an. Francis. Und alles änderte sich. Nicht dass er mich überhaupt wahrgenommen hätte. Jedenfalls nicht am Anfang. Aber ich habe ihn beobachtet auf der anderen Seite des Büros – Männer und Frauen arbeiteten damals natürlich getrennt. Allein zu wissen, dass er dort war, reichte mir.«

Eve wartet darauf, dass das von ihrer Mutter Gesagte sich zu einer Geschichte fügt, aber das tut es nicht. Und so starrt sie die Frau an, die wie ihre Mutter aussieht und die Kleidung ihrer Mutter trägt, aber nicht als ihre Mutter zu erkennen ist.

»Wenn ich damals nach Hause kam, habe ich Hen von ihm erzählt. Wie er an diesem Tag ausgesehen hatte, ob er seine Haare anders trug oder mich angelächelt hatte, wenn wir uns draußen auf der Treppe über den Weg liefen. Wie gesagt, wir standen uns als Schwestern nicht sehr nah, aber sie wusste, was ich empfand. Und dann plötzlich passierte es. Er lud mich ein, mit ihm in ein Konzert zu gehen. Und dann, eine Woche später, zum Tee. Ich war so glücklich. Ich hatte nicht geglaubt, dass es möglich sein könnte, glücklich zu sein. Und ich dachte allen Ernstes, nun würde ich endlich für all das belohnt werden, was ich durchgemacht hatte. Den Verlust von Mutter und Vater. Den Schulabbruch, um Geld zu verdienen.«

Eves Mutter steht hier auf dem Steg und sieht Eve mit weit aufgerissenen Augen und einem Lächeln im Gesicht an, als spürte sie den Regen nicht, der gerade einsetzt und in dicken Tropfen fällt.

»Was geschah dann?«

»Ich lud ihn nach Hause ein. Ich blöde Kuh. Und da kam Hen die Treppe herunter und trug ihr himmelblaues Kleid, das ihre schmale Taille betonte, und ich sah Francis' Gesicht und wusste es. Ich wusste es einfach.«

»Er verliebte sich in sie?«

»Ja. Und sie sich in ihn. Ein paar Wochen später besuchte er mich. Es hätte nicht in ihrer Absicht gelegen, meinte er. Man könne schließlich nichts dafür, in wen man sich verliebt. Weißt du, was er noch zu mir gesagt hat? Wenigstens seien wir nur zweimal zusammen aus gewesen, so hätten sich keine Gefühle entwickeln können.«

Zum zweiten Mal an diesem Tag rinnt der Regen in Bächen über die harte Schale ihrer Haare, aber sie scheint es nicht zu bemerken. Nun, da sie angefangen hat, zu reden, gibt es kein Halten mehr.

»Hen flehte mich an, ihr zu verzeihen. ›Gegen die Liebe ist man machtlos‹, erklärte sie mir. Aber weißt du, Eve, mit der Liebe ist es wie mit jedem anderen Rohmaterial. Du biegst es und formst es, bis es das tut, was du willst.«

»Und dann?«

»Und dann« – mit ihrem heftigen Schulterzucken hätte sie fast die Strickjacke abgeschüttelt – »heirateten sie ganz schnell. Nun, Hen und ich hätten wohl kaum länger unter einem Dach leben können. Sie zogen nach London. Dann kam der Krieg. Und weißt du was? Gott sei mir gnädig, aber ich hoffte, er würde nicht mehr nach Hause kommen. Oder wenn doch, so wünschte ich mir, dann als einer dieser sabbernden Dahinvegetierenden, die man damals häufig sah, wenn sie stöhnend und Kauderwelsch redend herumgeschoben wurden. Aber nein, er kam zurück. Kerngesund. Obwohl Hunderttausende es nicht waren.«

»Und du?«

»Ich führte mein Leben weiter. Heiratete den erstbesten Mann, der nett zu mir war. Deinen Vater. Ich hatte Glück. Männer waren nach dem Ersten Weltkrieg Mangelware. Er hatte eine Verletzung. Aber es gab viele in noch viel schlimmerem Zustand.«

»Und hast du sie wiedergesehen? Henrietta?«

»Ein Mal.« Ihre Mutter hebt die Hand, um sich das Regenwasser aus dem Gesicht zu wischen, und wartet ungeduldig, bis der neuerliche Donnerschlag verklungen ist. »Sie kam auf Besuch. Sie kamen beide. Sie war im achten Monat schwanger, prall wie eine reife Feige. Ich denke, sie wollten meinen Segen. Wollten reinen Tisch machen. Mir war es unerträglich, sie anzusehen. Und ich sagte ihr, sie solle sich nicht wieder blicken lassen. Nie mehr.«

Wie ein Feuerwerk explodiert in Eve ein Glücksgefühl. »Eine Cousine oder ein Cousin«, haucht sie. »Ich habe eine Cousine.«

Da starrt ihre Mutter sie an und lacht dann unvermittelt auf. »Begreifst du es wirklich nicht?«, fragt sie. »Bist du absichtlich so blind? Die Verletzung, die dein Vater im Krieg erlitten hat, hatte zur Folge, dass wir niemals eigene Kinder haben konnten. *Sie* waren deine Eltern. Hen und Francis.«

Im darauffolgenden Schweigen werden Rufe laut, die vom Haus oben kommen. Cliffords missmutige Stimme. »Eve? Mary? Kommt jetzt rein. Das Wetter ist schauderhaft, und wir müssen gleich aufbrechen.«

Eves Mutter setzt sich in Bewegung und blickt hinauf zum Himmel, als würde sie erst jetzt den Regen bemerken, und Eve, die überzeugt ist, dass der Umstand, dass sie hier den Naturgewalten ausgesetzt sind, die Tore zu den Geheimnissen ihrer Mutter geöffnet hat, befürchtet nun, diese könnten sich, sind sie erst mal im Haus und sitzen auf diesen hohen Stühlen und trinken Tee aus Porzellantassen, wieder verschließen, ohne alle Antworten offenbart zu haben.

Jemand kommt herunter zum Steg. Erst geht Eve davon aus, dass es wieder Clifford ist, und ihr drückt es das Herz ab, aber nein, die Schultern sind zu breit, die Gestalt ist zu groß. Noel Lester.

»Eve? Was um Himmels willen geht hier vor sich?«

Eve achtet nicht auf ihn.

»Wo sind sie?«, fragt sie und stellt sich zwischen Noel und ihre Mutter. »Wo sind Henrietta und Francis? Wo sind meine Eltern?« Das letzte Wort geht ihr nicht leicht von den Lippen, und sie hört, wie Noel hinter ihr aufstöhnt, aber sie dreht sich nicht zu ihm um.

Ihre Mutter zuckt wieder die Achseln und zieht dabei die Strickjacke eng um ihren Hals. »Francis ist gestorben. Und der Schock darüber trieb Henrietta in den Wahnsinn. Sie faselte dummes Zeug und ließ das Kind – dich – allein, während sie auf der Suche nach ihrem toten Ehemann durch die Straßen irrte. Eines Tages tauchten zwei Polizisten an meiner Tür auf und baten mich, die Einlieferungspapiere zu unterschreiben, dann brachte man sie ins Irrenhaus nach Holke Hall. Soweit ich weiß, ist sie dort noch immer. Dann wurden wir gefragt, ob wir dich aufnehmen möchten. Entweder dies oder das Waisenhaus. Natürlich sagte ich ja. Ich bin ja kein Ungeheuer.«

Eve kommt es vor, als würde alles wegdriften – der Steg, das Haus, Noel. Alles zusammen. Sie erinnert sich an das Foto, das sie als Baby zeigt. Dann war das also Henrietta, die sie in den Armen hielt, und nicht ihre Mutter? Alles, was sie über sich zu wissen geglaubt hatte, war eine Lüge.

»Aber warum ist Francis gestorben? Das verstehe ich nicht. Du sagtest doch, er sei kerngesund aus dem Krieg zurückgekehrt. Das hast du gesagt. ›Kerngesund‹.«

Ihre Mutter legt eine Hand auf ihren Kopf, wo der Regen nun ihren Haarhelm durchdrungen hat.

»Ich denke, wir sollten hineingehen«, sagt sie. Eve schließt die Augen und sieht die Antworten, nach denen sie sucht, hinter einer zufallenden Tür verschwinden.

»Nun antworten Sie doch, Herrgott noch mal. Sehen Sie denn nicht, was Sie ihr antun?«

Noel steht jetzt neben Eve. Er berührt sie nicht, ist ihr aber so nah, dass sie die Hitze seiner nackten Unterarme spürt.

»All die Jahre haben Sie es vor ihr geheim gehalten. Finden Sie nicht, dass sie ein Recht hat, es zu erfahren?«

»Dass ihr leiblicher Vater tot und ihre leibliche Mutter schwachsinnig ist? Eine Irre? Nein, Mr. Lester. Es war besser für sie, es nicht zu wissen. Ich tat es um ihretwillen.«

»Dann erzählen Sie jetzt um ihretwillen die ganze Wahrheit, wenn Sie noch einen Funken Menschlichkeit besitzen.«

»Wagen Sie es nicht, ein Urteil über mich zu fällen. Oder mir zu sagen, was ich tun soll.«

»Erzählen Sie es ihr einfach. Und dann gehen wir alle hinein, und Sie setzen sich in Ihren Zug und kehren in Ihr Leben zurück.«

Es regnet nunmehr in Strömen, und als sich das Gewitter direkt über ihnen krachend entlädt, schreit Eve auf. Noels Hand findet die ihre, seine Finger umschließen ihre und drücken sie fest.

Eves Mutter kneift die Augen zusammen angesichts dieser intimen Geste und fragt: »Was soll ich erzählen?«

»Erzählen Sie ihr, wie ihr Vater starb. Frauen werden nicht ohne Grund wahnsinnig. Schon gar nicht, wenn sie für kleine Kinder zu sorgen haben.«

Eves Mutter nähert sich, tritt vor Eve, die Augen jetzt wie gebannt auf Eves und Noels Hände gerichtet. Eve versucht, ihre Hand freizubekommen, aber Noels Griff ist zu kraftvoll.

»Du willst wissen, wie er starb?«, fragt sie. »Ich werde dir sagen, wie er gestorben ist, soll ich?« Die Augen ihrer Mutter glitzern. »Er wurde ermordet. Vor seiner Frau. Vor seinem Baby.«

Kalte Angst steigt in Eve auf – das war ein Fehler gewesen. Sie möchte die Uhr um zehn Minuten zurückdrehen. Möchte nicht wissen, was sie jetzt weiß, nicht erfahren, was sie gleich erfahren wird. Aber ihre Mutter ist noch nicht fertig.

»Als die Bilderbuchfamilie, die sie waren, machten sie alle zusammen einen frühmorgendlichen Spaziergang. Du hast immer ganz schlecht geschlafen, Eve. Warst immer schon um fünf Uhr morgens wach und wolltest raus aus dem Bett. Und so schlenderten sie also durch den St James' Park. Die perfekte junge Familie. Und zur gleichen Zeit laufen zwei ehemalige Armeeoffiziere nach einem nächtlichen Regimentstreffen durch den Park, berauscht vom Alkohol und vom Leben und der Erinnerung an den Sieg. Einer von ihnen hat eine Pistole zu diesem Treffen mitgebracht, hatte sie im Krieg einem deutschen Gefangenen abgenommen. Zur Erinnerung, wie er anschließend vor diesem Schein-Kriegsgericht angab. Ein betrunkener Mann, eine geladene Waffe. Den Rest kannst du dir denken.«

Noel löst den Griff um Eves Hand.

»Wer war das?«, fragt er. »Dieser betrunkene Mann.«

Und sie hört es. Das Stocken seiner Stimme, das ihr sagt, dass er es weiß. Er weiß es bereits, bevor sich das Gesicht von Eves Mutter verschließt, weil sie sich den Triumph nicht anmerken lassen will.

»Es tut mir leid, es war Ihr Vater. Guy Lester. Er schoss Francis Garvey das Gesicht weg.«

Guy, Nacht des 28. April 1948

Es gab zwei Guy Lesters.

Der eine ist der Guy Lester, der zwei Wochen vor seinem dreißigsten Geburtstag zum Regimentstreffen aufbrach. Da es mir nicht leichtfiel, mich im erstickenden zivilen Alltag zurechtzufinden, war ich entschlossen, diese Gelegenheit in vollen Zügen auszukosten und dem Leben einen letzten Tropfen Jugend abzupressen, ehe ich zu Ehefrau, zwei Kindern und Bürojob zurückkehrte.

Ich weiß noch, dass ich auf halber Treppe stehen blieb, weil ich mich an die Beholla-Pistole erinnerte, die ich einem deutschen Gefangenen abgenommen und als Souvenir nach Hause geschmuggelt hatte. Madeleine bestand darauf, sie in einer Schachtel ganz oben in meinem Schrank zu verwahren, damit Noel und Duncan sie nicht in die Hände bekamen, obwohl beide noch kaum laufen, geschweige denn klettern konnten. Dies schien mir endlich ein Anlass zu sein, sie aus ihrer Schachtel zu nehmen und mich vor meinen Kameraden damit hervorzutun. Ich machte kehrt und ging zurück nach oben.

Es war die schlechteste Entscheidung, die ich je getroffen habe.

Dieser erste Guy Lester ging in den Klub. Trank, sang, lachte und prahlte mit der Beholla. War jung und draufgängerisch und, nur für diese eine Nacht, unbeschwert. Kam gegen fünf Uhr morgens mit Owen herausgetorkelt, der in den Schützengräben neben mir ausgeharrt hatte und wie ich Zeuge der Geschehnisse war, über die wir mit keinem sprechen konnten. Ich erinnere mich, dass der Morgen gerade anbrach, mit einem rosigen Band am Himmel. Wir kletterten über den Zaun in den St James' Park. Vermutlich mit der Vorstellung, dort irgendwo im Gras Liegestühle zu finden, auf denen wir den schlimmsten Rausch ausschlafen konnten.

Wir näherten uns einer Stelle, wo unser Weg einen anderen kreuzte. Owen ging voraus, um hinter einem Busch seine Blase zu entleeren. Ich konnte seine burgunderrote Krawatte durch das Laub leuchten sehen.

Wäre es nicht lustig, überlegte ich in meinem berauschten Zustand, wenn ich meine Pistole in die andere Seite des Busches abfeuerte? Ich malte mir das Rascheln der Blätter aus, Owen, der einen überraschten Satz machte und sich vollpinkelte. Dabei wusste ich nicht einmal, ob sich die Pistole nach so langer Zeit überhaupt noch abfeuern ließ. Dass Kugeln drin waren, wusste ich, aber es war lange her, seit sie in Gebrauch gewesen war.

Während ich mich der Kreuzung näherte, holte ich die Pistole heraus. Ich weiß noch, dass es mich vor unterdrücktem Lachen schüttelte, als ich zielte. Und abdrückte. Und während ich das tat, tauchten sie auf. Aus dem Nichts.

Hätte bloß nicht der Baum dort an der Ecke gestanden, der mir die Sicht auf den anderen Weg nahm.

Wäre bloß das Kind nicht gerade erst endlich eingeschlafen, sodass die Eltern jedes Geräusch vermieden und den Kinderwagen so lautlos wie möglich nach Hause schoben.

Wären sie bloß den Bruchteil einer Sekunde früher oder später gekommen.

Und da übernimmt der zweite Guy Lester. Meine zitternde Hand mit der Waffe ist noch immer erhoben. Mein Kopf weigert sich zu glauben, was meine Augen mir erzählen.

Bruchstücke meiner Erinnerung.

Er, Francis, auf dem Boden, eine rote, breiige pulsierende Masse dort, wo die linke Seite seines Gesichts hätte sein sollen. Sie, Henrietta, über ihn gebeugt, überall Blut und anderes in ihren Haaren, auf ihrem hübschen Gesicht, ihren Kleidern, auf dem Baby, das jetzt hellwach ist und schreit.

Owen, der mit aschfahlem Gesicht hinter dem Busch hervorgeeilt kommt. »Was hast du getan, Mann?« Sich in langem Strahl ins Gras erbricht.

Nachdem es passiert war, wollte ich bestraft werden. Sehnte mich sogar danach, trotz Madeleines qualvollem Refrain: *Denk an die Jungs*. Als das Kriegsgericht, das unter Ausschluss der Öffentlichkeit tagte, zu dem Schluss kam, dass keine strafbare Fahrlässigkeit vorlag, wollte ich protestieren und erklären, dass sie im Irrtum waren. Als man mich stattdessen wegen unerlaubten Waffenbesitzes verklagte, nahm ich die dreimonatige Gefängnisstrafe dankbar an. Wünschte mir, sie würde länger dauern und dass die Geldstrafe höher wäre.

Selbst heute noch, Jahrzehnte später, liege ich nach meinem zweiten Besuch in Holke Hall nachts wach und versuche, die Zeit zurückzudrehen. Die Minuten zurückzunehmen, eine nach der anderen, um es ungeschehen zu machen. Im Tausch gegen das, was ich habe. Gegen mein Zuhause in Frankreich und mein eigenes Leben, so, wie es ist. In meinen schwärzesten Stunden habe ich, Gott verzeih mir, sogar mit dem Leben meiner eigenen Kinder geschachert. Habe all das im Tausch für einen anderen Ausgang angeboten. Dafür, dass es nie geschehen wäre.

29

11. Juni 1948

»Ich kann noch immer nicht verstehen, warum Guy so lange mit der Wiedergutmachung gewartet hat«, sagt Duncan. »Wenn er sich so verdammt schuldig fühlte.«

Die Enthüllungen über seinen Vater scheinen auf Duncan eine sehr spezielle Wirkung zu haben, sie verdrängen die Allüren und das Gehabe und lassen ihn verunsichert und verletzlich zurück.

»Das hat er nicht«, meldet sich Eves Mutter zu Wort, die auf einem der Stühle im Wohnzimmer sitzt und sich mit gefasster Miene, als wäre auch dies hier etwas, das durchgestanden werden muss, die nassen Haare mit einem Geschirrtuch trocken tupft. »Er bestand darauf, während Eves Heranwachsen eine monatliche Unterstützung zu zahlen.«

Eve, die an der rückwärtigen Wand lehnt, seit sie und Noel und ihre Mutter von draußen hereingekommen waren, lässt diese Information zu Stein erstarren. *Welche monatliche Unterstützung?* Sie erinnert sich an die vielen Male, die sie um ein Buch oder um ein Paar Schuhe gebeten hatte, um nicht ständig ihre verhassten Schulschuhe tragen zu müssen, worauf es immer hieß, nein, das Geld wachse schließlich nicht auf Bäumen. Hunger hatte sie nicht gelitten wie so viele andere, aber für schöne Dinge war nie Geld übrig gewesen.

»Ich weiß nicht, warum du mich so ansiehst«, fordert ihre Mutter sie jetzt heraus. »Ich habe das Blutgeld nicht angerührt. Es wurde auf einem Konto angelegt. Bis ich dich für reif genug hielt, selbst für dich sorgen zu können.«

»Und vermutlich wartest du noch immer auf diesen Tag?« Eve ist machtlos gegen die Bitternis in ihrer Stimme. Doch zu ihrer Überraschung verzieht ihre Mutter gequält das Gesicht.

»Nun sei nicht albern, Eve. Sobald du mir sagtest, du würdest heiraten, habe ich Vereinbarungen für die Aushändigung des Geldes getroffen. Und war zudem sehr froh, es los zu sein. Denkst du etwa, es hat mir gefallen, zu wissen, dass das Blutgeld dieses Mannes unter meinem Namen auf der Bank liegt? Er hat schließlich einen Mord begangen und ist ungestraft davongekommen, verstehst du, egal was dieses Kriegsgericht beschlossen hat.« Sie presst die Worte zwischen geschlossenen Lippen hindurch. Ohne dabei die Lesters anzusehen.

»Und wo ist es dann, dieses *Blutgeld*?«, will Eve wissen. »Denn mir hast du es mit Sicherheit nicht gegeben.«

Clifford räuspert sich, aber Eves Blicke ruhen auf dem Gesicht ihrer Mutter, auf den vor Überraschung nach innen gesogenen Wangen.

»Ich gab es natürlich deinem Ehemann. Was hättest du auch mit einer solchen Summe anfangen sollen?«

»Clifford? Das kann doch nicht wahr sein.« Sie wendet sich mit schriller Stimme an Clifford. »Sag ihr, dass es nicht wahr ist.«

Clifford streicht mit seinen Fingern über seinen Schnauzbart und weigert sich, ihr in die Augen zu schauen.

»Es gab da eine Summe, die deine Mutter mir freundlicherweise anvertraut hat und die ich natürlich in die Firma investiert habe. Was dir schließlich auf sehr angenehme Weise zugutekommt, meine Liebe. Mrs. Jenkins kommt zweimal in der Woche. Ein derartiger Luxus ist nicht billig.«

Eve runzelt die Stirn, ist unfähig, das Gehörte zu verarbeiten.

»Aber der Firma geht es schlecht. Können wir nicht einmal ehrlich zueinander sein? Du kannst doch unmöglich Gelder, die über ein Vierteljahrhundert aufgelaufen sind, in ein erfolgloses Unternehmen gesteckt haben, ohne mich darüber in Kenntnis zu setzen?«

»Das Unternehmen ist nicht erfolglos, Eve. Ich weiß nicht, woher du diese Information hast«, erwidert Clifford gereizt. »Ich fand, dass ich dich damit nicht behelligen sollte. Natürlich hatte ich keine Ahnung, woher das Geld kam. Deine Mutter sagte mir nur, es sei Kapital von einem anonymen Wohltäter – ich ging von einem reichen Verwandten aus, womöglich einem schwarzen Schaf der Familie. Ich dachte, es sei wahrscheinlich das Beste, dich damit nicht zu belasten, sondern es umsichtig für dich zu investieren, was ich dann auch getan habe. Wenn du die Schrecken des heutigen Tages erst verdaut hast, wirst du feststellen, dass ich stets nur zu deinem Besten gehandelt habe, Eve. Ich habe mir nichts vorzuwerfen.«

Nichts vorzuwerfen? Die Geheimnisse, die er vor ihr hatte, die vielfältigen Wege, die er gefunden hatte, sie aus seiner Welt auszuschließen – der Welt, die er, wie sich jetzt herausstellt, mit ihrem Geld aufgebaut hat.

Wieder spürt sie das Kribbeln in ihrer Brust, das, wie sie weiß, Vorbote ihrer blinden Kindheitswut ist, aber diesmal versucht sie gar nicht erst, sie runterzuschlucken, wo sie doch nur noch dichter und dunkler wird.

»Vielleicht sollten wir Ihnen dreien Gelegenheit geben, das unter sich auszumachen«, schlägt Bernard vor und erhebt sich dabei schon halb vom Sofa, blickt die Lesters und Sully an und lässt sich wieder zurückfallen, als keiner dem nachkommt.

»Wie konntest du?« Eve sieht Clifford nun direkt an, sodass er gar nicht anders kann, als ihr in die Augen zu blicken. »Jeden Schritt unseres Lebens hast du diktiert – wohin wir gehen, was wir essen, wie wir leben. Du hast mich in diesem Mausoleum von einem Haus abgeschottet, hast alles rationiert, als hätten wir nicht schon genügend Entbehrungen für ein ganzes Leben erdulden müssen. Und die ganze Zeit war es mein eigenes Geld, das du mir widerwillig und häppchenweise hast zuteilwerden lassen.«

Clifford richtet sich auf. »Ich hätte dich nie für einen Raffzahn gehalten, Eve.«

Noel, der neben seinem Bruder auf der Chaiselongue gesessen hatte, springt auf. »Einen Moment mal ...«, beginnt er.

Aber Eve fällt ihm ins Wort. »Es geht gar nicht ums Geld!«, schreit sie, und ihr Gesicht ist dabei dem von Clifford so nah, dass etwas Spucke auf seiner Wange landet. Sie sieht, wie seine Finger zucken, als er dagegen ankämpft, sie abzuwischen. »Es geht um Respekt und Ehrlichkeit und Anstand.«

»Es reicht, Eve.« Die Stimme ihrer Mutter ist schneidend. »Du solltest nicht auf diese Weise mit deinem Ehemann reden, nicht vor all diesen Leuten.«

Eve sieht ihre Mutter an, als würden sich all die

Verletzungen und Kränkungen der letzten neunundzwanzig Jahre, die vielen Male, in denen sie sich dafür gehasst hatte, nicht gut genug zu sein, es nicht wert zu sein, geliebt zu werden, hier und jetzt zu einem aufgewühlten Strudel vereinen. Und sie vermag nichts dagegen zu tun, ist dem völlig ausgeliefert.

»Wie kannst du es wagen, mir vorzuschreiben, was ich tun oder nicht tun sollte«, schleudert sie ihr entgegen, bebend vor Wut. »Ausgerechnet du, die ihre eigene Schwester in einer Irrenanstalt hat verrotten lassen, die mir die Chance auf eine Mutter genommen hat, die sich womöglich wirklich um mich gekümmert hätte. Weißt du eigentlich, was finanzielle Unabhängigkeit für mich bedeutet hätte? Ich hätte ein eigenes Leben führen können. Ich hätte nicht den erstbesten Mann heiraten müssen.«

»Du undankbares Mädchen! Ich habe dich aufgenommen, als du niemanden hattest. Habe mich für dich geopfert. Ich gab dir alles.«

»Nur keine Liebe.«

Einen Moment lang starren Eve und ihre Mutter sich an, als gäbe es den Raum nicht, die Menschen darin, die Perlenvilla am Meer. Dann wendet ihre Mutter sich ab und wedelt mit der Hand, als wäre sie all dessen plötzlich überdrüssig.

»Ach. *Liebe*«, sagt sie.

Und in diesem Moment der Zurückweisung all dessen, was Eve teuer und wert ist, ist sie plötzlich befreit. Bande, derer sie sich nicht einmal bewusst gewesen war, werden zerschnitten, und sie spürt, dass sie frei ist.

Sie wird nicht mit Clifford und ihrer Mutter zurück nach England reisen. Sie wird nicht in die Trostlosigkeit dieses Hauses in Sutton zurückkehren.

Sie wird sich auf die Suche nach Henrietta machen, so viel steht für sie bereits fest. Aber was weiter passieren wird, davon hat sie noch keine Vorstellung. Sie hat Angst, sogar entsetzliche Angst, aber diesmal wird die Angst sie nicht lähmen, sondern sie wird sie als Last schultern und mit sich tragen wie ein zusätzliches Gewicht in ihrem Gepäck – lästig und unbequem, aber zu bewältigen.

Guy, 30. April 1948

Als ich Henrietta zum dritten Mal besuche, kommt eine andere Pflegerin zur Eingangstür von Holke Hall.

»Ich darf Sie leider nicht reinlassen«, sagt sie und konzentriert sich dabei auf einen Punkt vor meinen Füßen. Als ich mich weigere zu gehen, wendet sie sich ab und kommt mit einem Mann zurück, der sich nur als sandfarben beschreiben lässt. Wimpern, Augenbrauen, Haare, selbst die Zähne.

»Ich bin Dr. Cranleigh«, stellt er sich vor und fixiert mich mit seinen blassen Augen. »Wir wurden von der Familie angewiesen, keine weiteren Besuche zuzulassen.«

»Aber ich bin der einzige Besuch, den sie in all den Jahren bekommen hat.«

Meine raue Stimme hört sich an, als würde jemand mit einem Stock über einen rostigen Eimer streichen, und signalisiert mein Kranksein auf eine mir unerträglich demütigende Weise.

Der Arzt spreizt seine Finger und schließt sie dann in einer Geste des Bedauerns.

»Gleichwohl«, erwidert er.

Mir kommen die Druckmale an Henriettas Schläfen in den Sinn und die Worte der anderen Pflegerin, dass Dr. Cranleigh mit dem Eispickel herumgestochert habe.

»Warum haben Sie an ihr herumoperiert?«, frage ich.

»Um ihres Seelenfriedens willen. Sie ist nachts oft schreiend aufgewacht. Das war verstörend für sie und die anderen Frauen. Seien Sie versichert, bei einer solchen Operation kommen die modernsten Techniken zum Einsatz. Ich habe sie mir in Amerika angeeignet.«

Mich schaudert. »Wie kann ich sie hier herausholen?« Die Worte sind mir herausgerutscht, bevor ich wusste, was ich sagte, und lösen sofort Panik in mir aus.

Aber ich hätte mir keine Sorgen machen müssen.

»Unmöglich. Wie Sie sicherlich selbst wissen. Nur die Familie ...«

Draußen auf den Steinstufen, wo es nicht mehr nach Antiseptika, Urin und Angst riecht, sauge ich die frische Luft ein. Doch mir wird übel vor Scham über meine ungezügelte Erleichterung, frei zu sein.

Als ich mich entferne, baut sich Wut in mir auf. Das hier entspricht in keiner Weise dem, was man mich hat glauben lassen. Henrietta ist hier nicht gut untergebracht. Und sie verfügt über genügend Verstand, um zu begreifen, wo sie ist und mit wem. Sie könnte noch immer ein Leben haben. Sie könnte in Geborgenheit leben.

Und wenn man mich derart belogen hat, wie soll ich dann irgendetwas von dem glauben, was Mary mir erzählt hat? Dass es für Eve besser sei, die Wahrheit nicht zu kennen, ich genug Schaden angerichtet habe, sie dort, wo sie ist, glücklich und zufrieden sei.

Die Versprechen, die ich vor so vielen Jahren gegeben habe, sind hinfällig, da ich nun weiß, wie man mich getäuscht hat. Ich habe die Geheimnisse viel zu lange für mich behalten, und jetzt bringen sie mich genauso um wie der Klumpen in meinem Hals.

Ich werde das Richtige tun, solange noch Zeit ist.

Und nicht um meinetwillen.

Sondern um ihretwillen.

30

12. Juni 1948

Es ist, als wäre die Welt über Nacht neu geboren worden, der Himmel blaue Seide, die kühle Luft erfüllt von den Düften, die der Regen freigesetzt hat – Pinien und Thymian, Mandarinen, Grapefruit und Wacholder –, und die Sonne ein weiches, warmes Tuch auf müder Haut.

Eve steht am Ufer, die nackten Füße vom klaren Meerwasser bedeckt, das nach dem Unwetter wunderbar kühl ist. Die Kratzer an ihren Beinen sind fast abgeheilt, und den Schmerz in ihrem Handgelenk spürt sie kaum noch. Rechts von ihr schlängelt sich die Küstenlinie von Juan-les-Pins in einer Reihe kleiner Buchten und felsiger Meeresarme bis nach Cannes, und direkt vor ihr liegt die grüne Île Sainte-Marguerite.

Sie ist froh, dass sie sich von Sully hat überreden lassen, einen Spaziergang an diesen kleinen Fischerstrand direkt neben der Spitze des Kaps zu unternehmen. Sie ist auch froh, Abstand zur Villa La Perle zu haben, wo sich so viel ereignet hat und so viele Wahrheiten ans Licht gezerrt worden sind.

»Denken Sie wenigstens darüber nach«, sagt Sully, der auf der Kante eines Holzboots hockt, das einmal grün und gelb war, jetzt ist die Farbe verblasst und abgeblättert.

Sully trägt eine kurze Hose, dazu ein offenes weißes

Hemd über seinem fassartigen Brustkorb. Seine nackten Beine mit den dunklen, dicken Haarkringeln baumeln über den Bug des Bootes.

»Ich würde sämtliche Namen und verräterischen Details ändern. Keiner würde sich darin wiedererkennen.«

»Ich schon«, sagt Eve.

»Ja, aber nur Sie. Und ich bin mir sicher, dass man Ihnen ein Mitspracherecht bei der Besetzung einräumen würde. Elizabeth Taylor könnte Sie spielen, oder wie wär's mit dieser Neuen? Wie heißt sie noch mal, Ava Gardner?«

»Nein«, sagt Eve. Ihr war nicht bewusst, wie ernst es Sully ist mit seinem Vorschlag, die Ereignisse der letzten Woche zu einem Drehbuch zu verarbeiten, aber sie möchte keinen Zweifel daran aufkommen lassen, was sie von dieser Idee hält. »Das ist mein Leben, Sully. Oder besser gesagt, das, was noch davon übrig ist.«

Tatsächlich hat Eve momentan überhaupt keine Vorstellung von ihrem Leben. Wann immer sie versucht, zu begreifen, was sich während der letzten paar Tage zugetragen hat, entgleitet es ihr. Ihre Mutter. Henrietta. Francis. Guy.

»Müssen Sie denn wirklich heute Abend abreisen? Ihre Mutter und Ihr Ehemann sind doch bereits nach England zurückgekehrt. Keiner hier wird Druck auf Sie ausüben. Und schließlich haben Sie den größten Teil von drei Jahrzehnten in Unwissenheit über Henriettas Existenz zugebracht, was machen da schon ein oder zwei Tage?«

Eve beugt sich vor und spritzt sich Wasser ins Gesicht, und die Kälte erinnert sie daran, dass sie trotz allem noch immer hier ist.

»Ich muss sehen, ob ich sie finden kann. Es gibt Dinge, die ich wissen muss.« Dabei versucht sie einen Ton fröhlicher Entschlossenheit anzuschlagen, die sie ganz und gar nicht empfindet. »Außerdem werde ich auf diese Weise mit den Colletts zurückfahren können, und so gibt es doch noch ein gutes Ende.«

Sully streckt einen Zeh ins Meer und spritzt Eve voll.

»Fassen wir mal zusammen. Nachdem Ihr leiblicher Vater vor deren Augen getötet wurde, ist Ihre leibliche Mutter in der Irrenanstalt, der Mann, der Sie zu verführen versucht hat, erweist sich als ein zuvor für die Nazis tätiger Erpresser, und Ihr Ehemann hat Ihr ganzes Geld unterschlagen. Was genau soll daran gut sein?«

»Nun, *unterschlagen* nicht gerade«, widerspricht Eve, aber ihr Protest klingt hohl. Seit dem gestrigen Abend hat sie alle Ereignisse in ihrem Leben durch die Brille dieser neuen Erkenntnis rekapitulieren müssen, mit dem Ergebnis, dass nichts mehr unmöglich scheint, kein Beweggrund unverdächtig ist.

Als sie wach im Bett gelegen hatte, der Mond eine scharfe, schmale Sichel, hatte sie wieder über Cliffords Probleme in der Firma nachgedacht, die offenbar schon existiert hatten, bevor sie heirateten. Wäre es denkbar, dass ihre Mutter das kleine finanzielle Polster erwähnt hatte, *bevor* Clifford um ihre Hand anhielt? Könnte diese Information vielleicht sogar den Ausschlag dafür gegeben haben? Immer wieder hatte sie sich die Frage gestellt, warum ihr Gatte sich ausgerechnet für sie entschieden hatte, wo es doch so viele Frauen gab, die nach den Kriegsverlusten auf der Suche nach Liebe waren. So viele Frauen, die viel besser zu ihm gepasst hätten. Erringe eine Frau, um dein erfolgloses Unternehmen zu retten? Vielleicht in Zeiten wie diesen sogar ein recht vernünftiges Arrangement.

Gemeinsam mit Sully trat sie den Rückweg an.

»Wenigstens brauchen Sie nicht mehr bei ihm zu bleiben.« Sully hört sich gleich ganz anders an, wenn er auf seinen üblichen belustigten Unterton verzichtet. »Wenn die Villa verkauft ist, werden Sie eine unabhängige Frau sein.«

»Nur wenn er in die Scheidung einwilligt, sonst muss ich vor Gericht ziehen.«

»Eigentlich sind sie doch eine kolossale Zeitverschwendung«, sagt Sully. »Ich spreche von Ehemännern.«

Die Sonne strahlt mit ihrer ganzen Kraft vom Mittagshimmel. Bäume und Sträucher entlang der Straße zeigen sich im satten Grün und verströmen den Duft von Oleander, Jasmin, Lavendel und Mimose. Eve atmet ihn tief ein, damit sie, wenn sie wieder im trüben England ist und die Stimme in ihrem Kopf fragt – *Ist es das? Ist das alles?* –, aus ihrem Inneren die Gerüche einer Zeit abrufen kann, in der sie ganz und gar sie selbst war und für einen Moment alles möglich schien.

Sie sind schon fast wieder am Haus, als ein großes schwarzes Auto sie überholt und vor ihnen anhält. Ein junger Mann in dunklem Anzug und mit einer dunklen Sonnenbrille steigt auf der Fahrerseite aus.

»S'il vous plaît?« Er öffnet die hintere Tür und bedeutet ihnen, näher zu kommen.

Eve und Sully tauschen erstaunte Blicke. Sully ist als Erster am Wagen, Eve guckt ihm über die Schulter. Anfangs weiß sie gar nicht, was sie da sieht. In dem geräumigen Wagen ist es wegen der getönten Scheiben dunkel, und der Abstand zwischen den Vordersitzen und der Rückbank mit einem Haufen Decken darauf ist groß. Als Eves Augen sich an das Dunkel gewöhnt haben, kommt zu ihrem Schreck Leben in die Decken. Eine Hand taucht auf, sie hält eine Zigarette. Dann tauchen ein blasses, knochiges Gesicht und ein Schopf roter Haare auf.

»Gib mir doch bitte Feuer, Schätzchen. Diese biestigen Weiber im Krankenhaus wollten mich nicht rauchen lassen.«

Als sich immer mehr von Gloria aus den Decken schält, nimmt Eve entsetzt die Veränderungen an ihr wahr – das Zittern ihrer langen Finger, als sie Sully ihre Zigarette hinhält, damit er sie anzündet, die tiefen violetten Schatten unter den schönen Augen. Der fettige Ansatz ihrer berühmten roten Haare.

»Ich sehe aus wie Abfall«, sagt Gloria, als sie Eves Gesichtsausdruck bemerkt.

Sie spricht mit krächzender Stimme – was, wie sie ihnen erklärt, von dem Schlauch kommt, den man ihr in den Hals geschoben hat, damit sie sich erbricht –, und die Worte kommen langsam und zäh, als spule man sie mit verlangsamter Geschwindigkeit ab.

Sie ist auf dem Weg zum Flughafen. Das Studio hat eine Maschine für sie organisiert. Es hat seine Märchenhochzeit bekommen und sich nun auf ihre Flucht zurück in die Staaten eingestellt, bevor ein Skandal wegen der Verbindungen ihres frisch Angetrauten zu den Nazis ruchbar werden kann. Laurent selbst habe fluchtartig das Land verlassen, erzählt sie. Den Gerüchten nach, die ihr im Krankenhaus zu Ohren gekommen sind, sei nicht auszuschließen, dass er neben dem Schmuggel von Kunstwerken auch dem ein oder anderen früheren SS-Offizier zur Flucht nach Südamerika oder Nordafrika verholfen hat.

»Und wie haben Sie es geschafft, da rauszukommen?«, möchte Eve wissen und denkt dabei an das, was Sully ihr von Laurents Männern erzählt hat, die vor Glorias Zimmer postiert gewesen waren.

»Ich bin heute Morgen aufgewacht, und sie waren weg. Pfft! Eins müssen Sie sich merken, Schätzchen, Männern wie Laurent geht es einzig und allein um die Jagd. Wenn sie dich erst mal haben, verlieren sie das Interesse. Wenn er sich nicht auf diese Kunstgeschäfte eingelassen hätte, hätte er mich wohl noch etwas länger festgehalten, nur weil er es konnte. Wie eine Katze, die eine Weile mit der Maus spielt, bevor sie diese tötet. Also sollte ich Ihrem Monsieur Meunier wohl dankbar sein.«

»Nicht *meinem* Monsieur Meunier.« Eve merkt, dass sie sich anhört wie ein trotziges Kind.

Nun bittet Gloria die beiden, sie zum Flughafen zu begleiten. Von irgendwoher taucht eine Flasche Champagner auf. Sie werden sich zu dritt betrinken, krächzt sie. Dann werde sie noch ein paar Pillen nehmen und die Reise nach L.A. verschlafen. Und dort angekommen, werde ihr alles nur noch wie ein schlimmer Traum erscheinen.

»Ich muss leider meinen Zug erwischen«, teilt Eve ihr mit.

Dann muss die ganze Geschichte noch mal erzählt werden. Das Eintreffen von Clifford und ihrer Mutter. Die Enthüllungen, die sie tröpfchenweise aus ihrer Mutter herausgeholt hat, bis sie zu einer Welle angeschwollen waren, die sie fast ertränkt hätte. Die Rolle, die Guy Lester bei der Zerstörung ihrer Familie gespielt hatte.

»Ich muss Henrietta finden. Verstehen Sie?«, sagt Eve abschließend. »Selbst wenn sie nicht weiß, wer ich bin. Selbst wenn man ihr nicht mehr helfen kann. Ich muss meine Mutter wenigstens ein Mal sehen.«

Gloria starrt sie aus ihren Decken heraus an. »Mistkerl«,

sagt sie. »Wie lange genau war ich außer Gefecht? Wie es scheint, hat sich die ganz Welt auf den Kopf gestellt, während ich in diesem Krankenhaus lag.«

Man kommt überein, dass Sully Gloria zum Flughafen begleitet. Anfangs ist er hin- und hergerissen, möchte Eve nicht allein lassen, bis sie in ihren Zug steigt, aber sie versichert ihm, dass sie zurechtkommt. Bernard und Marie werden sie am späten Nachmittag zum Bahnhof bringen, wo sie die Colletts treffen wird. Sie wird nicht allein sein.

Eve sieht, dass er noch schwankt, gefangen zwischen seinem Herzen und seinem Gewissen. *Sei vorsichtig*, möchte sie ihn warnen. *Bleib standhaft*. Man muss kein Hellseher sein, um zu erkennen, dass die Gloria Hayes auf der Rückbank des Wagens – verletzlich, bedürftig, ihre Wunden leckend – Dinge sagen und tun könnte, an die eine ganz wiederhergestellte Gloria sich nicht erinnern wird.

Eve beugt sich in den Wagen, um Gloria vorsichtig zu umarmen. Unter den Laken fühlen sich ihre Arme so zerbrechlich an wie Zweige.

»Ihre Zeit ist gekommen, Eve«, flüstert Gloria. »Ich spüre es.«

Eve zieht sich bereits aus dem Wageninneren zurück, als ihr einfällt, nachzufragen, was Gloria damit gemeint hat, aber inzwischen hält Sully ihre nicht mehr bandagierte Hand fest in seiner und sieht sie eindringlich an.

»Nicht weinen, Mrs. Forrester.«

Eve lächelt angesichts der absurden Idee, sie könnte weinen, doch dann spürt sie das Rinnsal auf ihrer Wange, den salzigen Geschmack auf ihren Lippen.

»Das Leben ist kurz, Eve. Jeder macht Fehler. Selbst ich. Vor allem ich. Aber an diesen Fehlern festzuhalten gereicht keinem zur Ehre. Der Mutige wagt sich nach vorne, ins Unbekannte.« Er drückt sie an sein Hemd, auf dessen Tasche sie einen grauen Schmierfleck von Farbbandtinte entdeckt, und sie atmet den Geruch von Zigaretten und Schweiß ein und wünscht sich, Abschiede wären nicht so schmerzhaft.

»Was werden Sie tun, Sully? Wenn das Haus verkauft wird?«

Sie spürt seinen langen Seufzer durch die Baumwolle seines Hemds.

»Ich werde wohl zurück in die Staaten gehen. Mein Buch ist fast fertig. Werde mich scheiden lassen. Mich wieder verlieben. In den großen Dingen bin ich gut. Probleme bereiten mir nur all die Kleinigkeiten dazwischen.«

»Machen diese Kleinigkeiten nicht das Leben aus?«

Inzwischen haben sie sich aus der Umarmung gelöst, und Eve sieht, dass Sully nickt und müde lächelt.

»Damit könnten Sie recht haben, Mrs. Forrester«, sagt er, bevor er in den Wagen steigt und sich neben Gloria setzt.

Hupend fahren sie los, und Eve sieht nur noch Sullys zuverlässige Pranke, die er mit gespreizten Fingern aus dem Fenster hält.

31

Nach allem, was passiert ist, fühlt es sich seltsam an, allein in der Perlenvilla zu sein.

Eve steuert den kleinen Tisch im Wohnzimmer an, nimmt das Foto in die Hand, das Guy Lester mit seiner zweiten Frau zeigt, und versucht, die Wut heraufzubeschwören, die sie für diesen Mann doch eigentlich empfinden sollte, der vor fast drei Jahrzehnten mit einer einzigen fahrlässigen Handlung in betrunkenem Zustand ihre Familie vernichtet hat.

Aber es will sich kein Hass einstellen.

Sie schlendert hinaus auf die Terrasse, wo Sullys Schreibmaschine noch auf dem Tisch steht, ein Blatt Papier straff auf der Walze. Sie liest, was er getippt hat.

»Das hättest du nicht tun dürfen«, sagte sie und neigte den Kopf, sodass die Augen hinter dem Vorhang ihrer Haare verborgen waren.
»Nein. Und doch hab ich es getan.«

»Und, taugt es was? Sein letzter Roman ist von den Kritikern ziemlich verrissen worden, wissen Sie?« Noel steht in der geöffneten Tür, sein weißes kurzärmeliges Hemd sieht aus, als hätte er darin geschlafen. Seine Haare sind strähnig und ungekämmt.

»Nach dem wenigen, was ich gelesen habe, würde ich

sagen, dass es sein bestes Werk ist. Doch schließlich kenne ich sonst auch nichts von ihm.«

Noel lächelt, aber dann geschieht etwas Merkwürdiges. Sein Gesicht scheint regelrecht einzufallen, Kummer und Gram färben es grau.

»Oh, Eve. Wie kann ich das alles wiedergutmachen? All das, was mein Vater Ihnen genommen hat. Alles, was Ihre Familie verloren hat. Es ist unfassbar. Wie konnte er so etwas tun und einfach weggehen, ohne die Verantwortung dafür zu übernehmen?«

»Aber hat er das nicht getan?« Mit dem Rücken zum Meer steht Eve im durch das Laubdach gefilterten Sonnenlicht und sieht ihn an. »Er ist nicht einfach weggegangen. Er muss sie besucht haben. Henrietta, meine ich. Meine *richtige* Mutter. Wie sonst wäre er an diese Briefe gekommen? Diesen Ring?« Sie hält ihre Hand hoch, sodass er den grünen Stein sehen kann, in dem sich das Licht fängt.

»Wissen Sie, ich habe gestern Abend, nachdem Sie alle gegangen waren, die restlichen Briefe gelesen. Die hat sie in der Anstalt geschrieben. Nachdem er tot war – Francis. Und obwohl sie einem Toten schreibt, lesen sie sich nicht wie das Gefasel einer Irren. Sie geben mir Hoffnung. Aber eigentlich möchte ich Ihnen damit sagen, dass Guy nicht ungeschoren davongekommen ist.«

»Aber er war nicht der, der er vorgab zu sein.«

»Sind Sie sich da sicher?«, fragt Eve Noel. »Er unterhielt doch eindeutig außereheliche Beziehungen zu Frauen, von denen er einige nicht gut behandelt hat. Er hat sich Feinde gemacht – wie Robin Whelan und auch Caroline Finch. Er hatte Fehler. Könnte es nicht sein, dass Sie diese Fehler einfach nicht haben sehen wollen? Genauso wie Sie nicht haben sehen wollen, wie schwer

Sie es Ihrem Bruder machen, indem Sie immer wieder einspringen und seine Kämpfe für ihn ausfechten?«

»Wovon in Gottes Namen reden Sie?«

Eve weiß, dass sie eine Grenze überschreitet, aber sie macht dennoch weiter. »Indem Sie seine Schulden begleichen, zu seiner Rettung einspringen. Sehen Sie denn nicht, dass es wichtig für ihn ist, endlich aus Ihrem Schatten herauszutreten und aus dem von Guy? Wollen Sie ihn nicht endlich loslassen?«

Erst reagiert Noel darauf mit einem finsteren Blick, doch dann lässt er sich auf einen der Korbstühle sinken und legt den Kopf in seine Hände, und Eve erkennt, dass seine Haare nicht schwarz sind, wie sie unter bestimmten Lichtverhältnissen wirken, sondern sich aus einer ganzen Palette von Brauntönen, hauptsächlich dunkel, aber auch von wenigen helleren Strähnen durchzogen, zusammensetzen. *Er ist doch nicht mein Bruder*, sagt sie sich. Und dieser Gedanke lässt sie erröten.

»Sie werden vermutlich froh sein, all das hier hinter sich zu lassen«, sagt er matt. »Meine schwierige, verquaste Familie. Mich.«

Sie muss sich abwenden, so direkt sieht er sie an.

»Wie viel Zeit bleibt Ihnen noch bis zu Ihrer Abreise?«, fragt er.

»Bernard holt mich um sechs Uhr hier ab, um mich zum Bahnhof zu fahren.«

Noel wirft einen Blick auf seine Uhr. »Gut. Dann haben wir Zeit. Es gibt da einen Ort, an den ich gern mit Ihnen fahren würde. Um Ihnen etwas zu zeigen.«

»Aber ich …« Doch warum eigentlich soll sie nicht mitfahren? Warum nicht noch einmal etwas tun, weil sie es möchte?

Sie fahren im Cabrio nach Antibes und parken am Hafen.

»Bis vor Kurzem wimmelte es hier noch von amerikanischen Soldaten, die alle an diesem gottverlassenen Ort stationiert waren«, berichtet er und zeigt auf die wuchtige Festung auf einem baumbestandenen Hügel zu ihrer Linken, deren vier Wehrtürme in alle vier Himmelsrichtungen Wache halten. »Die meisten wurden inzwischen abgezogen. Alles kehrt zur Normalität zurück, und von uns wird erwartet, so zu tun, als wäre all das nie geschehen. Diese ganze Zerstörung.«

Er führt sie vom Meer weg, in die Altstadt, und sie verliert schon bald die Orientierung, als sie erst in eine Seitengasse, dann in die nächste einbiegen, wo die Häuser mit verschlossenen Fensterläden links und rechts so hoch aufragen, dass Eve plötzlich fröstelt, weil sich kein Sonnenstrahl hierhin verirrt. Auf halbem Weg durch die dritte oder vielleicht auch vierte Gasse, noch schmaler als die jeweils vorige, bleibt Noel abrupt stehen.

»Hier.«

Eve sieht ihn verdutzt an, bis sie bemerkt, dass das Gebäude, vor dem sie stehen, kein Haus wie alle anderen ist, sondern eine schmale, sandfarbene Kirche mit einem Spitzgiebel über der Holztür, die von zwei Bogenfensterchen mit farbigen Scheiben flankiert wird.

»Es ist die Chapelle Saint-Bernardin, vor vielen hundert Jahren erbaut. Kommen Sie. Ich zeige sie Ihnen.«

In seinem Eifer, sie hineinzugeleiten, ergreift Noel ihre Hand, und ihre Handfläche brennt unter seiner Berührung. Drinnen wendet er sich ihr zu, um ihre Reaktion zu beobachten.

»Oh, die ist wunderschön.« Eve lässt sich auf einer der

schlichten Holzbänke nieder und blickt sich staunend um. Das hohe Deckengewölbe unmittelbar über ihnen ist von blau-goldenen Rauten überzogen, durchsetzt mit Bildnissen diverser Heiliger, die niedrigeren Deckengewölbe der Seitenschiffe zeigen goldene Sterne auf dunkelblauem Grund. Den Hauptaltar des Mittelschiffs rahmen kunstvoll verzierte goldene Säulen, dazwischen stehen vergoldete Statuen von Heiligen, die Mitte beherrscht ein Fresko. Die Gemälde sind weitgehend verblasst, und an vielen Stellen ist der Gips von den Wänden abgeplatzt und hat Löcher zurückgelassen. Dennoch ist dieser Ort von großer Schönheit und Harmonie.

»Hier bin ich manchmal hergekommen, wenn mir zu Hause alles zu viel wurde«, sagt Noel und nimmt in der Bankreihe vor ihr Platz. »Die Krankheit meiner Mutter und dann ihr Tod. Der weinende Duncan, der nicht zurück in die Schule wollte. Er wurde dort arg schikaniert, und wie Sie sich vorstellen können, habe ich ihn vor dem Schlimmsten zu beschützen versucht. Mit Diana war es auch nicht leicht. Es ging mir nicht um Gott oder Religion – das hier war einfach ein geschützter Ort in einer Welt, die oft keinen Schutz mehr bot. Hier ging es mir besser.«

Während er spricht, hält Noel den Kopf gesenkt, als würde er sich seiner Offenheit schämen. Eve kämpft gegen den Impuls an, die Hand auszustrecken und ihn zu berühren. Sie sagt sich, dass sie heute Abend abreist, stellt sich vor, wie Noels Leben wieder in seine gewohnten Bahnen zurückfindet, unbehelligt von Ärgernissen und Problemen.

Und damit wappnet sie sich gegen ihn.

»Erzählen Sie mir von Anna«, sagt sie. »Sie haben mich glauben lassen, sie sei tot, aber das stimmt nicht, oder?«

Sie erinnert sich an Clemmies Äußerung auf dem Hochzeitsempfang.

»Da gibt es nichts zu sagen.« Noels Gesicht wird hart.

Aber Eve kann nicht an sich halten. »Haben Sie sie schlecht behandelt? Ist es das? Sie sind schließlich der Sohn Ihres Vaters.«

Sobald ihr die Worte herausgerutscht sind, würde sie diese am liebsten zurücknehmen.

»Wie ich sehe, haben Sie sich bereits eine Meinung gebildet.« Noel erhebt sich abrupt. »Wir sollten gehen. Sie müssen Ihren Zug erwischen.«

Die Rückfahrt legen sie schweigend zurück. Als Eve aussteigt, ist sie zutiefst unglücklich, trotz der sie umgebenden Schönheit, der rosa Rosen und der fuchsiafarbenen Bougainvillea. Noel bleibt sitzen.

»Ich habe Anna 1936 hier in Antibes kennengelernt«, beginnt er, den Blick starr aufs Lenkrad gerichtet.

»Sie sind mir keine Erklärung schuldig …«, sagt Eve, aber er spricht weiter.

»Wir waren jung, und ich war vernarrt in sie. Sie war schön und so klug und …«

»Also wirklich, lassen Sie nur …«

»Deutsch.«

Eve zuckt zusammen.

»Anna war Deutsche. Ihr Vater war ein hochrangiger Politiker. Als der Krieg unvermeidbar wurde, löste sie die Verlobung und kehrte nach Deutschland zurück, wo sie sehr schnell einen deutschen Offizier heiratete.«

»Das tut mir leid. Das muss schwer gewesen sein für Sie.«

»Ich habe gelitten, mich aber bald davon erholt. Ich war jung. Meine Gefühle waren nicht allzu tief gewesen. Viel schwerer war es, mit den Reaktionen der Leute zurechtzukommen. Ich war der Kerl, der fast ins deutsche Establishment eingeheiratet hätte. Wo ich auch hinkam, wurden Fragen gestellt, wurde Argwohn laut.«

»Und das haben Sie damit kompensiert, dass Sie mehr Einsätze flogen als alle anderen«, ergänzt Eve. »Um etwas zu beweisen?«

»Gut möglich. Nun, Sie werden sicherlich noch viel zu tun haben.« Noel richtet sich auf und legt seine Hand auf den Zündschlüssel. »Bitte lassen Sie es mich wissen, wenn Sie Henrietta gefunden haben. Sie können mir die Nachricht über Bernard zukommen lassen. Und natürlich werden wir wegen des Hausverkaufs in Kontakt bleiben.«

Eve hat einen Kloß in der Kehle. Es ist ihr unmöglich, ihn anzusehen, und sie richtet ihren Blick deshalb auf sein auf dem Lenkrad ruhendes Handgelenk und das silberne Zifferblatt seiner Uhr, auf seine Haut mit den von der Sonne golden gebleichten Härchen. Sie hat die Stimme ihrer Mutter im Kopf, ein belauschtes Gespräch, nachdem Eve im Anschluss an einen Streit auf ihr Zimmer verbannt worden war. *Eves Problem ist ihr Dickschädel. Sie will sich einfach nicht entschuldigen, selbst wenn sie weiß, dass sie sich geirrt hat.*

»Es tut mir leid«, platzt es aus ihr im selben Moment heraus, als Noel Lester den Motor anwirft und röhrend Leben in den Wagen kommt.

»Ich sagte, dass es mir leidtut.«

Er sieht sie ohne ein Lächeln an. Nickt kurz. Legt den Rückwärtsgang ein und biegt aus der Einfahrt auf die Straße ab. Ein tiefes Loch tut sich in ihrem Brustkorb auf, und Eves aus seinen Verankerungen gelöstes Herz fällt ins Bodenlose.

Als sie sich dem Haus nähert, scheint ihr von überall her Spott entgegenzuschlagen – das Flüstern der Palmwedel über ihr, die Sonne, die warm ihr Gesicht bescheint, das *Tock, Tock, Tock* eines Spechts, der mit seinem Schnabel auf einen Baumstamm einhämmert. Als sie sich der Eingangstür nähert, hört sie ein näher kommendes Auto.

Noel ist zurück, steht gerahmt in der Lücke zwischen den Bäumen, hinter ihm der Wagen mit laufendem Motor, als wäre er zu sehr in Eile gewesen, um ihn auszuschalten.

»Die Sache ist die«, sagt er … schreit er über den Motorenlärm hinweg. »Ich habe mich wohl in Sie verliebt.« Er sieht so wütend aus, als wäre Liebe ein Zustand, den sie ihm gegen seinen Willen aufgezwungen hat.

Eve weiß nicht, was sie darauf sagen soll. Weiß nicht, welchen Namen sie der Woge an Gefühlen geben soll, die über sie hereinbricht. Weiß nur, dass offenbar alles, wovon sie sich noch vor wenigen Sekunden so distanziert und losgelöst fühlte, plötzlich Teil von ihr ist. Die Sonne auf den Fliesen zu ihren Füßen, die Bienen im Lavendelstrauch, der berauschende Duft der Orangenblüten.

Sie sieht Noel an, und er sieht sie an. Keiner von ihnen macht einen Schritt auf den anderen zu, aber ihre Augen sind in beredtem Austausch, und sie bemerkt, dass sie lächelt. Er nickt wieder, als hätte sich eine Angelegenheit geklärt, dann macht er kehrt und verschwindet aus ihrem Blickfeld. Die Wagentür wird zugeschlagen. Gummireifen knirschen auf Kies. Das Röhren des Motors wird schwächer und schwächer, bis Eve in der Stille zurückbleibt.

Gleich wird sie die Villa betreten, um ihre Sachen zu holen und auf Marie und Bernard zu warten. Und am Bahnhof wird sie die Colletts treffen, die ihr ungeachtet der eigenen Trauer immer freundlich und aufmerksam und mit einem offenen Ohr begegnet sind, in England wird sie Henrietta ausfindig machen oder das, was von der Person übrig ist, die Henrietta einst war. Und vielleicht gelingt es ihr dann, in alldem einen Sinn zu erkennen – ihrer Kindheit, ihrer Ehe. Noel. Guy.

Aber jetzt schließt sie erst einmal die Augen und saugt alles auf – die Hitze und die Geräusche und die Gerüche der Côte d'Azur. *Hier bin ich*, sagt sie sich. *Das bin ich.* Und für diesen einen perfekten Augenblick dehnt sich der dünne Faden, der ihre Vergangenheit mit ihrer Zukunft verbindet, um sie herum aus wie ein Spinnengewebe, hauchdünn, mit ihr als stillem Herzstück.

Hier bin ich.

Guy, 15. Mai 1948

Ich ruhe mich auf der Terrasse unter den Bäumen aus, während Diana drüben im anderen Haus ist, als Caroline zu mir stößt. Seit wir die Möbel dorthin gebracht haben, verbringt Diana hier so wenig Zeit wie möglich, wohingegen ich mich mit jedem Tag, der verstreicht, diesem alten Ort mehr verbunden fühle.

Den Vormittag habe ich damit zugebracht, für meine Reise nach England zu packen. Diesmal werde ich Eve finden. Mein Entschluss steht fest. Ich werde mich nicht von Mary, dieser schrecklichen Frau, abhalten lassen. Ich weiß bereits, dass sie mich angelogen hat, was ihre Schwester betrifft. Worüber mag sie mich sonst noch belogen haben? Und wenn ich Eve alles erzählt habe, können wir gemeinsam planen, was wir für Henrietta tun können.

Es ist schlimm, das zu sagen, aber Caroline Finch hat sich nicht gut gehalten. Sie gehört zu den Frauen, die früh und mit aller Macht erblühen, wie diese rosa Blumen mit den schwellenden Kelchen, doch nach einer wunderschönen kurzen Saison ist es vorbei. Unvorstellbar, dass zwischen uns einmal etwas gewesen ist. Manchmal jedoch ertappe ich sie dabei, wie sie mich auf eine Weise ansieht, die mir unangenehm ist. Ich mag sie und habe mein Bestmögliches für sie getan. Auf meine Art war ich loyal zu ihr. Habe sie nach dem Krieg behalten, was viele andere nicht getan hätten.

Deshalb überrascht es mich auch, sie so wütend zu sehen. Diese violetten Flecken, die ihre Brust wie eine Art Beulenpest überziehen.

»Wer ist sie?« Sie wedelt mit irgendwelchen Papieren vor meiner Nase herum, ihre Wangen leuchten in der Farbe von Rotwein, und ihr ausladender Busen wogt theatralisch.

»Ich verstehe nicht …«

Als ich das Dokument erkenne, das sie in der Hand hält, stockt mir der Atem. Mein Testament. Mein *neues* Testament. Das ich mit Bernard wenige Tage nach meiner Diagnose aufgesetzt habe.

»Wie kommt das in deine Hände? Das ist privat.«

»Du hast mich gebeten, dein Arbeitszimmer auszuräumen. Es lag auf deinem Schreibtisch mit den restlichen Sachen.«

»Meinen *Privat*sachen. Gib es mir, Caroline.« Wut kratzt in meiner Kehle und reduziert meine Stimme auf ein Krächzen. Aber sie händigt es mir noch immer nicht aus, bleibt wutschnaubend vor mir stehen.

»Wer ist sie, diese Eve Forrester? Ist sie der Grund, warum deine Koffer gepackt im Flur stehen, warum du es so eilig hast, nach England zurückzukehren, obwohl du kaum laufen kannst, ohne außer Atem zu geraten?«

Und da wird es mir klar. *Sie hat es gelesen.* »Wie konntest du es wagen!« Zorn kocht in mir hoch und bringt mein Herz zum Rasen – was ich unter allen Umständen vermeiden sollte, wie der Spezialist mir eingeschärft hat.

Aber Caroline ist nicht bereit einzulenken. »Ich habe

alles für dich getan. Gekocht, geputzt, dies hier zu einem Heim gemacht. Mich um deine Kinder gekümmert. Alles nur für dich. Die verlorenen Jahre, in denen ich eigene Kinder hätte haben können. Und dann, nach alledem, musste ich zurückstecken und zusehen, wie du eine andere heiratest. Aber ich habe es dir nicht schwer gemacht, oder? Habe keine Szene gemacht. Und was bekomme ich am Ende dafür? Zweihundertfünfzig Pfund – wohingegen *sie*, diese Eve Forrester, ein Viertel von alldem hier bekommt. Wofür? Dafür, dass sie noch jung ist? Das neueste, glänzendste Modell?«.

»Geh!«, versuche ich ihr entgegenzuschleudern, aber meine Stimme ist bloß ein rostiges Quietschen, was meinen Zorn nur noch weiter befeuert. Der Schmerz in meiner Kehle ist roh. Mein Herz trommelt. Ich spüre seine dumpfen Schläge in meiner Brust, als würde ein Kricketball aufprallen.

Caroline Finch starrt mich an, nach und nach löst Beunruhigung ihre Wut ab. »Ist alles in Ordnung mit dir?« Ihre Besorgnis ist beinahe schlimmer als ihre Entrüstung.

»Geh!«, wiederhole ich und wende mich ab, damit sie nicht sieht, wie mir vor Frustration über das Geräusch, das aus meinem Mund kommt, Tränen in die Augen treten.

Hinter ihr schließt sich die Tür. Und jetzt bin ich hier. Und ringe nach Luft, mit wild hämmerndem Herzen.

Ich habe nie irgendwelche Versprechungen gemacht. Eine Zusage welcher Art auch immer existierte einzig und allein in ihrem Kopf. Ich habe sie nicht getäuscht. Ich schulde ihr nichts. Ich habe mich nicht immer gut verhalten, aber versucht, Wiedergutmachung zu leisten. Das ist auch der Grund, weshalb ich das Testament geändert habe, warum ich zurück nach England reise, um Eve zu finden und ihr alles zu erklären.

Ich bin kein schlechter Mensch. Ich habe bezahlt. Das habe ich wirklich. Ich werde nicht gerichtet werden. Bestimmt nicht.

Es tut mir leid.

32

11. September 1949

»Entschuldige meine Verspätung. Wegen der Menschenmassen war die Hauptstraße gesperrt.« Eve kommt durch die Eingangstür gestürmt, die direkt in das kompakte, von Licht durchflutete Wohnzimmer führt. Es ist niemand im Raum, doch auf dem Boden steht eine halbvolle Teetasse neben einem Taschenbuch, das aufgeschlagen auf den Terrakottafliesen liegt, und das Polster des abgewetzten braunen Ledersofas weist eine Delle auf. In drei kurzen Schritten erreicht Eve die Rückseite des Hauses, wo die weit geöffneten Terrassentüren auf den wilden Dschungel des Gartens hinausführen. Und genießt sofort das Wohlbehagen, das sie beim Anblick der drei in den Hang eingefügten Terrassen erfüllt, mit dem üppigen Bewuchs aus Kräutern, Blumen und einem wild wuchernden Geißblatt, gerahmt von Zitrusbäumen. Die Sonne ist jetzt im September noch immer warm, brennt aber nicht mehr so unbarmherzig wie im Sommer. Eves Blick wandert über ihren kleinen Garten hinweg zu den grünen, dicht mit Olivenbäumen und Pinien bewachsenen Hügeln, hier und da unterbrochen von hohen Zypressen und den Dächern anderer Häuser. Und was dort in der Ferne am Horizont schimmert, ist das Mittelmeer.

»Errol Flynn wurde jede Minute erwartet«, erzählt sie

weiter, während sie die drei flachen Steinstufen zur mittleren Terrasse hinuntersteigt. »Er war der Anlass für das Gedränge.« Dann zögert sie. »Doch du weißt vielleicht gar nicht, wer Errol Flynn ist.«

Auch jetzt noch, nach über einem Jahr, vergisst sie das manchmal.

Aber die zerbrechliche Gestalt in dem ausgebleichten orangen Liegestuhl lächelt nur. »Gott sei Dank habe ich ja dich, um mich über so wichtige Dinge wie Filmstars und Mode zu informieren.«

»Ich denke nicht, dass du in puncto Mode meinen Rat annehmen solltest.« Eve wirft einen raschen Blick auf die Kleider, die sie heute Morgen eilends übergestreift hat, bevor sie zum Markt hinunter nach Cannes fuhr – ein blaues kurzärmeliges Oberteil, dazu eine cremefarbene gegürtete Leinenhose mit weiten Beinen, ihre von der Sonne gebräunten Füße stecken in Sandalen. Die Hose ist schmutzig, und zwar weil sie sie tags zuvor im Garten anhatte, wie ihr jetzt wieder einfällt.

»Du siehst schön aus. Du bist immer schön. So schön wie diese Blumen da drüben.« Ein schmaler Finger zeigt auf einen Busch, der sich unter seiner Last aus rosa Rosen biegt.

Schön. Das Wort, ein gehauchter Seufzer, lässt Eves Atem nach wie vor stocken, obwohl sie es jetzt so oft hört, dass sie eigentlich daran gewöhnt sein müsste.

»Du solltest dich vielleicht ausruhen. Oder hast du vergessen, dass wir heute Gäste zum Abendessen haben?«

Henrietta sieht wirklich müde aus unter ihrem breitkrempigen Strohhut, obwohl die Tatsache, dass sie sich überhaupt im Freien aufhält, einen Fortschritt darstellt. Sie muss immer noch sehr vorsichtig sein und sich vor direkter Sonneneinstrahlung schützen, nach all den Jahren, die sie in der Anstalt in geschlossenen Räumen zugebracht hat, wo von draußen nur die Geräusche der männlichen Insassen zu ihr vordrangen, die dort arbeiteten. Ihre Haut ist blass und dünn wie Fliegenflügel.

»Ich habe es nicht vergessen.« Diese leise Stimme. »Oh, aber sag mir doch bitte noch Mal, wer kommen wird. Ich weiß, dass diese hochmächtige Freundin von dir dabei ist.«

Eve lacht. »Gloria Hayes ist die am wenigsten hochmächtige Person, der ich je begegnet bin, wie ich dir bereits versichert habe. Sie ist einfach nur berühmt, mehr nicht.«

Zum ersten Mal seit ihrem Abschied wird Eve Gloria leibhaftig wiedersehen, doch natürlich hatte sie ihre Freundin in Zeitschriften und in ihrem neuen Film bewundert, der gerade herausgekommen und von der Kritik begeistert aufgenommen wurde. Als Eve hörte, Gloria werde zum Filmfestival nach Cannes kommen – im September diesen Jahres, obwohl überlegt wird, es in Zukunft auf den Juni zu verlegen –, war sie davon ausgegangen, dass ihr Terminplan bestimmt viel zu hektisch wäre, um Privatbesuche zu erlauben, aber dann hatte sie die Nachricht über Bernard bekommen. *Ich komme am Abend des Elften, ob es dir gefällt oder nicht. Filmleute sind die stumpfsinnigsten Menschen auf Erden. Rette mich!*

Ihr aktueller Film, dessen Drehbuch ihr vom berühmten Romancier Stanley Sullivan auf den Leib geschrieben worden war, hat bereits alle Kassenrekorde gesprengt, aber Eve erinnert sich noch sehr gut an die Reaktionen der Leute auf den sich in aller Öffentlichkeit vollziehenden Zusammenbruch ihrer kurzlebigen Ehe mit Laurent Martin und weiß daher, dass Gloria einiges dafür tun muss, es wieder aufs Podest zu schaffen. Aber vielleicht hat sie von alldem inzwischen ohnehin genug. Selbst Anbetung wird irgendwann lästig, vermutet Eve.

Laurent hat sich seit der Sache mit Victor Meunier nicht mehr in Frankreich blicken lassen. Nach Eves letzter Information hat er sich in der Karibik eine Insel gekauft und baut dort ein Luxushotel und ein Spielcasino. Sie bezweifelt, dass dies sein Interesse lange zu fesseln vermag. Obwohl gegen ihn nie Anklage erhoben wurde, hieße zurückzukehren wohl, das Schicksal herauszufordern, weshalb er es unterlässt.

Nach der ersten Ankündigung, dass Gloria nach Frankreich kommt, hatte Eve gehofft, auch Sully wiederzusehen. Schließlich hatte er das Drehbuch verfasst und war jetzt nicht weniger Teil von Hollywood als Gloria selbst. Aber nein. *Es wäre die Hölle für mich, ihr so nah und doch in allen Bereichen, auf die es ankommt, Welten von ihr entfernt zu sein*, schrieb er in seinem letzten Brief. *Wer konnte ahnen, dass die Liebe sich einmal als so große Last erweisen könnte?*

»Und wer noch?«, fragt Eve Henrietta. »Wer kommt noch?«

Eve weiß, dass sie damit aufhören sollte, Henrietta ständig auf die Probe zu stellen, im Versuch, die Tiefen ihres gestörten Geistes auszuloten und den Schaden zu ermessen, den sowohl der Wahnsinn als auch die Behandlung desselben angerichtet haben.

»Jack Collett«, antwortet Henrietta folgsam. »Der reizende Jack.«

Eve lächelt. Jack hatte den ganzen Sommer in Südfrankreich verbracht und über die wachsende Nachkriegs-Kunstszene an der Côte d'Azur recherchiert, und sie weiß jetzt schon, dass sie beide ihn fürchterlich vermissen werden, wenn er in einer Woche für das letzte Studienjahr nach England zurückkehrt.

»Und Libby«, ergänzt Henrietta und presst dabei vor Aufregung ihre Hände zusammen wie ein Kind. Eve verfolgt es mit heftiger Eifersucht. Oh, nicht auf Libby. Wer könnte jemals eifersüchtig auf Libby sein, die wie immer ganz entschieden und unbestreitbar sie selbst bleibt! Nein, sie ist eifersüchtig, weil die Beziehung, die sich zwischen Henrietta und Libby entwickelt hat, vollkommen unkompliziert ist und nichts als Freude kennt, die sie im Zusammensein erfahren, in den hundert verschiedenen Möglichkeiten, wie sie einander zum Lächeln bringen. In ihren weniger luziden Momenten hält Henrietta Libby für die Tochter, die sie vor so vielen Jahren verloren hat – die jüngere Eve –, und küsst sie ab, und Eve muss aus dem Zimmer gehen.

Kommt es dazu zufällig im Beisein von Diana, sieht diese Eve mit hochgezogener Braue an, und es kommt zu einem Blickwechsel voll gegenseitigen Verständnisses. Jedes Mal aufs Neue überrascht es Eve, dass sie ausgerechnet in Diana Lester eine Verbündete gefunden hat. Noch ist es zu früh, sie eine Freundin zu nennen. Aber bald vielleicht.

Zwischen Eve und Henrietta läuft es stetig besser, aber gelegentlich schiebt sich noch die Vergangenheit in den Weg, die Trauer, der Schmerz.

Während der ersten sechs Monate, nachdem es Eve endlich gelungen war, die Fürsorge für Henrietta übertragen zu bekommen – was größtenteils dem Eifer des neu gegründeten National Health Service zu verdanken war –, hatte Henrietta nicht allein bleiben können. Sie und Eve hatten sich ein Zimmer geteilt, und da die alte Frau oft im Schlaf geschrien hatte, hatte Eve manche Nacht durchwacht.

»Sie sollten sich keinerlei Täuschungen hingeben, worauf Sie sich da einlassen«, hatte der stellvertretende Leiter der psychiatrischen Dienste ihr erklärt. »Für Langzeitpatienten wie Ihre Mutter gibt es keine Heilung. Sie wird Ängste haben. Sie könnte schweigsam, zurückgezogen, vielleicht sogar feindselig sein. Sind Sie darauf vorbereitet?«

Insgesamt hat sich nur wenig von diesem trostlosen Bild als real erwiesen, und Henrietta schläft jetzt in ihrem eigenen Zimmer, wenn sie auch von Zeit zu Zeit noch immer schreiend wach wird. Doch das Leben ist nicht geradlinig. Eve und Henrietta sind immer noch dabei, zueinanderzufinden, und deshalb versetzt es Eves Herz jedes Mal einen kleinen Stich, wenn sie Henrietta strahlen sieht, sobald Libbys Name fällt.

Aber das ist in Ordnung.

Kleine Schritte.

»Und wer sonst noch?«, bohrt sie jetzt nach und beugt sich über das Basilikum auf der mittleren Terrasse, nicht weil sie es für das Abendessen benötigt, sondern um ihr Gesicht zu verbergen, als Henrietta antwortet: »Noel Lester.«

Nicht dass Eve ihre Beziehung zu Noel peinlich wäre. Doch sie möchte diese beschützen. Als sie im Krieg für den Frauenfreiwilligendienst arbeitete, war sie einem Fotografen zugeteilt worden, der den Auftrag hatte, für eine Regierungskampagne Fotos von den lächelnden Empfängern der gespendeten Möbel zu machen. Er zeigte ihr seine Dunkelkammer, und sie war erstaunt, wie viel Geduld erforderlich war, die Fotografien nicht gleich aus den

Entwicklerschalen zu holen, sobald sich das Bild abzuzeichnen begann. Nun, genauso war es mit ihr und Noel. Was es auch sein mag, es muss sich in Ruhe entwickeln können.

Noel ist da anderer Meinung. »Warum willst du mich nicht heiraten?«, hatte er sie erst vor wenigen Tagen gefragt, als sie eng umschlungen in der Hängematte unter dem Pfefferbaum auf der untersten Terrasse lagen. Und Eve hatte ihre übliche Antwort gegeben: »Weil ich eigentlich noch verheiratet bin.«

Clifford verschleppt die Scheidung, womit Eve auch gerechnet hatte. Den Leuten erzählt er, sie halte sich der Gesundheit ihrer Mutter wegen in Südfrankreich auf, was, wie jede gute Lüge, auch eine Spur Wahrheit enthält.

Als für die Villa La Perle endlich ein neuer Käufer gefunden war, hatte Clifford versucht, Ansprüche auf Eves Anteil am Geld zu erheben, aber Eve war standhaft geblieben. Sie hatte das Geld, das er sich angeeignet und verloren hatte, nicht vergessen, außerdem war sie sich darüber im Klaren, dass die Langzeitpflege für Henrietta ihren Preis haben würde. Sie hatte ihm gedroht, sich dem Verkauf der Villa zu widersetzen, indem sie die Papiere nicht unterschrieb. »Und ich hätte somit keine Mittel, um die Erbschaftssteuer und Gott weiß was noch für Verpflichtungen abzugelten«, hatte sie Clifford erklärt. »Und mit *ich* meine ich natürlich *wir*, da wir schließlich noch immer verheiratet sind.«

Manchmal erstaunt es sie selbst, zu welcher Person sie geworden ist.

Mit ihrem Anteil am Verkaufserlös hatte Eve sich dieses kleine Haus in den Hügeln zwischen Cabris und

Grasse kaufen können, das sie mit ganzer Seele und jeder Faser ihres Herzens liebt, auch wenn Clemmie bei ihrem ersten und einzigen Besuch gemeint hatte: »Reizend, aber wo ist das *Haupt*haus?« Clemmie ist immer auf Effekt aus, wie Eve jetzt weiß. Man darf sich einfach nicht zu Herzen nehmen, was sie sagt.

Außerdem ziehen Clemmie und Duncan ohnehin bald weg. Zurück nach England, weg von den Versuchungen der Casinos an der Côte d'Azur – und heraus aus dem Schatten von Vater und Bruder. Im Großen und Ganzen ist es Duncan gelungen, sich von den Kartentischen fernzuhalten, nachdem seine Schulden bezahlt waren, aber ihm ist bewusst, dass die Versuchung zu groß ist.

Was Eve Noel allerdings verschweigt, ist, dass sie nicht den Wunsch verspürt, ein zweites Mal zu heiraten. Sie genießt es, Spaziergänge zu unternehmen, ohne dass jemand besorgt auf möglichen Regen verweist und ihr einen Schirm aufzudrängen versucht, und experimentiert gern in der Küche mit dem Gemüse, das ihr Garten hergibt, ohne sich schämen zu müssen, dass das Ergebnis das Aussehen und die Textur von Schlamm hat.

»Was ist mit Kindern?«, hatte Noel sie draußen in ihrer Hängematte gefragt.

»Ich war mal Kind«, antwortete sie ihm. »Warum sollte ich das einer weiteren armen Seele antun?« Ganz ernst hatte sie es nicht gemeint, aber Eves Kindheit ist nun mal eine Wunde, die offenbar nicht zuheilen will. All die Dinge, die ihre Mutter ihr nie erzählt hat. Die Geheimnisse, die sich wie Schimmel in die dunklen Winkel des Hauses in Banbury fraßen.

Nur Henrietta hegt keinen Groll.

»Wieso kannst du ihr das verzeihen?«, fragte Eve sie

erst tags zuvor, als Henrietta ungewöhnlich mitteilsam war.

»Ich habe ihr großes Leid zugefügt«, lautete die Antwort. »Mary hatte ein schweres Leben, und es gab nur eine Sache, die sie glücklich machte, und die habe ich ihr weggenommen.«

»Aber sie hätte dich für den Rest deines Lebens in dieser Anstalt gelassen.«

»Mary liebte Francis sehr, Eve. Und Leidenschaft vertreibt jede Vernunft.«

Eve jedoch kann nicht verzeihen. Wenn man ohne Liebe aufwächst, bleibt eine Leere zurück, die sich nie ganz füllen lässt, sosehr man auch versucht, sie mit Freunden und Familie und den zärtlichen Küssen von jemandem zu stopfen, der einem jeden Tag aufs Neue sagt, dass man sein Ein und Alles ist.

Aber allmählich rundet sich ihr Leben ab, vor allem, seit sie angefangen hat, Einheimischen in Cabris Englischunterricht zu geben. Wenn sich auf dem Gesicht eines Kindes Begreifen abzeichnet oder sie mit einem ehemaligen Soldaten, der mit vierzehn von der Schule abgegangen ist, ein holpriges Gespräch führt, wird ihr so warm ums Herz, wie sie das nie für möglich gehalten hätte.

Auf dem Schreibtisch in Eves kleinem Schlafzimmer steht die geschnitzte Holzschatulle, die Diana ihr schenkte, nachdem die Perlenvilla verkauft war. Es ist die Schatulle, in der einst Henriettas Liebesbriefe an ihren toten Ehemann aufbewahrt worden waren. Darin liegt ein Umschlag mit Eves Namen darauf, geschrieben mit blauer Tinte in der zornigen, verkrampften Handschrift ihrer Mutter Mary.

Wohl eine Art Erklärung, vermutet sie.

Er traf vor zwei oder drei Monaten ein und war zuerst an Bernards Büro geschickt worden. Marie war damit aufgetaucht und hatte sich wie immer mit dem frustrierten Röhren ihres Wagens angekündigt, den sie im falschen Gang den Berg hinaufjagte.

»Ich wusste nicht, ob ich Ihnen den bringen sollte«, erklärte sie Eve, denn sie hatte richtig vermutet, von wem er kam.

Eines Tages wird sie ihn öffnen. Nur jetzt noch nicht.

Eve hat sich vorgenommen, heute Abend ein lokales Gericht zu servieren – *estoficada*, eine Art Fischauflauf, für den man Stockfisch stundenlang mit Tomaten und Oliven und vielen frischen Kräutern köcheln lassen muss. Dafür pflückt sie im Garten Fenchel, Majoran, Petersilie, Thymian und Lorbeer, während Henrietta sich in ihrem Stuhl zurücklehnt und unter der breiten Krempe ihres Huts die Augen schließt.

Ein Käfer krabbelt aus dem Büschel frisch gepflückten Bohnenkrauts in Eves linker Hand, und sie schüttelt es, bis er auf die alten honigfarbenen Steinplatten fällt, um die herum die letzten Wildblumen des Jahres wachsen: Kugeldistel, rosa Herbstzeitlose und winziger gelber Besenginster.

Einen Moment lang verfolgt Eve das gemütliche Vorankommen des Käfers und bewundert seine Fähigkeit, sich der plötzlichen Schicksalswende anzupassen, sein blindes Vertrauen darauf, dass er trotz allem am Ende irgendwo ankommen wird.

Dann richtet sie sich auf, steigt die Steinstufen hinauf zum Haus und beginnt in der winzigen Küche mit den Vorbereitungen für das Abendessen, ehe die ersten Gäste eintreffen.

Danksagung

Die Perlenvilla ist Fraser Macnaught gewidmet, meinem lieben Freund, der lange Zeit in Frankreich gelebt hat und mir Fremdenführer, Fahrer und Übersetzer war und während meiner Recherche für dieses Buch außerdem viele Hindernisse aus dem Weg geräumt hat, und das, obwohl er sich mitten in der Behandlung wegen seines Lungenkarzinoms befand. Eine meiner bleibenden Erinnerungen an Fraser ist die, wie er mit meinem Lebensgefährten Michael – seinem Jugendfreund – auf der Terrasse des prächtigen Hôtel Les Belles Rives von Cap d'Antibes sitzt, den Sonnenuntergang über dem Mittelmeer betrachtet und dazu unglaublich teure Cocktails trinkt. Das war Mitte Mai 2017, vier Monate bevor Fraser starb, und einer von uns kam auf seine Prognose zu sprechen. »Sagen wir mal so«, meinte er, »jetzt werden die teuren Kerzen abgebrannt.«

Das ist kein schlechtes Mantra fürs Leben, wie ich finde. Mein Dank geht an Frasers wunderbare Ehefrau Nathalie, für ihre Hilfe, ihr Entgegenkommen und ihren Mut, und an ihren Vater Daniel, der sich bemüht hat, meine schlecht durchdachten Fragen zu Zügen und Fahrplänen und Sonnenaufgängen in Cannes zu beantworten.

Ein dickes Dankeschön an Clare Griffiths und ihren Verlobten Denis Girard für die Hilfe bei Fragen zur französischen Sprache und auch dem erweiterten Griffiths-

Clan (Steve, Sally, Nicole, Peter, Fabienne), der uns immer das Gefühl gab, in Südfrankreich zu Hause zu sein.

Das französische Erbrecht ist sehr komplex, wie ich zu meinem Leidwesen feststellen musste. Ich danke den Notaren Laurence Molière-Sambron und Richard Poulin für ihre Unterstützung, es einigermaßen zu durchdringen. Für Fehler jeglicher Art trage ganz allein ich die Verantwortung.

Gloria Hayes' Passagen zu schreiben bereitete mir großes Vergnügen, und ich danke Bill Browne und Aymee Fretwell Gandy für die Überprüfung der Dialoge auf alles, was für ein sensibles Südstaatenohr möglicherweise zu schrill geklungen hätte.

Den Namen Ruth Collett verdanke ich der echten Ruth Collett, die bei einer lokalen CLIC-Sargent-Wohltätigkeitsveranstaltung gewonnen hat, dass eine Romanfigur nach ihr benannt wird. CLIC Sargent ist eine überaus bemerkenswerte Stiftung, die krebskranken Kindern und Jugendlichen hilft, und meine Freude, dass Ruth gewonnen hat, hätte nicht größer sein können. Nicht nur, weil sie seit der Einschulung eine der engsten Freundinnen meines Sohnes Jake war, sondern auch weil sie mit ihrer selbstlosen Entschlossenheit, der Stiftung, die ihr während der eigenen Krebsbehandlung zur Seite stand, etwas zurückzugeben, viel geleistet hat.

Ein Dank wie immer an das Team von Menschen, die sich um die bestmögliche Gestaltung meiner Bücher kümmern und alles dafür tun, dass sie möglichst viele Leser und Leserinnen erreichen. An meine unglaubliche Agentin Felicity Blunt und alle anderen bei Curtis Brown, vor allem an Melissa Pimentel.

Ich danke auch meiner US-Agentin Deborah Schneider,

die unermüdlich daran arbeitet, meine Bücher nach Amerika zu bringen, und für mein letztes Buch *Das Versprechen der Freiheit* bei Atria Books ein glückliches Zuhause gefunden hat, danke auch an Sarah Cantin.

Ein besonderer Dank an Transworld Publishers, die sich unentwegt für meine Bücher einsetzen, insbesondere meine unerschütterliche Lektorin Jane Lawson und die unnachahmliche Alison Barrow: Presseagentin, Freundin und Quelle allen Buchwissens. Ebenfalls ein Dank an Richard Ogle für das wunderbare Coverdesign und an Kate Samano sowie an das Vertriebsteam, die stillen Helden des Verlagswesens.

Ich danke meinen Freunden und meiner Familie (sogar meinem eigensinnigen Hund), den Buchklubs, den Buchhändlern, den Bloggern und vor allem den Lesern.

Ich werde an sie alle denken, wenn ich heute Abend eine teure Kerze abbrenne.